ANATOMIA DE UM ESCÂNDALO

ANATOMIA DE UM ESCÂNDALO

SARAH VAUGHAN

Tradução de
Carolina Simmer

1ª edição

RIO DE JANEIRO • SÃO PAULO
2023

CIP-BRASIL. CATALOGAÇÃO NA PUBLICAÇÃO
SINDICATO NACIONAL DOS EDITORES DE LIVROS, RJ

V484a Vaughan, Sarah
     Anatomia de um escândalo / Sarah Vaughan ; tradução Carolina Simmer. - 1. ed. - Rio de Janeiro : Record, 2023.

     Tradução de: Anatomy of a scandal
     ISBN 978-65-5587-670-3

     1. Ficção americana. I. Simmer, Carolina. II. Título.

22-81881   CDD: 813
                          CDU: 82-3(73)

Gabriela Faray Ferreira Lopes - Bibliotecária - CRB-7/6643

Título original:
Anatomy of a Scandal

Copyright © Sarah Vaughan, 2018

Texto revisado segundo o Acordo Ortográfico da Língua Portuguesa de 1990.

Todos os direitos reservados. Proibida a reprodução, no todo ou em parte, através de quaisquer meios. Os direitos morais da autora foram assegurados.

Direitos exclusivos de publicação em língua portuguesa somente para o Brasil adquiridos pela
EDITORA RECORD LTDA.
Rua Argentina, 171 – Rio de Janeiro, RJ – 20921-380 – Tel.: (21) 2585-2000, que se reserva a propriedade literária desta tradução.

Impresso no Brasil

ISBN 978-65-5587-670-3

Seja um leitor preferencial Record.
Cadastre-se no site www.record.com.br e receba informações sobre nossos lançamentos e nossas promoções.

Atendimento e venda direta ao leitor:
sac@record.com.br

Para meu pai, Chris,
com amor.

Ele precisa de culpados. E ele encontrou homens culpados.
Embora talvez não sejam culpados dessas acusações.

Hilary Mantel, *O livro de Henrique*

1

Kate

2 de dezembro de 2016

Minha peruca fica esparramada na mesa onde a joguei. Parece uma água-viva encalhada na praia. Fora do tribunal, não cuido muito bem dessa peça fundamental da minha vestimenta, que passa a mensagem oposta ao que deveria impor: respeito. Feita à mão com crina de cavalo e valendo umas seis mil libras, quero que ela fique surrada para transmitir a dignidade que, em certos momentos, receio não ter. Quero que a borda fique amarelada pelos anos de suor, que os cachos definidos, bege-claro, comecem a se desfazer ou fiquem cinza de poeira. Dezenove anos depois de ter começado a advogar no tribunal, ainda parece a peruca de uma novata meticulosa — não a de uma advogada ou advogado que a herdou, como costuma ser o caso, do pai. É este o tipo de peruca que eu quero: encardida com a pátina da tradição, dos privilégios e da idade.

Arranco os sapatos com os pés: fechados, pretos com uma trança dourada na frente, sapatos dignos de um aristocrata engomadinho da era da Regência, de um bastão negro do Parlamento ou de uma advogada que adora a história, a lenga-lenga, a completa idiotice daquilo tudo. Sapatos caros são importantes. Ao conversarmos com colegas de profissão ou clientes, com oficiais de justiça ou policiais, costumamos olhar para baixo de vez em quando, numa tentativa de não parecermos agressivos. Qualquer um que olhe para os meus sapatos vê uma pessoa que compreende essa peculiaridade da psicologia humana e que se leva a sério. Vê uma mulher que se veste como alguém que acredita que vai ganhar.

Gosto de me vestir como manda o figurino, sabe? De fazer as coisas do jeito certo. Advogadas podem usar uma gola falsa: um pedaço de algodão e renda que parece um babador, dando a volta no pescoço, e que custa cerca de trinta libras. Ou podem se vestir como eu: uma túnica branca com um colarinho preso por botões na frente e atrás. Abotoaduras. Blazer e saia, ou calça, de lã preta; e — dependendo do nível de sucesso e do tempo de trabalho — uma toga de lã, ou lã e seda, preta.

Não estou usando isso tudo agora. Tirei parte do meu disfarce na sala de becas do Old Bailey, o tribunal. Nada de toga. Colarinho e punhos desabotoados; meu cabelo louro na altura dos ombros — preso num rabo de cavalo no tribunal — solto, só um pouco bagunçado.

Livre de toda essa indumentária, sou mais feminina. De peruca e com meus óculos de armação pesada, sei que pareço andrógina. Com certeza não fico nada atraente — embora as maçãs do meu rosto possam chamar atenção: duas lâminas marcantes que surgiram nos meus vinte e poucos anos e que foram endurecendo e ficando mais afiadas, assim como eu fui endurecendo e ficando mais afiada, com o passar do tempo.

Eu sou mais eu mesma sem a peruca. A versão real de mim, não a que mostro no tribunal ou em quaisquer encarnações anteriores da minha personalidade. Esta sou eu: Kate Woodcroft, conselheira da rainha, advogada criminalista, membra do Inner Temple, especialista com vasta experiência em crimes sexuais. Quarenta e dois anos, divorciada, solteira, sem filhos. Apoio a cabeça nas mãos por um momento e solto o ar devagar num longo suspiro, me permitindo desistir por um segundo. Não adianta. Não consigo relaxar. Tenho uma manchinha de eczema no pulso, então passo um pouco de pomada ali, resistindo à tentação de coçar a região. De coçar o meu desgosto com a vida.

Em vez disso, encaro o teto alto do meu escritório. Um conjunto de salas num oásis tranquilo no coração de Londres. Construído no século XVIII, com sancas rebuscadas, folhas de ouro na roseta ao redor do lustre e uma vista — através das enormes janelas de guilhotina — do pátio do Inner Temple e da redonda Temple Church, construída no século XII.

Este é o meu mundo. Arcaico, antiquado, privilegiado, exclusivo. Tudo que eu deveria odiar — e normalmente odiaria mesmo. Ainda assim, adoro. Adoro porque tudo isso — todo esse ninho de construções nos limites do centro financeiro da cidade, saindo da Strand e seguindo em direção ao rio, a pompa e a hierarquia, o status, a história e a tradição — representa coisas que, no passado, eu nem imaginava que existiam, nunca havia sonhado em almejar. Tudo isso mostra quão longe eu cheguei.

É por isso que sempre que saio para comprar um cappuccino e não estou acompanhada pelos meus colegas de profissão dou um chocolate quente — com pacotinhos extras de açúcar — para a menina que fica encolhida no saco de dormir num vão da Strand. Quase ninguém notaria a presença dela. Pessoas em situação de rua sabem ser invisíveis, ou nós é que somos bons em torná-las assim: desviamos os olhos dos sacos de dormir bege, dos rostos sujos e dos cabelos desgrenhados, dos corpos embrulhados em casacos largos demais e dos cachorros tão magros quanto elas ao passarmos apressados a caminho do brilho sedutor de Covent Garden ou da ebulição cultural de South Bank.

Mas passe um tempo em qualquer tribunal e você vai entender como a vida pode ser incerta. Como o seu mundo pode desabar num instante se você tomar a decisão errada — se, por apenas um milésimo de segundo fatal, você fizer algo ilegal. Ou então se você for pobre e infringir a lei. Porque tribunais, assim como hospitais, são ímãs de gente que já nasce desafortunada; que se envolve com o homem errado ou com os amigos errados e acaba tão atolada em problemas que perde qualquer noção do que é certo. Ricos não são tão atingidos. É só olhar para evasão fiscal — ou fraude, como seria chamado o crime se fosse cometido por alguém que não tivesse a vantagem de ter um contador habilidoso. O azar — ou a falta de discernimento — não parece afetar os ricos com a mesma frequência que assola os pobres.

Ah, estou com um humor péssimo. Dá para perceber que estou de mau humor quando começo a pensar como uma aspirante a política. Na maior parte do tempo, guardo para mim as minhas tendências esquerdistas. Elas podem causar desconforto entre os membros mais tradicionais do meu trabalho; podem gerar discussões acaloradas em jantares formais, enquanto comemos o tipo de comida que se comeria num casamento — frango ou salmão com massa folhada — e tomamos nosso vinho igualmente medíocre. É bem mais diplomático se limitar a fofocas jurídicas: que conselheiros da rainha estão recebendo tão pouco trabalho que se inscreveram para se tornar juízes do Tribunal da Coroa; quais vão ser promovidos; quem perdeu a paciência com um oficial de justiça no tribunal. Consigo tagarelar sobre essas coisas ao mesmo tempo que penso no trabalho, me preocupo com a minha vida pessoal ou até planejo o que comprar para o jantar do dia seguinte. Depois de dezenove anos, sou especialista em ser sociável no trabalho. Tenho essa habilidade.

Mas, na santidade do meu escritório, posso me soltar de vez em quando, mas só um pouco; então, por um minuto, apoio a cabeça nas mãos sobre a minha escrivaninha dupla de mogno, fecho bem os olhos e pressiono os nós dos dedos com força neles. Vejo estrelas: pontinhos brancos que rompem a escuridão e brilham como os diamantes do anel que me dei de presente — já que ninguém faria isso por mim. É melhor ver isso que me render às lágrimas.

Acabei de perder um caso. E, apesar de saber que já vou ter superado a sensação de fracasso na segunda-feira, que vou seguir em frente, porque tenho outros casos a defender, outros clientes a representar, ainda me sinto mal. Não é algo que aconteça com frequência ou que goste de admitir, porque adoro vencer. Bom, todo mundo adora. É natural. Precisamos disso para garantir que as nossas carreiras continuem de vento em popa. E é assim que o nosso sistema judiciário adversarial funciona.

Eu me lembro do meu choque quando me explicaram isso, logo no começo dos meus estudos. Eu entrei para o direito cheia de ideais — e mantenho alguns, não fiquei completamente cínica —, mas não esperava escutar isso de forma tão brutal.

"A verdade é uma questão complicada. Quer seja certa ou errada, a advocacia adversarial não se trata de uma busca pela verdade", explicou Justin Carew, conselheiro da rainha, para nós, seus inexperientes alunos de vinte e poucos anos, recém-saídos de Oxford, Cambridge, Durham e Bristol. A advocacia se trata de ser mais convincente que o seu oponente, continuou ele. Você pode vencer mesmo que haja uma pilha de provas contra o seu caso, basta apresentar argumentos melhores. E nada é mais importante que vencer, é claro.

Porém, às vezes, apesar de todas as suas habilidades de persuasão, você perde; e, comigo, isso acaba acontecendo quando uma testemunha se mostra inconsistente; se ela não apresenta provas das alegações; se, durante o depoimento, a história dela se desenrola feito um novelo de lã atacado por um gato — um monte de contradições que se embolam mais e mais a cada puxão.

Foi o que aconteceu hoje no caso *Butler*. Era um caso de estupro envolvendo violência doméstica: Ted Butler e Stacey Gibbons, que moraram juntos por quatro anos, e na maior parte desse tempo ele a agredia.

Desde o começo, eu sabia que tínhamos poucas chances. Júris gostam de condenar um predador sexual, o típico bicho-papão que se esconde em becos escuros; mas, quando se trata de estupros conjugais, ninguém quer se meter.

Apesar de acreditar que os jurados costumam acertar em suas decisões, não foi o que aconteceu nesse caso. Às vezes acho que eles estão presos na era vitoriana; ela é a sua esposa, ou companheira, e o que acontece entre quatro paredes é problema do casal. E, para ser justa, é meio esquisito mergulhar tanto nas intimidades de um casal: ouvir o que ela veste para dormir — uma camisa larga de uma grande rede de supermercados — ou como ele gosta de fumar um cigarro depois do sexo, apesar de ela ser asmática e ele saber que isso lhe causa apertos no peito. Fico pensando naquelas pessoas sentadas na corte: por que elas vêm assistir àquele drama triste e patético? É mais envolvente que uma novela, já que se trata de pessoas reais em cena e do choro real da testemunha — que, felizmente, fica escondida da galeria; sua identidade protegida por uma tela, para que não precise ver o suposto agressor: um sujeito de pescoço gordo e olhos pequenos, usando um terno barato e camisa e gravata pretas; a postura ameaçadora num traje respeitável, de cara feia por trás do vidro reforçado do banco dos réus.

Então, aquilo tudo parece indecente e lascivo. Invasivo. Mas faço as perguntas mesmo assim — perguntas que invadem os momentos mais reveladores, mais assustadores, que Stacey já enfrentou —, porque, no fundo, apesar das coisas que aquele ilustre conselheiro da rainha me disse tantos anos antes, eu continuo em busca da verdade.

Em seguida, o advogado de defesa mencionou a questão da pornografia. Uma questão que só pôde ser levada a júri porque o meu oponente foi bem-sucedido ao argumentar para o juiz que existe uma semelhança entre a cena de um DVD que fica na mesa de cabeceira do casal e o que aconteceu naquela situação.

— Não é possível — perguntou meu estimado colega, Rupert Fletcher, em sua voz grave e coerciva — que tenha sido apenas uma brincadeira sexual da qual ela se sente um pouco envergonhada agora? Uma fantasia realizada que ela acredita ter ido longe demais? O DVD mostra uma mulher sendo amarrada, da mesma forma que a Srta. Gibbons foi. Não é descabido imaginar que, no momento da penetração, Ted Butler acreditasse que Stacey Gibbons estava em concordância com a fantasia que os dois combinaram anteriormente.

Que ela estava apenas encenando um papel que tinha consentido em interpretar.

Ele entra em mais detalhes sobre o DVD antes de mencionar uma mensagem na qual ela admite: "Me deixou com tesão." Eu vi a aversão estampada no rosto de alguns jurados — da mulher de meia-idade, toda arrumada para o tribunal, que talvez tivesse imaginado que participaria de um caso de roubo ou de assassinato, cujos olhos ficaram arregalados com o caso — e soube que a compaixão que sentiam por Stacey estava desaparecendo mais rápido que uma maré baixando na praia.

— A senhorita tinha fantasias sobre ser amarrada, não tinha? — perguntou Rupert. — A senhorita mandou uma mensagem para o seu companheiro afirmando que gostaria de experimentar esse tipo de coisa.

Ele fez uma pausa, deixando o choro de Stacey ecoar pelo tribunal sem janelas.

— Sim — veio a confirmação abafada dela.

E, a partir de então, não importava mais Ted quase a ter sufocado enquanto a estuprava, os pulsos dela estarem cheios de hematomas das suas tentativas de se soltar, marcas que ela teve a perspicácia de registrar no iPhone. Depois disso, tudo foi ladeira abaixo.

Eu me sirvo de uma dose de uísque do decantador na mesa de canto. Não costumo beber no trabalho, mas hoje foi um dia longo e já passa das cinco. O sol estava se pondo — o céu rosado e dourado iluminando as nuvens e embelezando ainda mais o pátio —, e sempre considerei álcool permitido depois que anoitece. O *single malt* atinge o fundo da minha garganta, esquenta a minha goela. Fico me perguntando se Rupert vai comemorar a vitória no bar de vinhos do outro lado do tribunal. Rupert deve ter percebido, pelos hematomas, pela marca de estrangulamento, pelo sorrisinho no rosto do seu cliente ao escutar o veredito, que ele era totalmente culpado. Mas uma vitória é uma vitória. Mesmo assim, se eu estivesse defendendo um réu como esse, teria a decência de não me vangloriar, muito menos de comprar uma garrafa de Veuve para dividir com meu assistente. Mas é aquilo, tento não defender esse tipo de réu. Apesar de você ser considerado um advogado melhor se trabalhar nos dois lados, não quero ficar com peso na consciência representando pessoas que suspeito serem culpadas. Por isso prefiro trabalhar na acusação.

Porque eu estou do lado da verdade, não apenas dos vencedores — e o meu raciocínio é que, se eu acreditar na testemunha, então vai haver provas suficientes para levar o caso a julgamento. E é por isso que sempre quero vencer. Não é só uma questão de sair vitoriosa, mas de estar do lado das Staceys Gibbons do mundo; e das pessoas cujos casos são menos imprecisos e ainda mais brutais: a menina de 6 anos estuprada pelo avô, o garoto de 11 anos constantemente assediado pelo seu chefe dos escoteiros, a estudante que foi obrigada a fazer sexo oral ao cometer o erro de voltar para casa sozinha, tarde da noite. Sim, especialmente do lado dela. No tribunal criminal, o critério aplicado na apresentação de provas é rigoroso: o ônus da prova em casos civis deve estar acima de qualquer dúvida razoável, e não numa balança de probabilidades. E foi por isso que Ted Butler saiu impune hoje. Havia uma pulga atrás da orelha: a possibilidade hipotética, levantada por Rupert em sua voz sedutora, de que Stacey, uma mulher que poderia parecer um tanto valentona para os jurados, tinha aceitado ter uma relação sexual violenta, e só foi procurar a polícia duas semanas depois, ao descobrir que Ted tinha uma amante. A possibilidade de ela estar traumatizada e envergonhada, de temer ser maltratada e desacreditada pela justiça, como aconteceu, não parecia ter passado pela cabeça de ninguém.

Encho de novo o meu pesado copo de cristal; acrescento um pouco de água. Duas doses é o meu limite, e não o ultrapasso. Sou disciplinada. Preciso ser, porque sei que o meu raciocínio fica comprometido quando bebo mais que isso. Talvez esteja na hora de ir para casa — mas a ideia de voltar para o meu apartamento de dois quartos todo organizado não me enche os olhos. Costumo gostar de morar sozinha. Sou teimosa demais para me envolver num relacionamento sério, sei disso; sou apegada demais a ter um espaço só meu, egoísta demais, questionadora demais. Eu me deleito com a minha solidão, ou com o fato de não precisar satisfazer as necessidades de outra pessoa enquanto meu cérebro fervilha com as preparações para um novo caso, ou quando estou morta de cansaço ao terminá-lo. Porém, quando perco, não gosto do silêncio íntimo, compreensivo. Não quero mais ficar sozinha remoendo as minhas imperfeições profissionais e pessoais. Por isso costumo ficar até tarde no trabalho, minha luz permanecendo acesa muito tempo depois de os meus colegas já terem voltado para suas casas e suas famílias; fico procurando a verdade nas minhas pilhas de papel, tentando encontrar uma forma de vencer.

Hoje, escuto o barulho da sola dos sapatos dos meus colegas descendo a escada de madeira do século XVIII, e o burburinho de risadas chega até mim. É começo de dezembro, o início da correria de Natal, uma noite de sexta-feira, e dá para sentir o clima no ar: o alívio geral de chegar ao fim de uma longa semana. Não vou me juntar aos meus colegas no bar. Estou com cara de enterro, como minha mãe diria, e já atuei bastante por um dia. Não quero que as pessoas se sintam na obrigação de me consolar, de me dizer que há outros casos para defender, que casos de violência doméstica são sempre difíceis. Não quero ter que abrir um sorriso forçado enquanto xingo por dentro, não quero que a minha raiva acabe com o clima. Richard vai estar lá: meu antigo supervisor, meu amante ocasional — muito ocasional nos últimos tempos, desde que a sua esposa, Felicity, descobriu o nosso caso, e não quero causar problemas, muito menos destruir o casamento dele. Não quero que ele sinta pena de mim.

Uma batida rápida à porta: o toc-toc-toc ágil da única pessoa que eu suportaria ver agora. Brian Taylor, meu assessor por todos os dezenove anos que trabalho no edifício número um da Swift Court. Quarenta anos de profissão, com mais inteligência e entendimento da psicologia humana que muito advogado para quem trabalha. Por trás dos cabelos grisalhos brilhantes, do terno elegantemente abotoado e do "senhorita" educado pelo qual me chama — já que ele insiste em manter a hierarquia, pelo menos no escritório —, há uma aguçada compreensão da natureza humana e um forte senso de moralidade. Ele também é extremamente reservado. Demorei quatro anos para perceber que tinha sido abandonado pela esposa; e mais quatro para descobrir que tinha sido para ficar com outra mulher.

— Imaginei que a senhorita ainda estaria aqui. — Ele enfia a cabeça pela fresta da porta. — Fiquei sabendo do caso *Butler*.

Seus olhos vão do meu copo de uísque vazio para a garrafa, depois voltam. Sem dizer nada. Apenas reparando naquele detalhe.

Respondo com um murmúrio indiferente que sai como um rosnado gutural.

Ele para diante da minha mesa com as mãos nas costas, relaxado; apenas esperando para me oferecer alguma pílula de sabedoria. Eu acabo seguindo a deixa e me recosto na cadeira, deixando meu mau humor de lado por um momento, a contragosto.

— A senhorita precisa de um caso estimulante. De um caso grande.

— Nem me fale.

Sinto o ar saindo do meu corpo num suspiro: é um alívio ter alguém que me conhece tão bem e que apresenta minha ambição como um fato.

— A senhorita precisa — continua ele, me encarando com ar astucioso, seus olhos escuros brilhando com a empolgação de um caso eletrizante — de algo que a leve a outro patamar. Que marque a sua carreira.

Ele está segurando algo, como eu já imaginava. Desde outubro de 2015, todos os casos são distribuídos por meios eletrônicos: ninguém mais os entrega embalados numa fita cor-de-rosa, como se fosse uma cartinha de amor. Mas Brian sabe que eu prefiro ler documentos físicos: me debruçar sobre papéis para fazer anotações, sublinhá-los, cobri-los com Post-its fluorescentes até criar um mapa para me guiar pelo julgamento.

Ele sempre imprime os meus documentos, e eles são as cartas mais adoráveis do mundo, apresentadas agora com o floreio de um mágico.

— Eu tenho o caso perfeito para a senhorita.

2

Sophie

21 de outubro de 2016

Sophie nunca pensou que o seu marido fosse um mentiroso.

Ela sabe que ele é dissimulado, sim. Isso faz parte do trabalho: uma predisposição a ser econômico com a verdade. Talvez seja até um pré-requisito para ser ministro do governo.

Mas Sophie nunca achou que ele mentiria para ela. Ou melhor, que ele poderia ter uma vida da qual ela nem desconfiava: um segredo que poderia detonar embaixo do mundo ao qual se dedicava com tanto carinho e explodi-lo para sempre.

Ao observá-lo naquela sexta, enquanto ele sai para levar as crianças para a escola, ela sente uma onda de amor tão forte que para na escada apenas para apreciar a cena dos três juntos. Eles estão emoldurados pela porta, James se vira para dar tchau, o braço direito acomodando a cabeça de Finn, o esquerdo esticado naquele aceno político, antes tão zombado por ela, mas que agora parece natural. O filho, com a franja caindo sobre os olhos, as meias largas ao redor dos tornozelos, arrasta os pés nos azulejos, relutante em sair, como sempre. Sua irmã mais velha, Emily, passa apressada pela porta: determinada, aos 9 anos, a não se atrasar.

— Bom, até logo — grita o marido, e o sol de outono ilumina o alto do seu corte de cabelo ainda juvenil, formando uma auréola ao seu redor, a luz destacando sua silhueta de um metro e noventa.

— Tchau, mãe — berra a filha enquanto desce a escada correndo.

— Tchau, mamãe. — Finn, chateado com a mudança na rotina, pela novidade de o pai levá-los para a escola, faz beicinho e fica corado.

— Vamos, garotão. — James o conduz pela porta, competente, autoritário, até mesmo controlador, e ela quase se ressente do fato de ainda achar isso atraente. Então ele sorri para o filho, e seu rosto inteiro se ameniza, pois Finn é seu ponto fraco. — Você sabe que vai se divertir quando chegar lá.

Ele passa um braço pelos ombros do filho e o acompanha pelo jardim impecável da casa deles na zona oeste de Londres, com os loureiros aparados feito dois guardas na entrada e com o caminho ladeado por arbustos de lavanda, levando-o para longe dela, em direção à rua.

Minha família, pensa ela, observando o trio perfeito se afastar: sua menina, correndo na frente para aproveitar o dia, só pernas magricelas e rabo de cavalo balançante; seu menino, segurando a mão do pai e o encarando com a admiração genuína que existe quando se tem 6 anos. A semelhança entre o homem e o menino — já que Finn é a versão em miniatura do pai — apenas aumenta o amor dela. Tenho um filho lindo e um marido lindo, pensa ela, enquanto observa os ombros largos de James — ombros de quem já foi remador — e espera, mais por esperança que por expectativa, que ele olhe para trás e sorria, porque ela nunca conseguiu resistir ao seu carisma.

É claro que ele não faz isso, e ela fica observando até os três desaparecerem. As pessoas mais preciosas do seu mundo.

Esse mundo desmorona às oito e quarenta e três da noite. James está atrasado. Ela devia ter imaginado que isso aconteceria. Era sexta-feira: em semanas alternadas, ele atendia os eleitores do seu distrito eleitoral no interior de Surrey, num salão municipal bem iluminado.

Assim que ele foi eleito, a família ia para lá todo fim de semana: debandando para um chalé frio e úmido que nunca lhes pareceu um lar de verdade, apesar das muitas reformas que fizeram na casa. Depois da segunda eleição, foi um alívio parar de fingir que eles queriam passar metade da semana em Thurlsdon. O lugar era muito agradável nos meses de verão, sim, mas desolador no inverno, quando ela ficava encarando as árvores secas ao redor do quintal rústico e tentava apaziguar seus filhos urbanos, que queriam a agitação e as distrações de sua verdadeira casa em North Kensington, enquanto James lidava com as questões do eleitorado.

Agora, eles se aventuram lá apenas uma vez por mês, e, no meio-tempo, James dá um pulo no vilarejo para o atendimento nas sextas intercaladas. Duas horas numa tarde de sexta: ele prometeu que sairia antes das seis.

Desde que se tornou ministro, ele tem um motorista, e deveria ter chegado às sete e meia — com trânsito bom. Os dois combinaram de jantar na casa de uns amigos. Quer dizer, "amigos". Matt Frisk também é ministro: ambicioso de um jeito malvisto no meio deles, em que sucesso é reconhecido como algo inevitável, porém ambição desvelada é considerada deselegante. Mas ele e Ellie moram perto, e é difícil para ela ficar fugindo dos dois.

Eles combinaram de chegar lá às oito e quinze. Já são oito e dez — e cadê ele? A noite de outubro vem furtivamente pelas janelas de guilhotina: a escuridão é suavizada pelo brilho dos postes, e o outono dá as caras. Ela adora essa época do ano. Traz um clima de novos começos; de correr entre as folhas por Christ Church Meadows, quando era caloura em Oxford, empolgada com a ideia de novos mundos se abrindo para ela. Desde que teve filhos, essa é uma época para se aconchegar; de se mimar com o fogo na lareira, com amêndoas assadas, breves caminhadas revigorantes e ensopados de carne de caça. Porém, agora, a noite de outono está carregada com a tensão de tudo que pode acontecer. Passos se aproximam pela calçada e uma risada feminina sedutora ecoa. Uma voz mais grave murmura alguma coisa. Não é James. Os passos se aproximam e depois se afastam até desaparecer.

Ela liga de novo. O celular dele chama, mas a ligação vai para a caixa postal. Ela bate na superfície lisa do telefone — perturbada com a perda do costumeiro autocontrole. Fica com o estômago embrulhado de medo, e, de repente, ela está de volta ao frio do alojamento da faculdade em Oxford, o vento assobiando pelo pátio enquanto ela espera o telefone público tocar. O olhar de compaixão de um bedel. O pavor — tão intenso naquela última semana do seu primeiro ano — de que algo ainda pior pudesse acontecer. Tinha 19 anos e torcia para que ele ligasse, mesmo naquela época.

Oito e catorze. Ela tenta de novo, se odiando por fazer isso. A ligação vai direto para a caixa postal. Ela arranca um fiapo imaginário da roupa, arruma as pulseiras e analisa as unhas com um olhar crítico: perfeitamente lixadas, sem esmalte, ao contrário das unhas de acrigel cintilantes de Ellie.

Passos na escada. Uma voz infantil.

— O papai chegou?

— Não. Vai dormir. — Seu tom é mais ríspido do que ela pretendia que fosse.

Emily a encara com uma sobrancelha arqueada.

— Volta para a cama, querida — acrescenta ela com a voz mais amena enquanto acompanha a filha até o andar de cima, o coração acelerando ao fazer a curva no corredor e acomodá-la sob as cobertas. — Você devia estar descansando. Ele já vai chegar.

— Pede pra ele vir me dar boa-noite? — pede Emily, fazendo beicinho, linda de doer.

— Bom, a gente vai sair. Mas, se você ainda estiver acordada...

— Eu vou estar.

A determinação da filha — a forma como seu maxilar se projeta, a crença inabalável em si mesma — mostra que ela puxou ao pai.

— Então tenho certeza de que ele vem. — Dá um beijo rápido na testa da filha para encerrar a conversa e ajeita o edredom ao redor dela. — Mas não quero que você levante de novo. Entendeu? A Cristina vai ficar tomando conta de vocês, como sempre. Eu peço para ele subir quando chegar.

Oito e dezessete. Não vai ligar de novo. Nunca foi o tipo de esposa que se comporta como uma maníaca, mas tem alguma coisa naquele silêncio absoluto que a deixa incomodada. Ele costuma saber se comunicar, não é do seu feitio fazer algo assim. Ela o imagina preso na M25, distraído com a papelada do trabalho no banco detrás do carro. Ele ligaria, mandaria uma mensagem, um e-mail; não a deixaria esperando enquanto a babá faz hora na cozinha, ansiosa pela saída dos dois para ficar com a casa só para ela aconchegada no sofá. A maquiagem cuidadosamente retocada de Sophie está um pouco menos perfeita; as flores compradas para os Frisk murcham no embrulho sobre a mesa do hall de entrada.

Oito e vinte e um. Ela vai ligar para os Frisk se ele não aparecer até as oito e meia. Mas então chega a hora, e ela não liga. Oito e trinta e cinco, trinta e seis, trinta e sete. Ciente de que é falta de educação não falar nada, às oito e quarenta, ela manda uma mensagem curta para Ellie Frisk com um pedido de desculpas, explicando que houve um problema no atendimento ao eleitorado, e dizendo que eles sentem muito, mas não vão poder comparecer ao jantar.

O *Times* publicou uma matéria sobre o Estado Islâmico, escrita por Will Stanhope, mas as palavras do seu antigo colega de faculdade passam batidas por ela. Podia muito bem estar lendo uma história sobre dinossauros astronautas para Finn que seu interesse seria o mesmo. Porque estava focada em apenas uma coisa.

Agora, sim. O barulho da chave dele na porta. O carvalho pesado arranha o assoalho e range ao abrir. O som dos seus passos: mais lentos que o normal, não no seu ritmo acelerado, confiante, de sempre. Então o baque seco da caixa vermelha sendo deixada na mesa: o peso da responsabilidade abandonado por um tempo — um som tão glorioso quanto vinho branco seco sendo servido numa noite de sexta. O tilintar das chaves na mesa do hall. E então silêncio, de novo.

— James? — Ela entra no hall.

O belo rosto dele está pálido: seu sorriso é tenso e não se reflete nos olhos, onde seus discretos pés de galinha parecem mais marcados que o normal.

— É melhor você cancelar com os Frisk.

— Já cancelei.

Ele tira o casaco e o pendura com cuidado, desviando o rosto.

Hesita, mas então abraça a cintura dele — sua cintura definida se afina para formar um V, como o tronco de uma muda de árvore que desabrocha —, porém ele se estica para trás e a afasta.

— James? — O frio que ela sente no fundo do peito parece aumentar.

— A Cristina está aqui?

— Está.

— Bom, você pode pedir que ela vá para o quarto? A gente precisa ter uma conversa em particular.

— Certo. — O coração dela acelera ao notar que sua própria voz saiu num tom irritado.

Ele abre outro sorriso de boca fechada e sua voz ganha um toque de impaciência, como se ela fosse uma criança desobediente, ou talvez uma funcionária pública preguiçosa.

— Você pode fazer isso agora, por favor, Sophie?

Ela o encara, sem reconhecer aquele humor — tão diferente do que esperava.

Ele massageia a testa com os dedos longos e firmes, seus olhos verdes fecham por um instante, os cílios — irresistivelmente longos — tocando as bochechas. Então seus olhos se abrem de repente, e o olhar com que ele a encara é o mesmo de Finn quando tenta aliviar a bronca que vai levar e implora por perdão. É o olhar com que James a fitou vinte e três anos atrás, antes de confessar a crise que quase o derrubou, a crise que os fez se separar, a crise que ainda a faz estremecer às vezes, temendo que ela volte à tona.

— Desculpa, Soph. Desculpa mesmo. — E é como se ele não estivesse carregando apenas o peso do trabalho como subsecretário do

Estado de Combate ao Extremismo, mas a responsabilidade por todo o governo. — Eu fodi tudo.

O nome dela era Olivia Lytton — embora Sophie sempre tenha pensado nela como a pesquisadora parlamentar de James. Um metro e setenta e oito, 28 anos, loura, cheia de contatos, confiante, ambiciosa.

— Acho que ela vai ser descrita como um mulherão. — Ela tenta usar um tom amargurado, mas sua voz sai estridente.

O caso começara cinco meses antes e terminou uma semana atrás, logo depois do congresso do partido.

— Não significou nada — diz James, as mãos segurando a cabeça, demonstrando todo o seu arrependimento. Ele se inclina para trás, franzindo o nariz ao soltar outro clichê. — Era só sexo, uma coisa que inflava o meu ego.

Ela engole em seco: um aperto de raiva no peito quase impossível de conter.

— Bom, tudo bem então.

Seu olhar fica mais ameno ao notar o sofrimento dela.

— Não tem nada de errado com essa parte da nossa relação. Você sabe disso. — Ele costuma saber interpretá-la muito bem: uma habilidade cultivada ao longo de duas décadas, uma das coisas que os torna tão próximos. — Só cometi um erro idiota.

Empoleirada no sofá de frente para ele, ela espera a raiva diminuir o suficiente para conseguir responder de forma civilizada ou para que ele tome a iniciativa de acabar com a distância entre os dois. De estender uma mão hesitante, ou de pelo menos oferecer um sorriso.

Mas ele está plantado no lugar: a cabeça baixa, os cotovelos apoiados nos joelhos, os dedos se tocando como se orasse. A princípio, ela detesta essa demonstração de falso moralismo — um clichê blairista; o político penitente —, mas então amolece ao ver os ombros dele estremecerem, apenas uma vez, não com choro, mas com um suspiro. Por um instante, lhe vem à mente a imagem da própria mãe enquanto seu pai charmoso, cafajeste, confessava mais uma "recaída". A resignação vazia de Ginny — e então o brilho de tristeza rapidamente suprimido nos seus olhos azul-escuros.

Será que todos os maridos fazem esse tipo de coisa? Primeiro vem a mágoa, depois a raiva. Não devia ser assim. O casamento deles é diferente. Baseado em amor e confiança e numa vida sexual que ela se esforça para manter ativa.

Ela abriu mão de muita coisa na vida, e Deus era testemunha de que reatar o namoro exigiu um enorme voto de confiança da sua parte; mas a única certeza que ela deveria ter era de que o seu casamento era firme. A vista dela começa a embaçar com as lágrimas. Ele ajeita a cabeça e olha nos seus olhos — e ela não queria que ele tivesse feito isso.

— Tem mais uma coisa — diz ele.

É *óbvio* que ele não teria confessado o caso se não houvesse um motivo.

— Ela está grávida? — As palavras, duras, mas necessárias, sugam a cor do espaço entre os dois.

— Não, claro que não.

Ela relaxa um pouco: Emily e Finn não vão ter um meio-irmão. Nenhuma prova da traição. Nenhuma necessidade de compartilhá-lo de alguma forma.

Então ele ergue o olhar de cara feia. Ela finca as unhas na palma da mão, deixando marcas de meia-lua, e nota que as juntas dos dedos estão brancas como pérolas, em contraste com a vermelhidão da pele.

O que poderia ser pior que outra mulher ter um filho dele — ou talvez optar por um aborto? Outras pessoas descobrirem: o caso seria uma fofoca especialmente quente se caísse em alguns ouvidos estratégicos nas salas de chá do Parlamento até todo mundo descobrir. Quem já sabe? Os colegas de trabalho dele? O primeiro-ministro? A esposa dos outros parlamentares? E Ellie? Sophie imagina seu rosto rechonchudo e idiota iluminado com uma pena que mal conseguia reprimir. Talvez ela tivesse notado a mentira na mensagem e já soubesse de tudo.

Sophie se força a respirar fundo. Eles vão conseguir enfrentar e superar isso. Já passaram por coisa pior, não foi? Ter um casinho não é crime: é algo que pode ser relevado, esquecido rapidamente, superado. Mas então James diz algo que eleva aquilo a um nível mais danoso, corrosivo; algo que a acerta no peito com força enquanto ela contempla uma possibilidade tão terrível que sequer havia cogitado.

— Essa história vai sair na imprensa.

3

Sophie

22 de outubro de 2016

É o *Daily Mail* que tem a história. Eles precisam esperar as primeiras edições saírem para descobrir o tamanho do estrago.

O diretor de comunicações do primeiro-ministro, Chris Clarke, está lá: andando de um lado para o outro, com o telefone enfiado na orelha ou grudado na mão, sua cara de rato tensa de ansiedade, olhinhos semicerrados de cada lado de um nariz fino ensebado com a gordura de muitas refeições para viagem e a exaustão de incontáveis dias que começam cedo e terminam tarde.

Ela não o suporta. Sua voz anasalada, sua presunção, aquela pompa ao andar — a pompa de um homem baixo que, com um metro e setenta e cinco, parece minúsculo ao lado do seu marido. O fato de ele saber que é indispensável para o primeiro-ministro. "É um homem do povo. Ele nos mantém sob controle, sabe o que falta na gente... e como contornar isso", disse James certa vez, quando ela tentou expressar sua desconfiança instintiva. Ela não sabia como avaliar aquele ex-jornalista de tabloide nascido em Barking. Solteiro, sem filhos, mas que ao mesmo tempo não parecia ser gay, não se interessa por nada além de política. Com quase quarenta anos, ele é a personificação daquele clichê incompreensível: casado com o trabalho.

— Puta que pariu.

Ele dá uma olhada na matéria que está no iPad agora, enquanto espera a entrega do calhamaço que é um jornal de domingo; a boca se retorce numa expressão de desdém, como se sentisse um gosto amargo na boca. Sophie sente a bile subir pela garganta ao ver a manchete "MINISTRO SE ENVOLVE EM CASO EXTRACONJUGAL COM ASSISTENTE", e então o subtítulo: "Amigo do primeiro-ministro tem encontros tórridos nos corredores do poder."

Ela corre os olhos pelo primeiro parágrafo, as palavras se transformando em algo sólido e impossível. "O galã do Parlamento britânico teve relações sexuais com uma assistente em um elevador da Câmara dos Comuns, revela o *Daily Mail* com exclusividade."

"James Whitehouse, ministro ligado ao Ministério do Interior e amigo pessoal do primeiro-ministro, manteve um caso com a pesquisadora do Parlamento dentro do palácio de Westminster. O parlamentar, casado e pai de dois filhos, também dividiu um quarto com a assistente loira, Olivia Lytton, 28, durante o congresso do partido."

— Caralho, que burrice.

A voz de Chris quebra o silêncio enquanto ela tenta controlar os sentimentos e encontrar uma forma de parecer tranquila e convincente. Mas não consegue e se levanta de repente, sendo inundada por uma maré de enjoo ao sair depressa da sala. Escondida na cozinha, ela se apoia na pia — torcendo para a vontade de vomitar passar. O metal está gelado, e ela se concentra no brilho dele e depois num desenho de Finn: um dos poucos que considerou bom o suficiente para ser exibido na geladeira. Quatro bonecos de palito exibem sorrisos enormes; a figura do pai se destaca em relação ao restante da família, ele é cinquenta por cento maior que a esposa, cem por cento maior que o filho. A visão do mundo de um menino de 6 anos. "Minha *família*" está rabiscado em canetinha cor-de-rosa.

A família de Finn. A família dela. Seus olhos ficam marejados de lágrimas, mas ela pisca para afastá-las e toca os cílios molhados para não deixar o rímel borrar. Agora não é hora de sentir pena de si mesma. Ela pensa no que a mãe faria: iria se servir de uma dose dupla de uísque, levaria os cachorros para um passeio enérgico, furioso, ao longo do despenhadeiro. Não há cachorros aqui. Também não há um caminho por uma costa remota no qual se perder; ou se esconder da imprensa que, a julgar pela reação às indiscrições passadas de outros funcionários do governo, logo estaria rondando a porta da casa deles.

Como explicar aquilo para os filhos, acostumados a sair cedo para o balé e para a natação? As câmeras. Talvez um repórter? Seria mais fácil enrolar Finn — mas Emily? As perguntas vão ser intermináveis. *Por que eles estão aqui? O papai se meteu em alguma encrenca? Quem é aquela moça? Mãe, por que eles querem uma foto nossa? Mamãe, você está chorando? Por que você está chorando, mamãe?* Só de pensar nisso — no fato de que eles vão ser expostos a toda a humilhação e o escrutínio público e de que ela vai precisar acalmá-los enquanto as perguntas não pararem de surgir — faz a ânsia de vômito voltar.

E então haverá as informações incompletas e compreendidas pela metade no parquinho e os olhares de pena ou de satisfação maldisfarçada das outras mães. Por um instante, ela cogita colocar as crianças no carro e levá-las para a casa da mãe, nos confins de Devon, escondida depois de infinitas estradas e colinas. Mas fugir indica culpa — e falta de união. O lugar dela é aqui, com o marido. Ela enche um copo de água, toma dois goles rápidos e intensos, então entra de volta na sala para descobrir como salvar o seu casamento e ajudar a recuperar a carreira política de James.

— Então... ela está fazendo o papel clássico de mulher rejeitada?

Curvado para a frente, Chris Clarke analisa James como se tentasse encontrar uma explicação plausível. Sophie cogita a possibilidade de ele ser assexual. Ele parece ter uma frieza: como se fosse incapaz de compreender a fragilidade humana — que dirá a imprudência complexa do desejo.

— Eu expliquei a ela que o nosso caso tinha sido um erro, que havia acabado. Como não deram nenhuma declaração direta dela, outra pessoa deve ter avisado a imprensa, não é?

— Ela trabalha em Westminster. Sabe fazer uma história vazar.

— "Fontes próximas de..."? — James parece magoado ao olhar para o monte de papel que fala dele.

— Exatamente. "'Ele a usou. Ela achava que era uma relação séria, mas ele teve um comportamento horroroso...', contou uma 'amiga' da Srta. Lytton."

— Eu li — diz James. — Não precisa continuar.

Então Sophie se senta no sofá diante do marido, à direita do diretor de comunicações. Talvez ela pareça masoquista, querendo saber cada detalhe, mas ignorância não é uma opção. Precisa entender exatamente o que está enfrentando. Tenta reler a história — dando especial atenção ao comentário da "fonte próxima" sobre tudo que Olivia sofreu, lendo sobre o elevador que pegaram juntos na Câmara dos Comuns. "Ele apertou um botão e parou o elevador, e o trajeto levou mais tempo que o normal." Dá para imaginar o sorriso do repórter ao decidir incluir essa insinuação, as risadinhas, rapidamente suprimidas, ou as sobrancelhas erguidas de alguns leitores — porém, apesar de sofrer um baque com a brutalidade das palavras, os fatos, de modo geral, não fazem muito sentido.

Ela ergue o olhar, ciente de que Chris ainda está falando.

— Então você vai dizer o seguinte: está muito arrependido desse caso breve e do sofrimento que causou à sua família. Sua prioridade agora é reconstruir esses laços. — Ele olha para ela de soslaio enquanto fala. — Você não vai inventar nada para cima da gente, não é, Sophie?

— Como assim? — Ela toma um susto.

— Anunciar que vai pedir divórcio. Dar o seu lado da história. Ir embora de fininho.

— Você precisa perguntar?

— Claro que preciso. — Ele a avalia com o olhar.

— Não, é óbvio que não.

Ela consegue manter um tom neutro, sem revelar que sim, é claro que cogitou fugir, desaparecer num labirinto de estradas bem longe de Londres e da sua nova realidade dolorosa. Também conseguiu esconder a raiva por ele ter adivinhado tudo isso.

Ele faz que sim com a cabeça, aparentemente satisfeito, então se vira para o seu marido.

— O problema, claro, é que 1) você estava numa posição de poder; e 2) a alegação de que você transou enquanto devia estar trabalhando para o governo. "À custa" dos contribuintes.

— O congresso do partido não é bancado por dinheiro público.

— Mas o seu cargo de ministro no Governo de Sua Majestade é. E a ideia de que você estava trepando num elevador enquanto devia estar ajudando a administrar o país é, no mínimo, problemática.

— Faz sentido.

Então ela olha para James: um olhar de relance chocado por ele não negar isso, por aceitar essa descrição. O diretor de comunicações sorri, e ela se pergunta se ele sente prazer em depreciá-los desse jeito. Ele se engrandece: ao colocá-los no seu devido lugar, ele se reafirma, reitera sua importância para o primeiro-ministro. Isso é visível. Mas parece haver algo mais; algo que vai além, até, do seu prazer jornalístico por uma boa história. A julgar por todos os seus truques sujos políticos — pois ele é conhecido por ser implacável, alguém que se agarra a qualquer migalha de fofoca e ameaça usá-la no momento mais pertinente, quase como um chicote governamental —, ele parece estar determinado a ser bem crítico com esse caso.

— Então, o segredo é se recusar a entrar em detalhes. Tudo não passa de fofoca, e você se recusa a entrar nesse jogo. Nas suas declarações, deixe bem claro que esse lapso de julgamento não afetou o seu trabalho como ministro. Não tente ficar negando acusações: elas sempre voltam para te assombrar. E não diga nada além do necessário. Siga o roteiro: arrependimento profundo, breve caso, a prioridade é a família. Mude de assunto e faça pouco-caso da situação, mas não negue nada. Entendeu?

— É claro. — James olha para Sophie e oferece um sorriso, que ela ignora. — E não preciso abrir mão do meu cargo?

— Por que você faria uma coisa dessas? Se o primeiro-ministro achar que isso é necessário, vai deixar bem claro, mas ele não abandona velhos amigos. Você sabe disso, já que são tão próximos. — Chris aponta para o iPad e para o exemplar do *Daily Mail*. — É o que diz aqui.

— Sim.

James visivelmente se empertiga. Ele e Tom Southern são amigos desde Eton, e depois Oxford, suas vidas adolescentes e adultas inextricavelmente entrelaçadas desde os 13 anos. Este é um ponto positivo para se ter em mente: o primeiro-ministro, conhecido por sua extrema lealdade, vai fazer tudo o que estiver ao seu alcance antes de abandonar o seu amigo mais antigo. Sophie se apega a este pensamento: Tom não vai deixar James na mão. Ele não pode fazer isso, não é da natureza dele; além disso, ele tem uma grande dívida para com o seu marido.

— Ele reiterou isso mais cedo. — James pigarreia. — Disse que vai me apoiar.

Sophie sente o ar sair do corpo.

— Então vocês conversaram?

Ele faz que sim com a cabeça, mas não entra em detalhes. A relação entre os dois é particular. Os rituais de bebedeira, as brincadeiras imaturas, as férias que passaram juntos aos vinte e poucos anos, quando planejaram a carreira política de Tom e a de James logo em seguida, depois de ele ganhar experiência no mundo real, unindo os dois homens de uma forma que doze anos de casamento e dois filhos aparentemente não fizeram com ela e James. E o mais curioso é que Tom — que ela ainda não consegue enxergar como o homem mais poderoso do país; que ela ainda imagina caindo de bêbado numa das viagens que fizeram com quase 30 anos para a Toscana — é o mais dependente daquela amizade. Isso ficou menos perceptível desde que foi eleito primeiro-ministro, mas, mesmo assim, ela sabe que existe uma desigualdade entre eles — que talvez seja aparente apenas para ela. É ele quem procura seu marido em busca de conselhos, sim, mas também conta com James para guardar seus segredos.

— Com o apoio do primeiro-ministro, você vai ficar bem. — Chris soa ríspido. — Sexo não destrói mais carreiras hoje em dia. Não se o assunto for logo encerrado. Mas mentiras destroem. Ou melhor, ser pego na mentira. — Ele funga, subitamente aborrecido. — Também não é como se você fosse um imbecil que se filmou no celular enfiando a mão dentro da calça. Uma parte do eleitorado masculino mais velho vai achar totalmente compreensível dar uma pulada de cerca com uma moça. — Ela solta uma risada irônica. — Ninguém tem nada a ver com isso, contanto que o assunto desapareça rápido e não se repita.

— Existe a possibilidade de ter um inquérito? Já que me envolvi com uma funcionária do partido?

As entranhas de Sophie se contorcem. A ideia de passar por uma investigação interna, analisada em detalhes pela imprensa, que poderia implicar, reclamar e se queixar da falta de punição ou de omissão dos fatos, era apavorante. Isso poderia não só destruir a carreira dele como prejudicar a família: cutucando uma ferida aberta.

— O primeiro-ministro falou sobre isso? — Chris está atento, e seus olhinhos de rato, com aquele tom azul-claro opalino, se arregalam.

James faz que não com a cabeça.

— Então não tem necessidade. Foi um caso bobo que já vai cair no esquecimento, desde que você tenha me contado tudo.

James assente.

— Certo. Você faz parte do círculo íntimo. Se esse assunto desaparecer rápido das manchetes, não vamos precisar fazer mais nada.

Ela sente vontade de rir. James vai ficar bem, porque é o tipo certo: não fez nada ilegal e tem a proteção do primeiro-ministro. Ela olha de relance para além dele, para as prateleiras onde estão os livros de Hilary Mantel sobre Cromwell: histórias de uma época em que a aprovação de um rei volátil era tudo. Mais de quatro séculos se passaram, e, mesmo assim, no partido de Tom, ainda há resquícios da vida na corte.

Ela baixa os olhos, tentando ignorar os pensamentos sobre como vão ser as notícias incessantes e o comportamento de manada sempre que uma história viraliza nas redes sociais. Hoje em dia, as notícias voam. Mas vai dar tudo certo, como Chris disse, e ele é um homem realista, talvez até cínico: não existe por que criar falsas expectativas. Não existe motivo nenhum.

Ela abre os olhos e enfim encara o marido.

Porém, o seu rosto de beleza clássica, com as maçãs proeminentes e a mandíbula bem definida, e as marcas de expressão no canto dos olhos que mostram seu amor ao ar livre e suas risadas constantes, está fechado.

Ele olha para o outro homem, e ela nota algo fora do comum: um pingo de dúvida.

— Espero que você tenha razão.

4

James
31 de outubro de 2016

O sol é filtrado pelas cortinas do quarto, e Sophie ainda está dormindo quando James entra. Seis e meia, manhã de segunda-feira. Nove dias após a história ter saído.

É a primeira vez que ela consegue dormir até depois das cinco e meia desde que tudo aconteceu. Ele a observa agora, analisando seu rosto sem maquiagem, com uma expressão tranquila nos travesseiros macios. Sua testa está marcada por linhas de expressão, e o cabelo desgrenhado tem um fino fio prateado saindo da têmpora. Ela ainda não parece ter os seus 42 anos, mas a última semana deixou marcas.

Ele tira o robe e volta para a cama, sem encostar nela para não a despertar. Está acordado desde as cinco, analisando os jornais, que, graças a Deus, não citam o seu nome — como se a imprensa enfim tivesse aceitado que a história já deu o que tinha que dar. Qual era mesmo a regra de Alastair Campbell? Que, se uma história passasse oito dias na capa dos jornais, o ministro tinha de ser dispensado? Ou eram dez dias? Qualquer que fosse o número, ele tinha escapado dos dois, e não havia nada nas edições de domingo. Nenhuma menção nas redes sociais, nem mesmo nos sites de teorias da conspiração políticas, e Chris não ficou sabendo de nenhuma novidade: tudo indicava que os tabloides tinham esquecido o assunto.

Além do mais, havia uma história de verdade à qual se agarrar nesse fim de semana. Outro ataque terrorista foi evitado. Dois extremistas islâmicos de Mile End planejavam um atentado parecido com os que ocorreram em 2005, no metrô de Londres, mas foram presos ao receberem suprimentos. A polícia estava paranoica para não deixar nenhum detalhe vazar, temendo prejudicar o julgamento, mas os jornais estavam cheios de teorias sobre o tamanho do estrago que aquela quantidade de munição poderia causar. Ele sequer precisou se reunir com o presidente do Comitê Seleto de Assuntos Internos para ajudá-lo a inflamar a cobertura da imprensa: Malcolm Thwaites, sendo o ex-ministro do Interior pomposo que era, já estava mexendo os pauzinhos com seus contatos, apontando os riscos de permitir que refugiados muçulmanos permanecessem no país com o cenário atual, incitando os medos específicos dos seus eleitores e da classe média branca conservadora. O caso extraconjugal de um ministro que poucas pessoas conheciam fora de Westminster cairia no esquecimento se comparado ao aparente risco de um bando de potenciais terroristas invadindo o país.

Ele boceja, relaxando de parte da tensão da semana anterior, e Sophie se mexe. Não vai acordá-la. Não vai nem arriscar passar um braço pela sua cintura, muito menos entre as suas pernas. Ela continua tratando-o com frieza. Muitíssimo educada na frente das crianças e de Cristina, mas seca — e, sim, frígida — quando estão sozinhos. Dá para entender, é claro, mas ela não pode continuar assim. Sexo é a energia que os une. Ela precisa disso tanto quanto ele; ou, pelo menos, ela precisa do carinho e do reconhecimento de que ele ainda a deseja.

Por isso ela ficou tão magoada com a situação com Olivia: ele sabe que foi por isso, não é burro. Ele foi um babaca, sem dúvida, e assume isso abertamente naqueles momentos quietos e breves da noite em que ela enfim se permite chorar, quando a raiva que ela consegue controlar na maior parte do tempo escapa em soluços tensos e altos. O problema é que ele quer transar com mais frequência que ela; se possível, todo dia. É uma forma de extravasar — assim como sair para correr, ou até mesmo mijar. Algo puramente físico, uma vontade que precisa ser saciada, uma necessidade que tem de ser resolvida. E já faz um tempo, desde que as crianças eram pequenas, que ela não parece ter essa mesma urgência.

Ele decide arriscar: envolve o corpo da sua pequena esposa. Ela continua minúscula: está ainda mais magra do que quando fazia parte da equipe feminina de canoagem da faculdade. A bunda é arrebitada, as pernas são musculosas das corridas regulares; a barriga está um pouquinho mais flácida — riscada por finas estrias após dar à luz Emily e Finn. Não é como se ele não a desejasse. É claro que deseja. Mas Olivia estava lá — praticamente se jogando em cima dele. Sem contar que sua beleza é indiscutível. Por mais que agora a considere uma escrota — já que havia confirmado a história para a imprensa, mesmo sem ter falado diretamente com os repórteres —, ele é capaz de reconhecer sua beleza. Um corpo intocado pela maternidade: seios firmes e empinados, pernas magras, o cabelo louro sedoso com cheiro de limão e uma boca capaz ao mesmo tempo de ser cruel — porque ela é esperta, isso fazia parte do charme — e tentadora.

Foi a primeira vez que ele traiu Sophie. Bom, a primeira desde o casamento. O noivado não contava — nem a época da faculdade. Naquele tempo, ele "passava o rodo" como se fosse obrigado a fazer isso. As coisas mudaram por um período logo depois de conhecer Sophie, e a combinação dela, da canoagem e das provas finais o exauriu por um tempo; mesmo assim, ele ainda estava para jogo. Era disso que se tratava Oxford, não era? Experiências — intelectuais, emocionais, físicas — de todos os tipos.

Ele se safou — da mesma forma que, como único filho homem com duas irmãs mais velhas que o mimavam, sempre se safou de tudo quando era menino. Soph jamais desconfiou de que houve outras mulheres. Ele as escolhia com cuidado: garotas de faculdades diferentes, de períodos diferentes, fazendo matérias diferentes, tornavam tudo isso possível. Eram encontros que duravam duas noites no máximo, porque o que ele queria era a variedade: a diferença infinita e surpreendente de um par de seios para outro, de um gemido para outro, entre uma boceta macia e molhada, ou a dobra de um cotovelo, ou a curva de um pescoço. Para um rapaz que passou cinco anos da adolescência num internato para garotos e um ano na escola preparatória antes disso, o primeiro ano em Oxford — e, principalmente, aquele segundo ano glorioso, sem provas, quando ainda não conhecia Sophie — trouxe uma liberdade imensa, revolucionária.

Ele seguiu na farra nos vinte anos, depois que os dois terminaram e passaram seis anos separados, até quase chegar aos 30: numa época em que trabalhava como consultor empresarial e seu salário de executivo, os expedientes que se estendiam até tarde e as noites de bebedeira garantiam que estivesse sempre cercado de mulheres. Até que, aos 29 anos, deu de cara com Sophie num pub em Notting Hill; aos 27 anos, ela não era mais uma garota carente de 20, parecia mais confiante e experiente, um desafio, um bom partido. Ela se fez de difícil por um tempo: dizia que tinha medo de ele continuar tendo o mesmo comportamento impulsivo de antigamente, receosa de que a crise que o fez terminar o namoro — porque ela testemunhou seu momento mais vulnerável, e ele não suportava isso — voltasse para assombrá-los. Porém, apesar das dúvidas dela, era inevitável que os dois reatassem. Como ele disse no seu discurso de casamento, declamando um clichê que não se deu ao trabalho de expressar de um jeito mais original, parecia que tinha voltado para casa.

E James realmente achava que tinha saciado aquela vontade. Aquele desejo de caçar novas experiências. Durante o noivado, teve duas amizades coloridas: uma ex-namorada que tentou convencê-lo a desistir do casamento com Soph poucos meses antes da cerimônia e uma colega de trabalho que ficou meio obcecada por não conseguir lidar com o fato de que ele queria *só* sexo sem compromisso. Isso o deixou um tanto abalado. A carência de Amelia, seus olhos trêmulos — piscinas límpidas de lágrimas que se enchiam sempre que ele se levantava da cama, indo embora logo depois do sexo —, aquela última ligação furiosa, quando sua voz atingiu um tom histérico de sofrimento até ele a silenciar com o botão de desligar. Essa situação o forçou a impor limites no próprio comportamento. O casamento, decidiu, seria o começo da sua fidelidade.

E funcionou. Por quase doze anos, ele foi fiel de verdade. As crianças facilitaram as coisas. Ele achava que seria um pai tradicional, meio afastado, parecido com Charles, seu próprio pai; porém, elas o mudaram por completo — pelo menos por um bom tempo. Não sentia isso quando eram bebês. Os vômitos, as golfadas e as sonecas o deixavam bem aflito. Mas, depois que passaram a falar e fazer perguntas, virou um caso de amor avassalador. Tudo começou com Emily, mas foi ainda mais forte com Finn: o peso da responsabilidade, a necessidade de ser alguém que aquela criança — seu filho — respeitasse. Não só um homem admirável, mas um homem *bom*.

Às vezes, achava os dois irritantes. Aqueles olhos grandes e questionadores, aquela inocência extrema, a confiança absoluta. Na vida profissional, nem sempre era totalmente sincero: podia dar respostas que não se encaixavam na pergunta, mas que ainda assim aplacavam ou seduziam as pessoas. Com as crianças, não. Elas pareciam enxergar tudo o que ele não dizia. Quando se tratava dos filhos, precisava ser melhor que isso.

E por um tempo, por um bom tempo, ele conseguiu ser esse homem bom. Ele se comportou como mandava o figurino. Cumpriu as promessas feitas à noiva naquela igreja do século XVI, na frente do pai de Sophie, Max, que jamais fez questão de cumpri-las com a própria esposa. Ele seria um bom homem para Sophie e seus filhos, e um homem melhor que o pai dela. E, até o mês anterior ao aniversário de doze anos de casamento deles, conseguiu fazer isso.

Então, em maio, ele ficou no Parlamento até tarde da noite por causa do novo projeto de lei antiterrorismo. Uma votação que foi

41

até tarde. Ele estava passando por um corredor, voltando apressado para o gabinete em Porcullis House, o estômago roncando de fome, na esperança de encontrar alguma coisa saudável para comer. E lá estava ela: voltava para buscar uma bolsa depois de sair com os amigos. Estava levemente embriagada: só um pouco, de um jeito fofo. Ele nunca a tinha visto daquele jeito antes. E ela tropeçou no salto ao passar, caindo em cima dele: uma das mãos segurou o antebraço dele enquanto o pé esquerdo aterrissava na ardósia gelada do corredor; um pé coberto por uma meia transparente, que aterrissou ao lado do sapato social engraxado dele, as unhas pintadas de esmalte cor de amora aparecendo um pouco.

— Opa... Desculpa, James — disse ela e mordeu o lábio inferior enquanto sua risada desaparecia, porque era sempre "Sim, ministro" no gabinete, apesar de ele saber que os funcionários o chamavam de James na sua ausência e dos seus próprios esforços em tentar incentivar todos a se chamarem pelo primeiro nome.

Ela continuou segurando o antebraço dele enquanto recuperava o equilíbrio e calçou de novo o sapato; ele se viu segurando o outro cotovelo dela enquanto isso.

— Você está bem? Quer que eu chame um táxi?

Ele começou a guiá-la em direção ao ponto de táxi em New Palace Yard, preocupado, prestativo, porque ela era uma mulher jovem que precisava voltar para casa em segurança, uma funcionária que não estava muito bem.

Ela parou e o encarou sob a luz da lua, subitamente sóbria e um pouquinho maliciosa.

— Acho que prefiro beber um pouco mais.

E foi assim que começou. A semente do caso deles foi plantada naquela noite agradável no fim da primavera, enquanto o céu escurecia, e ele se limitou a uma única cerveja, e ela, a um gim-tônica, no Terrace Bar. A água do Tâmisa corria e ele observava suas profundezas escuras, vendo as luzes do St. Thomas — o hospital em que a filha nasceu — refletidas na água. E soube que estava abrindo mão dos seus princípios, que estava colocando em risco tudo o que o havia transformado no homem que era, o homem bom que queria ser para os filhos — e não estava nem aí para isso.

Os dois não consumaram a relação naquele dia. Nem chegaram a se beijar: o lugar era público demais e ele ainda fingia que conseguiria resistir ao inevitável. Isso aconteceu na semana seguinte: sete dias das preliminares mais dolorosas e deliciosas da sua vida. Depois, ele pediu desculpas por ter sido tão apressado, pela sua necessidade de consumi-la — porque foi essa a sensação que teve — tão depressa e com tanta avidez. Ela sorriu. Um sorriso preguiçoso.

— Vamos ter outras oportunidades.

— Tipo agora?

— Tipo agora.

E assim foi até três semanas atrás. Intenso quando havia oportunidade, mas com pausas durante o recesso — uma semana em South Hams, perto da mãe de Sophie; quinze dias na Córsega, onde ele ensinou as crianças a velejar e fez amor com Sophie todas as noites — que fizeram com que ele passasse a encarar a relação com Olivia como loucura, algo que deveria e *iria* terminar assim que o Parlamento retomasse as atividades.

Ele tentou se afastar quando retornou; logo depois do congresso do partido disse a ela que estava tudo acabado. Ele a chamou em sua sala, torcendo para que isso a desestimulasse a fazer um escândalo, para que a conversa tivesse um tom mais formal. Profissional. Foi divertido enquanto durou, mas os dois sabiam que não podiam continuar assim.

Os olhos dela se encheram de lágrimas e sua voz ficou ríspida, uma reação que ele já conhecia e que não o abalava: o mesmo comportamento de namoradas anteriores e da sua mãe, Tuppence, nas pouquíssimas ocasiões em que a decepcionou.

— Então estamos bem? — forçou-se a perguntar, querendo apenas ouvi-la dizer que sim.

— Estamos, é claro que estamos. — Ela abriu um sorriso enorme: o queixo empinado, a voz animada e corajosa, apesar de ter estragado tudo quando soou hesitante. — É claro que estamos.

E esse deveria ter sido o fim da história. Talvez tivesse sido, se ele não fosse burro. Se ele não tivesse caído em tentação uma última vez.

Ele se vira para Sophie e a puxa para um abraço apertado. Não vai ficar remoendo o que aconteceu no elevador. O ambiente não foi dos mais românticos, mas quase nada era romântico naquela relação — ele não precisava que o *Daily Mail* o lembrasse disso.

Aquilo deve ter sido a gota d'água para Olivia; ou talvez como ele agiu com ela logo em seguida. Pode ter sido um tanto arrogante, sim. Mas achou que fosse um ato isolado, que uma transa rápida e intensa não significava, como ela previsivelmente concluiria, que os dois reatariam.

— Obrigado. Era exatamente do que eu precisava. — Sentindo-se desnorteado, ele foi grosseiro de um jeito que não era do seu feitio. Percebia isso agora.

— Como assim?

— O quê?

O elevador chegou ao andar deles, e, quando as portas se abriram, ele seguiu pelo corredor estreito e abriu a porta que dava para a sala de reuniões; sua cabeça já estava nos eventos do dia, desinteressado no que ela tinha a dizer.

Os olhos dela se transformaram em piscinas de mágoa, mas ele não podia lidar com aquilo. Os dois precisavam apresentar informações ao comitê; agora, estavam atrasados. Ele simplesmente não tinha tempo.

Talvez se tivesse dado um beijo nela, acariciado seu cabelo, usado palavras gentis ao dispensá-la. Talvez se tivesse sido um pouco menos cruel, ela não teria procurado os jornais.

Mas ele simplesmente a deixou: o cabelo um pouco desgrenhado, a meia-calça, lembrava-se agora, furada onde ele a puxou, observando-o se afastar.

Sophie se mexe e se vira para ele, distraindo-o do desconforto daquela lembrança. Ele prende a respiração, com medo de que ela se afaste, sentindo o calor familiar do corpo dela no seu peito. Com delicadeza, posiciona a mão entre as escápulas dela, desliza-a até a base das costas e a puxa para perto.

Ela abre os olhos — de um azul profundo, impressionante —, e, por um instante, parece surpresa com toda aquela proximidade. Não é de admirar: ela passou uma semana mantendo o máximo de distância física possível dele.

— Oi, meu amor.

Ele arrisca um beijo leve na sua testa. Ela vira o rosto, franzindo a testa com uma ruga entre os olhos, como se estivesse tentando decidir se aquilo era uma invasão. Ele tira a mão das costas dela e a coloca atrás do seu ombro, envolvendo-a levemente nos braços.

— Tudo bem? — Ele se inclina para a frente e dá um beijo na sua boca.

— Não. — Ela encolhe os ombros, incomodada, mas não se afasta.

— Soph, a gente não pode continuar assim.

— Não?

Ela o encara, e dá para ver a mágoa em seu olhar, mas também algo promissor: um misto de derrota e esperança, que dá a entender que ela não quer permanecer nesse estado de frieza e distanciamento.

Ele afasta a mão, libertando-a do seu abraço, e chega para trás para encará-la de verdade. Trinta centímetros os separam, e ele se estica para acariciar a bochecha macia dela. Por um instante, ela hesita, mas então vira os lábios para sua mão, como se não conseguisse evitar o gesto, como se fosse um hábito, e dá um beijo leve na sua palma. Ela fecha os olhos, sabendo que está sendo fraca ao ceder.

Ele a puxa para perto. Abraça-a, tentando transmitir com o aperto o quanto ela significa para ele. Os ombros dela, tensos com os acontecimentos dos últimos nove dias, estão duros, mas ela solta o ar todo de uma vez, como se tentasse relaxar, como se quisesse fazer isso desesperadamente.

— Não tem nada nos jornais de hoje. Parece que acabou — diz ele, afastando-se e dando um beijo no topo da cabeça dela.

— Não diz isso. Vai dar azar...

— O Chris não ouviu nenhum burburinho o fim de semana todo. E não tem nada hoje. — Ele ignora a superstição dela. — Acho mesmo que estamos bem.

— Temos que ouvir o *Today*. — Ela se vira para o outro lado quando o rádio-relógio liga automaticamente para dar as manchetes de seis e meia. Uma queda prevista nas taxas de juros, uma enfermeira britânica contaminada com ebola, outro bombardeio na Síria.

Os dois escutam em silêncio.

— Nada — diz ele.

Os olhos dela se enchem de lágrimas: globos enormes que transbordam. Ela os seca e dá uma fungada surpreendentemente barulhenta.

— Eu estava com tanto medo.

— De quê? — pergunta sem entender.

— Você *sabe*. De os jornais desenterrarem alguma coisa sobre os libertinos.

— Pfff. Isso não vai acontecer. — Ele tinha arquivado as memórias daquela época no fundo da mente; não se permitia pensar nisso e queria que ela fizesse o mesmo. — Eu tenho a consciência limpa sobre o que aconteceu. Você sabe disso.

Ela não responde.

— Soph? — Ele ergue o queixo dela, olha no fundo dos seus olhos, abre seu sorriso caloroso mais persuasivo. — É sério. Eu tenho mesmo.

Por um instante, os dois só ficam deitados: ele a segurando nos braços, apoiando o queixo no topo da cabeça dela.

— Você é o meu porto seguro, sabia?

— O que mais eu seria?

— Não, é sério. Você é tudo para mim. Você tinha todo o direito de ficar com raiva, mas você e as crianças me ajudaram a enfrentar tudo isso. — Ele enche o rosto dela de beijos: leves, do jeito que ela gosta. Ela se mantém impassível. — Eu devo tanto a você, Sophie.

Ela o encara, e ele consegue enxergar um resquício da jovem mulher por quem se apaixonou sob as camadas de desconfiança que surgiram na última semana.

— Se vou continuar do seu lado, se a gente vai tentar fazer as coisas darem certo, então preciso saber que acabou *de verdade* — diz ela.

— A gente já conversou sobre isso. — Ele suspira. — Meu Deus, até parece que eu vou querer falar de novo com aquela mulher. — Ele dá risada. — Além do mais, acho difícil a gente se esbarrar. Ela está de licença e vai ser transferida para outro gabinete quando voltar... *se* voltar. Não tem por que a gente se encontrar de novo.

— E preciso saber que você não vai fazer isso de novo... Não suporto a *humilhação*. — Ela estremece e se afasta dele, sentando-se na cama e envolvendo os joelhos com os braços. — Não posso ser igual à minha mãe. — Ela o encara com um olhar acusador. — A gente jurou que não seria igual a eles, igual aos meus pais. Quando a gente se casou, você me *prometeu.*

— Eu sei, eu sei. — Ele olha para baixo, ciente de que precisa bancar o arrependido. — Não sei como te convencer. Eu paguei... Nós todos pagamos o preço pelo meu comportamento. *Nunca mais* vou fazer isso de novo. Você é o meu mundo — acrescenta, sentando-se e passando um braço pelos ombros dela.

Ela não se afasta; então ele passa o outro, exploratório, em torno da cintura dela.

— Não — diz ela, resistindo e se afastando até a beirada da cama. — Preciso acordar as crianças.

— Mas você acredita em mim? — Ele a encara com aquele olhar. O que ela normalmente acharia irresistível: os olhos arregalados com um toque de incredulidade.

— Acredito. — Ela se inclina um pouco para perto dele e abre um sorrisinho triste de quem reconhece a própria fraqueza. — Sou uma idiota, mas acredito.

Então ele a beija: um beijo de verdade, com a boca aberta e um pouco de língua. Um beijo que consegue ser respeitoso, mas longe de ser casto.

— Acabou — diz ele, olhando nos olhos dela e tentando transmitir uma convicção que não sente por completo. — Vai ficar tudo bem.

5

Kate
31 de outubro de 2016

Deixo a edição do *Times* na bancada vazia da minha cozinha estreita e o analiso metodicamente. Então faço o mesmo com o *Sun*, o *Daily Mirror* e o *Daily Mail*.

Muita informação sobre o plano terrorista fracassado em Mile End e mais ainda sobre a história mais comentada da semana: o bombardeio em uma cidade costeira egípcia. Mas nada sobre James Whitehouse, "o amigo do primeiro-ministro pego com a boca na botija", como descreveu o *Sun* na semana passada, ou "o homem de Olivia no elevador". Releio todos os tabloides, surrupiados da sala dos assessores. Nem uma única palavra.

É bizarro como a história desapareceu de repente: enterrada por notícias de verdade, preocupantes. Ainda assim, esse sumiço completo é estranho. Algo não cheira bem, como diria minha mãe. O primeiro-ministro disse que apoia o amigo, que põe a mão no fogo por ele, que esse é um assunto pessoal, que já foi resolvido. Mas qualquer outro ministro que fosse pego transando com uma funcionária seria crucificado. Então o que inspira tanta lealdade?

Fico aborrecida com esse favoritismo, mas não tenho tempo para ficar remoendo isso. São nove da noite de uma segunda, e, assim como todas as noites, tenho uma mala de rodinhas cheia de documentos batendo nos meus calcanhares, como um cachorro leal. Dou uma olhada nas anotações para o caso *Blackwell*, a audiência de amanhã no tribunal de Southwark. Estou indiciando um criminoso sexual reincidente que sequestrou um menino de 11 anos numa madrugada de março, às duas da manhã. Sua defesa? Ele estava sendo gentil, e o garoto — embriagado depois de ser forçado a tomar quatro latas de sidra — é um "merdinha mentiroso". Que ser humano maravilhoso.

Eu me concentro no trabalho e, apesar da sordidez das provas e da tristeza implacável que sinto pelo menino, começo a me sentir mais leve: Graham Blackwell, um homem de 55 anos e cento e sessenta quilos, não vai ganhar a simpatia dos jurados. A menos que algo dê muito errado, acho difícil eu perder. Então foco em *Butler*, um caso de estupro conjugal que vai ser mais difícil de provar. Os detalhes enchem as páginas de anotações, e me dou conta de que a minha visão está embaçada: lágrimas pesadas que se acumulam, se avolumam, sinto penderem dos meus cílios inferiores. Seco-as com as juntas dos dedos. Meu Deus, devo estar exausta. Olho para o relógio. Dez e quarenta: relativamente cedo para mim.

Eu me espreguiço, tentando reunir forças para o meu corpo cansado. Mas sei que essa sensação não tem muito a ver com a exaustão dolorosa causada por perambular pelos tribunais da região sudeste nem com o desgaste intelectual de procurar brechas legais, e sim com o cansaço emocional que me cobre como a escuridão aveludada de uma noite sem estrelas. Aqui, no meu apartamento silencioso e solitário, estou exausta da falta de humanidade com que os homens se tratam. Ou melhor, da falta de humanidade com que tratam mulheres e crianças. Estou cansada de violência sexual gratuita, ou, como Graham Blackwell poderia dizer, do fato de que estão pouco se fodendo para os outros.

Hora de me recompor. Não posso ficar remoendo essas coisas. Meu trabalho é pegar esses desgraçados: usar meus grandes poderes de persuasão e fazer de tudo para mandá-los para a cadeia. Guardo os meus arquivos, sirvo uma dose de uísque num copo, tiro grandes cubos de gelo do congelador — eu sempre me lembro de fazer gelo, mas me esqueço de comprar leite — e ajusto o despertador para cinco e meia da manhã. O apartamento está frio — o aquecedor central quebrou, e não tive tempo de consertá-lo —, e encho a banheira, torcendo para o banho esquentar meus ossos e desfazer os nós de tensão nos meus ombros; para ser envolvida num abraço aquoso.

O vapor sobe, e mergulho o corpo. Quase sou escaldada, mas o alívio é imediato: ninguém toca em mim desde o mês passado, naquela noite rápida e sem graça com Richard, e me sinto exposta, um pouco vulnerável, quando observo a minha nudez e percebo como as minhas coxas estão magras. Os ossos do quadril se destacam como ilhas minúsculas; minha barriga está côncava; meus seios, firmes. O número do meu sutiã diminui a cada década. Talvez o meu rosto tenha melhorado — as maçãs proeminentes; as sobrancelhas arqueadas; o nariz antes torto e odiado, agora reto e delicado, um presente que dei a mim mesma de aniversário de 30 anos, o sinal mais dramático da minha reinvenção e do meu sucesso —, porém o meu corpo é mais magricelo que esbelto. Fico com pena de mim mesma quando me lembro da jovem Kate e penso em como seria a minha versão mais velha: uma mulher grisalha e vazia, tão quebradiça e murcha quanto as folhas de faia que esmago no caminho entre o metrô e o meu apartamento. Ressecada.

Ah, pelo amor de Deus. Pense em outra coisa. Minha mente repassa as notícias — o Egito, a névoa densa, a chegada de refugiados sírios marcada para antes do Natal — e então volta para James Whitehouse e a intensidade da amizade com Tom Southern. Os dois se conhecem há trinta anos: tempo mais que suficiente para criarem, compartilharem e guardarem segredos. Fico me perguntando se o pessoal dos tabloides está na cola deles de novo, procurando alguma história sobre privilégio de classe e corrupção, determinados a desenterrar algum podre dessa vez.

Houve aquela foto infame que apareceu logo depois que o primeiro-ministro foi eleito pela primeira vez, em 2010, da dupla em Oxford. Eles posavam nos degraus da gloriosa faculdade, usando o uniforme do seu clube de elite, o Clube dos Libertinos: fraque azul-marinho, colete de veludo vinho, gravatas de seda creme, desabrochando feito peônias sob seus rostos impecáveis. A foto logo foi tirada de circulação — a imprensa não pode mais usá-la —, porém a imagem daqueles jovens emperiquitados, privilegiados, permanece. Ainda vejo seus rostos sorridentes e lisos, os rostos de homens que vão receber tudo de bandeja na vida: Eton, Oxford, Parlamento, governo.

E então penso no menino do caso *Blackwell*, na audiência de amanhã com o criminoso sexual reincidente — e em como as chances dele na vida foram diferentes, em como a sua vida já tinha dado errado. O jornal encosta na água, e jogo a papelada molhada no chão quando me vejo pega de surpresa por uma onda de tristeza: uma dor tão arrebatadora que posso me entregar a ela — ou suprimi-la. Afundo na banheira, grata pela distração da água quente e acinzentada que cobre o meu rosto.

6

James

1º de novembro de 2016

James passa depressa por Portcullis House, cruza o New Palace Yard e atravessa Westminster Hall, evitando olhar para os turistas, que admiram o amplo espaço cavernoso acima deles que se eleva até o telhado de vigas de madeira, construído no século XIV.

Seus sapatos sociais ressoam no piso de pedra, levando-o para longe do burburinho de sotaques — tcheco, alemão, espanhol, talvez mandarim — e da fala cuidadosa e exagerada de um jovem guia de turismo, talvez recém-formado em ciências políticas, que recita o seu discurso ensaiado — o maior telhado desse tipo, a parte mais antiga do palácio de Westminster — e fica todo arrepiado em seu paletó de tweed meio antiquado e sua gravata.

Westminster Hall — frio, formal, cheio de história — é a parte da Câmara dos Comuns que sempre deixa bem claro para James o peso do seu trabalho — representante parlamentar de Thurlsdon, ministro ligado ao Ministério do Interior, membro do Governo de Sua Majestade. O maior salão de Westminster foi salvo à custa da maioria das outras construções no incêndio que devastou o palácio em outubro de 1834. Não há nada pretensioso em Westminster Hall, nenhum azulejo com flores-de-lis detalhadas nem estátuas de mármore ou murais espalhafatosos. Nenhuma das cores — daquele verde-veneno característico da Câmara dos Comuns e do vermelho-alaranjado da Câmara dos Lordes — que iluminam o palácio, como se um decorador de interiores tivesse sido largado ali dentro com uma paleta de cores dos anos 1940 depois de tomar ácido. Westminster Hall — com suas pedras cinza sóbrias e seu carvalho marrom refinado — é tão sem enfeites e sombrio quanto Oliver Cromwell poderia ter desejado.

Mas faz um frio terrível lá dentro. O tipo de frio que faz as pessoas se embrulharem em casacos de pele, mantendo as origens medievais do salão; um frio rigoroso, que ri da cara da modernidade e lembra a James — caso ele se torne arrogante demais — sua insignificância na história daquele lugar. Ele passa por dois policiais que se esquentam diante de um aquecedor vertical em St. Stephen's Porch e então anda por St. Stephen Hall, que é mais quente e íntimo, com candelabros resplandecentes, vitrais e murais coloridos, estátuas imponentes de grandes oradores do Parlamento — deslumbrantes com suas esporas e casacos com dobras esculpidas no mármore. Ele passa pelo lugar onde foi morto o único primeiro-ministro britânico assassinado, então precisa desviar de um balde. O lugar está caindo aos pedaços.

Ninguém presta atenção nele ali — e ele percorre o Central Lobby, o coração do palácio, lotado de turistas, onde um membro da base do Partido Trabalhista, que conversa com um civil, o cumprimenta com um aceno de cabeça deliberado, pouco amistoso. Ele vira à esquerda e passa por outra dupla de policiais na entrada da área de acesso proibido ao público: o corredor relativamente estreito da Câmara dos Comuns que leva ao salão dos membros e à câmara em si.

Ele se sente mais seguro ali. Não existe a menor chance de um jornalista político encurralá-lo, agora que o Parlamento está em sessão, a menos que, ao olhar de relance para um dos corredores que dão acesso ao salão onde a imprensa pode ficar, se permita fazer contato visual. Ele não precisa estar ali hoje: a sessão de perguntas ao Ministério do Interior não é esta semana, não há nenhum debate que exija a presença de peso de ministros do governo, não era um dia de sessão com o primeiro-ministro. Mesmo assim, ele sente a necessidade de encarar os espaços públicos do Parlamento: de visitar os salões de chá, de almoçar no Portcullis, de ocupar seu lugar na Câmara. De provar a si mesmo — e aos colegas — que, como disse a Sophie, tudo está realmente acabado.

O encontro com Tom, num treino secreto na academia naquela manhã, o convenceu de que a situação com Olivia e os problemas provenientes disso ficaram para trás. Chris ficou furioso quando soube do encontro, mas ele já tinha saído de Downing Street antes das seis e quinze da manhã.

Depois de quarenta minutos de conversa enquanto usavam o aparelho remador, ele precisou se controlar para não dar um abraço no seu amigo mais antigo.

— Obrigado por não me deixar na mão — disse ele após uma série de exercícios que o fez se lembrar dos velhos tempos. O suor brilhava na pele, e ele secou a testa encharcada.

Tom, cuja cintura havia se alargado desde que tinha se tornado primeiro-ministro, não conseguiu falar de imediato de tão ofegante que estava.

— Você faria o mesmo por mim — conseguiu dizer depois de um tempo.

O homem mais poderoso do país se curvou sobre os apoios da esteira, mas, quando se empertigou, lançou a James um olhar que o fez voltar mais de vinte anos no passado. Eles poderiam estar correndo em Christ Church Meadows, forçando seus corpos numa onda alegre de alívio ao terminarem as provas finais ou num desespero frenético. James resistiu à memória — porém, mais uma vez, Tom não o deixou esquecer o assunto.

— Verdade seja dita: era o mínimo que eu podia fazer. Provavelmente foi a minha vez de limpar a sua barra.

E, até então, estava tudo bem. Alguns comentários maldosos foram feitos por parlamentares mais moralistas do Partido Trabalhista — nortistas sedentários que não deviam transar desde a virada do milênio — e certo desdém das mulheres mais rabugentas da oposição, porém ele foi cumprimentado com um aceno de cabeça compreensivo pela maioria dos membros do seu partido. Recebeu mensagens gentis, especialmente de alguns políticos mais velhos: ministros antigos que se lembravam de Alan Clark, Cecil Parkinson, Tim Yeo, Steve Norris, David Mellor. Sem contar Stephen Milligan, que morreu praticando asfixia autoerótica, amarrado com uma meia-calça. Ninguém está fingindo que esse governo quer voltar aos velhos tempos; ninguém se importa — muito — com a moralidade sexual de cada um. Existe certo burburinho sobre ele ter se envolvido com uma funcionária, mas a estratégia de Chris Clarke funcionou perfeitamente. James sente — e seus instintos em geral são certeiros em relação a esse tipo de coisa — que o seu caso extraconjugal pode tê-lo marcado como *persona non grata* na lista do presidente do partido, ou algo que talvez mereça um ou dois parágrafos na sua futura biografia política, mas, considerando sua carreira a longo prazo, o assunto já deu o que tinha que dar.

É um enorme alívio. Ele para diante dos escaninhos de carvalho: um móvel que talvez seja anacrônico nessa era em que o telefone vibra sem parar com mensagens e e-mails, mas que ainda é utilizado com frequência. O dele está iluminado, indicando uma mensagem: um bilhete — escrito num tom surpreendentemente compreensivo — de Malcolm Thwaites. Ele faz uma pausa e olha para a entrada da Câmara atrás do porteiro, outro anacronismo com seu fraque e colete pretos, que lhe oferece um aceno de cabeça comedido, mas educado. O salão está silencioso, e ele fica parado na calmaria da antessala, observando a estátua de bronze de Churchill com as mãos no quadril, a cabeça projetada para a frente como se fosse um lutador. Do outro lado do salão está a Sra. Thatcher com a mão direita erguida, o dedo indicador em riste, como se estivesse num palanque. Ele defende um novo tipo de conservadorismo, mas ainda precisa reunir a autoconfiança inabalável dos dois, recuperar sua ousadia. Ele assente para a Dama de Ferro, se vira e abre seu sorriso mais charmoso para o porteiro.

Vai ficar tudo bem. Voltando pelo caminho por onde veio, ele olha para o arco da Câmara e para as manchas avermelhadas deixadas pelas chamas da Blitz, quando o prédio foi bombardeado e completamente destruído. O telhado do salão desmoronou, mas não dá para perceber. Tudo foi reconstruído, assim como acontecerá com a carreira dele — que foi abalada, mas sem nenhum dano irreparável. O jeito é, além de tratar com menos indiferença os colegas mais tediosos em posições inferiores, fazer alguma coisa enquanto está no Ministério do Interior, num cargo que poderia lhe causar problemas, apesar de Tom confiar na sua capacidade de se destacar. Ele vai voltar para o gabinete agora — e anda pelo corredor da Câmara dos Comuns, deixando para trás o santuário, o coração do Parlamento.

Ele atravessa os salões dos lordes — todos com um carpete vermelho espesso e lambris nas paredes encimados pelo brasão azul-pavão e dourado dos procuradores-gerais. Um lorde idoso vai cambaleando até o escritório de documentações e o cumprimenta com um aceno de cabeça. Os dois permanecem em silêncio, o ambiente tão quieto quanto um monastério trapista, apesar de a decoração no estilo alto gótico vitoriano não ser nem um pouco modesta. Ele prefere essa magnificência e discrição à exposição resplandecente de Portcullis, a parte moderna do Parlamento, com o vasto saguão ladeado por figueiras. Por outro lado, teria sido melhor se *aquela* reunião do comitê tivesse acontecido na parte nova da Câmara. Por um instante, ele pensa em como a situação poderia ter sido diferente: lá, os elevadores têm portas de vidro.

Ele coloca esse pensamento de lado e pega um atalho por uma escada em caracol, atravessando um labirinto de escritórios administrativos antes de sair num pátio no fim do prédio, coberto de lonas e cercado por andaimes, ao lado da Black Rod's Entrance. O sol de outono brilha, refletindo-se no Tâmisa às suas costas, lembrando-o dos momentos áureos de Oxford — faz tempo que passou a ignorar o momento não tão áureo assim. Mas Tom teve de mencioná-lo naquela manhã. *Verdade seja dita: era o mínimo que eu podia fazer. Provavelmente foi a minha vez de limpar a sua barra.*

— Sr. Whitehouse?

A voz o distrai dos seus pensamentos. Um homem de meia-idade e uma mulher de trinta e poucos anos vêm na sua direção enquanto ele se prepara para atravessar Millbank e seguir para o Ministério do Interior.

— Posso ajudar? Vocês se importariam em marcar uma reunião? — Ele olha para trás, para a Câmara dos Comuns, com sua proteção policial e seus seguranças. Não que ele tenha medo de falar com o público, mas prefere não fazer isso, em especial porque esse homem se aproxima com um sorriso maníaco estampado no rosto.

— Estávamos na verdade esperando que o senhor marcasse uma reunião *conosco* — diz o homem, chegando mais perto.

A mulher — que não era de se jogar fora, a avaliação é automática, apesar de a calça larga do terno e o cabelo escorrido não ajudarem — segue um pouco atrás.

— *Como é?* — James percebe um tremor na voz, então vê o homem tirar da carteira um distintivo da polícia. E o sorriso de James se enrijece.

— Eu sou o detetive-sargento Willis. Essa é a minha colega, a detetive-policial Rydon. Estamos tentando entrar em contato com o senhor, ministro, mas o seu gabinete não sabia informar onde poderíamos encontrá-lo. — Ele fala com um sorriso natural, mas o olhar não hesita; a voz, marcando bem as consoantes, guarda certa irritação.

— Desliguei o meu celular por um tempo. Um crime, eu sei. — James escolhe as palavras com cuidado, tentando abrir um sorriso, que não surge no rosto. — Costumo fazer isso de vez em quando na hora do almoço. Só queria pensar um pouco nas coisas.

Ele sorri de novo e estende a mão direita. O detetive olha para baixo, como se aquilo fosse algo que não visse com frequência, e não cumprimenta.

James, fingindo não perceber, move a mão como se pretendesse guiá-los.

— Talvez seja melhor conversarmos em outro lugar. Na minha sala, no gabinete? Eu estava indo para lá.

— Acho que o senhor ficaria mais à vontade — diz o homem.

A parceira dele, com traços magros e delicados, faz que sim com a cabeça, implacável. Ele se pergunta o que seria preciso para arrancar um sorriso dela; e, ao mesmo tempo, qual seria o lugar mais discreto para fazer isso acontecer.

— Vocês poderiam adiantar o motivo da conversa? — sugeriu ele. Sua respiração está acelerada, e ele se concentra em acalmá-la.

— Olivia Lytton — responde o detetive-sargento Willis, encarando-o. Ele ajeita os ombros, surpreendentemente largo para um homem magro, e, de repente, se torna mais imponente. — Estamos aqui para fazer algumas perguntas a respeito de uma acusação de estupro.

7

Kate
9 de dezembro de 2016

Sexta à noite — e estou de bom humor enquanto me aproximo da casa da minha amiga mais antiga, Ali, numa rua residencial na zona oeste de Londres. Faz uma semana desde que Brian me entregou a documentação inicial do caso *Whitehouse* e ainda me sinto desnorteada com a empolgação de levá-lo a julgamento.

— Uau, champanhe! É por causa do Natal? Ou você ganhou um caso? — Ali me dá um beijo breve na bochecha ao mesmo tempo que pega o Prosecco gelado e o buquê que coloco nos seus braços.

— Acabei de receber um dos bons — explico enquanto a sigo pelo hall de entrada da sua casa eduardiana.

Uma floresta de casacos balança na minha frente, e sou envolvida pelo aroma de lasanha — cebola, alho, carne bem dourada — ao avançar para a cozinha abarrotada nos fundos.

A casa está agitada: uma criança ataca o armário — "Mas eu estou com fome" —, outra toca mal o piano, os dedos insistindo nas mesmas teclas e então seguindo adiante com pressa, mais alto e sem a menor ideia do que estava fazendo. Apenas Joel, o caçula de 7 anos e meu afilhado, está quieto enquanto brinca com a caixa de Lego que lhe dei na esperança de conseguir uma hora de conversa sem interrupções com sua mãe. Quinze minutos depois de abri-la, ele já quase havia completado a tarefa que, pelo visto, não era tão complicada como se esperava.

Ali coloca uma caneca de chá na minha frente e afasta um exemplar antigo do *Guardian*. Ela está ocupada, mas é sempre assim: dá aula quatro dias na semana, cria três filhos com idades entre 7 e 13 anos e é esposa de Ed. Ela nunca precisa dizer que está atolada; isso está na cara. É um fato. E um fato sobre o qual em geral sinto certo ressentimento, como se as ocupações *dela* fossem mais importantes que as minhas. Maternidade, casamento *e* uma carreira — não uma carreira tão ambiciosa nem bem paga quanto a minha, mas ainda assim uma carreira — sugam tanto as suas energias que, no fim da sexta, ela provavelmente não está a fim de ficar ouvindo sobre as minhas conquistas, que dirá sobre os meus problemas. É ótimo me ver; mas ela poderia muito bem ficar sem essa depois de uma longa semana.

Imagino que ela pense assim, é claro. Ela não dá nenhum sinal disso, mas é algo que sinto no ar, implícito no seu olhar de relance para a minha bolsa nova, grande, de couro firme e caro, ou então sugerido pela exaustão estampada no rosto. O cansaço é perceptível quando ela enfim se senta, suspirando feito um balão esvaziando, e quando prende o cabelo num rabo de cavalo com gestos rápidos, práticos e faz cara feia. Até seu cabelo sugere isso: os fios brancos e as mechas louro-escuras com a raiz que precisa ser retocada. Além do fato de que sua testa parece permanentemente franzida entre as duas sobrancelhas não feitas.

— Gostei dos seus óculos. São novos? — pergunto, querendo dizer algo positivo.

— Ah, isso? — Ela os tira e os encara como se os visse pela primeira vez. Uma haste está torta e as lentes estão cheias de marcas de dedos. Ela os coloca de volta e me fita com um olhar ao mesmo tempo irônico e desafiador. — Eles são muito velhos. Nem lembro quando comprei.

— Você odiava usar óculos.

Eu me lembro da garota que usou lentes de contato desde o fim da adolescência, durante os seus vinte anos e até o início dos trinta, que eu achava tão glamorosa por conseguir equilibrar a lente no indicador com maestria e colocá-la no olho sem a ajuda de um espelho.

— Odiava? — Ali sorri. — Bom, óculos são mais baratos e mais práticos.

Ela dá de ombros, sem precisar explicar que não tem mais tempo para se arrumar nem para lembrar que era ela quem costumava atrair olhares — esbelta por natureza, loura, confiante — enquanto eu era mais gorda e mais tímida. Uma galeria de antigas versões de Kate e Ali, nas nossas várias encarnações físicas — memórias que se acumulam uma por cima da outra —, paira como uma corrente de bonecas de papel penduradas.

— Então... tudo bem com você? — Ali empurra os óculos para o alto da cabeça enquanto afasta para o lado peças avulsas de Lego.

Fico me perguntando se ela de fato quer saber. Ali parece distraída com a lasanha que borbulha no forno; com a segunda leva de uniformes escolares batendo na máquina, ou com a primeira, na secadora, que gira num ritmo pesado, uma batida repetitiva.

A atenção dela se dispersa.

— Eu falei para não comer nada. — Ela se levanta e bate a porta de um armário inferior, quando o menino mais velho, Ollie, que tem 10 anos e vive faminto, tenta surrupiar um lanche. — O jantar sai em dez minutos.

— Mas eu estou com fome! — O menino bate o pé, a testosterona palpável quando ele sai correndo da cozinha.

— Desculpa — diz ela, sentando-se de novo e sorrindo para mim. — É impossível ter uma conversa normal aqui.

Como se essa fosse a sua deixa, Pippa, a mais velha, se enrosca no encosto da minha cadeira, sinuosa como um gato.

— Do que vocês estão falando?

— Vocês podem sair daqui? Todos vocês! — A voz de Ali fica mais exaltada. — Será que vocês podem me deixar em paz por dez minutos para eu conversar com a minha amiga?

— Mas, mãe...

Joel fica horrorizado ao ser enxotado sem a menor cerimônia. Sua irmã mais velha se descola da minha cadeira e sai andando com passos pesados, o balanço do seu quadril magro imitando uma modelo. Fico observando aquela menina saindo da infância: em parte admirada pela mulher que vai se tornar, em parte com medo de tudo que o futuro reserva para ela.

— Agora, sim. — Aliviada, Ali toma um gole do seu chá e solta um breve suspiro de satisfação. Por que não estamos bebendo o Prosecco? É uma noite de sexta. Antigamente, já teríamos bebido mais de meia garrafa a essa altura. Mas Ali guardou a garrafa na geladeira. Tomo um gole do meu chá, forte demais para o meu gosto, porque ela nunca acerta o ponto, então pego o galão de leite enorme na bancada e acrescento um pouco mais. — Então... você falou alguma coisa sobre um caso.

Então ela *está* interessada. Sinto uma onda de alívio, mas a apreensão se acumula dentro de mim.

— É um caso grande. De estupro. Vai ter muita publicidade.

— Parece interessante?

Estou dividida. Quero muito contar um pouquinho sobre o assunto: não vou dar detalhes sobre as alegações, mas dizer de quem estamos falamos.

— A verdade é que eu não posso falar sobre isso. — Corto qualquer possibilidade de conversa e reparo na expressão dela: um sorriso que diz "você que-sabe", um breve suspiro, a distância entre nós aumentando quando parecíamos, por um instante, estar voltando a ser nossas versões tagarelas de antigamente. — É o James Whitehouse.

Quebro as minhas próprias regras, determinada a recuperar aquela proximidade; e, mais que isso, a ver a reação dela.

Seus olhos azuis se arregalam. Tenho a sua atenção.

— O ministro?

Faço que sim com a cabeça.

— E é você que vai fazer a acusação?

— Isso. — Reviro os olhos. Ainda não consigo acreditar nisso.

Ela solta o ar, e espero pelas próximas e inevitáveis perguntas.

— Então... você acha que ele é culpado?

— A promotoria acredita que é um caso consistente.

— Não foi isso que eu perguntei. — Ela balança a cabeça.

Torço o nariz e ofereço a minha resposta de sempre, sem graça e direto ao ponto.

— Ele diz que é inocente. A promotoria alega que existem provas suficientes para fundamentar a sentença, e vou fazer o possível para persuadir o júri.

Ali empurra a cadeira para trás e tira os talheres de uma gaveta com uma barulheira. Seis facas, seis garfos; o saleiro e o pimenteiro em sua outra mão como um par de chocalhos. Ela se vira depressa e fecha a gaveta com o quadril.

Talvez tenha ficado chateada com o meu juridiquês: inevitável, já que é a linguagem que uso no tribunal. É difícil usar termos mais coloquiais quando falo de um caso, da mesma maneira que tenho dificuldade em abandonar a minha precisão de advogada, a minha tendência a fazer uma inquirição quando tento convencer alguém de alguma coisa. Procuro sinais que indiquem que ela está com raiva: o olhar que se recusa a encontrar o meu, a tensão ao redor da boca, como se ela estivesse se segurando para não falar algo. Porém, Ali parece mais pensativa que irritada.

— Não acredito que ele seria capaz de uma coisa dessas. Quer dizer, sei que ele traiu a esposa, mas eu achava mesmo que ele era um cara legal. Ele parecia estar fazendo um bom trabalho, ajudando as comunidades muçulmanas em vez de simplesmente atacá-las. E até que ele é bonitinho.

— Bonitinho?

Ela dá de ombros, parecendo envergonhada por um instante.

— O único conservador que não é de se jogar fora.

Fico incomodada com o tom dela, mas pergunto:

— Ele não faz muito o seu tipo, né? — brinco, porque ele é o exato oposto de Ed, o companheiro dela desde que tínhamos vinte e poucos anos, que agora é um professor sério e bem calvo.

— Só acho ele bonito.

Ela me encara com um olhar franco, e todo o peso que carrega com tanta dificuldade — como esposa, mãe, professora de crianças pequenas — some depois dessa confissão inesperada. Nós poderíamos estar nos arrumando para uma festa da faculdade, duas calouras conversando sobre os garotos de quem estávamos a fim, de volta aos 18 anos.

Dou de ombros e me distraio ajeitando a mesa, incomodada com o comentário dela por vários motivos. É isso que teremos de enfrentar. Um homem que vai conquistar todas as juradas pelo simples fato de ser bonito; e que também pode conquistar os jurados, porque sua aparência nunca vai ser uma desvantagem. O maxilar definido, as maçãs do rosto bem marcadas, aqueles olhos verdes, a altura, o carisma — porque essa é a qualidade rara que o destaca tanto das outras pessoas — são dignos de um astro do cinema. E há também o seu charme — algo que James Whitehouse tem de sobra. A polidez natural, sem pompa, de um ex-aluno de Eton, capaz de elogiar alguém de tal forma que se sente, quando a atenção dele está toda em você, que está interessado de verdade, que está determinado a ajudar de verdade. Como Olivia Lytton descobriu, essas características podem ser sedutoras. Não tenho dúvidas de que, se ele se sentar no banco dos réus, o que certamente fará, vai usar e abusar de todo o seu charme e de todos os truques que tiver na manga.

— É meio fútil da minha parte ficar balançada pela aparência dele, né?

— Não é fútil. Receio que seja natural. Que o júri ache a mesma coisa.

— Fico pensando na esposa e na família dele, coitados. Ele é casado e tem filhos. Acho que é por isso que tenho tanta dificuldade em acreditar nessa história toda.

— Ai, Ali. A maior parte dos estupradores conhece a vítima. Não são homens com uma faca à espreita em becos escuros.

— Eu sei disso. Você sabe que eu sei disso. — Ela começa a colocar os talheres na mesa com força.

— Daqui a pouco você vai me dizer que não acredita em estupro conjugal! — Dou risada para esconder a minha frustração, a minha incredulidade por ela tentar ver o lado bom dele.

— Isso não é justo, Kate. Nem um pouco.

A temperatura na cozinha abafada fica glacial de repente. O rosto dela está vermelho, e seus olhos são contas pretas ao me encarar. Agora sei que está brava mesmo.

— Eu não quis tratar você como idiota.

Recuo, ciente de que a distância entre nós está aumentando — um abismo que começou com uma rachadura quando me formei como uma das melhores da turma, e ela, não; e que aumentou quando ela começou a dar aulas e eu passei a advogar. Faz tempo que ela se ofende com facilidade por se sentir intelectualmente inferior, mas houve uma época em que tínhamos discussões acaloradas sobre feminismo e políticas sexuais, e ela defendia seus argumentos com vontade, às vezes até demais. Foi o casamento, a maternidade ou a idade que a fez mudar? Que a tornou mais conservadora? Menos disposta a acreditar que um homem bem-apessoado — não, bonito —, e ainda por cima rico, seria capaz de um crime hediondo? Todos nós ficamos mais moderados com a idade: abrimos mãos de certos ideais, mudamos as nossas opiniões, nos tornamos menos radicais. Mas não é o meu caso. Não quando se trata de estupro.

Me sinto irritada, mas não é justo descontar a raiva nela. Esse caso — e a chance de James Whitehouse sair impune — me afetou de um jeito diferente. Porque, apesar da intensidade da minha fúria, em geral consigo manter uma distância emocional. Nas poucas ocasiões em que perco um caso, o meu fracasso me incomoda tanto quanto as consequências para as vítimas — as garotas cujo guarda-roupa, consumo de álcool e comportamento sexual são expostos no banco de testemunhas, como se fôssemos leitores pervertidos de tabloides, e cujas histórias ainda são desacreditadas depois de tudo isso.

Costumo me recuperar rápido das derrotas: uma corrida, uma dose de gim, bastante trabalho para eu me jogar, porque a pressão me impede de ter pena de mim mesma. Apresentei as provas, mas a decisão não dependia de mim, então é hora de seguir em frente. É isso que sempre digo a mim mesma, e, no geral, funciona.

Mas não dessa vez. Esse caso me afeta. E as chances não estão ao nosso favor. Assim como Ted Butler e Stacey Gibbons, havia uma relação, apesar de não ter nada de doméstica. Um caso conduzido no ambiente de trabalho: em elevadores e mesas de escritório; compartilhando garrafas de Veuve em quartos de hotel e no apartamento dela. E parte das provas indica um ato de violência casual crescendo por baixo da aparência charmosa de James Whitehouse; sugere — pela sua completa indiferença aos sentimentos da ex-amante, pela total consciência de seus privilégios — que ele é um sociopata.

Não posso falar de nada disso com Ali. Não posso compartilhar o testemunho de Olivia. Os detalhes sobre o que exatamente aconteceu. Não que eu não confie nela. Ou por ser antiético. Talvez seja porque não quero me expor: não quero admitir que vai ser quase impossível ganhar esse caso notório contra uma figura carismática e confiável. Ou talvez seja porque desconfio de que esteja estampado na minha cara que estou perdendo a objetividade — e isso é algo que jamais deve ser questionado.

— Não vamos brigar. — Minha querida amiga me oferece uma taça de vinho, uma oferta de paz que aceito de bom grado. — Vem cá.

Ela abre os braços, subitamente maternal, e lhe dou um abraço rápido e apertado, aproveitando o calor que emana dela e a familiaridade do seu corpo pequeno e macio contra o meu, alto e magro.

— Não sei se vou conseguir fazer isso — admito acima da cabeça dela.

— Ah, deixa de ser ridícula.

— Não sei se consigo fazer com que ele seja condenado.

Eu me afasto, envergonhada por admitir isso.

— A decisão não é sua, não é? Não é isso que você sempre diz? São os jurados que decidem.

— Isso é verdade. — Esse pensamento é desanimador.

— Acho que você vai ter bastante trabalho. — Ela toma um gole de vinho. — Eles não estavam tendo um caso? E ela não contou tudo para a imprensa depois que ele terminou o caso para ficar com a esposa e os filhos? Ela não parece uma vítima, parece uma mulher querendo vingança — diz Ali.

— Isso não significa que ela não foi estuprada antes disso tudo acontecer.

Minha voz soa engasgada: as palavras são duras, raivosas, e, nas minhas costas, as minhas mãos involuntariamente se apertam em punhos.

8

Holly
3 de outubro de 1992

Era como se Holly estivesse num set de filmagem — ou talvez num episódio de *Inspector Morse*. Pois é, essa era a vista das suas janelas divididas por um mainel. Um pátio dourado, um céu de um azul intenso e a cúpula de uma biblioteca vista no folheto da universidade e nos cartões-postais de Oxford que ela comprou quando veio para a entrevista. A Radcliffe Camera, ou Rad Cam, como não demoraria a chamá-la. Século XVIII. Icônica. Mais parecendo um pimenteiro cor de mel que um pináculo onírico. Uma imagem capturada por dezenas de milhares de turistas todos os anos e que, pelo visto, agora era a vista da sua janela.

Ainda não conseguia acreditar que estava naquele quarto — ou melhor, naquele apartamento. Porque tinha o conjunto completo: uma sala de estar espaçosa, que também podia servir de escritório, com paredes forradas com lambris de carvalho, uma escrivaninha enorme com sete gavetas, um sofá de couro surrado e um quartinho com uma cama de solteiro encostada num canto com mais lambris.

— Você deu sorte no sorteio de quartos — comentou o bedel ao lhe entregar uma chave antiga pesada, e era verdade.

Ao que parece, ela foi a décima quarta sorteada, o que lhe garantiu uma suíte no primeiro andar, de frente para o pátio antigo, construído no século XVI; não um quarto na parte "nova" de estilo gótico vitoriano, nem exilada no anexo da década de 1970 do outro lado da cidade. As escadas com manchas escuras rangiam enquanto ela subia, forçando os degraus íngremes e desiguais e notando como eles ficaram entortados e gastos no meio, depois de séculos suportando os passos dos alunos. E, quando ela empurrou a porta de carvalho pesada, que rangia como se fosse parte de um conto dos irmãos Grimm, ela quase deu um gritinho de alegria.

— Meio diferente lá de casa, não é? — A voz do pai interrompeu os pensamentos dela. Pete Berry analisou o caixilho da janela acima de um banco coberto de lambris. — Acho que deve entrar um pouco de vento por aqui.

Ele enfiou as mãos no fundo dos bolsos e mexeu nas chaves do carro, ficou na ponta dos pés.

— É só um pouco diferente.

Holly ignorou a crítica dele aos aspectos práticos do quarto enquanto observava o relógio de sol no muro do outro lado do pátio: tons de azul, branco e dourado, com uma régia faixa vermelha. Em casa, tinha metade de um quarto: seu lado era espartano se comparado ao da irmã, Manda, que tinha pilhas de maquiagem da Rimmel e bijuterias de plástico. Sua janela não tinha vista para nada além dos tijolos vermelho-escuros da casa vizinha, da ardósia do telhado e da bagunça da chaminé, junto com antenas de televisão. O borrão de um céu cinza-chumbo.

— Bom, é melhor eu ir.

O pai estava desconfortável naquele ambiente; talvez ficasse desconfortável na presença dela. Não adiantava bancar o pai orgulhoso depois de ter desaparecido seis anos antes, abandonando a esposa e as duas filhas. Ele só estava ali porque ela não tinha como carregar todas as malas. Se pudesse voltar atrás, teria levado menos coisas só para evitar o papo furado desconfortável no Nissan Micra; a alegria exagerada dele — uma mistura de orgulho com um incômodo meio suprimido, talvez até nervosismo — que preenchia o espaço minúsculo.

A mala e a mochila dela ocupavam o espaço entre os dois.

— Bom, até logo, meu amor. — Ele se aproximou um pouco sem jeito e abriu os braços. Esperava um abraço. Ela ficou toda rígida nos seus braços. — Estou orgulhoso de você. — Ele se afastou. — Uma carreira sem precisar fazer baliza, hein? — Professor de autoescola, ele riu da piadinha que sempre faz.

— Pois é. — Ela se forçou a abrir o sorriso esperado.

— Se comporta.

Que nem você?, quis perguntar, já que foram as puladas de cerca habituais dele — uma obsessão por seduzir as alunas e seu surpreendente sucesso nessa empreitada — que o fizeram abandonar a vida em família. Ela deixou para lá.

— Vou tentar.

— Boa menina. — Ele chacoalhou as chaves no bolso de novo, mas não pensou em lhe oferecer dinheiro. Ela recebeu uma bolsa integral, a grana estava apertada, e ele não pensaria nesse tipo de coisa, de toda forma. — Bom — repetiu ele. — É melhor eu ir.

Ela não sugeriu que encontrassem um pub para almoçar nem que fossem a uma lanchonete. No pátio, seus novos colegas de faculdade andavam ao sol de outono com os pais: um rio de paletós azul-marinho e elegantes casacos caramelo finalizados com cabelos bem-cortados. Veio uma gargalhada: um pai jogava a cabeça para trás e passava um braço pelos ombros do filho. Uma mãe colocava a mão nas costas da filha, conduzindo a garota alta e loura até a recepção, passando por um carrinho repleto de malas iguais empilhadas. Havia certa uniformidade naquelas famílias. Todo mundo era magro, alto e bem-vestido. Privilegiado. Uma sensação de que aqueles alunos que iam começar a faculdade estavam confortáveis com a situação: eles sabiam que pertenciam àquele lugar.

A ideia de ser vista com o pai — com sua risada escandalosa, sua jaqueta de couro preto e sua pança caindo por cima do jeans — a deixou nervosa. Tudo nele destoaria do ambiente.

— É — disse ela e engoliu em seco, porque queria se agarrar a tudo que lhe era familiar, ao mesmo tempo que tentava se afastar. — É, talvez seja mesmo.

Quando ficou sozinha, pôde relaxar. Ou tentar. Ela se deitou na cama — desfeita, iria arrumá-la daí a pouco — e encarou o teto, mas então se levantou, porque estava inquieta, empolgada demais para ficar parada, a barriga se revirando de nervoso. Não iria se aventurar à luz do sol no pátio por enquanto, mas queria se localizar; encontrar o banheiro — no alto da escada, de acordo com a aluna do segundo ano que os levou até o quarto —, talvez conhecer os vizinhos. Enquanto subia, passou por um cubículo encostado na parede; um armário modificado para abrigar um frigobar. Espiou o que tinha lá dentro. Nas grades de metal, não havia leite, e sim três garrafas fechadas com rolhas gordas presas com arames e decoradas com rótulos dourados. Até ela, que nunca tinha visto uma garrafa daquelas ao vivo, sabia que era champanhe.

Lá em cima, uma porta se abriu e um rosto apareceu. Um garoto, um rapaz na verdade, mais velho que ela, de cabelo ruivo todo cacheado e com um olhar divertido e preguiçoso no rosto.

— Atacando o meu estoque? — Ele tinha um sotaque sofisticado.

— Não... é sério. — Ela se empertigou como se tivesse sido pega no flagra.

— Ned Iddesleigh-Flyte. — Ele esticou a mão. Perplexa, ela subiu os degraus restantes e a apertou. — Filosofia, política e economia. Terceiro ano. Onde você estudou?

Ela estava confusa.

— Liverpool.

Ele arqueou uma sobrancelha.

— Eu quis dizer em *qual* escola. — Uma pausa. — Eu estudei em Eton.

Ela teve vontade de rir. Ele estava brincando.

— Sério? — Não conseguiu pensar em nada melhor para dizer e ficou com raiva de si mesma por não bolar uma resposta decente, algo que o colocasse em seu devido lugar.

— Sério — disse ele, mas seu sotaque fez parecer que dizia algo completamente diferente, e ela se deu conta de que talvez tivesse de abandonar sua entonação mais gutural. As vogais alongadas dele se esticavam pelo silêncio enquanto ela pensava no que dizer. — Enfim — continuou ele, salvando-a —, como você se chama, querida vizinha?

— Hum, Holly — respondeu ela, se preparando para o inevitável. — Holly Berry.

— Você está *de brincadeira*?

— Não. — Estava acostumada a essa reação quando descobriam que ela se chamava "azevinho sagrado". Também estava acostumada a dar a mesma explicação vergonhosa. — Fui concebida na véspera do Natal. Meu pai tem certo senso de humor. É o que ele acha, pelo menos.

O sorriso dele se alargou ainda mais, e ele jogou a cabeça para trás, igual àquele pai no pátio — talvez fosse ele quem ela viu lá embaixo.

— Bom, sem dúvida é um nome marcante. Holly Berry. Você também é espinhosa?

— Às vezes.

Essa foi a melhor piada que ele conseguiu bolar? A zombaria acumulada por toda a infância veio à sua mente, mas a língua dela ficou pesada, incapaz de elaborar uma resposta melhor. O sangue subia pelo seu pescoço enquanto o silêncio se estendia entre os dois, expondo a falta de jeito dela. Precisava dizer algo: qualquer coisa que arrancasse aquele sorrisinho da cara dele.

Ele abriu aquele sorriso de novo: largo, blasé, a expressão de um garoto que tinha o mundo aos seus pés. Apesar de ele não ser *grande* coisa. Manda, que *tinha* experiência, ou pelo menos mais experiência que ela, nem prestaria atenção nele, com aquele cabelo todo bagunçado. Ela gostava de homens — homens *mesmo* — arrumados. Por outro lado, Manda jamais se inscreveria em Oxford. "Por que eu iria querer estudar num lugar cheio de gente metida?", perguntou certa vez a Holly, a quem também via como uma pessoa metida. Ela queria ir para Manchester e começou um curso de administração numa escola técnica. Estudar letras — ou fazer letras, como eles chamam — era perda de tempo. Era muito melhor começar a ganhar dinheiro logo de cara ou ter uma formação profissional. Algo que garantiria dinheiro.

Holly não estava preocupada em ganhar dinheiro. Ela faria letras porque era boa nisso. "Excepcional", disse sua professora da turma avançada, antes de recomendar à sua mãe que ela se inscrevesse em Oxford. "Algumas faculdades estão percebendo que precisam diversificar os alunos que aceitam. Acho que ela tem ótimas chances de entrar", explicou a Sra. Thoroughgood.

Ela foi aprovada na sua primeira opção de faculdade: uma decisão baseada nas fotos bonitas dos panfletos e no fato de ficar num ponto central, perto das bibliotecas. Apesar de saber que a porcentagem de calouros vindos de escolas públicas como a sua seria baixa, ela nem imaginava que poderia acabar conhecendo alguém como Ned. É claro que já tinha ouvido falar de Eton, mas do mesmo jeito que ouviu falar da Câmara dos Comuns ou do palácio de Buckingham.

E, agora, um ex-aluno de Eton era seu vizinho. Precisava encontrar alguém mais normal, mais parecido com ela. Porque, apesar de querer vir para Oxford para deixar a antiga vida para trás, agora ansiava por alguém que lhe fosse familiar.

— Tem mais alguém morando perto dessa escada?

No fim das contas, o quarto de Alison Jessop não ficava perto da escada; ela também não fazia letras. Mas a aproximação de Holly e Alison foi tão inevitável quanto ferro sendo atraído pela força de um ímã. Foi a risada dela que chamou sua atenção: um som caloroso e profundo, saído daquela garota pequena e bonita, que balançava o cabelo e abria um sorriso radiante para um garoto do outro lado do refeitório, a duas mesas escuras de distância. Acima dela, havia pinturas a óleo de ex-alunos notórios: um arcebispo de Canterbury, um primeiro-ministro, um escritor vencedor do Nobel e um ator. Ela estava ladeada por garotos sérios — colegas da matemática, Holly descobriria depois — de pele pálida e cheia de acne e o cabelo escorrido e ensebado de quem passa tempo demais na biblioteca. Alison — com sua risada profunda e o top rosa-shocking sob o vestido preto curto — oferecia um pouco de cor, um toque de glamour em contraste aos lambris de madeira soturnos e a escuridão de um salão iluminado por candelabros bruxuleantes.

Ela era de Leeds. Seu sotaque era bem mais discreto que o de Holly — algo mais nortista em comparação com os sulistas ao redor delas, com suas entonações sofisticadas, os "as" que se alongavam por tempo demais, calorosos e indulgentes, enquanto os de Holly e Alison eram simples e breves. Ela veio de uma escola particular e podia ter se enturmado, mas fazia questão de exibir suas origens nortistas; diferente de Holly, ela não se envergonhava disso. "Nada com'uma torta com bassstante molho", dizia ela na fila da cantina, fazendo piada da imagem de comedora de pombos e usuária de boinas que as pessoas tinham dela; ou devorando a comida com tanta vontade que parecia demonstrar que estava pronta para enfrentar sua vida em Oxford com o mesmo entusiasmo.

Tudo isso podia ser desagradável — e talvez fosse mesmo, se tivesse o corpo atarracado e os cabelos curtos de Holly; ou se tivesse cara de esnobe. Mas Alison parecia ter nascido para usar vestidos chiques. Seu rosto era angelical. Tinha formato de coração, com grandes olhos azuis e uma boca com o arco do cupido bem definido em que costumava estar pendurado um cigarro, o maço amassado enfiado no bolso detrás da calça.

A julgar pelo curso que fazia, deveria ser uma pessoa chata. Mas suas contradições — o rosto lindo e a risada maliciosa; o curso sem graça e a garota cheia de vida — eram cativantes. E ela parecia gostar de Holly.

— Estou feliz pra caralho por ter te encontrado — declarou ela no fim da primeira noite que passaram juntas, com o ardor das amizades feitas na primeira semana de aulas, alianças das quais muitos passavam o semestre seguinte, talvez o ano seguinte, tentando se desvencilhar. Ela virou sua cerveja com sidra. — Outra rodada?

A amizade de Alison fez, de repente, parecer mais fácil lidar com Oxford. Pelo menos a parte social. A parte acadêmica não parecia ser tão complicada assim. Naquele período, estudariam medievalismo britânico e literatura vitoriana. Um autor por semana: Hardy, Eliot, Pater, as irmãs Brontë — Charlotte e Emily —, Tennyson, Browning, Wilde, Dickens; duas semanas seriam dedicadas ao último, uma concessão rara devido ao volume da sua obra.

Seria fácil ler os livros que não tinha devorado antes de chegar, assim como escrever os trabalhos, porque era organizada e sistemática, acostumada a trabalhar por muitas horas e a manter um cronograma realista de quando precisaria começar a escrever seus artigos semanais — oito da noite na véspera da aula. Havia certa maturidade na forma como estudava, aprimorada nos últimos anos da escola, quando os colegas a excluíam e os livros eram seu único conforto, uma válvula de escape do bullying constante. Mas interagir socialmente era bem mais complicado.

Só que não precisava ser, porque agora tinha Alison, que consideraria intimidante se as duas não fossem unidas pela geografia, Yorkshire e Merseyside se conectando como partes de um vasto norte austero e desconhecido; duas ovelhas negras num rebanho todo branco. É claro que tinha gente que se destacava da massa de sulistas enérgicos saídos de escolas particulares: o garoto afeminado que foi embora para Bristol no fim do primeiro ano; um matemático asiático estereotipado. Mas eles se escondiam. Esses caras não se misturavam com os que iam da biblioteca para o bar e do bar para o quarto; da aula para o refeitório e para a noite fresca iluminada pelo luar. Eles apareciam, desconfortáveis, no período de provas, porém, fora isso, viviam no universo alternativo da sala de informática, onde encontravam amigos em salas parecidas de outras universidades, através da mágica de fóruns virtuais.

Mas Holly e Alison eram diferentes. Mulheres, para começo de conversa, num mundo em que sua relativa raridade numa faculdade dominada por homens as tornava interessantes. E, pelo menos no caso de Alison, com o mínimo de traquejo social. Graças à amiga engraçada e tagarela, Holly conseguia ter uma vida universitária e se beneficiar da popularidade dela por um tempo.

Era o primeiro sábado delas — na curiosa "semana nula", como era chamada —, e o barulho do bar subterrâneo chegava até o pátio, vindo do fim da escada. Uma risada masculina grave, espirituosa, acompanhada de algo agudo e efusivo demais: o som de garotas tentando se enturmar.

A escada que levava ao bar pingava de condensação: a umidade vinha dos mais de oitenta alunos que respiravam o mesmo ar estagnado. Holly abria caminho atrás de Alison e foi empurrada de encontro às costas úmidas de um rapaz com a camisa molhada de suor. A bunda dele, coberta pela calça jeans, estava quente na sua pele.

— Duas cervejas com sidra, por favor — gritou Alison para o barman, um cara maravilhoso com a barba por fazer do terceiro ano.

Ela enfiou a mão no decote e tirou uma nota de cinco amassada; depois guardou o troco de três libras no bolso do jeans.

O chão estava grudento, com um cheiro melado, e Holly se sentia enjoada enquanto passava pela massa de corpos espremidos e pulsantes, as conversas indo e vindo até se tornarem um som ensurdecedor. Aquela parte do bar estava cheia de fumaça, que escapava da boca de Ned Iddesleigh-Flyte, que a cumprimentou com um aceno de cabeça irônico, e de um grupo de caras do terceiro ano, todos usando um uniforme de camisas com mangas dobradas, puxadas um pouco para fora do jeans de cintura baixa, que exibiam um vislumbre do elástico das suas cuecas da Calvin Klein. Havia uma fita presa no pulso peludo de Ned.

Elas seguiram entrando no bar até chegar ao canto mais distante, depois da mesa de sinuca. Já era tarde. Chegaram com o bar anunciando a saideira depois de Holly insistir em ficar estudando na biblioteca da faculdade até Alison a arrastar para lá sem entender o seu comportamento — "Deixa de ser tão nerd". Os estudantes naquele lado escuro do bar tiveram uma longa noite. Ela escorregou numa poça de sidra e bateu com o quadril na beirada de uma mesa de madeira escura; por um instante, ficou desnorteada ao sentir que alguém segurava o seu cotovelo e a ajudava a recuperar o equilíbrio, envolvendo casualmente sua cintura com um braço.

— Uma calourinha! Cuidado — gritou ele, e ela sentiu seu corpo enrijecer ao toque leve e rápido dos dedos do rapaz, a breve pegada que sabia não ser maldosa, mas que a surpreendeu mesmo assim.

Coma uma caloura, o mantra que ela escutou repetidas vezes no refeitório enquanto os alunos do segundo ano analisavam as calouras, apareceu na sua cabeça. Ela olhou para o rapaz. Era isso que ele queria? Mas ele já a havia soltado e bebia sua cerveja: a cabeça para trás, o pomo de adão se movendo enquanto o líquido dourado descia goela abaixo. Ela o observou, fascinada, a memória dos dedos dele marcada na cintura.

— Anda, você vai perder a melhor parte! — Alison a chamou e esticou a mão, suas unhas quadradas com esmalte fúcsia descascando. Holly a aceitou e se permitiu ser arrastada, empurrada e jogada na multidão. — Você está bem? — gritou Alison, rosto corado de empolgação e brilhando de suor.

Ela fez que sim com a cabeça, engolindo as preocupações e dando espaço para a centelha de empolgação que crescia dentro dela; a sensação de que algo novo — e provavelmente ilícito — estava prestes a acontecer, porque com certeza havia alguma coisa acontecendo no canto mais afastado daquele bar subterrâneo. Existia uma multidão reunida ao redor de uma mesa, encarando a parede, e os gritos ficavam mais altos:

— Ros-coe, Ros-coe, Ros-coe, Ros-coe.

O nome do garoto era entoado, seguido pelo som de várias mãos batendo na mesa, e um grito de alegria irrompeu: um berro selvagem de prazer ao quebrarem algum tabu.

— Puta merda! — O tal de Roscoe saiu cambaleando. — Preciso de uma cerveja.

Seu rosto largo e simpático estava corado enquanto ele abria caminho até o bar, mas, por trás do seu sorriso, ela sentia certa vergonha — mas podia ser só efeito da bebida, que ela segurava no alto e que balançava dentro do copo de plástico.

— Tá na minha vez — gritou outro garoto, o peito tão largo quanto o do primeiro, e sua declaração foi respondida por berros animados.

— An-dy, An-dy, An-dy, An-dy — voltou a entoar o grupo enquanto o garoto era empurrado pelos amigos e colocado em cima da mesa.

Ele correu os olhos ao redor, sorrindo, contente por ser incentivado pelos colegas de time — porque todos eles eram do time de rúgbi da faculdade, notou ela ao reparar que suas blusas tinham as iniciais dos seus nomes e o brasão da universidade bordados.

— An-dy, An-dy, An-dy, An-dy. — E então, enquanto ele abaixou para se deitar, ficando de costas na mesa: — Isso aí, meu garoto!

Ela observou; curiosa no começo, depois confusa, então horrorizada quando outro membro do time de rúgbi baixou a calça e a cueca boxer e ficou de quatro sobre Andy, que gargalhava.

— Salis-bury!

A gritaria aumentou quando um terceiro garoto subiu num banco com um jarro de cerveja e derramou tudo sobre a bunda exposta de Salisbury, escorrendo para a boca do pobre Andy.

— An-dy, An-dy, An-dy.

Os gritos quase desapareciam sob as batidas na mesa, mas então um rugido de júbilo ecoou, e o rapaz se levantava da mesa, cuspindo cerveja e exigindo outro copo, enquanto um Salisbury seminu, que já tinha se levantado, colocava a cueca e o jeans de volta.

— Puta merda. — Andy cuspiu a cerveja. — Porra, que nojo.

— Mais alguém?

O organizador — o garoto que derramava o jarro de cerveja — correu os olhos pelas pessoas, e, para choque de Holly, outro jogador de rúgbi ocupou o lugar de Salisbury, estufando o peito e balançando o quadril como se fosse um caubói cavalgando para uma luta.

— O que eles estão fazendo? Por que estão fazendo isso?

As palavras escapuliram enquanto ela olhava para um Andy todo vermelho, recebendo um mata-leão de outros membros do time. Eles batiam nas suas costas enquanto o empurravam para o bar.

— São doses anais — berrou Alison no ouvido dela. — É um negócio que os caras do rúgbi fazem.

— O quê?

— Pois é. Aquele ali, que está em pé, faz parte da nata acadêmica da faculdade. Eu o vi com a vestimenta formal hoje, no jantar. Dizem que é muito inteligente. — Ela arqueou as sobrancelhas, depois se virou.

Holly ficou observando o garoto de quem Alison tinha falado enquanto ele se erguia acima dos colegas de time, uma das mãos virando o copo plástico de cerveja, a outra no quadril, como um fazendeiro apresentando seu melhor animal numa feira.

Acima do pescoço grosso, seu rosto parecia não ter nenhuma malícia: olhos escuros brilhavam sob uma franja longa, molhada de suor; lábios cor-de-rosa, com dentes perfeitos, semiabertos enquanto ele despejava a cerveja âmbar, jogava a cabeça para trás e dava uma gargalhada.

A decepção pesou no peito dela como uma dor física. Aqueles deviam ser os gênios da sua geração; ela achava que Oxford era o lugar onde discutiria filosofia ou política — onde reclamaria do governo —, e não onde veria caras parrudos com sotaques chiques bebendo cerveja da bunda uns dos outros.

— Bem doido, né? — Alison sorriu para ela e revirou os olhos, mas nada na sua reação sugeria revolta, apenas curiosidade em relação àquele aspecto da vida universitária.

Ela notou que Andy, o segundo garoto a participar, estava ao seu lado. Livre da multidão e tentando não ser notado. Ele bebia com vontade, o olhar fixo num ponto qualquer enquanto virava a cerveja, os ombros largos curvados para a frente, como se quisesse diminuir a sua presença. Seus olhares se encontraram, e ela tentou transmitir sua solidariedade. Ele se virou para o outro lado, mas não antes de ela notar seu rubor.

9

Holly
Outono de 1992

Sophie Greenaway se sentou sobre as pernas na poltrona espaçosa e sorriu para o Dr. Howard Blackburn, o renomado especialista em estudos medievais, enquanto erguia o olhar do trabalho que lia em voz alta.

Era a segunda semana do primeiro período, e Holly observava o professor admirando a outra garota: via os olhos dele acompanharem os movimentos simples daquelas pernas em meias-calças pretas que se cruzavam e se descruzavam, ajeitando-se preguiçosamente, os pés posicionados debaixo da bunda. Na maior parte da semana, Sophie usava o uniforme de canoagem: a roupa azul-marinho e azul-claro que a identificava como parte da equipe da faculdade. Mas não para as aulas de Howard, pelo visto. Para essas, ela usava uma minissaia xadrez, mocassins e meias-calças pretas.

Ela estava lendo sobre o amor cortês. *Sir Gawain e o Cavaleiro Verde*. O conceito de amar sem a expectativa da consumação, de admirar de longe, de se humilhar pela adoração de uma bela dama — e de correr o risco de ser alvo do desdém ou das críticas dela — para provar sua honra. A essência do cavalheirismo.

O trabalho de Sophie não era dos mais brilhantes. Holly não tinha ouvido nada que já não tivesse lido num guia de estudos qualquer antes de passar para C. S. Lewis e A. C. Spearing; e a escrita também não era muito refinada. Era um trabalho decente. Digno de uma nota oito, descobriu mais tarde. Mas isso não importava. O que importava para Holly era que Sophie parecia ser o tipo de mulher que, seis séculos atrás, teria nobres cavaleiros caindo aos seus pés. Enquanto Holly seria uma plebeia, Sophie seria o alvo do amor cortês.

Ela cruzou as pernas de novo, e Holly ficou hipnotizada. Alison era bonita, mas Sophie tinha algo diferente. Um tipo de beleza que parecia ter evoluído ao longo de gerações; ou talvez seus ancestrais tivessem procriado de propósito para atingir aquela aparência, já que ela parecia pertencer a certa classe. Pernas naturalmente magras, até as coxas, ossos delicados e sobrancelhas arqueadas, além do cabelo preto volumoso, que ela jogava de um lado para o outro, para irritação de Holly. Seus olhos eram de um azul surpreendente, tão grandes que ela poderia usá-los a seu favor — como fazia agora — para sugerir inocência ou ignorância. Se Holly tivesse de usar uma única palavra para descrevê-la, escolheria "fina". Mas esse era o tipo de palavra que o seu pai usaria. Não chegava nem perto de capturar a essência dela.

Holly achava estranho as duas terem sido escolhidas para formar uma dupla dentre os sete alunos de letras naquele ano em Shrewsbury College. Literatura medieval com o Dr. Blackburn, e, depois, tradução anglo-saxônica. Ela se sentia exposta sentada na sala de Howard. Suas botas estavam plantadas no carpete, entre duas pilhas de livros que balançavam como todas as outras pela sala, as amontoadas nas mesas de centro ou empoleiradas na beira das estantes que ocupavam uma parede inteira. Ela se recostou na poltrona forrada com veludo surrado e liso. O tecido era macio ao toque, e ela o acariciou, correndo os olhos pelos livros, pelas janelas vastas com vista para o pátio, pelas partículas de poeira pairando à luz do sol, pelo olhar do professor — e pelo sorriso intrigado em seu rosto — enquanto ele observava as pernas de Sophie se cruzando e se descruzando de novo.

— E você? Concorda com a interpretação de Sophie sobre os temas presentes em Sir Gawain? — O Dr. Blackburn tirou os olhos da sua parceira e os fixou nela.

— Hum, bom...

E, de repente, Holly conseguiu enfim se expressar. Ela falou do conflito de Sir Gawain entre o cavalheirismo e o desejo, e, conforme ganhava confiança, sentiu que não só o Dr. Blackburn a encarava com mais interesse — "É uma interpretação diferente, mas gostei" — mas que Sophie, tendo esquecido o próprio trabalho medíocre, se sentava empertigada e participava, se forçando a pensar além das informações que talvez tivesse copiado palavra por palavra. De toda forma, era uma atenção cordial, não hostil, e, quando as duas deixaram o tutor — como ela o chamava agora —, pareceu natural que fossem tomar um chá juntas. Além do mais, Sophie disse que tinha uma proposta.

O plano era dividirem as traduções anglo-saxônicas e se alternarem com as pesquisas de boa parte dos trabalhos de medievalismo britânico. Sophie tinha um fichário cheio de anotações, cedido por um aluno generoso do segundo ano, para quem ela havia pagado algumas bebidas na semana anterior.

— Tem certeza de que foi só isso que você precisou fazer? — Holly não queria parecer enxerida, mas esse excesso de bondade era estranho.

— Holly! O que você está insinuando? — Sophie deu um sorriso malicioso. — Ele não precisa mais desses trabalhos. E disse que sabia como medievalismo é chato. Caramba, a gente precisa ler tanta coisa para a aula de literatura vitoriana que não vai conseguir dar conta de tudo se não organizar direito. Olha, aqui tem um artigo sobre o Poeta de Pearl, posso usar esse na semana que vem, e aí você lê o do Malory?

— Acho que *A morte de Artur* é bem importante. Não é melhor nós duas lermos?

— Que besteira. A vida é curta demais para isso. Sério. Quero fazer a prova para a equipe feminina de peso-leve e não vou ter tempo se precisar estudar tudo de literatura vitoriana. Se você puder ler o Malory e me passar um resumo, posso fazer o restante com as anotações.

— Bom... então tá.

— E vou fazer a minha parte da tradução de *Beowulf*, prometo. Ah, mas olha só. — Ela abriu um sorriso debochado. — O Jon já me deu a tradução dele.

— Isso não é plágio?

Sophie olhou de soslaio para ela e sorriu, mas não de um jeito maldoso.

— Claro que não. É só uma questão de ser eficiente. Todo mundo faz isso.

— Eu só achei que... — E ela quase se embolou com as palavras ao perceber como soariam bobas. — Achei que fazer as traduções e ler os textos desde o começo seria importante para entender como a literatura se desenvolveu. Achei que o objetivo do curso fosse ler esses clássicos todos.

— Bom, se você quiser passar o seu tempo traduzindo *Beowulf*, fica à vontade. — Sophie tomou um gole de chá, parecendo achar a conversa divertida, não irritante. — Já eu acho que isso não vai fazer diferença nenhuma para as minhas notas nem para a minha experiência na universidade. Só vai servir para ocupar um tempo que eu poderia usar para outras coisas.

— Tipo o quê? — Holly ficou curiosa.

— Ah, você sabe. Canoagem. E garotos. — Ela deu uma gargalhada divertida. — A universidade serve para isso. Para se divertir, fazer contatos, praticar esportes. É uma extensão da escola, de certa forma.

Holly deu de ombros. Sua escola não foi nem um pouco parecida com o que ela descreveu.

— Meu pai sempre diz que você deve avaliar a eficácia de qualquer investimento antes de decidir o valor que vai investir.

— Ah. O que o seu pai faz?

— Ele trabalha num banco de investimentos. E o seu?

Holly sente um aperto no coração. Ela devia ter imaginado que isso aconteceria.

— Professor.

— De quê?

— Carros. Ele é, hum, instrutor de autoescola.

Teria sido melhor se ela tivesse falado a verdade desde o começo.

— Que legal! E útil?

— Acho que sim. Eu não dirijo.

— Ele não te ensinou? Ou isso causava brigas?

— Não. Ele não é muito presente. Os meus pais são separados.

Era estranho se abrir daquele jeito, dar tantas informações de uma vez só, quando costumava ser tão reservada, mas ela estava descobrindo que era assim que as coisas funcionavam na universidade. Amizades intensas eram forjadas num ritmo acelerado, como se a curta duração dos períodos — oito ou nove semanas — significasse que a forma normal, cuidadosa, de desenvolver relacionamentos tivesse de ser abandonada e o processo precisasse ser acelerado.

— Nossa, tem dias que eu queria que os meus também fossem. — Sophie levou a mão à boca, como se as palavras tivessem escapulido sem querer. — Opa. Ignora o que eu disse. Falei sem pensar.

— Sério?

Holly ficou curiosa. Talvez a vida de Sophie não fosse tão perfeita quanto parecia.

— Ah, é que... Sabe como é, o meu pai é meio mulherengo. Homens, né?

Sophie começou a juntar os livros e os enfiou na mochila, depois pegou o fichário grande com as anotações que estava na mesa e o abraçou com força contra o peito. O momento de compartilharem segredos parecia ter sido completamente cortado, e o sorriso que Sophie exibia agora era artificial, sem nenhum sinal da alegria de antes. Holly, juntando as próprias anotações, seguiu a deixa dela.

— Pois é, homens! — disse ela, como se soubesse tudo sobre eles e não fosse uma garota de 18 anos ainda virgem.

Ela mexeu no cabelo, vestiu o suéter largo por cima do jeans — uma tentativa de não chamar atenção, ou de pelos menos se tornar sexualmente invisível — e seguiu sua nova amiga para fora da sala de chá, a caminho do suave sol outonal lá fora.

Aquele primeiro trimestre em Oxford foi educativo — não só por causa dos textos do Poeta de Pearl e Malory, pela poesia de Christina Rossetti e Elizabeth Barrett Browning, mas por ensiná-la sobre a vida, ou sobre a real possibilidade de se ter uma vida diferente. Olhando em retrospecto, era como se a sua versão de 18 anos tivesse sido apresentada à sua única versão, e as antigas certezas — a comida que comia, o jeito como falava, a forma como as pessoas pensavam — podiam ser desconstruídas e rearranjadas para tornar a vida mais animada e difícil, mais diversa e complexa que nunca.

Mais tarde, ela se lembraria daquele período da faculdade no outono como um banquete interminável para os seus sentidos: bombardeios diários de novas visões e aromas e sons, que às vezes a deixavam exausta, já que desafiavam tudo o que ela conhecia.

Havia novidade por todo canto. Ela podia estar caminhando por Christ Church Meadows e encontrar uma vaca a encarando através da densa névoa de novembro, sua cabeça imensa parecendo pensativa e triste — porque é claro que os alunos poderiam manter rebanhos ali, e fazem isso desde o século XV —, podia estar andando rápido pelos paralelepípedos de Merton Street e dar de cara com um bedel usando um chapéu-coco, ou com garotos de fraque sem nenhum motivo para isso, cambaleando no caminho de volta para a faculdade, um com o braço nos ombros do outro, como um casal apaixonado, segurando uma garrafa vazia. Ela podia se embrenhar pelo mercado coberto labiríntico e se surpreender com o cheiro pungente de carne fresca, com a visão de um cervo pendurado de cabeça para baixo pelas patas em perfeito estado se não fosse pelo tiro certeiro na cabeça.

E então ela veria a mesma espécie num parque de cervos no centro da cidade, horas depois, correndo com os olhos molhados e apavorados.

Aquele período de aulas no outono foi em parte marcado pela comida. Batatas assadas em embalagens de isopor cheias de manteiga e feijão compradas na van que vendia kebabs na High Street quando ela perdia o horário do salão — como ela logo aprendeu a chamar o refeitório. Porções enormes de lasanha e pão de alho, devoradas pelos garotos do rúgbi, pelo pessoal da canoagem e por ela e Ali conforme o outono avançava e as noites esfriavam. Canecas fumegantes de chá e sanduíches tostados no salão de chá da faculdade ou na casa de chá na Queen's Lane, onde as pessoas se empoleiravam nos bancos altos e olhavam a rua pela vitrine embaçada. Carne de cervo e vinho do Porto — consumidos pela primeira vez num jantar formal no refeitório da faculdade —, tão deliciosos que ela tentou roubar o vinho num decantador de cristal, mas foi impedida por um funcionário da faculdade, que gentilmente o removeu das suas mãos.

Havia um novo idioma a ser aprendido: cadeiras para as matérias; boletos para as cobranças por cada período da faculdade; moderações, as provas do primeiro ano; batina, a roupa formal preta e branca para ocasiões especiais; coleções, os testes no começo de cada período; beneméritos, os alunos com bons resultados no primeiro ano que ganham um prêmio acadêmico; acadêmicos, os que se saíam bem nos anos subsequentes e recebiam uma bolsa. Uma nova terminologia acadêmica a ser compreendida: teoria marxista, teoria feminista. Assim como a lista de críticos que leria e palestras a que assistiria.

Ela comprou cartões-postais dos pináculos oníricos de Blackwell e os colocou sobre a cornija da lareira; prendeu uma grande reprodução de *O beijo*, de Klimt, com fita adesiva na parede do quarto, atraída pela opulência das folhas de ouro e pela convicção silenciosa de ser amada estampada no rosto da mulher. Por acreditar que isto era algo que precisava fazer, investiu num cachecol da faculdade: uma faixa de lã pesada, azul-marinho e cor-de-rosa, que parecia pedante quando jogada por cima de um ombro, então dava várias voltas no pescoço, respirando no pano e ficando confortavelmente aquecida com o próprio ar. Ela não entrou para a Oxford Union — o clube de debates de antigos primeiros-ministros e líderes do governo; e o ambiente em que futuros políticos se reuniam em suas calças cor de mostarda e seus paletós de tweed. Homens jovens — porque eram sempre homens — imitando o comportamento dos mais velhos.

Ela passou a se desapegar dos suéteres largos e a usar casacos de moletom, a provar leggings com suas confiáveis botas, embora suas pernas continuassem grossas e esquisitas se comparadas às das amigas. Seus óculos — com armação preta, que fez pelo sistema público de saúde — ficavam escondidos quando não estava na biblioteca, e ela começou a usar lápis de olho preto, pesando a mão no canto dos olhos. Ela entrou para o jornal estudantil e começou a escrever críticas de peças de teatro escritas pelos alunos; participava de reuniões do Partido Trabalhista estudantil e trabalhava como voluntária no atendimento telefônico de apoio psicológico, o Nightline. Participou de protestos pelo direito à cidade, apertando com força seu alarme antiestupro, como se os estupradores em potencial de Oxford estivessem prestes a atacar a qualquer momento. Duas semanas depois, parou de carregá-lo, porque o seu mundo — que se resumia ao pátio e à High Street, aos bares e à faculdade — parecia tão seguro, tão protegido em comparação à sua vida anterior, que o gesto parecia artificial. Além do mais, apesar de estudar numa faculdade em que só havia dezoito garotas no seu ano, ela recebia pouca atenção masculina. Ned oferecia sorrisos irônicos; os dois garotos da sua turma de letras eram simpáticos, mas nenhum deles parecia ter interesse sexual por ela. Por que teriam, quando podiam prestar atenção em garotas como Alison — que passava as noites bebendo ou em boates — ou Sophie, a imagem perfeita de uma jovem atlética?

Não ficava incomodada com isso, ou ao menos era o que dizia a si mesma. Seu foco era fortalecer as amizades femininas. A conexão com Alison — tão diferente dela em tantos sentidos — ficou mais forte na noite em que Holly a encontrou caída, desmaiada, no banheiro, depois de uma noitada intensa no bar.

Foi ela quem segurou o longo cabelo de Alison enquanto a amiga vomitava na privada; foi ela quem limpou sua boca com um papel-toalha e lhe deu um copo de água; quem lavou seu rosto, com o cuidado que uma mãe teria com a filha, e meio a carregou, meio a guiou de volta ao quarto; quem passou a noite inteira sentada ao seu lado, com medo de ela engasgar se não fosse vigiada.

Quando a encontrou, a calça de Alison estava abaixada, e ela parecia muito vulnerável, exposta daquela maneira.

— E se um garoto tivesse me encontrado? — perguntou a amiga mais tarde.

— Ele teria ficado com vergonha.

— Bom, sim. Mas e se tivesse acontecido alguma coisa?

— Não teria acontecido coisa nenhuma. Você não estava em condições de fazer nada e ia vomitar a qualquer momento.

— Sei lá. — Alison mordiscava a cutícula, e Holly notou que suas unhas, antes tão bem-cuidadas, agora estavam roídas, as beiradas com peles soltas. Ela deu uma risada alta, perspicaz. — Acho que nem todo mundo acharia que isso era um impedimento.

Enquanto esse foi o momento que as uniu — a garota confiante dando mais valor à amiga, o relacionamento ficando um pouco mais equilibrado —, foi a aula de estudos anglo-saxônicos que a aproximou de Sophie. Toda quarta, elas se reuniam na biblioteca da faculdade, trocando suas metades da tradução, copiando-as cuidadosamente antes de Sophie encontrar uma xerox e encurtar os encontros.

Holly observava a amiga do outro lado da mesa e se perguntava se o seu cabelo também ficaria volumoso daquele jeito se abandonasse o corte masculino curto, e como poderia deixar suas sobrancelhas grossas tão elegantes e refinadas? E seu senso de moda? Sophie usava saias curtas ou calças jeans de marca, quando não estava com o uniforme da equipe de canoagem, e Holly se perguntava se uma calça da Levis, apesar de estar bem fora do seu orçamento, poderia passar a impressão de que suas pernas eram mais compridas, ou se lhe dariam aquele ar misterioso: se seriam um indicativo de que ela era descolada.

Ela observava a caligrafia curvilínea de Sophie — espirais de tinta roxa que saíam de uma caneta-tinteiro para as folhas A4 pautadas — e a considerava bem melhor que a sua confusão de letras feitas com caneta esferográfica. O trabalho de Holly era organizado: Post-its, marca-textos fluorescentes, um fichário com seções diferentes separadas por divisórias de papelão ou plástico que podiam ser reorganizadas — ela era obcecada por produtos de papelaria —, mas sua letra era um garrancho. Parecia haver tantas ideias na sua cabeça que elas lutavam umas contra as outras para chegar ao papel. O resultado era um emaranhado de letras desordenadas — a caligrafia de uma bruxa ou de uma péssima secretária.

A hora dedicada a comparar traduções, a verificar se as duas tinham entendido o que o Cavaleiro Verde fazia em certa situação, ou se conseguiriam debater o assunto de forma convincente, era um dos melhores momentos da semana de Holly. Antes, sua inteligência era motivo de vergonha — algo do qual se orgulhava em segredo, mas que sabia que não deveria anunciar, nem mesmo ali, onde havia certo valor em sugerir que se tinha estudado em cima da hora para a aula: uma semana de trabalho resumida em poucas horas da madrugada.

Mas Sophie demonstrava abertamente seu apreço pela dedicação de Holly — já que ela sempre acabava fazendo boa parte das tarefas, bastava Sophie deixar uma mensagem no seu escaninho no dia anterior admitindo que estava sobrecarregada por passar as manhãs remando e que não tinha *encontrado* tempo para fazer sua metade do trabalho.

— Ah, você é inteligente — dizia ela o tempo todo. — Não é burrinha que nem eu.

— Para com isso. Você não é burra.

— O meu pai diz que vou passar raspando.

— Bom, não tem nada de errado com isso — respondeu Holly.

— Exatamente. É bem melhor me divertir. As únicas coisas que me interessam aqui são conseguir um bom diploma, entrar na equipe principal de canoagem e arrumar um cara legal, quem sabe um futuro marido.

Holly se recostou na cadeira. Havia muitas coisas naquela frase que soavam estranhas para ela — eram tantas que chegaram a lhe soar erradas —, mas ela não conseguiu deixar de sorrir com a sinceridade de Sophie. Havia algo tão descomplicado nela: aquela garota jovem, que antes era maratonista e capitã do time de lacrosse da escola e agora fazia parte da equipe de canoagem da faculdade, para quem a vida se resumia a abraçar oportunidades e aproveitar as vantagens que possuíam: as pernas compridas cruzadas e descruzadas na frente do pobre Howard, e, sim, a capacidade de encher de elogios sua parceira de estudos para convencê-la a fazer boa parte do trabalho.

Holly sabia que estava sendo manipulada, mas isso era feito de um jeito tão charmoso, que não se importava. Sophie era determinada: estava sempre disposta a acordar para os treinos frios no rio às seis da manhã, quando a maioria dos alunos estava enfiada debaixo das cobertas; a convencer alunos do segundo ano a lhe darem seus trabalhos antigos sem se sentir na obrigação de oferecer algo em troca. Holly não duvidava nem um pouco de que, ao fim de três anos, ela estaria na equipe principal de canoagem, teria encontrado o futuro marido — ou um potencial futuro marido — e provavelmente se formaria com uma nota boa, porque pessoas assim sempre dão sorte na vida, e ela saberia usar isso a seu favor.

Seria fácil sentir inveja dela, talvez até raiva. Mas Holly não conseguia. Sophie representava um mundo que, por mais que alegasse odiar, a deixava completamente intrigada.

— Você sabia que ela vota no Partido Conservador? — resmungou ela para Alison, mais tarde, depois de mencionar para Sophie que iria à reunião do Partido Trabalhista estudantil.

— Bom, é claro que vota — disse Alison.

— E ela quer morar numa casa em Woodstock Road no ano que vem, ou em Jericho... Não perto da Cowley Road, como a gente.

— Por que ela iria querer morar na zona *leste* de Oxford? O papai deve comprar uma casa para ela.

— Sei lá. — De repente, ela se sentiu desleal, pensando nos fragmentos de conversa que davam a entender que o pai de Sophie não era emocionalmente presente, que não era muito próximo da família. — Ela não chegou a falar sobre isso. Deixa pra lá.

Alisou riu.

— Você gosta mesmo dela.

— Gosto. Bom, sabe como é... Ela não é *tão* ruim assim.

E ela não a achava nem um pouco ruim. Colecionava os pedacinhos de informações que Sophie dava sobre a sua vida — os detalhes sobre festas chiques nos salões de outras faculdades; as referências descontraídas sobre as drogas que os amigos cheiravam, apesar de Sophie não usar esse tipo de coisa, porque estava preocupada demais em ser uma atleta saudável e exemplar; as histórias (acompanhadas de olhos revirados e um ar de superioridade em relação aos homens) de grupos de bebedeira da elite, que contavam com o seu primo Hal, que estava no terceiro ano de outra faculdade.

— Você não vai acreditar no que eles aprontaram no fim de semana passado — sussurrou ela, e Holly se perguntou se havia uma parte dela que adorava deixar a amiga chocada com a extravagância dos ricos.

— O quê?

Holly sentiu um frio na barriga de ansiedade para ouvir a fofoca, que prometia ser melhor que qualquer situação de *Retorno a Brideshead*. Essas histórias — contadas depressa, em meio a risadas — pareciam a abertura de *Declínio e queda*, com a emoção extra de terem acontecido na vida real.

— Os libertinos foram almoçar no Brooke's, na Turl Street, e, quando acabaram, cada um pediu um táxi separado para ir até o King's Arms.

— Mas é ali do lado. — Ela estava perplexa.

— Pois é! Uma fileira de táxis parou a Turl Street inteira, cada um esperando uma corrida de um minuto.

— Os motoristas não ficaram irritados?

— Cada um ganhou cinquenta pratas.

— Nada mau para uma corrida de um minuto.

— Tenho certeza de que eles não se incomodaram. — Sophie parecia indiferente.

— Mas eles devem ter se sentido idiotas.

— Ah, fala sério. Quem se importa? Eles fizeram o trabalho e foram pagos. Nossa, você é tão *certinha* às vezes. — Ela juntou os livros num movimento rápido, indicando que o assunto estava encerrado, e se levantou olhando para Holly, que ainda tentava imaginar os taxistas confusos. — Vamos. — Sua voz estava cheia de irritação. — A gente vai se atrasar.

Então Holly foi atrás dela, se censurando por ter cometido o crime de não ser tão despreocupada, de não conseguir ver graça num grupo de rapazes mimados esfregando o privilégio na cara dos outros, e angustiada por odiar esse tipo de comportamento, mas continuar sendo seduzida por Sophie e pelo mundo que ela representava. Ela se atrapalhou nos degraus velhos de madeira da biblioteca e no pátio, Sophie agora vários passos à frente, a irritação estampada no rosto enquanto parecia lhe dar um gelo antes da aula em que precisaria da tradução da amiga e voltaria a ser pura alegria e doçura.

No portão, Sophie parou e sorriu para um rapaz alto — da equipe de canoagem de outra faculdade: uma com um time renomado, talvez Oriel ou Christ Church. Ele parecia conhecer a parceira de estudos de Holly e se inclinou para cumprimentá-la com dois beijinhos: um em cada bochecha.

A luz que banhava o pátio se refletia no seu cabelo volumoso, que caía sobre seus olhos e suas maçãs do rosto proeminentes, e iluminava seu rosto, permitindo que Holly visse a curva da sua boca e seus olhos verdes com manchas douradas. Seus ombros, mais largos que a cintura fina, eram característicos de um remador, e sua risada — como a que dava agora para algo que Sophie disse — tinha um tom imponente, mas não escandaloso. Era um sinal de classe, mais que de dinheiro; de uma autoconfiança natural, mas não gritante.

— Quem era aquele? — perguntou ela para Sophie depois, enquanto esperavam em frente à sala de Howard e a amiga observava aquele Adonis andando pelo pátio e saindo da faculdade. No portão, ele se virou e olhou para cima.

— Ah, aquele? — perguntou Sophie, devorando-o com os olhos, embora o seu tom indicasse que não nutria muitos sentimentos. — Aquele é o James Whitehouse.

10

Holly
Outono de 1992

O coração de Holly batia disparado enquanto ela se apoiava no tronco da árvore. Sete da manhã, e sua respiração subia pela névoa matinal, formando gotas de umidade na casca.

Seu peito doía. Conseguiu correr quatro vezes naquela semana, porém o exercício não ficava mais fácil. Seu corpo não estava acostumado com o esforço: esportes eram evitados sempre que possível, a dedicação aos estudos sempre serviu como uma desculpa plausível. "Bom, acho que você pode faltar à educação física para se preparar para a prova de Oxford", disse a Sra. Thoroughgood — e sua ausência acabou se tornando permanente, já que a sua presença na quadra de netball não acrescentava muito e nunca recebia passes do time que precisava lidar com a sua presença.

Mas, agora, ela estava pagando o preço pela preguiça. Seu rosto estava vermelho e brilhava, o suor acumulado sob as alças do sutiã e nas axilas: outro motivo para se esconder. Eles ainda não tinham passado. A equipe de canoagem masculina. E ela faria questão de não estar mais ali, ou de continuar escondida, quando passassem. O medo de ser vista era a única coisa que a motivava, que a impedia de se jogar na grama, quando o seu corpo claramente queria desistir. É claro que, para evitar ser notada, ela poderia correr devagar até a faculdade, de rosto abaixado, atravessando as passagens mais estreitas na esperança de não encontrar ninguém. Mas, aí, não os veria. Não *o* veria.

Uma voz num megafone; as batidas rítmicas dos remos na água; o zumbido de uma bicicleta passando pela trilha na beira do rio. Ela deu um pulo: como um dos cervos no parque de Walsingham College, mas numa legging preta úmida e num par de tênis baratos, tão desajeitada quanto uma garota de 18 anos com sobrepeso poderia ser. Ela se espremeu contra o tronco, observando o primeiro barco passar rápido: a imagem da sincronia e da força. Oito rapazes no auge da forma física, trabalhando juntos, motivados pelo timoneiro e pelo treinador, que os acompanhava de bicicleta. Havia ritmo e beleza no que faziam: os remos passando pela água sem espirrar, seus corpos se inclinando para a frente e para trás num movimento contínuo, fluido. Mesmo que ela não estivesse interessada em um membro do time — o voga, o líder, o mais habilidoso e competitivo —, era maravilhoso assistir a eles.

Ela saiu correndo, mantendo a distância, mesmo sabendo que eles estavam concentrados demais para vê-la, que prestariam menos atenção à caloura desajeitada que não exibia nenhum tipo de uniforme esportivo do que aos cisnes que cantavam, imperiosos, nas margens do Isis, saindo da água numa agitação de asas batidas com força. Em algum momento, o barco faria a curva e retornaria: seguiria para o clube de canoagem, e ela teria a oportunidade de ver o rosto dele, tenso de esforço e concentração, enquanto seu corpo ia para a frente e para trás, conduzindo os colegas em frente, impondo o ritmo. Ela tentaria cronometrar a corrida para conseguir vê-lo antes de voltar se arrastando até a sua bicicleta. Quanto mais se forçava a continuar, mais ficava ofegante e mais o seu peito doía. Como passar por eles na hora certa para ter um vislumbre dele?

E então o barco passou rápido, e os pés dela batiam com força no caminho de areia, enquanto voltava para os prédios da universidade; sentia uma dose de adrenalina enquanto se recuperava do exercício do dia. Eles treinariam de novo amanhã, e ela estaria lá, apesar de ter aula às nove e sentir que sua carga de trabalhos logo entraria em crise. Mesmo assim, aquilo — vê-lo — lhe daria forças e a ajudaria a escrever o trabalho sobre a sensualidade em *Middlemarch* com mais sensibilidade e autoridade. Educação era o fundamento da universidade — mas era possível adquirir educação de várias formas.

Às vezes, ela se perguntava se estava ficando obcecada. Mas o seu comportamento lembrava o das heroínas literárias. A empolgação física que sentia ao vê-lo, o jeito como a respiração ficava mais leve ou o frio que sentia na barriga eram sinais de paixão. Até escutar o nome dele bastava para deixá-la desnorteada. "Ah, é?", dizia quando Sophie o mencionava, adotando o tom desinteressado que a amiga tinha usado antes. Holly fazia questão de nunca ficar perto dos dois, abaixava a cabeça nas raras ocasiões em que elas estavam juntas e ele aparecia. E Holly tinha certeza de que ele não fazia a menor ideia da sua existência.

O olhar deles se encontrou apenas uma vez. Ela estava correndo para o quarto e ouviu passos descendo a escada, vindos do quarto de Ned Iddesleigh-Flyte, acima do seu. Dois passos distintos: os de Ned, pelo som, e os de alguém desconhecido. Eles passaram rápido quando ela alcançou sua porta e deu espaço para deixá-los descer.

— Grato — gritou Ned.

Ela articulou com a boca o jeito pomposo de ele falar, quando a segunda figura veio em disparada.

— Desculpa, *desculpa*!

Ele levantou as duas mãos com as palmas para a frente e sorriu para ela, seus olhos verdes transmitindo gentileza e a certeza de que seria perdoado — era claro que ele seria perdoado —, e então seguiu em frente, sem esperar por uma resposta.

— Sem problema — gritou ela. Sua voz soou aguda, fraca e inútil, desaparecendo escada abaixo.

Ela ficou esperando — mas ninguém respondeu.

As coisas podiam ter ficado mais complicadas quando Sophie começou a se envolver com ele. Os dois estavam "se vendo", como ela dizia de um jeito tímido, porque ninguém teria coragem de alegar que estava namorando James Whitehouse. Não só por ele não ser o tipo de cara que podia ser fisgado por alguém, mas porque todo mundo queria parecer descolado.

Na verdade, o relacionamento deles facilitou as coisas. Nas poucas ocasiões em que ele ia à faculdade, era sempre tarde da noite, então não havia o risco de ela ser vista, de descobrirem sua paixonite. Mesmo assim, Sophie não resistia em lhe fazer confidências: revelava suas inseguranças, queria saber se tal coisa significava que ele gostava mesmo dela. E, é claro, entretia-a com as histórias das últimas aventuras dos libertinos, grupo do qual James fazia parte, tudo isso sussurrado ciente de que ela não deveria contar nada daquilo, mas o faria mesmo assim; a graça, em parte, era deixá-la chocada.

Sophie também falou da festa de Ano-Novo que daria na casa dos pais, em Wiltshire, enquanto eles estivessem em Londres. Ela torcia muito para que James fosse, além da panelinha com a qual andava na faculdade: garotas que estudavam os clássicos e história da arte e de origem semelhante: pais banqueiros, casas de campo, pôneis e aulas de tênis, férias em estações de esqui, escolas particulares por toda a vida até irem para um bom internato nos últimos dois anos do ensino médio. Holly não tinha nada contra Alex, Jules ou Cat, tinha certeza de que deviam ser pessoas ótimas, embora não fizessem o menor esforço para conversar com ela. Holly não esperava ser convidada, mas foi doloroso ver o período passando e deixando cada vez mais claro que ela não seria chamada. Ficou esperando, meio que torcendo para o assunto ser mencionado; porém, conforme os detalhes mudavam de uma festa para um jantar, ela se deu conta de que a sua presença não tinha sequer sido cogitada.

Será que deveria puxar o assunto com alguma piada? E então imaginou Sophie com pena dela. "Ah, desculpa. Nem imaginei que você gostaria de ir." Ou talvez fosse mais direta: "Ah, Holly, esse tipo de coisa não tem *nada* a ver com você."

Com o fim do período chegando rápido, ela se deu conta de que tinha um acordo implícito com aquela garota que ao mesmo tempo a fascinava e a horrorizava. Aos poucos, ela foi se responsabilizando por uma quantidade cada vez maior de trabalhos — fazia as traduções semanais e as anotações sobre o artigo do qual tirava cópia no jornaleiro da Holywell Street — e, em troca, Sophie a deixava viver a sua vida indiretamente.

E não tinha problema nenhum. Bastavam os gestos ocasionais de gentileza: os pedidos de que a reconfortasse, as fofocas, os sorrisos radiantes com que Sophie a cumprimentava do outro lado do refeitório lotado, que a faziam parar no meio do caminho e que a acalentavam. Que diziam que, mesmo que não fosse o tipo de pessoa adequado, não deixava de ser uma amiga.

E então, certa noite, ela encontrou os dois no portão da faculdade e conseguiu cumprimentá-los, as palavras tão entaladas na garganta que quase engasgou. Ela mal olhou para ele: apenas estava ciente da sua presença, dos seus ombros largos num blazer de lã cinza-escuro, não no uniforme de canoagem, porque os dois iam jantar, a gola levantada, emoldurando um leve sorriso. Ela sorriu para a amiga, sentindo o rosto corar enquanto murmurava alguma bobagem sobre precisar encontrar um livro no escaninho, e logo saiu de perto.

— Quem era aquela? — Holly o ouviu perguntar a Sophie enquanto ela entrava na portaria dos bedéis em busca de um livro inexistente.

Ela esperou, atenta para ouvir a resposta, evitando encarar o bedel.

— Ah, ela? — disse Sophie. — É só a minha parceira de estudos. Ninguém importante.

E ela pegou o braço de James, agarrando-se a ele como se fosse uma criatura delicada que precisava de proteção, e desapareceu na noite.

11

Sophie
13 de dezembro de 2016

O tribunal dois do Old Bailey não é como Sophie imaginava. Esperava um lugar intimidante e impressionante: não aquela sala terracota com lambris de carvalho de aparência bem surrada, como se os seus dias de glória tivessem ficado para trás.

Ela mal consegue acreditar que está ali — naquele ambiente que lembra a Câmara dos Comuns: o mesmo couro verde-veneno nos bancos com detalhes dourados; a mesma madeira — formando cinco tronos imponentes e um brasão. As mesmas referências ao esplendor do passado: vistas nas coroas de flores e nas uvas entalhadas na madeira, cobertas de poeira, que enfeitam o topo das portas.

Ela se senta na beira de um banco, na galeria pública, que fica no alto, e tenta se distrair do fato de que o seu marido está sentado no banco dos réus, escoltado por um segurança; exposto atrás do vidro à prova de balas. Dali de cima, ele parece vulnerável: seus ombros continuam largos como sempre, mas o cabelo está um pouquinho mais ralo no topo, observa ela pela primeira vez. Uma onda de medo a pega de surpresa. Seus joelhos começam a tremer, e ela apoia a palma da mão neles com firmeza, torcendo para que os turistas adolescentes, que a encaram com uma curiosidade evidente, não se perguntem por que está tremendo. Que idiotice. É claro que eles vão se perguntar. Ela coloca a bolsa — que passou pelo raio X, foi aberta e vasculhada — sobre os joelhos e, quando isso não ajuda a cessar a tremedeira, cruza as pernas e as abraça.

Sua barriga ronca alto. Ela sente o ácido agindo, apesar de não ter comido naquela manhã. Não é de admirar que tenha perdido quase seis quilos nas seis semanas desde a prisão de James. Essa é apenas a primeira audiência — para fazer a declaração e preparar o julgamento —, então o quanto ainda vai emagrecer até o julgamento no ano que vem?

Ela engole em seco, tentando desfazer o nó doloroso entalado na garganta. Ela seria capaz de chorar naquele momento. Logo ela, a pessoa mais calma e controlada do mundo, que foi criada para reprimir qualquer sentimento desagradável com ironia e mantê-lo firmemente suprimido. Seu corpo parecia oco agora e uma forte onda de emoções emergia: horror, incredulidade, repulsa e, acima de tudo, uma vergonha profunda, que toma conta de todo o seu ser. Ela pressiona os lábios com firmeza. É assustadora a intensidade dos seus sentimentos. Ela só sentiu algo parecido uma vez na vida, e, mesmo assim, não chegou nem perto disso. Ela seca os olhos com um lenço. Não pode se permitir ser dominada pelas emoções. Precisa pensar nas crianças e, é claro, em James.

Mas agora ela sabe, com uma certeza que não tinha antes de hoje, que não conseguirá estar presente em todos os dias do julgamento. Ter de passar pelo corredor de fotógrafos do lado de fora do tribunal a fez perceber isso. O sorriso continuava estampado no rosto enquanto os dedos de James quase esmagavam os seus: o punho dele a apertou tanto que ela quase fez careta. Foi só então que ela sentiu seu nervosismo: algo que ele não tinha admitido, nem mesmo nos momentos calmos da noite, quando ela se permite se aproximar do calor dele e sussurrar: "Você está bem?" Ele não mostrou um pingo de vulnerabilidade desde que foi acusado nem cogitou a possibilidade de ser condenado. Se os dois não tocarem no assunto, talvez não aconteça. E tudo parecia tão improvável. Aquele clichê: um pesadelo.

Agora, tudo parece muito real. Tão palpável quanto o carvalho resistente espalhado por todo lado: no banco das testemunhas, nos dos jurados, no da juíza e nas mesas das advogadas, sobre as quais a defensora de James, uma mulher corpulenta, um pouco intimidante, chamada Angela Regan, e a advogada de acusação, uma tal de Srta. Woodcroft, empilham fichários e mais fichários de provas.

Seu marido vai ser julgado por estupro. Ela sente o gosto amargo da palavra, tão feia quanto o ato em si. Apesar de saber que isso está acontecendo, apesar de a realidade se impor enquanto ela o observa no tribunal, enquanto absorve os detalhes do espaço, o olhar régio da juíza, uma mulher com quem, numa situação normal, poderia bater papo numa festa, nada daquilo faz sentido.

Ele é inocente. É claro que é inocente. Ela sabe disso; sabe disso desde aquela terça-feira horrível, quando o prenderam. Ela conhece todos os defeitos dele e sabe que jamais seria capaz de fazer uma coisa dessas. Então como foi que a situação chegou àquele ponto? Ela pensa nas últimas investigações do partido, uma comandada por um advogado que estudou em Eton com James e Tom, outra por um amigo de Oxford — homens que passariam uma imagem de imparcialidade ao mesmo tempo que garantiriam a conclusão certa —, e se pergunta por que isso não poderia ter acontecido nesse caso. Tom deve isso a ele. Ah, e como deve. Mas, quando a polícia se envolveu, até a amizade com o primeiro-ministro, até aquela conexão de trinta anos, não foi o suficiente para protegê-lo.

— Então concordamos com essa semana em abril? — pergunta a advogada de James, a Srta. Regan, interrompendo seus pensamentos: sua voz, marcada pelo sotaque de Belfast, tem uma aspereza quase masculina. Ela e a juíza estão vendo se suas agendas batem, como se o caso de James fosse mais um evento social.

A audiência parece estar terminando. A data é marcada para abril, a fiança é confirmada; e, agora, John Vestey, procurador de

James, afasta sua cadeira e sorri enquanto sussurra algo para a advogada de defesa.

Sophie olha para cima enquanto eles reúnem os documentos e o escrevente pede a todos que se levantem. O teto é alto, formado por oitenta e um painéis de vidro opaco. Ela conta, tentando estabelecer uma ordem: nove por nove, certinho. O céu está nublado e cinzento; sem graça, opressivo, pouco convidativo, e um bando de passarinhos passa voando lá em cima, um borrão preto que zomba dos humanos abaixo, zomba do seu marido, que garantiu a fiança, mas não a liberdade de verdade. A luz natural mal consegue atravessar os painéis de vidro, e ela anseia pela luz do sol e por ar fresco: campos verdes exuberantes e o contentamento tranquilo de uma mente vazia.

O fato de a audiência ser só em abril significa que vão passar mais de quatro meses nesse limbo — e, agora, ela só quer que tudo isso acabe. Colocar um fim na sensação invasiva de medo. Ela já passou seis semanas agonizantes se preparando, pensando e repensando nas suas opções. Seis semanas de longas corridas à beira do Tâmisa, de treinos frenéticos na academia, que cansam o corpo, mas não a mente. Tempo suficiente para avaliar e reavaliar o relacionamento e se perguntar: o que eu quero de verdade?

A resposta para a qual estava mais inclinada — já que nada era certo agora; nada vinha sendo certo desde aquela terrível noite de outubro — era que queria manter a família unida. Ela quer James. Apesar da humilhação pela qual ele a fez passar, da raiva que ela sente pela traição e pelo egoísmo dele em ter colocado todos naquela situação, ainda quer ficar com o marido. Ela nunca duvidou da sua inocência, então por que iria embora?

Ela precisa dele, é claro, e há momentos em que se odeia por essa dependência. Talvez seja algo programado no seu DNA. Essa necessidade de se manter apegada ao seu homem, uma sensação que ela conhecia bem desde a época da faculdade, quando percebeu, porque é claro que percebeu, que ele a traía, independentemente do que ele preferia acreditar. Ou talvez tenha surgido quando ela viu as consequências da infidelidade do pai, sem falar na insegurança financeira da mãe quando Max abandonou Ginny pouco antes do aniversário de 50 anos dela. As três filhas tinham saído de casa, por isso a pensão era minúscula, apesar de ela ter escolhido seguir carreira como esposa dele. A mãe dizia que estava "muito feliz"; mas a casa foi vendida, e ela se mudou para um chalé menor em Devon. A vida da mãe era mais emocionalmente estável — sem os períodos intensos de sentir raiva de si mesma sempre que Max encontrava outra mulher e que tinham marcado a infância de Sophie —, mas ela havia perdido o seu lar, a sua vida social, o seu status. Um tanto reclusa, morava sozinha com os cachorros: um labrador preto e um springer spaniel inglês marrom-escuro.

Sophie não quer essa vida. Ela é jovem demais para se dedicar exclusivamente aos filhos ou virar uma esquisitona que mora no campo. E também não quer se tornar o tipo de mulher que as amigas tentam evitar: a divorciada atraente que nunca é convidada para jantares por não ser confiável perto do marido das outras. Como se a infidelidade do seu ex-marido fosse contagiosa, ou como se ela exalasse uma carência e uma necessidade implacável de se casar de novo feito um feromônio.

Talvez as coisas fossem mais fáceis se ela tivesse uma carreira. Mas não quis voltar para o trabalho de editora-assistente numa editora de livros infantis depois de ter Emily, a creche engolia boa parte do seu salário; James, cuja mãe nunca trabalhou, achou ótimo que ela se concentrasse nos bebês e nele. Ela suspeita de que tenha sido um erro. Literatura infantojuvenil era o único assunto de que a interessava na faculdade; chegou a fazer o trabalho de conclusão do curso sobre a construção das ameaças em Nárnia, explorando a maneira como Lewis usou o mito fálico do fauno e a ideia de sequestro. Era incrível pensar que ela foi capaz de escrever sobre algo assim. Ela passou um tempo torcendo para esbarrar na próxima J. K. Rowling. Mas então passou a trabalhar com literatura infantil, em que as únicas aventuras se resumiam à dificuldade de calçar uma meia sem par ou encontrar um dinossauro perdido, e era difícil justificar deixar sua bebê na creche para editar esse tipo de coisa.

Além do mais, seu sonho sempre foi casar e ter filhos. Quando era pequena, costumava se desenhar usando um vestido de casamento. Um marido — muito bonito e bem-sucedido — estava na sua lista de desejos, junto com filhos e uma casa de época, com estábulos para cavalos e um vasto jardim murado. Sua infância foi assim, e ela foi educada a almejar esses objetivos. Bom, conquistou dois dos três itens.

Até mesmo em Oxford, encontrar um marido foi uma prioridade. Talvez não devesse ter sido. Ela olha para suas fotos da época e se pergunta por que desperdiçou tanto tempo com medo de ficar sozinha, obcecada em segurar James. Ela era uma ótima namorada, mas ele terminou com ela no fim do primeiro ano da faculdade, e os dois passaram sete anos sem se encontrar. E ela seguiu em frente. Teve outros namorados — legais, bonitos, divertidos — com os quais terminava ao perceber que não queria casar com eles; e houve momentos, alguns meses em umas duas ocasiões, em que ela ficou sozinha. E deu tudo certo.

Mas ela não gostou nada daquilo, e, se possível, não queria ter de passar por aquilo de novo. James tem sido sua prioridade há tempo demais. Um namorado, e agora um marido, que ela sabe que é desejado por outras mulheres, mas que a escolheu e que foi fiel no casamento até aquele deslize: aquela situação terrível, destrutiva, que ameaçou acabar com a relação deles. O que ela mais teme é ouvir o testemunho de Olivia. Ter de escutar aquela piranha descrevendo o *evento* em detalhes, ouvi-la falar sobre o relacionamento deles antes do ocorrido — porque teme que a advogada de James a conduza por toda a linha do tempo: como se conheceram, onde deram o primeiro beijo, se era uma relação séria — um caso de cinco meses, segundo James — e não um deslize momentâneo intenso, uma rapidinha inusitada.

Para a defesa de James, é claro, o sexo foi consensual: Olivia concordou, e foi um ato de interesse mútuo, apesar de ele saber que era moralmente errado. "Ela está fazendo o papel clássico de mulher rejeitada. Um caso amoroso que deu errado", como disse Chris Clarke nos primeiros dias.

Não é estupro — mas também não é amor, e ela fica furiosa por saber que pode ser apresentado dessa forma. Isso, e ela acha que conhece o marido bem o suficiente para entender a situação, é só sexo.

É claro que ela forçou James a lhe contar tudo. Foi ideia do procurador de James, John Vestey. O melhor era não haver surpresas no tribunal; assim, caso esteja presente — como Chris Clarke acha que deveria, como sabe que talvez precise fazer em certos momentos —, já estará preparada, avisada.

E foi assim que ele entrou em detalhes sobre o caso. Onde. Quando. Por quê. Quantas vezes.

— Entendi — disse ela, tentando manter a voz calma. — E o que aconteceu no elevador?

Sua vontade de berrar sobre a porra do elevador era quase incontrolável, mas ela conseguiu se segurar, como sempre fazia. Ela e seus filhos — os filhos eram apenas seus no momento, não dele — precisavam que ela mantivesse a calma. Sophie se imaginou coberta por uma camada de serenidade: uma cobertura firme, impenetrável.

Foi horrível escutar as respostas — a declaração tranquila dele de que tudo aconteceu no calor do momento; uma loucura, mas completamente consensual —, mas ela se obrigou a ficar sentada ali, um aperto no peito de fúria. Seus olhos ardiam, mas ela sentia raiva demais para chorar. Não perguntou se ele amava Olivia, ou se Olivia achava que o amava. Fingiu que essas perguntas eram irrelevantes, mas na verdade não queria ouvir a resposta.

12

Kate
24 de abril de 2017

O tribunal está silencioso. Vibrante com o peso da ansiedade que se sente um segundo antes do último saque de um jogador de Wimbledon, ou quando alguém se prepara para um chute de penalidade que pode definir o vencedor da copa do mundo de rúgbi.

Já passamos da parte administrativa. A seleção de jurados, a organização das nossas mesas de trabalho, as últimas negociações entre mim e a advogada de defesa, Angela Regan, para chegarmos a um consenso sobre o que pode ou não ser apresentado como prova, de forma que ninguém seja surpreendido em cima da hora. Nós pigarreamos, nos revezamos e fizemos de tudo um pouco para conquistar a escrevente do juiz, Nikita, uma moça asiática que, a julgar pela proximidade com o meritíssimo, é uma das pessoas mais importantes no recinto. Nós, junto com os nossos assistentes, Tim Sharples e Ben Curtis, que fizeram parte da pesquisa, os rascunhos das declarações e mantiveram contato com os procuradores e que agora se sentam ao nosso lado, marcamos nossos territórios, tanto no sentido físico quanto intelectual e legal, com a meticulosidade de dois gatos à espreita de uma presa.

Sua Excelência, o juiz Aled Luckhurst, conselheiro da rainha, orientou os jurados, explicando sua responsabilidade ao julgar aquele caso. O homem no banco dos réus, lembrou ele, é uma pessoa pública, que pode ser reconhecida nos jornais. Alguns rostos permanecem inexpressivos diante da notícia — o rapaz negro na fileira detrás e uma mulher pequena de cabelos grisalhos vestida como se tivesse pulado as últimas três décadas —, porém a maioria dos jurados parece se empolgar. Dispostos e atentos naquela manhã de segunda-feira, no começo das duas semanas em que terão de cumprir seu papel como júri, eles sabem muito bem que James Whitehouse é ministro do Governo de Sua Majestade, apesar de talvez não terem conhecimento, ou não se importarem, de seu título ou papel. Mas sabem que ele é o político acusado de estuprar uma colega num elevador do Parlamento. Eles o observam com olhares avaliadores. Ele tem cara de estuprador? Como é a cara de um estuprador? Ele lembra mais um desses atores que vêm de famílias ricas que um político.

Eles tiraram sorte grande na convocação do júri. A menos que fosse um julgamento envolvendo uma celebridade da televisão ou um assassinato notório, eles não poderiam ter caído num caso mais interessante e digno de fofocas. Mas Sua Excelência sugere que não se deixem influenciar por esse fato.

— Hoje em dia, ouvimos falar muito sobre estupro no Parlamento e nos jornais — entoa ele, sua voz mais régia que nunca. — Todos temos preconceitos, e as senhoras e os senhores têm a responsabilidade de não permitir que ideias ou suposições preconcebidas influenciem suas decisões.

Ele faz uma pausa, deixando as palavras serem absorvidas, e, apesar de já ter proferido esse discurso mil vezes, a formalidade da sua linguagem, a autoridade que ele exala — através da peruca, da voz, da posição no alto do seu trono —, cria um momento intensamente solene. Ninguém parece respirar; não se escuta nem o farfalhar de papéis.

— Este caso deve ser julgado apenas com base nas provas.

Ele para de falar outra vez, e o peso daquela ansiedade é perceptível, o arrepio de apreensão e empolgação. Dá para ver que eles sentem o peso da magnitude do seu dever. O jovem asiático encara o juiz de olhos arregalados; a mulher com trinta e poucos anos parece apavorada. Sua Excelência continua, explicando que eles podem já ter lido sobre o caso nos jornais ou na internet, mas estão proibidos de fazer isso de agora em diante. E não podem conduzir pesquisas independentes, avisa ele, olhando para os jurados por cima do nariz, sobre os óculos de meia-lua. E o mais importante: não podem discutir o caso fora da sala dos jurados, nem mesmo com parentes e amigos. Ele sorri agora, porque é um juiz muito compreensivo, que eu admiro e de quem o júri vai gostar; com cinquenta e poucos anos, não parece um daqueles magistrados que vivem fora do mundo real, apesar de falar sobre "a internet" como se ela fosse algo nefasto. Suspeito que ele saiba mais de tecnologia que muitos dos jurados. Recentemente, ele presidiu um longo caso de fraude que envolveu dois banqueiros e, antes disso, o julgamento de uma quadrilha de pedófilos que se conheceram numa sala de bate-papo. Ele sabe tudo sobre o trabalho de recuperação de dados da unidade de crimes cibernéticos, que é capaz de desenterrar documentos aparentemente apagados de discos rígidos, e, apesar de não usar o WhatsApp nem o SnapChat — prefere cantar num coral de Bach e cultivar orquídeas no seu tempo livre —, ele sabe muito bem como essas coisas funcionam.

Os jurados também sorriem e fazem que sim com a cabeça, esses doze bons cidadãos, apesar de sete serem mulheres: um júri que não é o ideal, já que mulheres são mais propensas a absolver um homem bem-apessoado em casos de estupro. Dois ou três fazem anotações: o homem gordo de terno e gravata na ponta direita do banco da frente, que suspeito que se tornará o porta-voz do grupo, e duas das mulheres, ambas na casa dos 30 anos, cujos olhares vagam do juiz para o acusado. Um cara de Essex — cavanhaque, topete cheio de gel, cardigã de tricô, bronzeado impressionante — encara o homem sentado às minhas costas; um leve tom de ameaça paira no ar. Olho para as minhas anotações, as mãos soltas no colo, e espero o meu momento chegar.

Com um aceno de cabeça do juiz, levanto-me e me posiciono com a cabeça erguida e uma postura tranquila. Minha mão esquerda segura o meu discurso de abertura, que mal vou consultar, e a direita empunha uma caneta roxa, meu pequeno sinal de individualidade para contrapor as inúmeras convenções do tribunal. Não vou precisar da caneta para o meu discurso, mas ela e a folha de papel são objetos cênicos que me impedem de gesticular loucamente: a última coisa que devo fazer é ficar me mexendo demais e acabar distraindo os jurados ou irritando o juiz.

Encontro o olhar do magistrado e me viro para o júri, fazendo contato visual com todos. Vou me dirigir a essas pessoas, e o meu principal objetivo é conquistá-las. Como uma amante determinada a seduzir, usarei a cadência e o tom do meu discurso e a forma como prendo a atenção delas para convencê-las. Usarei todos os meus truques.

Porque, neste dia de abertura, tudo é estranho e confuso para os jurados: as perucas, as becas, a linguagem que poderia ter saído de um livro do século XVIII: *Minha estimada colega; Vossa Excelência me permite a palavra? Falta de acesso às informações? Bom, pois não. Sugiro que seja feito um adiamento.* Mens rea. *O ônus da prova.*

Amanhã, eles já vão ter se acostumado com a cantina e saber onde ficam os banheiros e de quanto tempo de intervalo dispõem para fumar um cigarro. Eles vão perceber quão difícil vai ser manter o foco — vão concordar com o juiz quando disser que "cinco horas por dia é mais que o suficiente para todos nós". Até lá, eles vão ter compreendido a definição legal de estupro, o conceito de consentimento, e, ao ouvirem palavras como pênis, penetração, sexo oral e vagina, seus olhos não vão mais se arregalar, seus corpos não ficarão paralisados de surpresa.

Mas, por enquanto, eles são alunos ávidos no primeiro dia de aula: em sapatos engraxados e vestimentas elegantes, com pastas e estojos novinhos em folha, empolgados e apreensivos com tudo que pode acontecer ao longo da semana. E eu vou acalmá-los, vou mostrar que podemos fazer isso juntos, que eles vão entender a terminologia e a magnitude daquilo que o sistema judiciário britânico quer que façam. Não vou confundi-los com a lei. A maioria dos crimes gira em torno de desonestidade, da violência e do desejo — os dois últimos estão em jogo aqui. Às vezes, os jurados me surpreendem com a perspicácia das suas perguntas, e eles vão ser plenamente capazes de compreender a questão central deste julgamento: no momento da penetração, James Whitehouse entendeu que Olivia Lytton não consentiu com o ato sexual?

Começo a falar, ainda ignorando o homem no banco dos réus atrás de mim, cujos olhos imagino atravessando a minha beca marrom, o meu colete, a minha camisa social, chegando à minha alma; mas ciente de que a sua esposa, que acreditávamos que estaria ao seu lado a todo custo, não se encontra na galeria pública na parte superior do tribunal. Minha voz soa baixa e reconfortante, acariciando cada palavra, acrescentando um toque de tristeza e indignação apenas quando estritamente necessário. Guardo a raiva para o discurso de encerramento. Posso precisar dela no fim. Por enquanto, vou ser calma e firme. E é assim que começo:

— Este caso gira em torno de um evento que ocorreu entre duas pessoas. James Whitehouse, que os senhores veem atrás de mim, no banco dos réus, e uma jovem chamada Olivia Lytton. O Sr. Whitehouse, como lembrou Sua Excelência, pode ter um rosto familiar. Ele é membro do Parlamento e, até ser acusado do crime, era ministro do governo. Ele é casado e tem dois filhos pequenos. A Srta. Lytton era sua pesquisadora parlamentar e foi contratada em março do ano passado.

"Em maio, os dois começaram a se envolver, apesar de ele ser casado. Era um relacionamento consensual, e a Srta. Lytton acreditava estar apaixonada. A relação chegou ao fim no dia 6 de outubro, quando o Sr. Whitehouse disse a ela que precisava se dedicar à família. E as coisas poderiam ter parado por aí. No entanto, no dia 13 de outubro, uma semana depois do término, os dois tiveram relações sexuais novamente, em um elevador no corredor das salas de reunião, no meio da Câmara dos Comuns.

"Ninguém nega a ocorrência desse evento. Os dois lados reconhecem o acontecimento. O que está em questão é a natureza dele. Teria sido, como defende a Coroa, algo nefasto, um ato ao qual a Srta. Lytton foi coagida a tomar parte pelo acusado? Teria sido, de fato, um estupro? Ou foi, como a defesa argumentará, um ato passional, uma transa frenética entre duas pessoas no calor do momento?

"As provas dos dois lados serão apresentadas às senhoras e aos senhores, mas, para chegarem ao veredito, precisam chegar a um consenso sobre três coisas. A primeira: houve penetração com um pênis? A resposta é sim, nenhum dos lados nega isso. A segunda: no momento da penetração, a Sra. Lytton consentiu? E a terceira: no momento da penetração, o Sr. Whitehouse estava ciente de que a Srta. Lytton não deu seu consentimento?"

Faço uma pausa e ajeito meus óculos de armação pesada no alto do nariz antes de olhar para os jurados, olhando nos olhos de cada um deles, tentando fazê-los entender que eles precisam se concentrar, mas que, ao mesmo tempo, são capazes de cumprir a missão. Sorrio como se dissesse que é uma tarefa fácil.

— É simples assim.

13

Kate

25 de abril de 2017

É o segundo dia, e Olivia Lytton — a ofendida, na linguagem jurídica; a "amante loura", como foi descrita pelo *Sun* — se senta no banco de testemunhas. O júri fica em silêncio, pois a minha abertura foi apenas um aquecimento. Para todos nós, Olivia é o evento principal.

Duas das mulheres a encaram de olhos semicerrados. A idosa, que parecia não saber nada sobre o caso ontem, a encara através dos óculos de armação de metal; e uma das que estão na casa dos trinta — cabelo alisado, sobrancelhas grossas, uma base pesadíssima que dá à sua pele um tom rosa-alaranjado — faz cara feia. Ela era uma das mulheres que olhavam para o réu como se não conseguissem acreditar que ele estava mesmo ali. Parecia quase uma tiete. Mantenho uma expressão neutra e, quando ela encontra o meu olhar, abro um sorriso seco, profissional.

Olivia parece apavorada. Seus olhos brilham, mostrando que lágrimas não são uma possibilidade distante, e ela está muito pálida — é como se o seu espírito tivesse sido drenado junto com o seu sangue. Quando nos conhecemos na sala de testemunhas ontem, ela falava rápido e com clareza, demonstrando sua inteligência, sua ansiedade e uma raiva latente. Estava com os nervos à flor da pele; mantinha o corpo todo retesado, feito um galho frágil prestes a se partir.

— Nossas chances não são das melhores, né? — perguntou ela, proferindo dados estatísticos sobre taxas de condenação em embates diretos.

— Temos um caso convincente e pretendo convencer o júri de que ele é culpado — respondi, olhando nos olhos dela e tentando mostrar o quanto eu, e não apenas a promotoria, estava determinada a fazê-lo pagar pelo que fez.

Ela deu um sorriso desanimado, sua boca se contorcendo no canto, com um olhar triste e resignado que dizia: *Mas isso não é suficiente, né?* Ela estudou em Cambridge, não é burra. Mas não é preciso ser um gênio para chegar à mesma conclusão: sofrer um estupro faz com que se deixe de acreditar em imparcialidade e justiça e de ser tratada com respeito.

No tribunal, por outro lado, não há nenhum sinal dessa consciência cruel — e ela é o retrato da inocência, ou pelo menos mais inocente do que se esperaria de uma mulher com quase 30 anos que teve um caso com um homem casado. Ela usa um vestido reto simples, com gola boneca, e cheguei a me perguntar se aquilo não forçava demais a barra. Mas funciona. Ela é magra o suficiente para ter um visual andrógino, de criança abandonada, e isso apagou toda a sua sexualidade. Os seios pequenos — mordidos e apertados, como a Coroa argumentará — são cobertos pelo tecido azul-marinho; suas pernas compridas estão escondidas pela bancada. Não há sinal de nada que possa ser interpretado como explicitamente sexual ou provocante.

James Whitehouse não consegue vê-la, é claro. O banco é isolado, de forma que ela só pode ser vista pelos jurados, pelo juiz e pelos advogados, mas não pelo réu. Existe a possibilidade de usar declarações gravadas de testemunhas vulneráveis como provas em casos de assédio sexual, a história da vítima é transmitida com uma imagem granulada em preto e branco, que estremece e chacoalha como uma gravação amadora editada de qualquer jeito, alternando entre fatos corriqueiros e perturbadores. Olivia também poderia ser interrogada por videochamada, mas foi corajosa ao aceitar testemunhar no tribunal. Assim, os jurados podem ter mais noção de como a situação foi traumática: eles vão notar cada suspiro e reparar no tremor dos seus ombros. E, embora isso vá ser doloroso para ela e possa parecer cruel, são as pausas entre suas palavras — os silêncios que gritam enquanto ela busca por um lenço ou aceita a sugestão de Sua Excelência para que tome um gole de água — que fazem sua história ganhar mais clareza. É por meio dessa prova vívida e convincente que teremos mais chances de condená-lo.

Analiso a maneira como os jurados a observam: julgando seu vestido, o brilho do seu cabelo; tentando interpretar sua expressão — obviamente apreensiva, apesar de ela estar se esforçando ao máximo para ser corajosa. Ela encontra o meu olhar e sorrio, tentando tranquilizá-la, mostrar que ela vai sobreviver, que vai conseguir aguentar aquilo, que pode ser menos pior do que imagina. Sei que ela está se preparando para reviver o momento mais horrível da sua vida, com toda a vergonha, a raiva e o medo que o acompanham. Fazer isso exige muita coragem: entrar num tribunal e acusar alguém que você já amou desse crime cruel. E ela pode se sentir culpada por essa aparente traição. Imagino suas palmas ficando molhadas de suor, suas axilas ficando úmidas conforme o relógio do tribunal indica as horas, regular e insistente, marcando o silêncio. Ela está prestes a se abrir tanto que vai parecer que se partiu ao meio.

Eu me pergunto se ela está pensando nele atrás da tela, se imagina o olhar dele focado nela. Ela está muito nervosa; sua voz de garota rica soa tão baixa que, quando ela confirma o próprio nome, preciso pedir que fale mais alto.

— Olivia Clarissa Lytton — diz ela com mais firmeza.

Eu sorrio e me viro para os jurados. As sobrancelhas da Srta. Cara Laranja se arquearam. Sim, todos nós sabemos que é um nome ridiculamente esnobe, mas não podemos usar isso contra ela. Estupro, assim como violência doméstica, acontece em todas as classes sociais: pode acontecer com qualquer pessoa.

— Srta. Lytton, farei algumas perguntas, e aos poucos vamos progredindo. Mas a senhorita poderia falar um pouco mais alto?

Tento acalmá-la, mantendo contato visual e sorrindo para motivá-la, tentando deixá-la confortável. Isso é importante: uma testemunha nervosa não conta sua história direito, e poucas coisas são piores que uma testemunha que de repente não consegue saber o que dizer.

Faço as minhas perguntas de forma simples, uma de cada vez, estabelecendo fatos como datas, locais, horários e nomes, mas permito que ela fale sobre os eventos no seu próprio tempo e com as próprias palavras. Estabeleço um ritmo: pergunta, resposta, pergunta, resposta. Mantenho intervalos consistentes, como se estivéssemos fazendo uma caminhada tranquila no meio da tarde e um fato fosse mencionado a cada passo. Quando a senhorita começou a trabalhar para o Sr. Whitehouse? Em março. Qual era o seu cargo no gabinete? Gostava do trabalho? E quais eram as suas obrigações? Perguntas rápidas, fáceis, nem um pouco controversas e que me permitem de certa maneira guiá-la, porque não são questionáveis, assim Angela Regan, uma ótima advogada, não vai precisar interferir e protestar. E acredito que, quando o Sr. Whitehouse recebeu o cargo no ministério, a senhorita ainda trabalhava para ele no gabinete da Câmara dos Comuns, certo? É, isso é uma confirmação? E assim seguimos.

Ouvimos um pouco sobre os longos expedientes que ela precisava cumprir e a cultura geral dentro daquele gabinete e do ministério. Todos respeitavam o Sr. Whitehouse: os funcionários o chamavam de "ministro", apesar de ele preferir "James".

— Ele era simpático?

— Era. Mas não de forma exagerada.

— Vocês costumavam socializar fora do expediente? — Sorrio para ela.

— Eu, o Patrick e a Kitty, a equipe do gabinete particular, saíamos para beber de vez em quando, mas James nunca ia.

— Por que não?

— Ele tinha muito trabalho, ou dizia que precisava ir para casa ficar com a família.

— Com a família... — Faço uma pausa. Deixo o fato de que ele é um homem casado, com dois filhos pequenos, pairar no ar. — Mas tudo isso mudou, não foi? — continuo.

— Sim.

— No dia 16 de maio, ele foi beber com a senhorita.

— Sim.

— Acredito que a senhorita tinha saído com seus amigos antes? — Faço uma pausa e sorrio para mostrar a ela que não revelei nada absurdo. Todo mundo sai para beber de vez em quando, indica a minha postura e o meu tom tranquilo, prático.

Constatamos que ela bebeu dois gins-tônicas com os antigos colegas de trabalho do Gabinete Central do Partido Conservador no Marquis of Granby e que, sentindo-se "um pouco embriagada", ela voltou para a Câmara dos Comuns pouco antes das dez da noite, para buscar sua bolsa de academia, que havia esquecido lá. E, enquanto atravessava o New Palace Yard, ela deu de cara com James Whitehouse.

— A localização está marcada com a letra A no primeiro mapa do fichário que os senhores receberam. É o espaço externo entre Portcullis House e Westminster Hall — explico aos jurados, exibindo um documento.

Ouve-se um farfalhar de papéis; o rosto dos jurados parece ficar mais interessado enquanto eles abrem seus fichários com as provas e procuram o mapa. Todo mundo adora mapas, mesmo que não haja necessidade nenhuma de consultá-los. Mas quero que os jurados visualizem Olivia e James se encontrando no ponto marcado com um X no mapa em seus fichários. Eles precisam se familiarizar com a planta da Câmara dos Comuns — um labirinto de passagens internas e corredores secretos que possibilitam encontros ilícitos, tanto políticos quanto sexuais. Quero plantar essa sementinha nesse momento.

— E o que aconteceu depois? A senhorita falou com ele? — pergunto.

— Falei — responde Olivia, e sua voz falha.

Eu a encaro com um olhar severo. Ela não pode amolecer agora. Ainda nem chegamos à pior parte do depoimento. Abro um sorriso para encorajá-la, embora contenha certa firmeza.

— Percebi que ele vinha na minha direção, então falei oi e tropecei de leve. Acho que fiquei nervosa. O Parlamento não estava em sessão, e a presença dele me pegou de surpresa. Eu só ia dar uma passada para pegar a minha bolsa.

— E o que aconteceu quando a senhorita tropeçou?

— Ele me ajudou. Meio que segurou a parte de cima do meu braço para me equilibrar, depois perguntou se eu estava bem, algo assim.

— E ele nunca havia ajudado a senhorita desse jeito, nunca havia segurado o seu braço?

— Não. Ele nunca chegou a encostar em mim. O clima no trabalho sempre foi muito respeitoso.

— Ele continuou segurando o seu braço?

— Não. Ele me soltou assim que consegui calçar o sapato outra vez.

— E o que aconteceu em seguida? — continuo.

Qualquer jovem levemente embriagada tentaria sair daquela situação o mais rápido possível, mas não foi o que aconteceu. Mas não posso induzi-la por esse caminho; preciso esperar que ela encaixe a próxima peça do seu quebra-cabeça.

Ela sorri, e sua voz treme ao se lembrar.

— Ele me chamou para beber.

Eu a conduzo. Pergunta, resposta, pergunta, resposta. Mantendo o ritmo. Seguindo devagar, de maneira constante e agradável; ajustando a minha velocidade aos movimentos da caneta do juiz.

Confirmamos o início do caso e que foi consumado uma semana depois. A Srta. Cara Laranja semicerra os olhos ainda mais. *Sim, eles transaram. O caso gira em torno disso. Deixa de ser moralista.* É claro que não deixo transparecer a minha irritação. Permaneço serena, o meu olhar vai de um jurado para o outro, sem focar em nenhum deles por muito tempo. Estou ocupada demais interrogando a minha testemunha principal, que agora ficou mais confiante. Sua postura está mais relaxada; sua voz ficou menos aguda.

Não quero que ela entre nos detalhes do relacionamento — isso só abriria brecha para Angela fazer perguntas sobre suas experiências sexuais anteriores, algo que, de acordo com a Coroa, é totalmente irrelevante. Nós combinamos uma série de palavras-chave a serem usadas para transmitir o que aconteceu, e agora chegou a hora de falar sobre o que aconteceu no elevador.

Mas Olivia tem dificuldade em se manter objetiva e direta.

— Eu não queria que acabasse — acrescenta ela quando peço que confirme que o relacionamento chegou ao fim no dia 6 de outubro.

Sua voz baixa até quase não passar de um sussurro. Uma camada de cabelo cobre o seu rosto.

Não pergunto o motivo, e estou pronta para seguir em frente, mas ela parece determinada a falar desse assunto.

Ela inclina a cabeça para cima, o cabelo batendo nas bochechas. Apesar de os olhos estarem cheios de lágrimas, sua voz ressoa, em alto e bom som, na simplicidade da sua declaração.

— Eu não queria que acabasse porque estava apaixonada por ele.

14

Sophie
25 de abril de 2017

Sophie está tremendo. Na paz do seu lar, ela começou a tremer, seu corpo traindo-a de um jeito que jamais faria em público, seus membros se debatendo, nervosos, minando seu autocontrole habitual.

Ela coloca tudo para fora assim que chega ao banheiro do térreo, joga a bolsa no chão e o conteúdo dela se espalha pelos azulejos eduardianos — batom, carteira, agenda, celular. A tela do telefone racha com a queda brusca: uma rachadura fina que o atravessa na diagonal e se parte em caquinhos, que permanecem unidos apenas pela tensão da capa. Depois de juntar as coisas, ela passa um dedo pela linha, distraída e imprudente; então se retrai quando sente a dor causada por um pedacinho de vidro.

Ela começa a chorar de ombros curvados, abafando o barulho até chegar ao quarto, porque Cristina pode estar descansando em seu quarto no andar de cima, e ela odiaria ter de lidar com o consolo carinhoso e insistente dela. A babá estava determinada a demonstrar sua compaixão. Naquela manhã, seus olhos castanhos e trêmulos ameaçaram verter as lágrimas acumuladas quando ela saiu para levar as crianças para a escola, e Sophie quis gritar para que ela se controlasse, para que mantivesse a compostura na frente das crianças como ela precisava manter, como sempre precisou manter. Onde estava o egocentrismo esperado de uma adolescente e que encontraram em Olga, a babá anterior, que tomava todos os potes de Ben & Jerry's, levando o sorvete direto do pote para a bocarra aberta, e depois os guardava quase vazios no congelador?

Cristina havia testemunhado todos os desdobramentos daquela bagunça terrível: ela estava na casa deles na fatídica noite de outubro, quando a história vazou; enfrentou com eles os paparazzi acampados na porta no primeiro fim de semana pavoroso; e até — que anjo — abria a porta e mentia por ela.

— A Sra. Whitehouse e as crianças não estão — disse ela para um fotógrafo mais insistente que a maioria, que tinha permanecido lá depois de James ir para Westminster na segunda-feira, mantendo-os sitiados dentro da própria casa.

Ela, Emily e Finn ficaram escondidos no quarto de Em, nos fundos da casa, enquanto essa garotinha de 18 anos, com seu sotaque francês charmoso, ignorava as instruções que ela havia lhe passado — "Só diga que não estamos aqui, e feche a porta com educação, mas ao mesmo tempo com firmeza" — e começava a implorar aos jornalistas cheia de indignação.

— Por favor. Por favor. A Sra. Whitehouse não está aqui. Por favor. Dá pra deixar a família em paz?

Ela escuta agora, o choro entalado na garganta.

— Cristina? — chama na direção do quarto da babá.

Silêncio. Seu corpo dói de alívio, do mais puro alívio, por estar sozinha. Fecha a porta do quarto e se inclina para perto do aquecedor, sentindo o calor se espalhar pelas suas costas, então dobra os joelhos e os aperta de encontro ao corpo; é como se estivesse sendo abraçada e aquecida; é como se tivesse voltado ao útero, pensa, enquanto permite que a tremedeira percorra o seu corpo, deixando os joelhos baterem descontroladamente outra vez.

Ela se permite ficar sentada assim por uns bons cinco minutos, as lágrimas tracejando linhas pelas suas bochechas, embora seu choro seja silencioso. Depois de passar quarenta anos aprendendo a controlar as emoções, ela se sente envergonhada — mas era um alívio se soltar desse jeito! Ela se estica para pegar um lenço e assoa o nariz com muito barulho, seca as bochechas e arrisca se olhar no espelho, descobrindo que seu rosto está manchado, vermelho, borrado de rímel. Está com uma aparência pavorosa. Vai até o banheiro, joga água fria no rosto, pega o sabonete. Determinada, apaga os resquícios da manhã — rímel, base, delineador, medo, culpa, vergonha, e aquela tristeza intensa, corrosiva — com um disco de algodão grande. Seca a pele, passa hidratante. Sem esboçar nenhuma emoção, encara um rosto que não conhece mais; ou melhor, um rosto que preferia não reconhecer. Começa o processo de reconstruí-lo — e de reconstruir a si mesma — mais uma vez.

Ela foi disfarçada ao tribunal e saiu logo após Olivia admitir que estava apaixonada pelo seu marido. Depois disso, houve um silêncio solidário, com alguns dos jurados parecendo fascinados pela sua voz, cheia de emoção, que ecoava pelo tribunal.

James não sabia que ela estaria lá. Após a audiência antes do julgamento, ela disse que não iria. Que não suportaria ficar sentada, ouvindo os testemunhos, por mais que Chris Clarke achasse que isso fosse necessário para a reabilitação política dele assim que o caso se desse por encerrado.

— Você precisa apoiá-lo! — O diretor de comunicações estava furioso, cuspindo perdigotos.

— Eu estou apoiando, mas não preciso ficar lá sentada, ouvindo tudo aquilo — disse ela então. — Além do mais, se eu estiver lá, só vai servir para tirarem mais uma foto.

Chris, o rosto tomado por um rubor nada saudável, resmungou e aceitou, nitidamente a contragosto, que ela tinha razão.

Ela se surpreendeu com a intensidade da sua fúria e com a força que teve para lutar contra a insistência deles. "O problema das mulheres", disse James uma vez, fazendo o tipo de generalização radical que jamais faria na frente das colegas de trabalho, mas que admitia em casa, "é que elas não bancam as próprias convicções. Tirando a Sra. Thatcher, elas não têm a nossa autoconfiança". Bom, ela foi firme naquele momento. James ficou decepcionado — foi essa a palavra que ele usou, dita num tom moralista e acompanhada por um olhar frio, apesar de ela não saber que moral ele tinha para falar qualquer coisa — foi então que a onda de raiva voltou —, mas é claro que ele respeitou sua decisão. Qual seria a outra opção? Ele a amava, não queria que ela fosse ainda mais humilhada. E pode ser que, no fim das contas, ele tenha ficado aliviado. Porque, da mesma forma que ele se recusou a vê-la em trabalho de parto, por achar que isso poderia afetar a sua vida sexual, será que ele não cogitou que ouvir todos os detalhes da sua relação com outra mulher mataria de vez o desejo sexual dela?

Porque como qualquer relacionamento sobreviveria a ouvir os detalhes íntimos de outra relação? É possível superar uma infidelidade se você se convencer, mais de uma vez se for necessário, de que ela não vai se repetir. Sophie sabe disso depois de ter testemunhado o relacionamento da mãe com o pai; depois de saber que James foi infiel inúmeras vezes quando os dois começaram a sair. Ela se recusava a admitir aquilo, apenas ignorava os sorrisinhos das garotas que achavam que conseguiriam roubá-lo, sem nunca o confrontar — porque isso o obrigaria a fazer uma escolha. E ela sabia muito bem que é possível superar várias traições se você disser a si mesma que não havia nenhum sentimento envolvido nesses casos. Que eram algo meramente físico e que é você, apenas você, que o seu marido ama.

Mas como um casamento seria capaz de sobreviver quando se é obrigada a escutar cada detalhe do romance? Se o relacionamento extraconjugal for dissecado feito um animal morto devorado por urubus — se o seu casamento ficar nos holofotes, com todos os seus defeitos, com a sua solidez sendo questionada de maneira implícita, e for considerado insatisfatório, no fim das contas? Se você descobrir que outra mulher amava o seu marido e, pior, que ela acreditava que *ele* sentia o mesmo por *ela*, ou que ele pelo menos dava a entender que sentia alguma coisa? Porque um caso de cinco meses com uma colega de trabalho, que ele via sempre e por quem demonstrava admiração, não é uma noite de sexo casual. Não é uma relação completamente desprovida de sentimentos, não quando se trata de uma pessoa como James, que pode ser insensível, sim — ela pensa no seu olhar penetrante, na sua tendência a analisar um local e avaliar quem é a pessoa mais interessante e mais útil ali e escapar de conversas irrelevantes —, mas que também pode ser muitíssimo carinhoso.

Será que o seu casamento conseguiria sobreviver a tudo isso? A ter de escutar que o seu marido não fazia amor, amor de verdade, só com ela, ou que o sexo — até mesmo o mais agressivo, porque era assim que ela encarava aquela acusação — reverberava no sexo que ela fazia com o marido? A descobrir que havia semelhanças inegáveis entre a forma como ele beijava, chupava, puxava, brincava com as duas, e que a parte mais íntima do seu relacionamento não era tão exclusiva quanto ela sempre pensou? A perceber que a relação deles — algo que ela sempre colocou em primeiro lugar, vindo até na frente das crianças, algo que a envergonhava agora — não era tão especial quanto ela acreditava?

O risco de descobrir isso tudo fez com que ela permanecesse firme e insistisse em não ir. Por tudo isso — e pela humilhação inevitável: a ideia de ser analisada pelo juiz, pelos jurados e pelas pessoas na galeria pública, uma mistura peculiar de estudantes de direito, turistas e curiosos que descobriram que encontrariam dramas mais interessantes naquele tribunal do que na televisão em casa.

Ela sempre foi sortuda — alguém cuja vida havia sido tão radiante e preciosa quanto uma enorme barra de ouro. Seu nome do meio é Miranda — aquela que deve ser admirada —, e ela nunca tinha pensado em como era um nome bastante apropriado. Porém, nos últimos seis meses, sua sorte desapareceu, e a admiração que ela aceitava havia tempos foi substituída por uma compaixão quase alegre. A inveja à qual ela se acostumou, que chegou ao auge quando James foi eleito e começou a levar as crianças para a escola uma vez por semana, foi por água abaixo e se transformou em demonstrações falsas de compaixão ou pura desconfiança. Ninguém mais a chamava para tomar café, e pediram que ela saísse do comitê do baile de pais e mestres para garantir que as doações para a caridade angariadas pelo evento não sofressem cortes. Os vários convites para seus filhos irem brincar com amiguinhos sumiram. E, se isso abalou a sua autoestima, acabou com o seu ânimo, a magoou bem mais do que ela admitia, então não seria muito pior ter de passar por aquela humilhação no tribunal?

Mesmo assim, no fim das contas, ela não conseguiu ficar longe. O desejo de saber o que aconteceu e entender o que o marido enfrentava se tornou uma necessidade física: uma dor aguda que precisava ser expelida do seu peito, que não conseguia conter. Então ela fez algo completamente inesperado: enfiou um gorro de lã na cabeça, calçou tênis e a calça de corrida, colocou os óculos com armação de chifre que James odiava, e que ela só usava nas longas viagens de carro até Devon. Vestida assim, foi até o tribunal e ficou escondida.

Ao contrário da audiência anterior ao julgamento, quando marchou até a entrada, apertando a mão de James e encarando a multidão de fotógrafos, ela foi direto para a fila da galeria pública e esperou com dois jovens negros de ombros largos e jaqueta bomber que falavam da condenação anterior de um amigo e previam a próxima sentença num idioma que ela tentava decifrar.

— Quatro, cara?

— Nem, uns dois.

O maior estalou os dedos e saltitou na ponta dos pés, cheio de energia pela testosterona e pela adrenalina, sua agitação tão contagiosa que ela não conseguia parar de olhar, por mais que tentasse não chamar a atenção deles.

— Ei, o telefone.

Ela deu um pulo quando ele apontou para o aparelho, a voz grave e extremamente sexy acompanhada de um olhar sério, nada provocante.

— Não deixam entrar com telefone. Cê precisa deixar aqui fora.

E ela, tendo se esquecido disso, ficou envergonhada, porque ele foi pura gentileza depois que ela parou de agir como se devesse temê-lo, explicando, todo empolgado, que havia deixado o seu numa agência de viagens no fim da rua que guardava aparelhos eletrônicos por uma libra e mostrou onde ficava o lugar.

No fim, ela só conseguiu ouvir meia hora do depoimento de Olivia. Acomodada no alto da galeria pública com um grupo de estudantes de direito estadunidenses, cujo julgamento de um caso de terrorismo havia sido adiado, ela não conseguia vê-la, apesar de conhecê-la pelas fotos de jornal e reportagens na televisão: uma figura esbelta, uma versão loura dela mesma, ou de como era quinze anos antes.

Mas conseguia ouvi-la e senti-la sempre que sua voz falhava e por meio das reações dos jurados: curiosos, horrorizados, então solidários, quando ela contou como tinha se apaixonado. E observou seu marido, aparentemente esquecido no banco dos réus, mas prestando atenção a cada palavra que Olivia dizia, às vezes fazendo alguma anotação que entregava ao seu procurador.

Então Olivia confirmou os detalhes de quando o relacionamento começou e terminou; e ela se lembrou de presumir que James só estava trabalhando até tarde. De repente, o ar ficou sufocante, e ela passou correndo pelas longas pernas cobertas por jeans e pelos grandes tênis brancos das garotas dos Estados Unidos, murmurando pedidos de desculpas quando elas a encararam, confusas. Desesperada para não chamar a atenção do tribunal, tentou abrir a porta de carvalho da galeria sem fazer barulho e conseguiu escapar.

Chamou um táxi em Ludgate Hill, depois de buscar o celular, e agora estava aqui: segura em casa. Ninguém pareceu ter descoberto a experiência de assistir ao julgamento disfarçada, mas ela ainda sente uma vergonha profunda. Não sabe se vai conseguir voltar àquele lugar. Como ela vai se sentar no tribunal e ouvir os testemunhos se tornarem mais explícitos, os detalhes mais sórdidos? Porque é isso que ela vai ter de encarar, não é? O fato de que o seu marido, o seu querido marido, que é louco pelos filhos e admirado por praticamente todo mundo, será acusado de algo indecente, abusivo, sobre o qual ela não quer escutar — pelo amor de Deus, um estupro, o pior crime em que ela consegue pensar depois de assassinato — e que não se encaixa no que ela conhece dele.

Começa a jogar roupas numa mala. É ridículo, sabe disso, mas o reflexo de lutar ou fugir veio com força. Ela não pode ficar ali, no seu quarto elegante, decorado em tons discretos de cinza e branco, lençóis de algodão egípcio com muitos fios e detalhes em caxemira, superfícies limpas e vazias para aquilo que James chama de seus unguentos e poções e para sua coleção de joias — reduzida, porque as relíquias que herdou da avó estão guardadas. "Vamos ter um quarto parecido com o de um hotel", disse o marido certa vez, dando um raro palpite no reino dela, a decoração da casa. "Vai dar um clima mais indecente. Mais safado." Então ele deslizou a mão por cima da blusa dela. Agora, ela se pergunta em qual quarto de hotel ele estava pensando — e com quem ficava lá.

Sophie vai correndo para o quarto das crianças; seu coração está disparado, um martelo pesado acertando as costelas. Abre as gavetas e pega calças jeans, blusas, moletons, meias, pijamas, alguns livros, bichos de pelúcia favoritos. No banheiro, recolhe escovas de dente e produtos de higiene; então antitérmicos, analgésicos, xarope para tosse. No corredor, três pares de galochas, suas botas de trilha, gorros, luvas, capas de chuva, casacos impermeáveis. Na cozinha, as garrafas de água das crianças, frutas e o tipo de contrabando que costuma ser racionado: pacotes de batatas chips, barrinhas de cereal, sacos de balas que sobraram de festas, biscoitos de chocolate. Na geladeira, ela faz uma pausa, então abre uma garrafa de vinho branco e toma um grande gole demorado.

Às três e meia da tarde, ela já estacionou o carro na melhor vaga diante da escola das crianças, inclinada para a esquerda. As estradas começam a ficar engarrafadas pouco antes da hora do rush e ela não quer perder tempo. Ao se ver no espelho, nota um brilho no olhar que torce para Emily interpretar como empolgação, mas que reconhece como adrenalina. Nas rugas no canto dos olhos — desidratadas pela falta de sono, pioradas pelo choro —, ela só vê medo e sofrimento.

Finn vem correndo primeiro, abrindo um sorriso ao se jogar nas pernas dela, seu furacãozinho de amor.

— Por que a Cristina não veio buscar a gente? — Emily, com a mochila batendo nos tornozelos, é mais desconfiada.

— Porque eu vim. — Ela sorri. — Vamos, entrem no carro.

— Cadê o papai? Como foi o julgamento?

Ela finge não ouvir enquanto os guia para o quatro por quatro, abrindo caminho pelas antigas amigas, aquelas múmias e seus olhares ardilosos que não conseguem evitar olhar para cima, prestando atenção, com os olhos brilhando, quando a voz animada de Emily ecoa, em alto e bom som.

— Aqui, não, querida — murmura ela, quase correndo para o carro e resistindo à tentação de ser ríspida. Ela usa um tom carinhoso. — Aqui estamos. Todos para dentro.

As mãos dela tremem ao enfiar a chave na ignição e dar partida no carro; suas pupilas, vistas no retrovisor, parecem botões gigantes. Ela tem a estranha sensação de estar observando a si mesma — de saber, lá no fundo, que está agitada demais para se aventurar numa longa viagem com os dois filhos pequenos, mas entende que precisa fazer isso mesmo assim. Ela toma um gole rápido da sua garrafa de água, o líquido escorrendo pelo queixo formando uma barba molhada; então liga a seta e sai.

Um carro preto enorme e brilhante — com o para-choque todo cromado, cheio de brilho e raiva — buzina com força quando ela o fecha. Ela desvia, evitando uma batida por pouco, e ergue a mão num pedido de desculpas.

— Mãããeee. — A voz de Emily aumenta para um grito. — Ainda estou colocando o cinto.

— Me *desculpa*. — Ela nunca chegou tão perto de berrar. Sua voz estremece. — Me desculpa, tá?

O carro vibra com o silêncio.

— Mamãe? — pergunta Finn depois de um tempo, enquanto eles vão se arrastando pela saída principal da zona oeste de Londres e seguem em frente, deixando os quarteirões de prédios e toda a incerteza para trás. — Pra onde a gente está indo?

Por um instante ela sente a tensão começar a ir embora, porque já havia previsto essa pergunta e preparado sua resposta.

— Para uma aventura.

15

Holly
16 de janeiro de 1993

A biblioteca da faculdade tinha cheiro de livros — um cheiro seco e doce, como se o aroma de pergaminhos tivesse sido destilado até ficar igual ao de palha pura, fresca. Não era o cheiro de uma livraria, um lugar onde o aroma dos livros se misturava ao da chuva no casaco dos clientes ou do bafo deles: o sanduíche de atum engolido ao entrar na loja e silenciosamente arrotado, ou a cerveja, ainda quente no hálito, bebida no King's Arms pouco antes.

Na primeira visita à biblioteca construída em meados do século XVII, o que mais chamou sua atenção foi o cheiro daqueles livros. Um aroma puro, a não ser pelo toque de café instantâneo que vinha da caneca de cerâmica do robusto bibliotecário-chefe. Depois, foram os livros em si: espalhados do piso coberto com um carpete grosso até bem perto do teto abobadado, seus lambris pintados com um rosa-claro delicado, como as unhas de um bebê, e um tom pastel verde, divididos por detalhes dourados, toda interseção decorada com uma roseta branca no teto.

Havia no mínimo dez prateleiras com esses livros, ocupando cada estante até o alto, desde volumes enciclopédicos com capas de couro na parte inferior até os livros didáticos que só eram acessados com uma escada de madeira, os degraus estalando quando se alternava o peso neles até chegar ao topo. No total, eram dezesseis seções, cada uma cercada por essas prateleiras e separadas em literatura inglesa; literaturas francesa, alemã e italiana; grego antigo e latim; filosofia, política e economia; geografia; teologia; música; história da arte; direito. Existia uma biblioteca universitária separada para história, como se o assunto fosse tão extenso que aquelas estantes não eram suficientes. Ela não sabia se químicos, bioquímicos e matemáticos pegavam livros didáticos emprestados, mas raramente os encontrava ali e imaginava que boa parte do seu conhecimento não era adquirido num espaço tão silencioso e sério, mas no ambiente questionador dos laboratórios.

Era cedo: oito e meia da manhã. Uma das suas horas favoritas, quando a biblioteca estava quase vazia — apenas ela e o bibliotecário-chefe, Sr. Fuller, uma figura apressada que ela havia apelidado de Sr. Tumnus, em homenagem ao fauno de *O leão, a feiticeira e o guarda-roupa*, e que emanava tensão quando um aluno ousava falar alto ou, pior ainda, entrava na biblioteca em busca de um amigo, não de um livro. Mas ele gostava dela. Holly o observava quando ele a cumprimentou com um aceno de cabeça silencioso e depois voltou a se concentrar no conjunto de gavetas de carvalho pequenas em que os livros eram catalogados: por ordem alfabética de autores, depois de títulos. A biblioteca da universidade, a Bod, tinha um catálogo eletrônico, mas essas coisas levavam tempo, e ali não havia pressa por esse tipo de coisa. Apesar de os livros serem imaculados, uma leve camada de poeira cobria a tela do computador da biblioteca. A ordem era mantida por fichas catalográficas: algumas amareladas com títulos datilografados cinquenta anos antes, outras escritas à mão. O sistema funcionava havia mais de cem anos, e parecia não haver necessidade de mudá-lo. Aquelas gavetinhas de carvalho ainda tinham serventia.

O bibliotecário andava a passos rápidos pelo corredor acarpetado para devolver os livros a seus devidos lugares e arrumar uma pilha de obras removidas durante a noite e abandonadas sobre a mesa. Mas, tirando o som dos seus sapatos e dos *tsc-tsc* intermitentes para o aparente egoísmo dos alunos, a biblioteca estava silenciosa. Apenas Holly e centenas de milhares de livros.

Ela se espreguiçou, aproveitando o raio de sol que entrava pela vasta janela ao seu lado, com vista para o leste, e sublinhou seu caderno; partículas de poeira dançavam no luz, a sombra dos detalhes entalhados em pedra marcando seu livro. Dava para ver uma escada dentro de um prédio da faculdade do outro lado do pátio, e ela ficou observando uma figura descendo às pressas, mais uma vez maravilhada com a beleza extraordinária daquele lugar e seus mistérios: tantas vidas, tantas *histórias* ocorrendo ao mesmo tempo em bibliotecas, refeitórios e casas de barco, bares e boates, museus, jardins, até em canoas.

Se a universidade era um lugar de descobertas, então havia centenas de vidas sendo reinventadas ou encontradas: narrativas escritas e reescritas, sexualidades experimentadas e descartadas, alianças políticas testadas, alteradas e abandonadas ao longo de um período de oito semanas.

Os calouros que sorriam com orgulho para a primeira foto oficial da turma não eram os mesmos alunos que jogavam o capelo para o alto e ovos e farinha uns nos outros — alguns tímidos, outros com a pura emoção do alívio — ao terminarem as últimas provas, três anos depois. A vida — com descobertas intelectuais, sociais e sexuais — teria abraçado a todos.

E ela estava pronta para isso. Mesmo depois de apenas um período, ela já sentia mudanças: seu sotaque se amenizava, como se o clima ameno de Oxfordshire derretesse suas cadências moduladas; sua autoconfiança aumentava conforme ela baixava a guarda, só um pouquinho, e se permitia acreditar que tinha tanto direito de estar ali quanto qualquer outra pessoa. O pensamento a pegou de surpresa. Será que ela acreditava mesmo nisso? Bem, sim. Só um pouco. Ainda se sentia como uma impostora — mas talvez os outros também sentissem a mesma coisa.

— Sou só um símbolo: a garota que faz matemática — admitiu Alison num tom melancólico certa vez tarde da noite, enquanto estudava um livro que era tão incompreensível para Holly que poderia estar escrito em russo, então fez um risco preto por cima dos seus cálculos. — Só me aceitaram para cumprir alguma cota de gênero. — E completou: — Me sinto uma puta fraude.

Mas Holly era feliz ali. Seu peito se contraiu e se encheu numa batida forte quando o pensamento reverberou pelo seu corpo. Em Oxford, ela podia ser quem era de verdade. Principalmente ali, naquela biblioteca, onde o objetivo era mergulhar naquele mar de livros sem precisar esconder sua inteligência. Na escola, ela sofreu tanto bullying por ser brilhante que se transformou numa pessoa fechada — parou de responder às perguntas da professora, passou a andar de ombros curvados olhando para o chão, tentando ficar invisível. Se existia um crime pior que ser inteligente, era não disfarçar esse fato sob camadas de sarcasmo e muito rímel. Na sua escola, a meta principal era arrumar um namorado, e a inteligência só dificultava isso.

E então, no último ano, quando todo mundo já sabia que ela se inscreveria em Oxford, veio a rebeldia: ela voltou a falar em sala de aula e a reconhecer sua inteligência, ainda que um pouco hesitante no começo. Eu sou assim, mostrava ela sempre que levantava a mão para responder às perguntas da Sra. Thoroughgood sobre livre-arbítrio e determinismo em *O moinho à beira do rio Floss*, ou sobre como Bertha Rochester era o outro eu de Jane Eyre. Dava para enxergar o fim da escola agora, contar os meses que faltavam, sentir o *cheiro* da liberdade que logo seria sua; dava para vislumbrar o momento em que escaparia das panelinhas, dos constantes comentários maldosos, da crença ilusória de que não se era ninguém se não fosse bonita ou magra ou se não usasse uma saia curta o suficiente ou arrumasse a gravata do jeito certo — fina, com o pano enfiado entre o segundo e o terceiro botão da camisa. No último dia de provas, ela entrou na sala de aula com passos determinados, as coxas roçando sob a saia de pregas cafona, a gravata visivelmente grossa, e escreveu sobre Shakespeare até cansar. Seu pior pesadelo, Tori Fox, perguntou o que achou da prova, mas ela ainda não tinha criado coragem para dizer a verdade, não arriscou confessar que "Na verdade, foi moleza". Mas, depois de quatro notas dez seguidas, isso ficou claro para todo mundo.

Ela se levantou para se alongar e olhar mais uma vez pela janela, com uma das vistas mais bonitas de Oxford. A torre gótica da igreja de St. Mary em contraste com a clássica Radcliffe Camera, um pináculo fálico imponente ofuscado por uma rotunda, o estudo vencendo a religião; o autocontrole sempre vencendo a autoexaltação. Talvez por isso ela se sentisse tão feliz naquele lugar, no lado oeste do pátio coberto de paralelepípedos, onde ficava cercada por bibliotecas, com a mais bonita ocupando o centro. Toda aquela beleza, história e tradição existiam para exaltar e facilitar os estudos. Ela nunca mais precisaria se sentir mal por desejar ler um livro — ou por ser ela mesma — de novo.

Por isso, nenhuma das suas fobias sociais de fato fazia diferença. Ela sabia que jamais faria parte da panelinha de Sophie, mas, talvez, isso não fosse um grande problema. Tinha amigos fora da faculdade: os garotos sérios, ambiciosos, do jornal universitário, que falavam de se inscrever em estágios em grandes jornais ou na BBC — e talvez até já tivessem feito isso; e Alison, com quem podia tomar sidra no bar da faculdade e que, por algum motivo incompreensível, gostava dela, por mais que morresse de vergonha sempre que era arrastada para uma boate na Park End Street — suas roupas não combinavam com o ambiente, seus movimentos eram duros, seu corpo, desajeitado demais para se soltar.

Não sentia mais medo de julgarem que ela não pertencia àquele lugar — porque na universidade, percebia enfim, havia algumas pessoas diferentes o bastante para fazê-la se sentir parte do grupo. Pela primeira vez na vida, ou pela primeira vez desde o começo da infância, ela se sentia bem-vinda num lugar. E conseguia relaxar. A leve ansiedade que corria pelas veias todos os dias na escola, e que só diminuía no ônibus para casa enquanto se consolava com um Twix devorado às pressas, numa onda de alívio por ter sobrevivido a mais um dia, havia desaparecido e só dava as caras de vez em quando — nos momentos em que ela procurava Sophie entre as amigas. Era uma sensação nova e maravilhosa. Aquela forte convicção. Aquela sensação de estar feliz e em paz.

16

Kate
26 de abril de 2017

É o terceiro dia, e Olivia Lytton parece ter se arrumado para uma entrevista de emprego. Lá se foi a gola boneca; no lugar estão uma camisa branca engomada e um blazer e uma saia azul-marinho de caimento elegante. O cabelo, que ontem a todo momento prendia atrás da orelha, está preso com um conjunto de grampos. A ideia é fazê-la parecer mais jovem e menos sofisticada. Suas maçãs do rosto estão mais destacadas: ela parece menos atraente, mais séria.

Ela está ainda mais pálida essa manhã. Imagino que tenha dormido pouco, e seus olhos estão iluminados por um brilho artificial provocado pela adrenalina e pelo café amargo vendido na cantina do tribunal. O olhar de Olivia ficou mais severo. Ali, num raro momento de insensibilidade, me disse que era impossível entender a dor do parto sem ter passado por um. Da mesma forma, Olivia não poderia imaginar como testemunhar seria apavorante. Apesar de todas as tentativas do tribunal de amenizar o momento, sei de poucas testemunhas-chave de crimes de abuso sexual que tenham saído ilesas da experiência.

O tribunal está quase cheio agora. Reorganizo o meu lado da bancada, construindo uma fortaleza com as minhas pilhas de documentos, canetas perfeitamente alinhadas, um jarro e um copo de água, me defendendo com livros e arquivos enquanto os jurados se acomodam em suas posições agora familiares e um grupo de jornalistas — não só o repórter já acostumado a cobrir os casos do tribunal para a agência de notícias, com seu terno brilhante e sua gravata repulsiva, mas as fontes seguras de grandes jornais e tabloides — se senta na área reservada à imprensa e abre seus bloquinhos.

Jim Stephens, do *Chronicle*, está aqui: um veterano mercenário que vive à base de cervejas e cigarros, o rosto avermelhado sob o cabelo pretíssimo, um tom provavelmente artificial. Um dos poucos que se lembram de trabalhar na Fleet Street quando a imprensa ainda funcionava na Fleet Street, seria fácil ignorá-lo se comparado aos estagiários ávidos que trabalham ao seu lado. Mas eu leio o que ele escreve e o admiro.

Já é o terceiro dia em que Sophie Whitehouse não aparece.

— Deu no pé — sussurra Angela Regan, a boca apertada numa expressão contrariada.

Meu assistente, Tim Sharples, um sujeito apático com um senso de humor ácido, encontra o meu olhar.

Eu me viro rápido para a outra advogada.

— Foi se esconder na casa da mãe, em Devon. — O tom dela é amargo.

Isso não é bom para o seu cliente: a ausência marcante, contínua da esposa. Começo a procurar um documento no fichário, verifico tudo de novo em virtude de um nervosismo desnecessário, tentando esconder o sorriso que Angela, uma boa oponente de briga, sabe que está estampado no meu rosto.

Então o burburinho vai desaparecendo até ficar um silêncio pesado: os ruídos desaparecem, e só consigo escutar as batidas ritmadas do relógio. Estamos todos esperando. Eu me levanto, uma atriz no palco, até Sua Excelência indicar que podemos começar. Eu me viro para Olivia. Porque chegou a hora de conduzi-la para a parte principal da história.

— Podemos retroceder para o dia 13 de outubro? — pergunto, minha voz soando moderada e calma. — A data em questão. Acredito que os dois iriam juntos a uma reunião do Comitê Seleto de Assuntos Internos.

— Isso. James faria uma apresentação sobre as novas estratégias de combate ao extremismo que começaríamos a implementar.

— Em linguagem mais acessível, acredito que a senhorita esteja se referindo a medidas do governo para impedir possíveis terroristas.

— Isso. — Ela se ajeita, porque está num terreno seguro neste momento, uma funcionária pública falando de um assunto que não é controverso. — Normalmente, essas informações seriam apresentadas ao Comitê Seleto de Inteligência, mas havia uma rixa na presidência do comitê sobre quem seria o responsável pelo assunto.

— Pelo visto, a reunião era logo no começo da manhã. Então a que horas a senhorita e o Sr. Whitehouse saíram?

— Pouco antes das nove. James estava nervoso e me chamou para tomarmos um café e conversarmos.

Ajeito os óculos no nariz e olho para o júri. O homem intrometido de meia-idade, com sua barriga apertada sob a camisa bem passada e que hoje usa uma gravata azul-marinho, sorri, antecipando a minha próxima pergunta — porque isso é uma dança, e os jurados estão começando a prever os meus movimentos.

— A senhorita disse que ele estava nervoso... Por quê?

— Publicaram uma crítica negativa no *Times*. Escrita por um jornalista que ele conhecia e admirava. Um colega de Oxford que ele achava que gostava dele. Os comentários eram bem maldosos, e ele não estava conseguindo rir da situação, como costumava fazer. Ele ficava repetindo as piores frases, como se não conseguisse deixá-las de lado.

— Acho que temos a matéria em questão aqui. — Abro o meu fichário na página do texto. — Os senhores vão encontrá-la como documento número três, creio eu. — Um farfalhar de movimentos e uma empolgação surgem quando peço aos jurados que façam alguma coisa. Para ser sincera, fiquei surpresa quando o juiz permitiu o uso da matéria, porque ela pode ser bastante prejudicial. Mas argumentei que é importante, porque impulsionou a raiva de James Whitehouse antes do suposto estupro e explica seu estado de espírito. — Aqui está! — Seguro o papel com a mão esquerda, empunhando-o com firmeza e correndo os olhos ao redor em busca de confirmação. — É da edição do *Times* daquela manhã, 13 de outubro, e a matéria foi escrita por Mark Fitzwilliam. Ele é colunista do jornal. O texto fala do impacto da legislação contra o terrorismo, mas a parte que nos interessa começa no segundo parágrafo e pode parecer um ataque ao réu.

Olho de relance para Angela, mas ela não interfere, como discutimos antes do julgamento. Todos concordamos que a matéria é extremamente desfavorável. Pigarreio.

— Se me permitem: "Quando James Whitehouse entrou para o governo, muitos esperavam que ele pudesse ser a vassoura que varreria para longe alguns aspectos mais cruéis da legislação antiterrorismo. Mas o velho amigo do primeiro-ministro, que há tempos serve como conselheiro não oficial, superou seu predecessor, atacando as liberdades civis de nossa nação como um membro do Clube dos Libertinos disposto a vandalizar um restaurante de Oxford: quebrando janelas, pichando paredes, manchando o carpete com garrafas e mais garrafas de champanhe."

"'Na época em que era membro do notório clube, James Whitehouse era conhecido pela indiferença extremamente arrogante pelas pessoas que administravam ou trabalhavam nesses estabelecimentos. Por que ele se importaria com os problemas, o incômodo e a dor de cabeça de consertar o caos que ele e os amigos causavam, quando algumas notas de cinquenta libras garantiam solução imediata? Nascido em berço de ouro, ele não tinha a menor noção de como seu comportamento afetava aqueles cuja vida ele atormentava.

Da mesma forma, o ex-aluno de Eton mostra seu completo descaso pelo impacto que a legislação antiterrorismo causa nos muçulmanos britânicos que cumprem a lei e que ele deveria proteger agora.'"

Faço uma pausa.

— A senhorita disse que ele estava "um pouco nervoso"? Seria justo dizer que a matéria o deixou com raiva?

— Vossa Excelência... — Angela se levanta, porque estou conduzindo a testemunha.

— Perdão, Vossa Excelência. — Faço uma reverência para o juiz. — Vou reformular a pergunta. A senhorita poderia dar mais detalhes sobre como o Sr. Whitehouse reagiu à matéria?

— Ele ficou com raiva — confirma Olivia. Ela reflete um pouco, e tenho um vislumbre da moça inteligente que estava destinada a ter uma boa carreira antes que o sexo colocasse tudo a perder. — Foi meio grosseiro comigo, mas também queria ser tranquilizado. Era como se ele tivesse esquecido a barreira que havia criado entre nós e quisesse recuperar a nossa proximidade. Dava para perceber que a matéria tinha acertado num ponto fraco. Ele parecia vulnerável, o que era novidade.

— "Acertado num ponto fraco." Por que a senhorita chegou a essa conclusão?

— A linguagem corporal dele estava toda tensa: ele andava de peito estufado, e quase tive que correr para acompanhar os seus passos. No geral, ele ignorava as críticas, mas, no caminho para a sala de reuniões, ele não parava de repetir frases, como se tivesse sido afetado de verdade.

— Se me permite interromper, que horas eram?

— Umas nove e quinze. O ministro costumava chegar em cima da hora, para não precisar conversar com os outros parlamentares, a menos que quisesse. E ele não queria naquela manhã. Quando ele viu os membros do comitê parados na frente da sala quinze, a sala Lloyd George, que notaram a sua chegada, ele disse algo como

"Não estou com cabeça pra isso", e disparou pelo corredor na direção oposta.

— Ou seja, na direção da galeria da imprensa, para o leste?

Ouve-se o farfalhar dos fichários dos jurados.

— É, isso mesmo. Para lá.

Indico o mapa pertinente aos jurados: outro corredor que se prolonga a partir da escadaria principal e leva à nossa cena do crime, da qual eles também têm fotos. Um elevador feio, com carpete marrom.

— E o que a senhorita fez quando ele disparou daquele jeito?

— Fui atrás dele.

— A senhorita foi atrás dele. — Faço uma pausa, deixando aquele fato ser absorvido, junto com a insinuação de que ela estava apenas sendo uma boa funcionária, dedicada ao ministro. — Ele disse "Não estou com cabeça para isso" e saiu em disparada, e a senhorita foi atrás. — Inclino a cabeça para o lado, solidária. — Consegue se lembrar do que ele disse?

— Ele continuou resmungando e então parou na frente da porta da galeria da imprensa e do elevador, se virou para mim e perguntou: "Eu não sou extremamente arrogante, sou? Você me acha arrogante?"

E Olivia pausa de repente, como se fosse uma maratonista tentando superar o seu melhor tempo e descobre que foi além dos limites e fica ofegante; seu rosto está corado, e quase não tem mais energia.

— E o que a senhorita disse em seguida? — Mantenho um tom objetivo e olho para o meu fichário aberto, como se a resposta não fosse muito importante.

— Eu disse que ele sabia ser impiedoso quando era necessário. E até cruel em certos momentos.

— E como ele reagiu?

— Ele não gostou. Perguntou: "Cruel?" E depois disse: "Me perdoa."

— E o que a senhorita respondeu? — pergunto, porque todos nós conseguimos imaginar como ela se sentiu: a amante rejeitada que finalmente recebe um esperado pedido de desculpas.

— Eu disse... — E a voz dela diminui, mas o tribunal está em silêncio: todos nós estamos atentos a cada palavra que sai da sua boca, que podem estragar tudo. — Eu disse que, às vezes, arrogância pode ser muito atraente.

Seguimos em frente com o testemunho que poderia ser visto como problemático. Ele escancara a porta do corredor da sala de reuniões para a galeria da imprensa, para na frente do elevador, aperta o botão, e ela entra primeiro.

— E o que aconteceu então?

— A gente se beijou. Bom... a gente meio que trombou.

— A senhorita e o Sr. Whitehouse meio que *trombaram*?

— Acho que nós dois tomamos a iniciativa ao mesmo tempo.

— *Os dois tomaram a iniciativa ao mesmo tempo.* Então havia uma atração forte, apesar de ele ter "terminado" a relação, como a senhorita disse, cerca de uma semana antes?

— A gente passou cinco meses juntos... Éramos amantes.

Neste momento, ela me encara com um olhar um pouco desafiador, e fico me perguntando o que ela pensa de mim: se me imagina como uma mulher que nunca sentiu uma atração sexual irresistível, aquela fusão de bocas, braços e pernas, o entrelace de corpos que faz o mundo se resumir a apenas duas pessoas — e, nos momentos mais íntimos, faz o resto do mundo desaparecer?

Sorrio, esperando que ela continue. Porque é isso que o júri precisa ouvir para compreender: como ela se meteu naquela situação, para começo de conversa. Eles precisam sentir sua confusão emocional — reconhecer que, apesar de se sentir humilhada e magoada pela forma como foi tratada, foi incapaz de ignorar quando o homem que tanto amava queria beijá-la.

— Sentimentos não desaparecem quando alguém termina com você. Não em tão pouco tempo. Não se você quisesse que a relação continuasse — diz ela. — Pelo menos, comigo não funciona assim. Eu ainda me sentia muito atraída por ele. Eu ainda o amava.

— A senhorita pode descrever o beijo? — Preciso insistir nessa parte.

Seu rosto fica inexpressivo.

— Foi um selinho inocente?

— Não. — Ela me encara, desconfortável.

Sorrio.

— Bom, existe algum termo que poderia ser usado para descrevê-lo? Ela parece envergonhada.

— Acho que podemos dizer que foi um beijo de língua.

— Um beijo de língua?

— Você entendeu. Um beijo intenso, envolvendo línguas.

— Então a senhorita e o Sr. Whitehouse se beijaram de língua. Consegue se lembrar do que aconteceu depois?

— As mãos dele tocavam o meu corpo todo. Os meus seios e a minha bunda... — Ela hesita.

— E então? — insisto com um tom gentil.

— Então ele... ele... Ele deu um puxão na parte de cima da minha blusa para chegar ao meu sutiã... aos meus seios.

Faço uma pausa, deixando o salão absorver a humilhação dela, a violência casual do momento. Talvez eu pareça fria por obrigá-la a reviver tudo aquilo, mas não sou: consigo visualizar a cena com muita clareza, e quero que os jurados percebam como ela se sentiu naquele instante, como se sente agora.

— Podemos prosseguir aos poucos? Ele tocava seus seios e sua bunda, *deu um puxão* na sua blusa para chegar ao seu sutiã. E conseguiu?

— Sim. — Ela está à beira das lágrimas. — Ele agarrou um dos meus seios... meu seio esquerdo. Ele o puxou para fora do sutiã e começou a beijar e morder... — Ela acena que sim com a cabeça e engole em seco. — Ele me beijou de um jeito bem agressivo.

— O que a senhorita quer dizer com isso?

— Ele me deu um chupão. E foi bem forte.

— Pelo que me consta, a senhorita ficou com um hematoma logo acima do mamilo esquerdo.

Ela faz que sim com a cabeça, prestes a cair no choro.

— Na verdade, temos uma foto que a senhorita tirou com seu iPhone naquela semana. É a imagem A no fichário — informo aos jurados e exibo a foto impressa em papel A4 para que vejam. A imagem mostra um hematoma enorme, de dois por três centímetros, já num tom amarelo-amarronzado, mais suave que o tom preto-avermelhado que deve ter adquirido logo depois do ataque. — Se olharem com atenção para o lado esquerdo do hematoma — digo para o júri num tom muito objetivo —, verão um pequeno espaço. A defesa argumenta que essa descoloração é normal em hematomas, mas a Coroa acredita... — E então faço uma pausa, balançando de leve a cabeça. — A Coroa acredita que é uma marca causada por dentes.

Aguardo o inevitável som de surpresa. Os jurados não me decepcionam. Vários olham para o banco dos réus, e o Cara de Essex encara James Whitehouse: os olhos cor de chocolate não desgrudam do rosto dele.

— E onde a senhorita e o Sr. Whitehouse estavam quando isso aconteceu? — continuo, porque preciso seguir em frente antes que Olivia perca o ritmo.

— No elevador. É um elevador de madeira minúsculo que supostamente aguenta seis pessoas, mas seria impossível. Eu fiquei de costas para a parede, e ele estava na minha frente, então fiquei pressionada... bom, encurralada ali. Eu não conseguia sair.

— A senhorita não conseguia se mexer... mas deve ter feito alguma coisa.

— Acho que dei um grito de susto e tentei empurrá-lo. Falei algo do tipo "Você me machucou". E depois: "Não. Aqui, não."

— A senhorita disse: "Não. Aqui, não." Por quê?

— Um beijo num elevador era uma coisa, era excitante, mas aquilo era diferente. Muito explícito. Muito agressivo. Ele deve ter tentado demonstrar o seu desejo com a mordida, mas eu fiquei assustada. Doeu. Ele nunca tinha feito nada parecido antes. E não era certo. Ele tinha colocado os meus seios para fora e me mordido, mas a gente deveria estar se preparando para uma reunião importante. O elevador vai da galeria da imprensa até o New Palace Yard, onde ficam os carros dos ministros. Qualquer um poderia ter entrado naquele elevador a qualquer momento e encontrado a gente.

— Então podemos dizer que a senhorita estava com medo de ser descoberta.

— Sim.

— E que não queria se atrasar para a reunião?

— Sim. Mas era mais que isso. Ele nunca tinha sido tão bruto comigo e parecia que não estava me escutando. Era quase como se estivesse possuído.

— Possuído. — Faço uma pausa, mas os jornalistas mantêm as cabeças baixas: as manchetes e o primeiro parágrafo das matérias de capa de amanhã acabaram de ser escritas. O juiz faz anotações, sua caneta Parker preta seguindo movimentos cursivos. A caneta para, então posso recomeçar. — Então, nessas condições, o que ele fez quando a senhorita disse "Aqui, não" e tentou empurrá-lo?

— Ele me ignorou e agarrou as minhas coxas e a minha bunda.

Ela para, e inclino a cabeça para o lado, a imagem da empatia, porque o testemunho vai ainda ficar pior agora, com detalhes ainda mais vergonhosos e explícitos, mas precisamos ouvi-lo mesmo assim. Os jurados também sentem isso. Alguns se inclinam para a frente. Todos nós estamos hipnotizados, sabendo que a questão principal do caso — as evidências que a minha estimada colega rebaterá e buscará minar na sua inquirição — será exposta, de forma bem detalhada, nas próximas palavras dela.

— E o que aconteceu depois?

— Ele puxou a minha saia para cima, e ela ficou embolada na minha cintura. Então enfiou a mão no meio das minhas pernas.

— Preciso que a senhorita seja mais específica. Quando diz que ele enfiou a mão *no meio das suas pernas*, onde foi exatamente?

— Na minha vagina.

Espero três segundos.

— Ele enfiou a mão *na sua vagina*. — Meu tom de voz fica mais ameno, calmo, suave feito caxemira, enquanto espero o impacto das palavras reverberar pelo tribunal. — E o que aconteceu em seguida? — pergunto num tom muito tranquilo.

— Ele puxou a minha meia-calça, a minha calcinha, e... tirou tudo. Me lembro de ouvir a meia rasgando e o elástico da calcinha arrebentando.

— Gostaria de interrompê-la por um instante. Temos uma foto da calcinha como prova. Se observarem a foto B do fichário — informo aos jurados —, poderão ver o elástico arrebentado.

Uma agitação de páginas sendo viradas e a foto de uma calcinha preta minúscula, de náilon com renda: o tipo de calcinha que uma amante usaria. O cós está esgarçado: a costura desfeita na parte superior, como se tivesse sido tirada às pressas. Não é uma prova irrefutável — e a defesa argumentará que já estava assim antes —, mas sinto pena de Olivia, que jamais imaginaria que a sua roupa íntima seria exposta daquele jeito ou que a foto seria impressa. Ela está ruborizada agora, o vermelho se intensificando nas bochechas, e sigo em frente, porque o testemunho só vai ficar mais difícil, e sua experiência, pior.

— Então ele puxa a sua meia-calça e a sua calcinha... e o que aconteceu depois?

— Ele enfiou os dedos, dois dedos, o médio e o indicador, eu acho, dentro de mim.

— E o que aconteceu em seguida?

Ela parece indignada com a minha insistência.

— Eu resisti e tentei empurrá-lo, de novo, pedi que saísse de cima de mim. Mas as minhas costas estavam contra a parede do elevador, o peso dele me pressionava, e ele simplesmente não me dava ouvidos.

— Então ele enfiou dois dedos dentro de você. — Faço uma pausa e me direciono apenas a ela por um instante com um tom de voz mais profundo, indicando que sei que a próxima parte será difícil. — E o que aconteceu depois?

— Percebi que a calça dele estava aberta, que a sua cueca estava abaixada, e vi seu... bom, vi o pênis dele para fora.

— Ele estava flácido ou ereto nesse momento?

O olhar dela transmite uma vergonha imensa por ter de esclarecer esse detalhe. Inclino a cabeça e permaneço impassível. Sua voz fica mais baixa.

— Ereto — diz ela, por fim.

Continuo insistindo.

— E o que aconteceu depois?

— Ele meio que me levantou contra a parede e enfiou em mim — diz ela, e sua voz falha com a dor da memória e talvez com o alívio por ter passado pela pior parte. — Ele simplesmente enfiou em mim, apesar de eu ter dito que não queria.

— E a senhorita repetiu isso de novo neste momento?

— Eu disse algo como: "Aqui, não. Alguém pode ver."

— Só para deixar claro: a senhorita indicou que não queria aquilo. A senhorita disse: "Aqui, não."

— Disse. — Ela é enfática.

— E o que ele disse?

— Ele disse... — Sua voz falha agora, e ela mal consegue pronunciar as palavras de tão dolorosas. — Ele disse... Ele sussurrou... — Outra pausa. E então a frase sai de uma só vez, sua voz ecoando com clareza, apesar de eu ter esperado um murmúrio. — Ele disse: "Para de fazer cu doce..."

As palavras parecem açoitar o tribunal: o C e o D, duas consoantes duras que quebram o silêncio.

— E então?

— Então ele continuou.

— Ele sussurrou "Para de fazer cu doce" e continuou — repito num tom mais triste que raivoso e faço uma pausa, deixando os jurados absorverem o choro descontrolado dela, que agora preenche o tribunal sem janelas, subindo até o teto e ecoando para os bancos de carvalho estofados com couro verde-pinheiro.

O juiz olha para baixo enquanto espera que ela se recomponha. Os jurados baixam as canetas e se recostam nas cadeiras. Uma das mulheres mais velhas — de cabelo grisalho curto e prático, um rosto largo e sincero — parece prestes a cair no choro, enquanto a mais nova — uma mulher pequena, de cabelo escuro, que imagino ser estudante — observa, seu rosto dominado pela compaixão. Elas esperam e indicam, com seu silêncio, que têm todo o tempo do mundo.

Olivia ainda não está em condições de oferecer respostas com calma, mas não importa. Aquelas lágrimas — e o nosso silêncio compreensivo — serão mais eloquentes que qualquer coisa que ela possa dizer.

O juiz Luckhurst olha para mim e para Angela por cima dos óculos conforme o choro dela fica mais alto e intenso: uma cascata rouca que parece que nunca vai acabar, apesar de ela tentar secar os olhos com força.

— Talvez esse seja um bom momento para o intervalo? — sugere ele em tom gentil. — Podemos retomar em vinte minutos? Às onze? — Ele é atencioso com os jurados.

A escrevente, Nikita, levanta junto com ele.

— Silêncio. Todos de pé no tribunal.

Estou tremendo quando chego à sala dos advogados para me recompor por alguns minutos. Olivia se saiu bem. Melhor do que eu poderia imaginar, apesar de conseguir antecipar os pontos que Angela questionará na sua inquirição. O hematoma: um ato de paixão, não de violência? O comentário sobre "cu doce": ela tem certeza de que foi essa a expressão que ele usou? Será que não tinha outro sentido

— algo que poderia ser dito num joguinho de casal? As palavras "Aqui, não. Alguém pode ver". Não — como eu torcia para que ela explicasse, apesar de isso não aparecer no testemunho original — uma negação mais enfática, incisiva.

A representante da procuradoria, Jenny Green, parecia satisfeita do lado de fora do tribunal, e acho que Olivia passou uma boa impressão para Sua Excelência — apesar de a decisão, é claro, não ser tomada por ele. Eu devia estar me sentindo totalmente aliviada, mas a adrenalina está indo embora, e me sinto exausta por um instante. O inevitável anticlímax, talvez, depois de uma boa performance; mas também há algo além disso e da raiva discreta que me ajuda a enfrentar esse tipo de depoimento: vestígios de uma tristeza que me assola com uma insistência teimosa da qual não consigo me livrar.

Eu me jogo na minha cadeira e tomo um gole da garrafa de água — agora está morna, sem gosto nenhum. Reparo que as minhas cutículas estão horríveis; preciso me recompor fisicamente; não posso vacilar. Só um minuto de introspecção e depois terei de retomar o foco. Fecho os olhos, mergulhando na escuridão vertiginosa, bloqueando o som dos meus colegas advogados passando depressa, e tento reunir minha força interior — aquele pedaço de aço que, segundo o meu ex-marido, Alistair, eu tinha no lugar de um coração. Ele de fato não me conhecia bem; ninguém me conhece muito bem, tirando, talvez, Ali. Vejo Olivia naquele elevador e ignoro a lembrança de outra pessoa.

— Pensando na vida, Kate?

Angela, seus olhos cinza afiados no rosto rechonchudo, é enérgica ao empurrar para o lado um copo descartável com café frio e joga seu calhamaço na mesa. A sala está agitada com advogados investigando nos seus laptops, analisando documentos, revivendo o horror de representar certos réus. "Àquela altura, ele já tinha bebido catorze copos de cerveja e uma garrafa de vodca." "Mas ele é impotente. Pelo menos, então está usando esse fato na sua defesa."

Sinto que Angela ainda me observa. Sua presença — seus papéis, seu laptop, sua bolsa imensa jogada bem na minha frente — é opressiva.

— Estou sempre pensando, Angela — rebato, porque a minha estimada colega é implacável no tribunal, e não posso demonstrar nenhum sinal de fraqueza.

Levanto da mesa para escapar do fedor da sala — a comida da cantina esfriando num prato, as janelas que deveriam estar abertas — e me preparar para a próxima parte do julgamento.

Às vezes, penso enquanto organizo os meus papéis, me certificando de posicionar os documentos na ordem certa, que os jurados devem se perguntar como consigo ser tão invasiva. Como posso falar dos momentos mais dolorosos da vida de uma mulher sem me deixar abalar? Como consigo pedir por detalhes: onde exatamente ele colocou os dedos? Quantos? Por quanto tempo? Onde estava o pênis dele? Estava ereto ou flácido? Uma pausa, apenas para destacar a angústia dela. O que ele fez depois disso?

Onde está a sua empatia? Esse foi outro questionamento que Alistair disparou conforme o nosso casamento de dezoito meses implodia: uma fatalidade não só da minha incapacidade de me abrir com ele, e de muitas noites trabalhando até tarde, mas de uma obsessão por ser completamente insensível nas discussões, para vencer cada argumento.

Sei que, no começo da carreira, eu achava que precisava fazer perguntas até esgotar a testemunha para que ela revelasse o fato em questão. Não tem problema nenhum em fazer isso quando é o réu quem está no banco; mas como posso fazer uma coisa dessas com outra mulher? Reduzi-la a nada além de lágrimas humilhantes?

Faço isso porque quero descobrir a verdade, e é apenas descobrindo a verdade que posso fazer tudo o que estiver ao meu alcance para condenar um estuprador, ou um assassino, ou um abusador. Mas não posso garantir esse resultado. A decisão está nas mãos dos jurados, porém faço de tudo para garantir que isso aconteça.

E como aguento saber, repetir e ensaiar detalhes tão gráficos? De bocas e línguas invasoras, indesejadas, até pênis enfiados em todos os orifícios possíveis — porque mãos em seios ou até em vaginas são algumas das coisas menos perturbadoras que costumo escutar. Encaro essas coisas como faria uma detetive, uma médica forense ou uma assistente social, ou pelo menos como deveria fazer. Pratico a indiferença, desenvolvendo uma expressão neutra que age como um disfarce, assim como qualquer beca ou peruca.

É claro que isso não significa que eu não sinta nada. Apenas escolho conter as emoções, ou canalizá-las numa raiva justificada — fria, questionadora, concentrada, em vez da fúria descontrolada que ultrapassaria todos os limites caso eu permitisse liberá-la.

"Ele enfiou a mão na sua vagina?", repito, mantendo a voz indiferente e baixa. Uma pausa, e ela confirma. Espero três segundos. "E o que aconteceu em seguida?"

Para ser justa, às vezes me pergunto por que tantas de nós, mulheres, nos permitimos ficar na reta do perigo. Por que voltar para um homem que fez uma investida indesejada ou mandou uma mensagem com emojis de beijinho ou uma carinha sorridente; por que *interagir* quando essa é a última coisa que se quer fazer?

Mas a verdade é que as mulheres costumam sentir medo de contrariar os agressores, ou podem se sentir em conflito: elas eram fascinadas por eles até pouco tempo antes. E nós, mulheres, queremos agradar. Nós aprendemos que devemos apaziguar e tranquilizar: abrir mão das nossas vontades em prol dos homens. Ah, algumas de nós lutaram contra isso — mas somos vistas como teimosas, difíceis, agressivas, amarguradas. Nós pagamos o preço. Por que não tenho um companheiro de verdade, que more comigo? Não se trata só de eu ter as minhas dúvidas sobre a minha capacidade de confiar plenamente em alguém. Mas porque me recuso a ceder. Eu me recuso a agir como uma mulher deve agir, alguém poderia dizer.

Então, sim, uma jovem que foi apalpada pelo chefe ou que foi beijada por um suposto amigo pode tentar minimizar o que aconteceu.

Tentar ser otimista: pensar que foi um erro, que é melhor esquecer ou deixar para lá, não importa o que diga o seu coração acelerado — e o medo que domina o seu corpo.

Mas ela estaria sendo boba — e dá para entender.

Os homens são capazes de nos fazer de bobas.

17

James
16 de janeiro de 1993

Eles chegaram a um ponto da noite em que era imprescindível acabar com todas as garrafas de champanhe do restaurante.

Isso, para a mente cada vez mais embriagada de James, fazia todo o sentido do mundo.

— Aqui, Jackson.

Ele se recostou na elegante cadeira da mesa de jantar e gesticulou para o *maître* do restaurante Cock, que parecia estar tendo uma noite difícil — embora James não conseguisse entender por que, já que ele seria generosamente reembolsado por quaisquer danos que os libertinos causassem. Ele passou um braço forte pelos ombros do homem e o puxou para perto, deixando Jackson desconfortável. Ter seu estabelecimento destruído pelos libertinos era uma honraria para os funcionários dos restaurantes de Oxford. Ou deveria ser. Fazia parte do folclore universitário. Uma tradição. James era um grande adepto das tradições — ou melhor, era quando bebia tanto que sentia necessidade de algo concreto a que se apegar, em vez de tentar compreender conceitos mais nebulosos e parecer um idiota.

Ultimamente, ele não bebia tanto. A canoagem impossibilitava isso. Não dava para se tornar um atleta — o voga da equipe sênior de canoagem masculina — quando se vivia enchendo a cara ou matando treinos ou a academia por causa de ressacas monstruosas; como a que com certeza teria na manhã seguinte. E por isso fazia sentido parar de beber agora e encontrar outra forma de acabar com o Bollinger que sobrou. Não fazia sentido deixar nada para outros clientes beberem, até porque nenhum cliente iria àquele maravilhoso estabelecimento num futuro próximo. É possível que eles tenham *mesmo* quebrado tudo. Seu sapato pisou num caco de vidro sob a cadeira enquanto ele observava a mesa lotada de taças estilhaçadas: redomas feitas em pedacinhos, pó de vidro cobrindo a cesta de pães solitária e brilhando sobre os pedaços de manteiga. Os pratos, sujos com o molho do pato, foram removidos, mas os de sobremesa foram quebrados, com Tom de pé sobre uma cadeira e Cassius em cima da mesa, que rangeu com o seu enorme peso; os dois erguiam a louça no alto e então a atiravam no chão como se fossem turistas gregos. Jackson e seus funcionários, incluindo duas jovens garçonetes que os observavam de olhos arregalados, haviam deixado a bagunça — cacos de porcelana e conjuntos mais sofisticados. Até que fazia sentido esperar para ver qual seria o estrago total. A bagunça parecia patética agora, apesar de a barulheira da louça se espatifando ter sido divertida na hora.

Ficou de estômago embrulhado. Devia ser o vinho, depois do champanhe, do pato e do linguado. Nossa, estava bem enjoado; era uma náusea física, mas também algo que beirava uma repulsa ou um asco por si mesmo. É claro que o seu corpo se recuperaria dessa noite de excessos, mas ele sentia orgulho da sua forma: aquele abdômen definido fazia com que ele conseguisse trepar com quem quisesse. Discretamente, ele deslizou as mãos por baixo do colete para verificar se os músculos continuavam lá.

— Isso é um absurdo!

Tom, mais bêbado que o normal, até mais que James, vinha cambaleando na sua direção, o quadril batendo na lateral da mesa, seu rosto largo, simpático, em um tom vermelho alegre. Ninguém diria que havia uma mente afiada por trás da pele brilhante de suor e daquele cabelo de mauricinho. Ele estava prestes a se formar como um dos melhores alunos da turma, porque tinha a capacidade analítica de saber a quantidade exata de esforço que precisava fazer para se dar bem. James fez algumas matérias com Tom no período do verão do segundo ano — uma época que *ele* dedicou à canoagem, a passeios de barco e, antes de Sophie, a transar com o maior número de garotas possível — e contou demais com a ajuda do amigo, e, mesmo assim, se surpreendeu com sua astúcia. Nenhum dos dois frequentava o clube de debates — uns conservadores ultrapassados que *nunca foram nada na vida*, nas palavras de Tom —, mas, apesar disso, ele sentia que Tom, que já tinha garantido uma vaga no Departamento de Pesquisa do Partido Conservador depois das provas finais, seguiria o caminho que planejava e teria uma carreira política brilhante.

Não que isso fosse perceptível agora.

— Isso é um completo absurdo! — Tom bateu com a palma da mão na mesa com um sorriso maníaco e fungou. Ele tinha cheirado várias carreiras de cocaína, o que explicava sua tagarelice inusitada. — A gente precisa de mais champanhe, não acha, Jackson? — Ele puxou o *maître* para um abraço forçado. — Mais champanhe. Mais champanhe. Mais do *Bolly*! A gente precisa de mais Bolly, agora!

Gritos generalizados de apoio vieram de George, Nicholas e do honorável Alec, os caras sentados do outro lado da mesa; um berro animado veio da outra ponta, onde Hal tirava uma soneca no chão, seu fraque azul-marinho salpicado de vidro, a camisa para fora da calça, expondo a curva delicada e pálida da sua barriga. Uma mancha escura surgia na sua virilha, e ele soltou um arroto baixo e azedo.

— Não vamos beber. — James ofereceu uma ideia mais cautelosa. — Vamos jogar fora!

O rosto de Tom exibiu um sorriso de compreensão.

— Anda, Jackson. O Bolly todo. O Bolly-olly-olly todo. Vamos beber e depois mijar nas paredes.

O *maître* ergueu as mãos como se estivesse implorando.

— Qual é, cara? Qual é o problema? — reclamou Tom enquanto Nicholas dava uma gargalhada e George abria a calça, se preparando para levar a sugestão a sério. — A gente não vai mijar de verdade. Guarda o seu pau, George. A gente vai jogar tudo fora.

E eles meio empurraram, meio jogaram o homem para a geladeira de champanhe, observando enquanto ele pegava as últimas dez garrafas para juntá-las às vinte que já tinham sido bebidas.

— Anda, cara! — George, com o pênis de volta dentro da calça, subindo o zíper depressa, queria bancar o valentão. — Abre, abre, abre! Meu Deus. Qual é o seu problema? Que enrolado...

— ... E joga tudo fora — berrou Tom enquanto Jackson, as mãos trêmulas enquanto mexia no arame da rolha, finalmente sacava a primeira e começava a esvaziar o líquido na pia da cozinha, as bolhas efervescendo no aço inoxidável.

Uma das garçonetes fugiu, porém a mais velha — uma garota de cabelo escuro, com uma beleza simples — ficou ao lado do chefe, entregando-lhe as garrafas, o rosto enrijecido em censura. Coisa de gente medíocre. Bom, ela que se dane. Era bem provável que jamais conseguisse fazer a mesma coisa que eles.

— E a próxima! — gritou James. — Anda, meu camarada...

Ele parou perto do *maître*, consciente de como se agigantava sobre o homem pequeno — que tinha um e setenta no máximo — e da ameaça iminente que sua presença causava. Ele se afastou um pouco; não havia necessidade de ser intimidante. Não era do seu feitio. Quebrar pratos e janelas era algo que julgava inevitável, parte da tradição dos libertinos, a baderna que caracterizava a essência do clube, a noção geral de privilégio e invencibilidade perante aqueles que frequentaram escolas mais fracas ou que não selecionavam seus alunos e que ele mal conhecia, que dirá socializava. Mas não havia necessidade de ser grosseiro. Ele deixava isso a cargo de caras como

Hal e Freddie, que eram de uma brutalidade vulgar, que nem cogitavam a hipótese de serem educados, agindo com uma violência imprudente. James sempre fazia questão de pedir desculpas várias vezes pela destruição que causavam, era o primeiro a tirar dinheiro do bolso e usá-lo para compensar os estragos. Sua mãe sempre disse que ter educação não custava nada, além de servir para amenizar os problemas e melhorar sua imagem.

— E a próxima! — entoavam Tom, Nick e Alec. — O Bolly todo! O Bolly todo! O Bolly todo! O Bolly todo!

Suas vozes formaram um único urro enquanto eles pisoteavam os cacos de louça e se balançavam nas cortinas de veludo vinho, que Cassius puxou, fazendo o tecido cair sobre ele como o final de uma peça quando o varão se soltou da parede.

— Senhores, por favor. — O rosto de Jackson estava tenso, a voz cheia de pânico enquanto ele observava o pedaço de gesso pendurado no varão e os flocos de tinta pairando no ar como neve.

— Ops! — Tom, se divertindo como um adolescente bobo, abriu um sorriso radiante e se virou para o *maître* com a desenvoltura que o ajudaria a acalmar muitas divergências políticas no futuro. — Mil perdões, meu caro. A gente vai pagar por tudo, é claro.

Jackson ainda parecia nervoso, mas hesitou, a exaustão estampada no rosto, sabendo que seu restaurante teria de passar alguns dias fechado, registrando as reformas que provavelmente precisariam ser feitas, apesar de James ter certeza de que não era a primeira vez que algo assim acontecia.

— O Bolly todo, o Bolly todo! — continuava entoando Alec, cheio de pó como sempre, e eles foram se empurrando até a cozinha, para a abertura das garrafas.

Como urina efervescente, o champanhe borbulhava e espumava, chiando ralo abaixo, num longo fluxo dourado.

— Daqui a alguns anos — Tom jogou um braço ao redor do melhor amigo com um ar conspirador —, a gente vai poder dizer que era rico o suficiente para jogar o Bolly todo pelo ralo... Uma juventude de ouro, hein? — Ele soltou um arroto discreto, depois riu e pressionou os lábios molhados na bochecha de James.

James se soltou; não estava bêbado o suficiente para apreciar o beijo de Tom. Ele pensava em outros lábios.

— Nós precisamos de mulheres. — Isso era uma necessidade urgente.

— Mulheres! — Tom balançou a cabeça. — O problema das mulheres é que elas dão trabalho pra caralho.

George se inclinou sobre a carreira de cocaína que tinha conseguido fazer sobre a mesa, jogou a cabeça para trás e riu.

— Batiza as bebidas delas — disse Sebastian. — Deixar elas muito doidas para nem precisar das preliminares.

James estremeceu.

— Não é a minha praia. Gosto que elas sintam prazer pelo que estou fazendo.

— O Jim não precisa disso — balbuciou Cassius, observando-o com uma inveja maldisfarçada. — Ele tem um quê de Errol Flynn.

James deu de ombros. Não era preciso negar nem confirmar a suposição de Cassius. "Um pau do tamanho de uma garrafa de Vittel", disse uma garota certa vez.

— Doses duplas de vodca — insistiu Seb. — É disso que o restante de nós precisa para não termos que partir para a sodomia. Batizar as bebidas delas e meter com tudo. — Ele esvaziou sua taça com três goles rápidos, o pomo de adão se movendo intensamente, então encarou James, os olhos claros no rosto gorducho, ainda sem definição, mirando-o. — Ou podemos furar os pneus da bicicleta delas para que não consigam fugir. Aí elas não têm outra opção além de dar pra gente.

James não sorriu. Por um instante, sentiu nojo daquele cara da Christ Church, o membro mais rico do clube — sua família tinha ficado milionária com comércio —, porém o que menos conhecia; seu status de novo-rico era extravagante demais, menos confiável que a riqueza hereditária que bancava a maioria deles. Então deu de ombros. Seb era imaturo: calouro, sem nenhuma experiência sexual, se esforçava demais para ser um homem, mas era inofensivo, não era? O garoto sorriu, seus lábios brilhantes se esticando, mas seu olhar continuou frio, e James outra vez sentiu um desconforto; uma necessidade de se distanciar, talvez de beber mais, ou de ficar chapado, se não saísse dali e encontrasse uma mulher. Procurar uma sensação nova, que não apenas o distraísse, mas que o dominasse.

Ele fez que sim com a cabeça para George e, ao menos desta vez, cedeu ao inevitável e cheirou a carreira de cocaína pura, pungente, então esperou a onda bater, e, meu Deus, como era bom, como ele se sentia bem, invencível pra caralho. Por que ele estava ouvindo as merdas que Seb dizia quando podia sair e arrumar uma garota agora? Mais ação e menos falatório, porque ele era bonito pra cacete, não era? Todo mundo sabia disso: os libertinos, Soph e todas as garotas em Oxford. Porra, ele era um deus do amor e conseguia passar horas metendo; tinha o pau do tamanho de uma garrafa de Vittel, o vigor de um remador, a língua de um lagarto, os lábios do Jagger... bom, não, do Jagger não, aquele cara era feio pra caralho... mas ele era muito bom de cama, sabia disso, e também era engraçado; era um partidão, e, por mais que adorasse aqueles caras, quer dizer, ele adorava Tom, havia lugares aonde ir, garotas a conhecer, a noite era uma criança, e havia uma madrugada inteira de amor à frente, caso conseguisse escalar o muro da faculdade de Soph — havia espetos pontiagudos perto do bicicletário — e batesse à porta dela; ou se encontrasse alguma novidade, porque era isto que queria agora: uma boca nova, seios novos, pernas novas se enroscando na sua cintura ou cercando as suas orelhas, gemidos novos quando ela gozasse, porque é claro que ela gozaria, aquela garota nova imaginária cheia de possibilidades — porque ele era muito bom de cama, com o pau do tamanho de uma garrafa de Vittel...

Uma risadinha — não a gargalhada máscula pela qual era conhecido, mas um som mais jovial, mais alegre, a risada que tinha aos 7 anos, antes de ir para o colégio interno aprender a ser homem

— escapuliu. Uma risada de cumplicidade e intimidade, porque ele adorava aqueles caras tanto quanto adorava as suas garotas, não é? Bom, não, não tanto quanto adorava as garotas, ele não era *gay*, pelo amor de Deus, mas adorava Tom. Seu melhor amigo desde o primeiro ano da escola; faria tudo por ele. Bom, quase tudo. *Nossa*, como o adorava. Iria dizer agora mesmo o quanto o adorava... Seu amigo do peito, o melhor de todos...

— Aqui, Tom. — Ele jogou os braços ao redor dos ombros dele, puxou-o e lhe deu o beijo que antes tinha rejeitado. — Vamos arrumar umas mulheres.

— Mulheres. O problema das mulheres é que... — começou Tom.

— Ã-hã, ã-hã. Eu sei. O problema das mulheres é que elas dão trabalho pra caralho — completou ele, e a risadinha veio de novo, aguda e alegre, porque tudo era muito engraçado. Ele era engraçado pra cacete. Por que os outros não viam como ele era engraçado?

— O problema das mulheres é que... — repetiu Tom.

— Elas não são determinadas!

— Não. — Tom parecia confuso. — Elas não têm colhões.

— Bom, isso dá pra resolver — zombou ele.

— O problema das mulheres...

A resposta era tão óbvia que James teve de interrompê-lo, sua risada saindo junto com as palavras.

— O problema das mulheres é que elas não sabem que caralho elas querem!

Ele se curvou de tanto rir e pensou: ué, por que os outros não estão rindo? Em vez de quebrar pratos ou, no caso de Seb, tentar apalpar aquela pobre garota. De beleza simples, a saia na altura da bunda, a testa franzida como se estivesse fula da vida com ele, apesar de Seb ser inofensivo, ou pelo menos parecia ser, e ela estava pedindo por isso com aquelas roupas... A saia na altura da bunda e a blusa decotada.

— Aiii! — berrou a garota, e seus olhos pretos se viraram com raiva para Seb, que deve ter beliscado a bunda dela, mas ele parecia tão inofensivo, erguendo as mãos como se fosse inocente, apesar de nitidamente ter se enfiado atrás dela.

— Senhores. Sinto muito, mas está na hora de irem embora. — O rosto de Jackson estava franzido feito uma ameixa podre quando se aproximou de Seb, e ocorreu a James que a garota poderia ser filha dele. Os dois tinham os mesmos olhos, amoras pretas e duras num rosto redondo. E ele estava com cara de quem queria bater em Seb. — Peço que saiam do meu estabelecimento. Já chega. Estou falando sério. Já chega.

Ele se empertigou e, por um instante, o ar se agitou com a possibilidade de violência: o clima ficou pesado entre o *maître* e Seb, tenso e opressivo. Ninguém falou nada — a tensão se espalhava pela sala iluminada à luz de velas enquanto James tentava entender como a atmosfera divertida e jovial tinha mudado tão rápido, a destruição divertida dos libertinos, que eram verdadeiros cavalheiros, se tornando algo desagradável e constrangedor. O exato oposto do clima que criavam.

Ele abriu a boca, tentando pensar em algo útil a dizer, mas Tom interveio.

— Meu caro, é claro que vamos. Mil perdões. Quanto estamos devendo? — E então para Seb: — Anda, cara. Vamos tomar um ar. Já deu por hoje, né? Hora de ir para casa.

Mas Seb não queria colaborar.

— Mas que porra é essa? Eu só elogiei a garota. Disse que ela era bonitinha, mas *retiro* o que eu disse, retiro o que eu disse *agora mesmo*. E ela ainda reclama. Não gosta. Não sabe receber um elogio. Que babaquice! Que babaquice do caralho. — Ele correu os olhos ao redor, incrédulo, e, por um instante terrível, seus olhos pareceram se encher de lágrimas.

— Meu camarada. — James enfiava notas na mão do *maître*, cem, duzentas, trezentas libras; não o bastante para consertar o estrago feito, mas, com sorte, seria o suficiente para distraí-lo.

— É uma babaquice do caralho, estou dizendo. — Seb não calava a boca, não permitia que o levassem para fora, e, de repente, ouviu-se algo se quebrando, mais vidro se estilhaçando, quando ele pegou uma cadeira e a jogou na rua, através da vitrine, antes que qualquer um tivesse tempo de entender o que estava acontecendo.

— Rá! — Quando todos estavam confusos em silêncio, veio um grito do lado da sala onde Hal estava, e o honorável Alec começou a bater palmas, devagar no começo, depois com vontade. — Que show excelente, cara; que show excelente.

Mas não era, certo? Enquanto George, Nick, Cassius e um Hal entorpecido, acordado pelo estrondo, se juntavam aos aplausos e à destruição e Jackson seguia para a recepção, rumo ao telefone do restaurante, James encontrou o olhar de Tom. Uma noite na cadeia não era uma opção; seria uma tremenda vergonha. Eles eram invencíveis, sim, mas nenhum dos dois precisava se submeter a isso. E — e aqui ele teve uma vaga noção de que a cocaína afetava o seu raciocínio que era em geral cuidadoso — a culpa seria *deles*, não seria? Dos libertinos que, assim como Ícaro, voaram perto demais do sol? Era melhor dar no pé agora, deixar os caras mais novos, que faziam baderna e quebravam mais vidros — ... ai, meu Deus, George estava colocando o pau para fora de novo, enquanto Hal vomitava, um jato espesso projetado dos seus lábios moles — levarem a culpa.

Tudo isso foi transmitido com apenas um olhar rápido, uma troca que não precisou de mais explicações. E então eles fugiram. Saíram de cena enquanto Jackson ligava para a polícia, com a pobre garçonete encolhida ao seu lado, se espremendo contra a parede quando os dois passaram. James articulou um pedido de desculpa com a boca, porque não custava nada ser educado, como a sua mãe sempre dizia, e isso ajudava a amenizar as coisas, porque ninguém queria problemas; e então saíram para a noite congelante de janeiro.

— Puta merda.

Tom passou as mãos pela franja castanho-clara, um gesto nervoso que James já conhecia dos seus raros momentos de tensão; quando ele achou que tinha engravidado uma namorada aos 17 anos; aquele fim de tarde na escola em que pegaram os dois fumando um baseado, e, por um instante na sala do diretor, eles acharam que seriam expulsos.

— Xiu. — O aviso dele terminou com uma risadinha.

— Eu sei. Puta *merda*! — Sua voz expressava horror e divertimento, espanto e fascínio, e os dois foram embora, ouvindo sirenes policiais se aproximando por St. Aldate's, então descendo a High Street.

Nós somos invencíveis, invencíveis pra caralho, pensou James, e então: eles estão chegando mais perto — enquanto disputavam corrida contra o som, o paletó dos fraques voando, os corações disparados, as pernas queimando como se fizessem o treino mais pesado do mundo, ou estivessem na reta final de uma disputa de canoagem.

Seu coração martelava no peito, aquele grande músculo que nunca o decepcionava, e ele disparou, uma última explosão de energia o impulsionando pelos paralelepípedos até chegarem lá — até alcançarem a segurança da faculdade de Tom, Walsingham. Os portões de carvalho estavam trancados, então pularam o muro, os fraques rasgando enquanto tentavam evitar os espetos no alto, a palma das mãos ardendo depois de ralar na pedra. Mas não fazia diferença, porque os dois mandavam um ao outro ficar quieto e riam. Eles eram invencíveis, eram mesmo. Passaram a perna em todo mundo, conseguiram. Estavam seguros. Em casa.

Ele parou enquanto escalava os espetos no alto do muro: perto do céu azul-marinho, das estrelas, do Paraíso e, sim, das gárgulas malignas. O rei do castelo e de tudo o que via. Prendeu a respiração ao se apoiar numa torre, sentindo a solidez da pedra sob seus dedos, o calor dela; e o tempo: ela estava ali havia quatrocentos anos ou mais. Invencível, de um jeito que eles jamais seriam.

— Você não vem? — chamou Tom, já em segurança no chão; seus olhos brilhavam, piscinas de carinho e confiança.

Meu Deus, como o adorava; faria tudo para protegê-lo. Os dois enfrentavam o mundo juntos desde aquele primeiro semestre do colégio, unidos pelos esportes, pela escola, pela adolescência, pelas broncas do diretor, pelas primeiras experiências: com drogas — os baseados e a cocaína — e, admitia ele, pelas sessões conjuntas de masturbação, pelo sexo.

A noite pareceu ficar mais escura de repente, e ele se soltou, aterrissando com leveza nas sombras, onde o bedel da noite, distraído com sua televisão portátil na portaria, com certeza não os veria; onde seus passos, atingindo o concreto, pareciam desaparecer.

— Saideira? — Tom jogou um braço nos ombros dele, o hálito quente na sua bochecha.

— Saideira — concordou.

18

Kate
26 de abril de 2017

Meio-dia. Terceiro dia, e Angela Regan, conselheira da rainha, bate de leve com a caneta-tinteiro na sua pasta: *Tec-tec, tec-tec, tec-tec, tec--tec,* como o rufar de um tambor num campo de guerra ao nascer do sol, quando a paz frágil se encerra com o amanhecer.

Ela se inclina para a frente, apoiando os seios na pasta, o diamante que mais parece um soco-inglês na sua mão direita brilhando à luz. Com cinquenta e poucos anos, de origem humilde na Irlanda do Norte, ela foi uma excelente escolha. Se James Whitehouse passou a adolescência jogando squash e rezando em latim, a Srta. Regan circulava por Ardoyne, a área mais extremista de Belfast — e planejava como sair de lá.

Ela sorri para Olivia agora e coloca as mãos surpreendentemente pequenas sob os seios. O sorriso é seco e não chega aos olhos, porque ela não é nada hipócrita: qualquer simpatia desaparecerá mais rápido que uma geada nas janelas do tribunal quando ela chegar ao cerne das acusações.

Olivia olha para a frente, como se estivesse determinada a não ser intimidada por aquela mulher, que não parece muito amigável. De queixo erguido, ela coloca as mãos à frente no banco das testemunhas, encontra o meu olhar e abre um sorriso nervoso.

— Srta. Lytton. Vou tentar não me estender muito, mas precisamos rever alguns pontos — começa Angela, seu tom suave e projetado para transmitir uma falsa sensação de segurança. Mas Olivia está na defensiva e deve imaginar que ela pretende desmenti-la. — Fomos informados de que a senhorita tinha um relacionamento íntimo com o Sr. Whitehouse, não é?

— Isso.

— E quanto tempo ele durou?

— De meados de maio até o dia 6 de outubro, quando ele terminou comigo. Então pouco menos de cinco meses.

— E acredito que a senhorita tenha dito que, quando *trombou* com ele no elevador, *ainda o amava*?

— Sim.

— Então em que momento a senhorita se apaixonou por ele?

— Imagino que logo de cara. Ele causa isso nas pessoas. É muito carismático. A senhora... eu... fiquei encantada por ele.

— Mas, na data em questão, a senhorita e o Sr. Whitehouse já haviam se separado, não é?

— Sim. — Ela faz que sim com a cabeça.

— E como a senhorita se sentia em relação a isso?

— Como eu me sentia? — Ela parece confusa com uma pergunta tão óbvia. — Bom... eu fiquei *chateada*.

— Por quê?

— Porque eu estava apaixonada por ele... e porque não imaginava que aquilo fosse acontecer. No congresso do partido, a gente passou a noite junto. Então, dois dias depois, quando já estávamos de volta em Londres, ele acabou com tudo.

A descrença — o sofrimento causado pelo comportamento dele — é perceptível na sua resposta. Ela olha para baixo, sabendo que revelou mais emoções conturbadas do que deveria, saindo do roteiro sério, aceitável.

— Passando para a data em questão, a senhorita ainda estava chateada? Apenas uma semana depois?

— Eu estava triste, mas fiz questão de manter o profissionalismo. Não deixei que isso afetasse o meu trabalho nem que os meus colegas, ou James, percebessem que havia algo errado. Essa era a última coisa que nós dois queríamos — diz ela.

— Mas os seus sentimentos ainda eram fortes. A senhorita nos disse que ainda o amava, não foi?

— Isso. É claro que eu ainda estava abalada. E triste.

— E com raiva, não?

— Não.

A negação vem rápido demais para ser totalmente convincente. Um simples "não" pode revelar muito em sua única sílaba, e esse sugere que Olivia sentia uma pontada de raiva.

— É mesmo? O homem por quem a senhorita estava apaixonada tinha terminado o relacionamento *do nada* e ainda queria que a senhorita se comportasse de um jeito estritamente profissional? Acho que seria compreensível sentir um pouquinho de raiva, não?

— Eu não estava com raiva.

— Se a senhorita diz. — Angela balança a mão num gesto de nítida descrença. — Se pudermos falar sobre o dia em questão, a senhorita disse que estavam no corredor das salas de reunião e que o Sr. Whitehouse se sentiu incomodado com uma matéria publicada no *Times*, que o acusava de ser arrogante?

— Isso.

— E a senhorita disse que... Ah, aqui está. Disse que "a arrogância pode ser *muito atraente*". O que a senhorita quis *dizer* com isso?

— Exatamente o que eu disse... Que a arrogância pode ser uma qualidade atraente.

— A senhorita quis dizer *a senhorita o* achava muito atraente, certo?

— Acho que sim.

— A senhorita *acha* que sim?

Uma pausa, e então:

— Sim.

— E depois a senhorita disse que ele abriu a porta do corredor da sala de reuniões para a escada do saguão, chamou o elevador, apertou o botão para abrir a porta, e acredito que a senhorita tenha entrado primeiro.

— Não me lembro.

— A senhorita *não se lembra*? — Angela demonstra sua incredulidade com deboche e olha para os jurados para registrar a aparente inconstância da testemunha. Ela se vira de novo para Olivia. — Bom, citando o seu depoimento, que tenho bem aqui, a senhorita foi muito clara quando disse "Ele chamou o elevador, e eu entrei na frente. Ele veio atrás de mim".

— Então foi isso que deve ter acontecido — diz Olivia.

— A senhorita disse que o achava *muito atraente* e depois tomou a iniciativa de entrar no elevador que ele abriu?

— Eu não tomei a iniciativa. A porta abriu, e ele me deixou passar primeiro.

— Mas a senhorita não resistiu?

— Não.

— Não questionou por que ele estava fazendo aquilo?

— Não.

— Apesar de ambos precisarem ficar no corredor da sala de reuniões e de terem uma apresentação em menos de quinze minutos, a senhorita não questionou por que ele estava fazendo aquilo e não demonstrou nenhuma resistência em entrar no elevador?

Uma pausa. Então:

— Não — diz Olivia com relutância.

Angela espera, a testa franzida formando um V, depois olha para seus papéis como se procurasse uma explicação plausível. Quando ela fala, a voz é baixa, tom marcado pela incredulidade e por uma boa dose de desdém.

— O que a senhorita achou que ele estivesse *fazendo* ao chamar o elevador?

— Não sei.

— Ah, por favor. A senhorita é uma mulher bem inteligente. Tinha acabado de dizer para o homem com quem teve um caso que o achava muito atraente. Então ele chama o elevador e a senhorita entra primeiro, *sem pestanejar.* — Uma pausa. — Ele estava levando a senhorita para um lugar *mais reservado*, não estava?

— Não sei... Talvez — diz ela.

— *Talvez?* Não havia motivo para nenhum dos dois entrar naquele elevador juntos. A reunião seria naquele corredor, não seria?

— Sim.

— E os seus escritórios ficavam num prédio completamente diferente?

— Sim.

— E acredito que aquele elevador leve apenas até o New Palace Yard, onde ambos teriam que virar à direita e voltar para Portcullis, ou à esquerda, para o Central Lobby. Nenhum desses lugares tinha relação com a reunião, certo? Nenhum dos dois precisava estar em nenhum desses lugares, certo?

— Sim.

— Então no que a senhorita estava *pensando* quando entrou naquele elevador?

Há uma longa pausa enquanto ela deixa Olivia sofrer a agonia de ser incapaz de dar uma explicação inocente. Ela é uma felina cruel: uma gata brincando com um ratinho, oferecendo a chance de fugir, jogando-o para o alto para depois fincar suas garras.

O golpe é cruel.

— Ele estava levando a senhorita para um lugar mais reservado, não estava?

O silêncio é doloroso — longo e tenso antes de Olivia interrompê--lo com a voz tão baixa que é quase um sussurro.

— Sim — diz ela.

— Então ele deixa que a senhorita entre na frente, e, dentro do elevador, a senhorita e o Sr. Whitehouse se beijaram.

— Sim.

— Foi um beijo intenso, creio eu?

— Sim.

— Um beijo de língua, não foi?

— Sim.

— "As mãos dele tocavam o meu corpo todo", foi a sua descrição. Então a senhorita entra no elevador com um homem que afirmou ainda *amar*, que achava *muito atraente*, e os dois se beijam de forma intensa.

— Sim.

— Ele coloca as mãos na sua bunda.

— Sim.

— E abre a sua blusa.

— Sim... Com um puxão.

— Um puxão sugere certa violência. Os botões arrebentaram?

— Não.

— O tecido rasgou?

— Não.

— Então talvez seja mais preciso dizer que, no calor do momento, ele abriu a sua blusa.

O rosto de Olivia se retorce numa tentativa de manter a calma diante de tanta descrença. Ela encontra um meio-termo.

— Ele abriu a blusa *com força*.

— Entendi. — Angela deixa seu ceticismo se espalhar pelo tribunal antes de seguir em frente. — Então ele abriu a sua blusa *com força* e lhe deu o que poderia ser chamado de um chupão no seu mamilo esquerdo.

— Ele me machucou e deixou um hematoma.

— Vamos partir do princípio de que é comum que mordidas como essas deixem um hematoma e que muita gente pensaria nelas como algo *passional*. — Angela olha para os jurados; "todos nós já passamos por isso", diz seu olhar. — Mas a senhorita só resolveu reclamar neste instante. — Então ela olha para as anotações, prolongando a tensão e a possibilidade de haver um anticlímax. — Foi só a partir daí, quando ele beijou seus seios, de um jeito intenso, que a senhorita disse "Aqui, não", certo?

Uma pausa, e então um relutante:

— Sim.

— Só quero confirmar o seu depoimento. A senhorita não disse: "Não, não faça isso. Não quero." Nem chegou a dizer um simples "Não". Só no momento em que ele abriu a sua blusa, com força ou não, que a senhorita falou "Aqui, não".

— Sim... Fiquei com medo de que alguém nos visse.

— A senhorita estava com medo de que alguém os visse.

— Teria sido algo constrangedor demais.

— E era essa a sua preocupação, que *alguém os visse*. Não o que ele estava fazendo, esse homem que a senhorita ainda amava, com quem teve um relacionamento íntimo e com quem entrou no elevador por livre e espontânea vontade. Sua preocupação, quando abriu a sua blusa e colocou as mãos na sua bunda, era *que alguém os visse*?

— Ele me assustou com a mordida. Mas, sim, essa era a minha maior preocupação *naquele momento*.

Uma pausa. Angela olha outra vez para as anotações, balança a cabeça como se não conseguisse acreditar no que estava ouvindo. Sua voz fica mais baixa e ela fala mais devagar.

— A senhorita tem *certeza* de que foi isso *mesmo* que disse?

— Tenho.

— A senhorita disse "Aqui, não" nesse momento?

— Sim.

Uma pausa bem mais longa. Angela arruma alguns papéis. Olha para baixo como se estivesse se recompondo. Olivia parece desconcertada — deixada de lado enquanto espera ser desafiada. Ela sabe que há algo errado.

— Essa não foi a primeira vez que a senhorita teve relações sexuais com o Sr. Whitehouse na Câmara dos Comuns, não é?

Os jornalistas no banco da imprensa prestam atenção: quase dá para ver suas orelhas se sintonizarem enquanto suas canetas correm pelos blocos de papel. Apenas Jim Stephens, recostado no banco, parece calmo como de costume, mas sei que todos os comentários acusatórios estão sendo registrados.

O rosto de Olivia enrubesce. Seu olhar encontra o meu, mas não posso ajudá-la e olho para o outro lado. Durante a longa argumentação jurídica do primeiro dia, Angela solicitou que o histórico sexual pudesse ser mencionado — argumentando que dois incidentes iguais ao que estava sendo julgado ocorreram previamente —, e concordei que o material fosse incluído, porque a última coisa de que eu precisava era que James Whitehouse, caso condenado, usasse essa exclusão para justificar a abertura de um recurso.

— Não entendi. — A voz de Olivia soa um pouco mais aguda que o normal.

— Ah, acho que entendeu, sim. Vamos voltar para a noite de 29 de setembro de 2016, duas semanas antes do dia em questão. A senhorita se encontrou com o Sr. Whitehouse na sala dele. Era pouco depois das nove da noite, não era?

— Sim. — Ela parece insegura.

— A senhorita ia para a festa de despedida de uma amiga. Sua colega de trabalho, Kitty Ledger, a estava esperando no Red Lion, mas acredito que a senhorita tenha se atrasado um pouco, não foi?

— Um pouco, sim.

— Por quê?

Silêncio.

Angela se vira para os jurados e praticamente revira os olhos.

— O motivo para o atraso foi porque a senhorita e o Sr. Whitehouse estavam transando na sala dele, não foi? Sexo oral, executado pela senhorita, creio eu, e depois sexo na mesa dele. Sexo que qualquer um poderia ter visto se entrasse na sala, que qualquer um poderia ter descoberto. Sexo intenso, arriscado, exatamente igual ao que fizeram no elevador.

Os repórteres fazem anotações frenéticas, e alguns jurados a encaram de olhos arregalados; dá para sentir toda a pena se esvaindo da mulher mais velha enquanto eles reveem suas opiniões. Cara Laranja está toda feliz com essa reviravolta, enquanto a idosa observa a cena de olhos semicerrados.

— Creio que isso também tenha ocorrido em outra ocasião, não é mesmo?

Olivia não responde; ela está olhando para baixo com o pescoço todo vermelho.

— Na noite de 27 de setembro de 2016. Dois dias antes disso?

Ela continua sem responder.

— Tem um estúdio de gravações da BBC no fim da área da imprensa no primeiro andar, e a senhorita se encontrou lá com o Sr. Whitehouse por volta das nove da noite, não foi?

Um grunhido de Olivia, um som que parece ter escapado sem querer.

— A senhorita se *encontrou* com o Sr. Whitehouse lá?

— Sim — responde Olivia por fim.

Angela suspira baixinho.

— E, lá, a senhorita e o Sr. Whitehouse fizeram sexo intenso, arriscado. Foi apenas o ato em si desta vez, mas qualquer um poderia ter entrado na sala. — Ela balança a cabeça. — Parece haver um padrão de comportamento aqui, de relações sexuais impulsivas no ambiente de trabalho.

Mas, se os jurados achavam que Olivia iria aceitar essa dose extra de humilhação sem falar nada, eles a subestimaram.

— Não.

— Não? — Angela ergue uma sobrancelha com certa confiança.

— Nessas duas ocasiões, o sexo foi consensual. Nós dois queríamos. Estamos falando de algo muito diferente agora. — Sua voz estremece e falha, a fúria e o medo se unindo, mas então ela hesita e se interrompe, como se não tivesse forças para discutir com aquela oponente cruel, como se reconhecesse o erro que foi admitir o seu desejo abertamente.

— Os senhores transaram na Câmara dos Comuns em duas ocasiões, quase duas semanas antes do incidente no elevador. Sexo arriscado, que qualquer um poderia ter visto se entrasse, que qualquer um poderia ter descoberto, não foi? — pergunta Angela. Ela faz uma pausa, deixando a tensão aumentar. — Um simples "sim" é o suficiente.

O juiz Luckhurst indica que agora é um bom momento para fazer um intervalo.

— Apenas dez minutos — instrui ele aos jurados.

Imagino que Angela esteja furiosa: ela encurralou sua vítima e, agora, quer dar o golpe final.

Quando Olivia volta, ela parece mais recomposta — não há sinal de lágrimas, e seu rosto está tenso e pálido —, mas Angela é implacável. Ela apresentou um argumento irrefutável, contestou a distinção perfeitamente correta de Olivia, e vai continuar partindo para cima até não sobrar nada das alegações dela a não ser uma carcaça ensanguentada, inútil.

Ela questiona o desdém casual da frase "Para de fazer cu doce".

— Tem certeza de que ele não usou essa expressão para criar um joguinho? É o tipo de brincadeira que casais fazem, não é? Principalmente os que gostam do clima ilícito de um romance no escritório, que adoram a emoção de transar no ambiente de trabalho, ou no elevador, não é?

Ela faz pouco caso da calcinha esgarçada.

— É um material muito frágil e barato. Não há provas de que ela não tenha sido rasgada pela senhorita nem que já não estivesse rasgada.

— Não estava. Ela era relativamente nova. — Olivia parece prestes a cair no choro.

— A senhorita pode ter rasgado o tecido quando a tirou.

— Eu não fiz isso! — rebate ela.

O clima logo fica pesado.

— Eu não queria. Eu disse que não queria — insiste Olivia em outro momento, perdendo completamente a compostura, deixando a angústia transparecer.

Angela a encara por cima dos óculos.

— A senhorita tem certeza disso? — pergunta, encurralando-a.

— Tenho.

— De que disse que não queria?

— Tenho.

E sinto um aperto no coração agora, porque sei que mais uma vez Angela tem algo concreto para usar contra ela, e não posso fazer nada além de ficar parada e ouvir de mãos atadas. O juiz Luckhurst também olha para cima, alerta para todos os truques dos advogados, familiarizado com as armadilhas que usamos, e os jurados fazem o mesmo — se deliciando com a próxima reviravolta.

Angela suspira, como se fosse doloroso fazer aquilo, e pega um papel. Ela o entrega para Olivia, por meio da oficial de justiça, lê a declaração de que os fatos ali contidos são verdadeiros e pede a Olivia que confirme que, sim, aquele foi um depoimento prestado na delegacia de polícia dez dias depois do encontro no elevador e que aquelas são sua assinatura e palavras.

Angela olha para cima e gesticula para o documento.

— Na página quatro, no segundo parágrafo. Por favor, me corrija se eu estiver errada, mas a senhorita disse: "Eu pedi para ele sair de cima de mim. Ele enfiou em mim apesar de eu ficar repetindo 'Aqui, não'." — Ela faz uma pausa e olha para os jurados. — No tribunal, a senhorita acabou de dizer: "Eu não queria. Eu disse que não queria." Mas, na declaração que acabei de ler, prestada à polícia pouco depois do ocorrido, a senhorita apenas diz: "Eu pedi para ele sair de cima de mim... Eu disse 'Aqui, não'." No depoimento prestado dez dias depois do ocorrido, a senhorita não mencionou *que disse que não queria*, apenas indicou que aquele não era o lugar ideal. E só expõe isso agora, vários meses depois, quando se vê envolvida num julgamento, falando diante de todos nós.

Ela olha diretamente para o juiz, aquela mulher formidável, protegida pelos seus livros e fichários e pela indumentária do tribunal, mantém cabeça erguida; continua usando um tom profundo e controlado, e apresenta sua acusação fatal. Uma pergunta retórica, à qual Olivia não precisa responder.

— A senhorita não é confiável, é? A senhorita amava esse homem, teve relações sexuais com ele não apenas uma, mas duas vezes, na Câmara dos Comuns, e, chateada com o término do seu romance, disse que o achava atraente, foi para um lugar reservado em sua companhia e o beijou, com toda a intenção de ter relações com ele de novo.

E Olivia fica sem reação, a boca aberta como um peixinho dourado, enquanto Angela conclui sua inquirição com um floreio triunfante.

— As palavras que a senhorita usou naquele elevador poderiam ser interpretadas como um convite. O seu depoimento não é nada confiável. Na verdade, a senhorita está mentindo!

19

Holly
5 de junho de 1993

A música preenchia o pátio, pulsando da escada distante, onde corria solta a festa no salão comunal do primeiro ano. Sábado à noite, sexta semana do período de verão, um evento em que qualquer solteiro poderia se misturar a uma massa de pessoas suadas, amigáveis, com muitas oportunidades para ficar com alguém, se quisesse — mãos passando por costas de camisas suadas e apalpadas em bundas que poderiam se transformar em amassos desajeitados.

Os casais iam se afastando conforme a noite avançava, se recolhendo para os cantos, onde se acomodavam em cadeiras ou um no colo do outro, as garrafas de cerveja sendo completamente esvaziadas ou derrubadas enquanto eles se ocupavam com a tarefa mais interessante que era explorar o rosto dos seus novos amantes: bochechas, pescoços, bocas. Os poucos que sobraram os ignoravam e continuavam dançando, os braços direitos erguidos numa saudação ritmada, pulando na ponta dos pés, corpos se esticando numa grande celebração de seus 18 ou 19 anos — porque boa parte dos calouros não tinha com o que se preocupar além de se transaria com alguém até o fim da noite. A música de repente mudou e aumentou: um hino que ia ficando mais animado até a parte em que todos gritavam em uma única grande afirmação de alegria. Holly articulava a letra com os lábios — as palavras, meio desconhecidas, saindo hesitantes da sua boca —, e Dan, um amigo do jornal universitário, que foi quem a convidou para aquela festa no Walsingham College, baixou o braço até cutucá-la com um dedo. Ele a girou, depois cantou com o rosto pressionado no seu cabelo, o hálito com cheiro de cerveja, as mãos leves sobre sua cintura roçavam nos seus seios, e ela ficou nervosa, a alegria de se sentir admirada se transformando em constrangimento e vergonha.

— Estou meio tonta, desculpa — disse ela com um sorriso e se afastou.

E estava mesmo; depois dos dois copos de sidra que fervilhavam e se reviravam na sua barriga, sentiu a cabeça girar. Abriu caminho pelo clima abafado causado por tantos corpos quentes, o ar viciado e doce, e seguiu para o pátio. O barulho pulsava às suas costas, impulsionando-a para a frente, envolvendo-a antes de ser absorvido pelas pedras firmes e douradas. A vibração da música foi diminuindo enquanto ela seguia depressa para a portaria dos bedéis, o barulho das botas no chão num ritmo irregular, porque ela sentia uma necessidade irracional de fugir daquela faculdade e de Dan, que parecia interessado em algo além de amizade, coisa que Holly só percebeu tarde demais.

Ela andava olhando para baixo, concentrada nos ladrilhos e em tentar seguir em linha reta, porque, com os passos tortos, havia um risco real de tropeçar e cair no gramado. Aquela noite de junho tinha esfriado, deixando-a arrepiada, já que estava só de regata, e ela parou para colocar a camisa jeans, amarrada à cintura. A euforia de fazer parte de um grupo feliz havia desaparecido, e ela começou a cantarolar, sua voz baixa e melodiosa, para tentar recuperar a alegria que não sentia mais.

A tontura estava passando. Ela arriscou olhar para o céu noturno sem nuvens que se estendia, azul-escuro e brilhante, e tentou identificar os detalhes da lua cheia bege que pairava lá em cima. Vênus piscou, e ela piscou também. Por um instante, não fez nada além de olhar para o céu, permitindo-se ser dominada pela escuridão que se elevava sobre as torres douradas. Por causa dos textos de teoria literária feminista que devorava, ela via simbolismo fálico por todo canto, mas as torres penetrantes pareciam patéticas, até risíveis, em comparação com a grandiosidade do céu noturno. Ela cambaleou um pouco, impressionada pela magnitude aveludada e pela imensa beleza da noite que a pressionava lá de cima.

O relógio da faculdade bateu meia-noite, as badaladas longas e ressoantes. Ela precisava encontrar uma saída e virou à esquerda, se deparando com o claustro: um pátio interno mágico, com portas de carvalho instaladas nas paredes e um gramado iluminado pela lua, emoldurado por arcos. Será que estava perdida? Não conhecia aquela faculdade. Era bem maior que a dela; mais grandiosa, com seu parque de cervos e o jardim do corpo docente, e um pouco labiríntica. Talvez sua presença não fosse permitida ali — apesar de ter sido convidada por Dan, que insistiu muito para que ela fosse. Como sempre, ela se sentia uma impostora. Era compreensível por que Dan, Ned, Sophie e até Alison — mesmo que ela jamais fosse admitir isso, com seu orgulho nortista — estavam ali, mas ela às vezes ainda se sentia uma fraude: alguém que conseguiu entrar sem ninguém perceber, talvez para cumprir alguma cota de escola pública, e que não merecia aquela honra. Era só questão de tempo até ser descoberta.

Ela se escondeu nas sombras, longe das janelas falsas que emolduravam uma vista tão bonita que não parecia real, e se apoiou na pedra calcária pálida. Na escuridão, ela podia existir: observar sem ser notada. Sem fazer parte das coisas de fato, mas ainda presente, nas margens. Ela andava na ponta dos pés, seguindo a sombra das paredes, aproveitando a calmaria, sentindo o efeito do álcool passar conforme o ar frio da noite a obrigava a pensar. Como foi idiota. Talvez devesse voltar, fingir que se perdeu enquanto procurava o banheiro, encontrar Dan de novo — quem sabe, deixá-lo fazer outra investida, porque a sua virgindade estava começando a ficar mais vergonhosa do que as suas origens; e devia ser bem óbvia, algo que ela temia que todo mundo pudesse perceber.

Será que ela conseguiria fazer isso? Com ele? Pensou no amigo inofensivo: cabelo sedoso, magro, pequeno, com um pouco de acne na linha do maxilar. Talentoso com palavras — ou pelo menos com palavras escritas. Ela gostava disto nele: do jeito como conseguia esculpir uma frase, da capacidade infalível de capturar uma história com as palavras certas. Ele era inteligente, e ela dava valor a isso, apesar de ele ter sido desajeitado naquela noite. Talvez só estivesse nervoso e aquele fosse o seu jeito de tentar mostrar que queria levá-la para a cama; ou que, pelo menos, não a achava fisicamente horrível. Talvez fosse melhor fazer com um amigo. Alguém com quem o ato não significaria nada — sem nenhum sentimento envolvido; alguém que permitiria que ela mantivesse seus ideais românticos — porque ela sabia que a primeira vez seria dolorosa, estranha e decepcionante, e ela não queria passar por isso com alguém de quem gostasse de verdade. Enfiou a mão por dentro da blusa jeans e ajeitou os seios, revelando um decote que o seu novo sutiã ajudava a criar, algo que ia contra todos os seus princípios feministas, mas que moldava sua gordura e a esculpia de um jeito que talvez não a fizesse parecer tão virginal assim. Ao olhar para os seus dois travesseiros macios, sentiu culpa e um orgulho estranho. *Essa sou eu. Eles são parte de mim — talvez tanto quanto tudo o que eu penso, toda a literatura.* Abriu outro botão e, com suas esferas pálidas abrindo caminho, se virou para voltar à sala comunal dos calouros, sentindo o nervosismo aumentar; um friozinho na barriga de ansiedade que girava num redemoinho conforme ela refazia os passos.

Uma figura apareceu correndo do outro lado do claustro. Ela ouviu os passos antes de vê-lo: a corrida apressada de alguém atlético, os pés tomando impulso nas lajotas, e então sua respiração, que curiosamente parecia íntima no silêncio conforme ele virava a esquina a toda a velocidade e quase trombava com ela.

Ela parou, seu corpo rígido como o de um dos cervos do parque do outro lado do jardim murado. Apesar de tê-lo escutado se aproximando, não esperava que a alcançasse tão rápido, preenchendo todo o espaço com seu tamanho e sua energia, fazendo parecer que não sobrava espaço para mais ninguém.

— Nossa. Foi mal, *foi mal*!

Ele estava igualmente chocado, as pupilas dilatando-se sobre as maçãs do rosto proeminentes enquanto segurava os braços dela para equilibrá-la. O coração dela disparou no peito, o medo e a adrenalina se misturando com uma pontada forte de desejo. Ele deu um sorriso breve, seu charme natural, apesar de estar com bafo de uísque e de os pés oscilarem, cambaleantes. Como deve ser saber que, não importa o erro que você cometa, sempre vai ser perdoado? Ter um charme tão intrínseco, tão arrebatador, que você sabe que pode contar plenamente com ele, mesmo estando bêbado? Sophie havia lhe contado dos libertinos despejando garrafas de Bollinger na pia — porém, mesmo agora, ela não conseguia acreditar que ele, um membro da equipe principal de canoagem, tinha feito parte de algo assim. Ele não era *grosseiro*, pensou ela, admirando sua pele macia, e foi tomada pelo carinho. Talvez ele não quisesse participar do clube. Talvez não gostasse tanto assim de festas, assim como ela — apesar de estar usando aquele uniforme ridículo dos libertinos. Foi então que ela percebeu que ele estava agitado; um nervosismo palpável pulsava pelo seu corpo, e ela quis abraçá-lo, garantir a ele que tudo ficaria bem. Ela pensa nisso tudo, ciente do calor dele, da sensação daquelas mãos apertando seus antebraços, a poucos centímetros dos seus seios.

— Não tem problema. — Ela olhou para baixo, com medo de que ele notasse sua reação.

As pupilas dele pareceram se focar.

— Eu te conheço? Molly? Bolly?

— Bolly — concordou ela. É claro que ele não sabia o nome dela. Ele não sabia quem ela era.

— Bela Bolly.

Ela riu, tímida com o elogio e com essa tentativa dolorosa de soar espirituoso.

— Eu te conheço. Ou, pelo menos, acho que deveria. — A voz de James era melodiosa conforme ele se inclinava para perto, analisando seu rosto. — A bela, bela Bolly.

— Nem tanto. — Ela sentiu as bochechas queimando e tentou olhar para baixo, mas os olhos dele a atraíram de volta.

— É, sim — disse ele e sorriu.

De um jeito quase imperceptível, os dois se aproximavam. Uma mão deslizou para a nuca dela. Sentiu um arrepio quando os dedos dele tocaram nos fios curtos daquela região: uma parte sua que nunca pareceu feminina, porque o corte curto que ela torcia para fazê-la parecer mais atrevida jamais teve esse efeito.

— Esse visual de sapatão? — perguntou Sophie certa vez com sua típica falta de tato. — Você é?

— Não. Não, não sou.

Holly então balançou a cabeça, com vergonha por não querer que achassem que ela era lésbica, porque não tinha problema, *de verdade*, não *tinha*; e estava aliviada pela amiga não ter percebido o que sentia por *ele*.

Ela fechou os olhos por um instante e imaginou ser outra pessoa observando a cena: dois alunos se movendo em câmera lenta, momentos antes do primeiro beijo. Porque era isso que estava prestes a acontecer. Por mais louco que parecesse, havia aquela tensão especial no ar — um atrito que poderia ser interrompido abruptamente, mas que era mais provável se se transformasse num beijo. Era uma exigência de todo romance: a união inevitável, a queda nos braços do outro, bocas e membros se encontrando e se fundindo, olhos se fechando numa expectativa deliciosa, um leve sorriso se abrindo em lábios entreabertos.

Ela abriu os olhos. Ele ainda a encarava, e seu olhar tinha ficado mais profundo: o desejo óbvio passava por cima de qualquer breve especulação sobre a identidade dela. Será que ele a reconhecia? Ela duvidava muito. Ela não passava de outra aluna meio bêbada com quem se esbarra ao luar, enquanto ele era um remador com tesão. Seus dedos acariciavam a bochecha dela, antes de se inclinar novamente na sua direção.

Os lábios dele eram macios — e aquele primeiro beijo superou todas as expectativas. Foi maravilhoso. Ela ergueu o olhar, buscando aqueles olhos verdes carinhosos, e ele os abriu, sorriu também, depois se inclinou de novo, passando os braços pelas costas e pela cintura dela, puxando-a para perto. O hálito dele era quente na sua boca, e ela o inspirou enquanto ele a beijava de novo, a língua passando pelos seus lábios, fazendo com que centelhas de prazer se acendessem em partes inesperadas do corpo dela: um show particular de fogos de artifício.

Que momento mágico, pensou ela, ainda no papel da observadora analisando a cena, apesar de estar presente ali. A paixão dele era contagiosa, e seu coração acelerou, aumentando sua empolgação, enquanto a boca dele se tornava mais firme, mais determinada, a língua explorando sua boca. Ele era como uma onda agora, uma força que a prendia e a carregava, sem se preocupar se ela aguentava a excitação ou o ritmo.

— Talvez seja melhor eu ir — começou ela, apesar de não saber para onde iria nem se queria ir de verdade.

Ela só queria que as coisas fossem mais devagar, entender aonde as mãos dele iam agora — uma subia por baixo da sua camisa, o dedão largo dele acariciando um mamilo, a outra se aventurando sob sua minissaia.

— Sério? — Os olhos dele se arregalaram numa expressão de menino perdido, e ela viu neles salpicos dourados no verde e incompreensão. Será que alguém já tinha lhe dito isso antes?

— Sério — repetiu ela. E sorriu para apaziguá-lo.

— Acho que não — disse ele com um rosnado, um som que transmitia uma confiança inabalável. — Acho que você não quer fazer isso de verdade.

E ele a beijou com mais selvageria agora, parecendo arranhar os lábios dela. Tesão, pensou ela, e sentiu uma onda de surpresa — talvez de orgulho — por causar essa sensação nele, ao mesmo tempo que sentiu uma pontada de medo, com a sensação de que as coisas estavam saindo do seu controle.

— Não, é sério.

Ela deu uma risadinha e se afastou. Porque como ele poderia ser tão arrogante ao ponto de achar que sabia o que ela queria? Ficou irritada com isso. Ou talvez isso fizesse parte do jogo da sedução. O olhar dele se suavizou, e ela quis repetir aquele primeiro beijo: algo provocante e dócil. Será que ele não podia beijá-la daquele jeito de novo?

Ele se inclinou e beijou a ponta do nariz dela.

— Melhor assim?

— Bem melhor.

Então ele a entendia. Seu alívio foi imenso. Ela retribuiu o beijo, seus lábios se demorando, aproveitando o momento: a luz da lua atingindo seus rostos, a friagem tranquila do claustro, a mistura de empolgação e apreensão que crescia dentro dela, incentivando-a a ser mais ousada do que foi antes, a ignorar qualquer pensamento — sua lealdade a Sophie, o medo de ser vista, a ansiedade sobre o que ele poderia pensar dela — e apenas se entregar às sensações pulsando pelo seu corpo, ameaçando dominá-la.

Os dedos dele brincaram com o seu cabelo, a boca percorrendo o seu pescoço até chegar à orelha, beijos leves que iam subindo. E então ele a puxou para um abraço apertado, que parecia esmagar suas costelas, e o ar escapou dos seus pulmões como se fosse um acordeão sendo tocado. E ele sussurrou algo no seu ouvido. Ela ficou paralisada, congelada pela ameaça murmurada das palavras, porque a voz dele continuava soando carinhosa. Ele disse isso mesmo? Ela tentou criar esperanças de ter ouvido errado.

Mas então se deu conta de que sim, foi isso mesmo.

E então tudo mudou. Ela conseguiu suportar tudo recorrendo ao papel de observadora. Imaginando-se assistindo a outra garota passar por aquilo — uma Tess Durbeyfield, talvez — e observando seu sofrimento. Ela se focou numa gárgula, uma figura grotesca e irônica, com mãos que cobriam parte dos olhos, a boca curvada para baixo, aberta numa expressão de horror, entalhada no alto de uma parede. Veja pelos olhos da estátua, disse a si mesma, enquanto suas costas eram pressionadas contra a pedra fria. Apenas mais um evento na história da universidade — algo que devia acontecer havia séculos, os cavalheiros da universidade se aproveitando de garçonetes ou de meninos. Nada pessoal — e talvez ela até tivesse encorajado aquilo, exibindo aqueles seios ridículos, olhando para ele com um desejo gritante estampado no rosto. A culpa era dela, ou em parte dela; porque, apesar de ter se debatido no começo e dito que não queria — sua boca escorregando enquanto tentava pronunciar as palavras —, ele não devia ter ouvido, e ela logo foi silenciada: a outra boca dominando a sua, o tamanho do corpo dele abafando os seus sons. Porque, caso contrário, ele não se comportaria daquele jeito, não é? Se ele soubesse que ela não queria de verdade? Ela ficou encarando a gárgula, lágrimas embaçando a carranca horrorizada e o nariz bulboso dele, apesar de ela ainda conseguir enxergar as mãos tapando os olhos, os dedões pressionando as orelhas. Não veja o mal. Não ouça o mal.

Ela conseguiu. Ou quase conseguiu — era impossível permanecer desconectada, inventar uma história qualquer, quando sua parte mais íntima era rasgada e seu corpo ardia de dor. Foi incapaz de segurar o choro na hora, as lágrimas escorriam pelas bochechas, apesar de ela não ter gritado — estava atordoada demais àquela altura, horrorizada demais com o próprio desaparecimento, com a sensação de ser tão impotente.

Quando ele terminou, se afastou e pediu desculpas. Não pelo ato em si, mas pelo fato de que ela era virgem.

— Primeira vez? Meu Deus... Desculpa. — Ele olhou para o sangue que escorria pelas pernas dela e que o manchava. — Você devia ter avisado.

Ele fechou a calça, os sinais do desvirginamento e da vergonha dela sendo escondidos dentro da calça escura.

— Eu teria ido mais devagar. — Ele parecia envergonhado e abalado; estava na cara que ele não andava com muitas virgens. — Merda — concluiu.

Ela não disse nada para tranquilizá-lo, então ele passou uma mão pelo cabelo antes de fitá-la por baixo da franja e abrir um sorriso encantador.

— Merda — repetiu ele, então deu um beijo na sua testa, puxando-a para perto para que ela pudesse sentir seu coração batendo contra o dela, forte e vigoroso. Ele tentou usar um tom amigável. — Bom... sem ressentimentos, né?

Sua garganta parecia ter se fechado, e ela ficou ali parada, sem se mexer, quase sem conseguir respirar nos braços dele, querendo apenas ser libertada; queria fugir dali para esfregar o corpo todo e se livrar de todo resquício dele.

— Sem ressentimentos — conseguiu responder.

Foi Alison quem a encontrou na manhã seguinte. Holly correu de volta para a faculdade, andando nas sombras, evitando contato visual com os casais cambaleantes, e entrou pelos velhos portões depois que um aluno os abriu com uma chave extra. Ela se escondeu.

Encheu a banheira até a boca com água quente, sem se importar se seria falta de educação fazer isso tão tarde da noite, os canos rangendo e gemendo enquanto se enchiam, o som da água corrente reverberando atrás dos lambris de madeira. Sua pele assumiu um tom cor-de-rosa suíno conforme ela se escaldava: as coxas ardiam com o calor, e sua parte íntima queimou quando ela empurrou o sabonete dentro de si mesma. Afundando na água, ela atacou o pescoço, os seios e a clavícula — qualquer lugar que ele tivesse tocado — e esfregou o cabelo, fincando os dedos no couro cabeludo, pelos fios curtos que ele tinha acariciado e puxado, como uma mãe penteando um cabelo em busca de lêndeas. Os dedos faziam movimentos obsessivos, como se estivesse coçando, até ela perceber uma sensação líquida e grudenta e notar que a sua cabeça estava sangrando.

Depois, deitou na cama em posição fetal, sufocada por uma blusa de moletom e uma calça de corrida: roupas infantilizadas que escondiam os seios problemáticos, o corpo problemático.

Ela se sentia anestesiada. Por mais que estivesse ardendo por dentro, seu coração era uma pedra dura, pesada. Estava cansada de chorar. A culpa e a raiva viriam mais tarde. Apareceriam quando menos esperasse. Mas, por enquanto, estava exausta demais.

Ela não saiu do lugar para tomar café da manhã. Dava para ouvir do pátio o falatório dos seus colegas do primeiro ano voltando do refeitório, cheios de torradas e mingau, ou com um prato de ovos fritos e bacon, acompanhados por chá ou café, tudo pago com um papel cor-de-rosa que valia cinquenta centavos. Ela pretendia ir a uma reunião da Nightline às dez, mas não se mexeu, nem foi se encontrar com Alison na hora do almoço, como tinham combinado. A ideia de encontrar qualquer pessoa — ainda mais Sophie, a bela e inocente Sophie — lhe dava vontade de vomitar.

À uma e meia, alguém bateu à porta com força. Ela agarrou o edredom, prestando atenção, enquanto o som continuava: batidas insistentes, o som de alguém que não ia embora.

— Quem é? — Sua voz soava diferente, baixa, com um tremor evidente, enquanto ela saía da segurança da sua cama e ia até a porta.

— Alison. Você está doente? Ou o Dan está aí dentro? Se for isso, eu posso ir embora.

Ela se atrapalhou com a chave e abriu a porta, o esforço de fazer isso — e de se abrir para outra pessoa, de revelar o seu segredo — quase maior que o limite que conseguia suportar.

A boca da sua amiga se abriu, mostrando o seu choque ao ver o rosto de Holly: inchado, ela sabia, e manchado de lágrimas, os olhos vermelhos, sem nenhuma maquiagem, infantil e exposto.

— O que aconteceu com você? — As palavras saíram num sussurro, como se, ao dizê-las baixinho, as duas pudessem ignorar a resposta. Ela esticou os braços para lhe dar um abraço, mas Holly se esquivou.

20

Holly
19 de junho de 1993

Ela voltou para casa pouco depois disso. Fugiu. Quando sua mãe foi buscá-la na estação, a linguagem corporal dela transmitia tristeza e fracasso, pois era exatamente assim que se sentia. Um fracasso por não conseguir se expressar sexual e socialmente, por não conseguir comunicar de maneira adequada algo tão crucial: o fato de que não queria que seu corpo fosse invadido por outra pessoa.

— Aquele lugar é esnobe demais — explicava ela sempre que alguém perguntava por que não voltaria em outubro.

Manda, que mal conseguia esconder a alegria de ver que a irmã que ousara voar tão alto teve as asas derretidas pelo sol, não se cansava de fazer perguntas.

— Para com isso — respondia Holly. — Só não era para mim.

— Acho que ela ficou com saudade de casa — inventou a mãe para quando suas amigas perguntavam. — Ela teve dificuldade em se adaptar ao sul. — Era bem melhor fazer um curso na Universidade de Liverpool, onde poderia voltar para casa quando quisesse, porque alguma coisa havia mexido com ela, Lynda não era burra; percebia isso. Um garoto. Ou um homem, melhor dizendo.

Então ela recomeçou. Setembro de 1993. Universidade de Liverpool. As avaliações dos seus professores em Oxford foram exemplares, apesar de ela não ter ido tão bem nas provas quanto o esperado. Tinha recebido uma bolsa integral, e não havia dúvidas de que a perderia agora que mudaria de rumo para estudar direito.

— É melhor fazer algo mais prático — explicou ela a Manda, que fez que sim com a cabeça antes de lhe lembrar que sempre disse isso.

— Não faz sentido ficar perdendo tempo com livros. Eu não ia chegar a lugar nenhum desse jeito.

— Aonde você quer chegar? — Manda mascava um chiclete e demonstrava uma falsa indiferença que era traída pela sua curiosidade sobre essa nova irmã focada na carreira.

— Ah, você sabe — disse ela, fingindo tratar o assunto com uma leviandade que não sentia, já que falar de coração seria se expor. — Prender bandidos. Fazer justiça.

E, pela primeira vez desde que voltou para casa, ela abriu um sorriso sincero, um sorriso que chegava aos olhos e os iluminava, apagando sua seriedade e sua rigidez por um momento.

Quando se matriculou no curso, usou um nome diferente: Kate Mawhinney. Kate, uma versão mais firme, mais afiada, do seu delicado nome do meio, Catherine; Mawhinney, o nome de solteira da mãe, que Lynda tinha voltado a usar recentemente, depois de descobrir que Pete e a namorada de 28 anos teriam um filho.

Holly Berry — uma piada de pessoa com uma piada de nome — foi completamente descartada, como a lã raspada de uma ovelha suja, desmazelada, para revelar uma versão limpa, brutalmente aparada.

Sua metamorfose continuou em curso. O cabelo, que tinha cortado pouco antes de ir para Oxford, cresceu de novo e, com o passar dos anos, ficou mais claro, a camada generosa de clareador que Manda aplicou naquele primeiro verão foi substituída por luzes tão convincentes que apenas sua mãe e sua irmã lembravam que ela não era loura de verdade. Ela diminuiu: aqueles seios problemáticos e a barriga grande sob eles derreteram, e seu corpo foi moldado, contido, controlado por treinos de academia e corridas. A guerra com o corpo era constante: sua complacência delicada, sua sensualidade desnecessária contida a ponto de parecer andrógina; sua aparência, magra e impetuosa. A quase monocelha pesada foi aparada e feita, e, conforme ela se tornava cada vez mais esbelta, as maçãs do rosto se destacaram: altas, proeminentes e inconfundíveis, enquanto suas bochechas antes rechonchudas foram reduzidas, seu rosto assumindo o formato de um coração.

— Ela é tão bonita — comentou Lynda na formatura da filha, tirando uma foto dela diante do Art Deco Philharmonic Hall da cidade, com o capelo posicionado alegremente na sua cabeça, apesar de o sorriso ainda ser um pouco sério. — Bem que eu queria que ela se desse conta disso e saísse com alguém.

Porque os anos de estudo em Liverpool foram praticamente desprovidos de namorados — Kate Mawhinney era uma mulher que poucos ousavam convidar para sair, tão óbvio era seu desprezo pelos homens. Por isso, foi uma surpresa quando ela apareceu com um namorado, que por um breve período se tornou seu marido, quando foi fazer sua especialização em Londres. Alistair Woodcroft, um rapaz simpático que fazia tudo por ela e que não foi contratado depois do período de estágio.

Ela queria tanto confiar em alguém de novo; perder a fragilidade que sabia ter se infiltrado na sua alma e se permitir ser amada, só um pouco. Mas não conseguia lidar com a intimidade, apesar de aguentar o sexo. Não queria que ele se intrometesse nos seus pensamentos mais profundos ou que tentasse *ajudar*. Então ela era ríspida, argumentava, o menosprezava e o afastava sempre que havia o risco de ele se aproximar demais. Ela via a mágoa no olhar dele e ficava até tarde no bar de vinhos ou no escritório, apenas voltando de fininho para casa quando sabia que ele estaria dormindo, ou fingindo estar.

O casamento durou dezoito meses e rendeu a ela uma relutância em morar com outra pessoa novamente e um nome novo, com o qual iniciou a carreira de advogada. Ela gostava dele por sua simplicidade: as consoantes duras, práticas, as três sílabas impassíveis, um símbolo de firmeza.

Kate Woodcroft havia surgido.

21

Ali

26 de abril de 2017

Ali se joga numa cadeira à mesa da cozinha e remexe os dedos dos pés nas meias pretas opacas, fincando os calcanhares no chão com firmeza. Para variar, a casa está silenciosa agora. Dez da noite: as marmitas de almoço estão prontas e a cozinha, arrumada — ou tão arrumada quanto possível. As crianças estão dormindo, Ed saiu, e, apesar de ela saber que deveria tentar recuperar um pouco do sono perdido, precisa reunir forças para as etapas que antecedem o seu descanso. Além do mais, é tão raro ter um momento de sossego. Ter um momento para pensar.

Ela toma um gole do seu chá preto, descafeinado, com leite e reconfortante, o que, para um adulto, é o equivalente ao leite quente que Joel ainda pede antes de ir para a cama e que ela prepara quando está de bom humor. Não é algo que acontece muito ultimamente. Ela pega o *Guardian* do dia anterior. É raro eles receberem jornais durante a semana, mas essa foi uma edição grátis, que ela pegou numa ida emergencial ao supermercado; talvez consiga se atualizar sobre os eventos do mundo, só para variar.

Ela dá uma olhada na capa e passa para a terceira página — com as matérias mais indiscretas, mesmo num jornal respeitável. É um relato sobre o primeiro dia do julgamento de James Whitehouse. Esse é o caso que Kate mencionou na última visita, quando estava na cozinha: o caso enorme, famoso, que ela deveria vencer para impulsionar sua carreira. Esse pensamento fica dando voltas na sua cabeça. Faz mais de um mês que elas não se veem — não, quase seis semanas. Deve ser por isso. Uma pontada de culpa: devia ter mandado uma mensagem desejando boa sorte. Ela olha para o relógio; como sempre, Ali é a amiga que sente que tem o emprego menos importante, que não quer incomodar. Não. Se Kate estiver trabalhando, só vai distraí-la, e, de toda forma, já é muito tarde.

Ela corre os olhos pelos três primeiros parágrafos, saboreando a história, absorvendo as alegações em segundos: "amante", "elevador", "Câmara dos Comuns" e o detalhe sinistro que impede que aquilo seja apenas uma boa fofoca — "estupro". Só mesmo uma pessoa inteligente como Kate para receber um caso tão importante, apesar de ela ainda ter dificuldade em acreditar que ele seja culpado. Lá está ele, numa foto que ocupa quatro colunas da página: sua expressão é uma mistura convincente de seriedade e confiança racional. Sem sorriso, sem nenhum sinal de presunção, apenas uma autoconfiança inata. Sua expressão sugere que ele sabe que é inocente, então o júri acabará sendo convencido.

Sente um formigamento um tanto desconfortável na nuca. Se ele é inocente, então Kate está acusando um homem que não tem culpa de nada. Como ela pode fazer uma coisa dessas? Isso é algo que ela nunca entendeu sobre advogados, a explicação displicente que dão sobre a culpa precisar ser provada, não a inocência — porque erros de julgamento podem acontecer, sabe disso. Ela espera que James Whitehouse seja *mesmo* inocente. Ele tem esposa e filhos, não tem? Como sua família deve estar se sentindo agora? Ela mal consegue imaginar o terror da pobre mulher. Mas, se ele não fez nada, então Kate deve perder — e vai ficar arrasada.

Ela corre os olhos pela matéria. Apenas dois anos mais velho que ela, ex-aluno de Eton, Oxford — ela sabia vagamente disso. Não foi acompanhado pela esposa. Estranho terem mencionado isso. Seu interesse pela família, em especial pela esposa, aumenta: quem é ela? Ali pega o iPad e digita palavras-chave, se sentindo um pouco maldosa, porque sabe que, em parte, quer descobrir se ele é casado com alguma dondoca ridícula, torcendo um pouco para que ela seja feia — mas sabe que devia demonstrar mais sororidade e que isso é pouco provável.

E lá está a esposa, junto de alguns detalhes. "A esposa do Sr. Whitehouse, Sophie, neta do sexto barão Greenaway, de Whittington" e uma foto dela, de mãos dadas com ele, lançando um olhar arrogante para a câmera: o cabelo comprido escuro esvoaçante, grandes olhos azuis iluminados por uma mistura potente de desdém, ressentimento e talvez um toque de medo.

Sente um frio na barriga e seu coração dispara. Ela conhece aquele rosto. Ela conhece aquela mulher. Mais velha ali, sim, e mais elegante, mas ainda conseguia reconhecê-la de cara. Vista pela última vez num refeitório da faculdade, usando um uniforme de canoagem, sem dúvida, ou uma blusa de alcinha e um short jeans customizado. Deve ter sido depois das provas finais — naquele mês de junho quente, quando não faziam nada além de andar de barco e organizar piqueniques em University Parks. Ela consegue visualizar a garota agora: a cabeça para trás enquanto ria, jogando croquet no pátio, a voz confiante mais alta que a das colegas: uma voz linda, bem-modulada, suave, mas ocasionalmente estragada por aquela gargalhada um pouco alta demais. A gargalhada de uma vida de privilégios.

Sophie Greenaway: é ela mesma. Uma das garotas bonitas que passou pela faculdade sem precisar fazer o menor esforço, que mal perdia tempo com gente que não era do seu meio, que sabia de imediato, sem precisar de nenhuma explicação, quase como se conseguisse sentir o *cheiro*, quem não era destinado a fazer parte da sua panelinha. As garotas que estudavam história da arte, literatura inglesa ou clássica: nada exato ou *útil*, muito menos científico, porque conseguir uma carreira logo depois da universidade, que dirá pagar dívidas, não era uma prioridade. Oxford se resumia à experiência: a ter uma educação completa — embora algumas acabassem se tornando contadoras ou consultoras empresariais, o pragmatismo só surgia no último ano.

Sophie mal teria olhado para Ali, ou Alison, como ela preferia ser chamada na época, com a crença equivocada de que o seu nome inteiro soava mais adulto. Então por que Ali se lembrava mais dela do que das outras garotas que a ignoravam? Por que sentia que havia alguma conexão ali?

Ela descobre a resposta antes de chegar ao banheiro do andar de baixo, onde a foto da turma de calouros está pendurada, de um jeito que ela torce para que pareça irônico.

E lá está. A prova que ela não queria ver de jeito nenhum. Escondida entre os rostos alegres dos jovens de 18 e 19 anos, com franjas pesadas e cabelo sedoso, castanho e sem graça; os adolescentes vestidos todos iguais em suas batinas, a vestimenta das provas e da matrícula, a cerimônia formal que acontece no começo do curso: camisa branca, gravata branca, fita preta para as garotas, beca preta, capelo preto — retos na maioria das cabeças, inclinados com irreverência nos mais confiantes.

Lá estão elas: duas garotas, seus rostos do tamanho de uma digital, em extremidades opostas de uma fileira que se estendia pela largura da capela, de pé — lembra ela agora — sobre um banco. Garotas fisicamente diferentes — uma gorda, outra magra —, mas que estavam no mesmo curso e compartilhavam do mesmo otimismo: aquela sensação de que estavam prestes a viver três anos gloriosos. Como nadadoras posicionadas na beira de uma piscina, elas estavam prontas para mergulhar numa aventura maravilhosa — e os rostos de Sophie e Holly brilhavam com esperança, não medo.

Ela olha para esses rostos agora e sabe que não deveria existir uma conexão atual. Um senso natural de justiça lhe diz isso — apesar de não saber muito sobre a ética dos advogados.

Kate havia tocado nesse assunto? Sua cabeça volta para a conversa na qual ela contou que participaria do julgamento de James Whitehouse. Ela chegou a mencionar Sophie? Disse qualquer coisa, como: "Você nem imagina com quem ele é casado." Ou sequer insinuou que havia algum tipo de conexão? Ela tenta se lembrar desse momento da conversa, da admissão que vai lhe dizer que está tudo bem, que Kate tem tudo sob controle, que não há nada de errado com aquilo e ela sabe o que está fazendo. No entanto, Ali sabe, com uma certeza gélida que causa um arrepio na base da sua coluna, que isso nunca aconteceu. Que Kate nunca falou sobre isso.

Fica de estômago embrulhado preocupada com o motivo por trás da omissão. Por que Kate não diria nada? Será que ela não sabe que James Whitehouse é casado com a Sophie que as duas conheceram na faculdade? Mas Sophie não saía com um tal de James já naquela época? Ela se lembra de um remador alto, de ombros largos, o cabelo volumoso escondendo os seus olhos, batendo na testa, alguém que jamais olharia para elas nas raras ocasiões em que o viam saindo correndo do quarto de Sophie. A figura entra em foco, passando por cima de outras informações perdidas, vindas do fundo da sua memória. Só pode ser ele.

Talvez Kate não tenha percebido, não tenha juntado os pontos; ou, se tivesse, não achou que isso era importante. Mesmo que ela conhecesse a namorada dele da época da faculdade, não *o* conhecia, então qualquer conexão seria insignificante, não?

Ainda assim, isso não parece ser verdade. Kate, com seus Post-its organizados por cor e seus planejamentos elaborados para prazos de trabalhos, a forma demorada e detalhista com que lidava com os casos, a memória sempre impressionante, teria percebido aquela ligação. Teria descoberto — mesmo que não tivesse se lembrado de cara — que o homem que ela acusava era casado com uma garota que fez faculdade com ela, que foi sua companheira de estudos. Que havia uma conexão entre eles, por mais tênue que fosse, por mais breve.

Então por que ela não tocou no assunto nem achou que valia a pena ser mencionado? Havia um possível motivo perturbador; o motivo pelo qual as entranhas de Ali parecem ter sido perfuradas por uma lança congelada, o medo disparando do seu coração e se espalhando por todo o corpo.

Ela se apoia na parede do banheiro, analisando todos aqueles rostos e relembrando nomes que havia esquecido até aquele momento; pessoas que passavam batidas num borrão preto e branco de familiaridade, mas que estiveram lá, testemunhando aqueles anos dourados. Só que eles não foram dourados para Kate, não é mesmo — ou para Holly, o nome que usava na época? E ela vê sua amiga querida, engolida por aquele moletom feio, os olhos injetados e com uma expressão morta nada característica.

E se lembra do que aconteceu com ela.

Ela nunca contou para Ali quem foi. Quando Ali a encontrou na hora do almoço, depois do ataque, ela apenas admitiu o que havia acontecido. Um cara de outra faculdade, disse ela, e Ali desconfiou do garoto do jornal universitário que ela tinha mencionado, Dan. Então Ali o conheceu dois dias depois, e a conta não fechava: era impossível imaginar aquele menino magro, de cabelo sedoso, dedos compridos e todo aquele nervosismo perto da sua amiga — em quem ele estava visivelmente interessado —, como um agressor, como alguém capaz de algo assim.

Porque era óbvio que havia sido um estupro. Ali sabia disso. Ninguém reagiria daquela maneira se achasse que o ato tinha sido consensual. Uma coisa era uma rapidinha que se topava quando se estava bêbada porque era mais fácil que dizer não. Mas algo que a levou a esfregar o próprio corpo, a mergulhar numa água tão quente que fazia o corpo arder — porque ela admitiu que se lavou obsessivamente depois do que aconteceu —, era bem diferente. Não havia ambiguidade nesse caso.

Ela aconselhou Holly a procurar a polícia, ou entrar em contato com a conselheira das alunas da faculdade, apesar de nenhuma das duas saber o que ela faria nem se já havia se deparado com esse tipo de problema. E a reitora júnior? Uma jovem professora de francês, que supostamente estava mais por dentro dos problemas dos estudantes do que muitos dos acadêmicos caquéticos da instituição. Mas Holly fez que não com a cabeça veementemente.

— Talvez a culpa tenha sido minha — sussurrou ela. — Talvez eu tenha passado a ideia errada. Talvez eu não tenha sido direta.

Ela olhou para Ali em busca de um consolo que a amiga não poderia dar, apesar de ter tentado.

— É claro que a culpa não foi sua, é claro que você foi direta.

As palavras pareceram não ter efeito. É claro que Holly culpava a si mesma, porque, de acordo com seu raciocínio, por que alguém faria uma coisa dessas se ela não tivesse encorajado?

Ela se manteve firme na decisão de não procurar a polícia, e Ali entendia. Quem iria querer fazer um escândalo? Chamar atenção para si? Correr o risco de ter de contar sua experiência outra vez, com grandes chances de ser desacreditada? Fazia pouco tempo que mulheres passaram a ser aceitas na faculdade, e havia uma sensação de que não deveriam criar caso: por que ela iria querer ser para sempre conhecida, pelas autoridades da faculdade, pelos professores, pelos outros alunos, como a garota que acusou alguém de estupro?

Ela foi murchando, aquela menina que tinha acabado de desabrochar. Que passou da aluna tímida, meio desconfiada, às vezes sensível demais, para uma garota que aproveitava tudo que Oxford tinha a oferecer, agarrando as oportunidades com unhas e dentes. Ela parou de escrever resenhas para o *Cherwell* e de frequentar as reuniões do Partido Trabalhista; desistiu de cantar no coral da faculdade, no qual era contralto, difícil de encontrar; abandonou seus turnos da noite no serviço de aconselhamento por telefone; e se recolheu ao seu espaço no fim de uma longa mesa de carvalho na biblioteca menor, onde ficava sentada, protegida por uma barreira de livros didáticos. Quando ousava sair à noite, ficava agarrada com seu alarme antiestupro — um funil duro que disparava um som agudo —, mas era raro ir para qualquer lugar além da biblioteca. Lá, ela se escondia, apenas o topo da sua cabeça visível por trás da barricada de livros.

E, quando o segundo ano começou, Holly nunca mais voltou. Ela escreveu para Ali. *Parece que Oxford não era para mim. Não aguentei. Só você sabe por quê.* E esta última frase — junto da lembrança de encontrá-la depois, e de Holly *a* protegendo no começo do ano, quando a encontrou quase inconsciente no banheiro e colocou sua calcinha de volta no lugar, limpando o vômito da sua boca, segurando o seu cabelo —, uniu as duas com mais intensidade que os bons momentos. Ela respondeu na mesma hora, e as duas mantiveram contato; e, quando foram morar em Londres, a amizade se aprofundou e se fortaleceu ainda mais.

Ela já era Kate nessa época. Tornou-se Kate na sua ausência: uma versão mais firme, mais elegante, quase irreconhecível, de Holly. Aconteceu aos poucos, mas, na época em que começou o estágio como advogada, a metamorfose já estava completa. Aquela nova versão era mais confiante que a garota que tinha fugido para casa em Liverpool; sua voz era mais grave e aburguesada, sem nenhum sinal de sotaque — uma musicalidade eventual voltava apenas nas raras ocasiões em que ela ficava bêbada e sentimental. Era elegante, comedida, sem nenhum senso de humor: extremamente focada no trabalho, com o coitado do seu namorado, ou marido, como logo se tornou, sempre em segundo lugar na lista de prioridades. Ali sentia pena dele: um cara tão legal, que não compartilhava da visível ambição, motivação e garra de Kate. Era claramente um sujeito bondoso que parecia nunca ter tido contratempos na sua vida de classe média.

As duas não conversavam sobre os acontecimentos daquela noite — por que ela iria querer se lembrar daquilo? Apenas uma vez, no começo, Ali tocou no assunto, mas foi rejeitada de forma bem clara.

— E você está bem? Com tudo o que aconteceu?

Kate a encarou com olhos frios e arregalados.

— Eu não quero mesmo falar sobre isso.

— É claro que não. Desculpa. — Ela tentou mudar de assunto, evitando o olhar de Kate para esconder seu rubor.

— Não tem problema. — A voz de Kate se suavizou um pouco, como se ela estivesse cedendo: ela falava tão baixo que Ali precisou prestar muita atenção para entender o que estava dizendo. — Só não consigo falar sobre isso.

Mas, se tocar no assunto era completamente desnecessário, isso não significava que ele havia desaparecido: o sentimento estava ali, escondido e reprimido. Pairando no ar quando Kate terminou com Alistair, pelos longos períodos em que ela passou sozinha e quando ela passou a pular de um caso para o outro.

O estupro de Holly podia ter acontecido mais de vinte anos atrás, mas moldou a mulher que Kate era hoje. O evento catalisador que a fez seguir carreira como advogada criminalista e o motivo pelo qual preferia trabalhar na acusação. Ali sentia isso, apesar de Kate jamais admitir.

E, agora, era possível que o seu sofrimento particular tenha passado por cima do seu bom senso profissional? Havia mesmo a possibilidade — por menor que fosse — de James Whitehouse ser o homem que a estuprou — e de ela ter um motivo muito pessoal para instaurar um processo contra ele? As únicas certezas de Ali são de que, vinte e quatro anos atrás, Kate conheceu a mulher que se tornaria esposa dele, de que a amiga não mencionou esse detalhe e de que pode haver um motivo por trás dessa omissão. A questão a incomoda feito uma picada de mosquito que ela sabe que não pode coçar, mas que fica cada vez mais perturbadora conforme tenta resistir ao impulso. Ela precisa pensar em etapas menores e lógicas: James saía com Sophie, que era companheira de estudos de Kate, então talvez os dois se conhecessem; ele com certeza estudou em Oxford na mesma época que elas. Mas partir dessas informações para uma acusação de estupro era bem diferente.

Ela sai do banheiro do andar de baixo e deixa para trás a foto com aqueles jovens rostos ingênuos, tenta refletir com calma enquanto coloca uma chaleira no fogo e, em busca de certeza e reconforto, prepara outra xícara de chá. Kate *pode* ter mantido segredo sobre essa conexão por causa desse motivo sinistro, constrangedor. Ela nunca revelou o nome do estuprador, e sua personalidade extremamente reservada poderia explicar por que não comentou nada agora. Mas há também certa firmeza, teimosia e obstinação na sua amiga, e, se foi mesmo James Whitehouse quem a estuprou — e esta é uma suposição enorme —, ela é bem capaz de tentar puni-lo agora pelos atos daquela noite — talvez pouco se importando se ele também é culpado por este estupro.

E o que isso significa para a pobre mulher que o acusa de estupro agora? E se Kate não estiver concentrada no caso dela, mas motivada por algo completamente diferente? Pelo amor de Deus, a vida daquela moça vai ser exposta no tribunal. Ali respira fundo. Kate, tão detalhista e disciplinada, não vai se permitir ser dominada pelas emoções, mas será que vai conseguir canalizar a raiva e usá-la para vencer o caso?

E Sophie? O coração de Ali se aperta. Coitada, coitada. Ela não era uma daquelas dondocas ridículas, mas alguém que fez parte do seu passado, uma mulher parecida com ela, com aquela dúvida terrível pairando sobre o casamento. Como devia ser viver com ele, dormir ao lado dele? Surge uma memória de Sophie andando rápido pelo alojamento, as bochechas ruborizadas enquanto ela falava do "meu namorado" com excessiva frequência. Agora, ele está sendo julgado no Old Bailey, e ela nem vai assistir. Será que ela suspeita de que isso tenha acontecido antes? Mesmo que seja o caso, ela deve estar rezando para ele escapar desta vez.

E então ela pensa na sua amiga mais querida, em Kate. Se ela perder, não vai ter perdido apenas um caso enorme cercado por publicidade. Ela vai ter perdido a oportunidade de vingar o próprio estupro, de destruir James do jeito como ele quase a destruiu.

Se ele escapar, sua suposta vítima vai ficar devastada. O mundo de Sophie poderá ser reconstruído.

Mas o que vai acontecer com Kate?

22

Kate
27 de abril de 2017

Ele não mudou nada. Na verdade, não parece ter piorado nem um pouco com a idade, mas ficado ainda mais bonito: um daqueles homens que melhoram com o tempo, como um queijo ou um bom vinho tinto. As rugas de expressão do sorriso nos olhos e os poucos fios brancos nas costeletas sugerem certa severidade, já o maxilar parece mais firme, mais determinado. Ele conseguiu aquela façanha de parecer experiente e jovem ao mesmo tempo.

Seu corpo ainda é o de um rapaz, é claro. Ainda tem o torso de um remador: os ombros largos e a cintura definida — os almoços em Westminister não se transformaram numa barriga saliente, ou, se ameaçaram fazer isso, ele com certeza queimou as calorias com exercício físico. Apesar dos seus excessos na época do Clube dos Libertinos, nunca acreditei que fosse mesmo daquele jeito. Alguém que fez parte da equipe principal de canoagem e tinha um papel de liderança, que conquistou um cargo de ministro cinco anos depois de ser eleito, após uma carreira bem-sucedida numa área completamente diferente, é uma pessoa com muito autocontrole e capaz de ser extremamente disciplinada.

Mal olho para ele quando entro no tribunal, é claro. A última coisa que quero é fazer contato visual. Ainda sinto medo de que ele possa me reconhecer de algum jeito, embora eu tenha me reinventado de forma bem drástica. Até o meu perfil mudou: o nariz de que eu não gostava mesmo antes de ele ter beijado sua ponta e que passei a odiar depois disso, endireitado por um cirurgião tão habilidoso que não consigo encontrar a menina que fui quando me olho no espelho — e preciso me esforçar ainda mais quando estou de peruca e beca.

Porém, com o andamento do caso, ficou claro que ele me vê apenas como Kate Woodcroft, conselheira da rainha. E, quando o meu medo diminuiu, me dei conta de que ele jamais saberia quem eu sou: eu era completamente esquecível. Anônima — "Molly? Bolly?", perguntou ele, nosso encontro era só mais um ponto no seu placar. Fui uma conquista normal, contabilizada com todas as outras, se é que ele parou para pensar no assunto alguma outra vez.

Respiro fundo, distraída pelo meu coração, que se acelerou de repente; uma intensa onda de raiva. Como ele ousa esquecer o que fez, penso irracionalmente, ou não ter ideia do dano que causou de forma tão leviana. Com cada estocada brutal, ele roubou a minha confiança nas pessoas, a minha crença de que o mundo era, em sua essência, um lugar bom. A dor do estupro passou rápido; a náusea da pílula do dia seguinte durou só um dia; mas a lembrança da violência dele — a minha saia sendo puxada, a ardência causada pelos seus lábios, a frase que ele murmurou —, esse amargor permaneceu comigo. Pensei que tinha conseguido suprimi-lo — até que Brian me entregou a papelada do caso e as memórias voltaram.

Ajeito as minhas anotações, me perguntando o que ele acha de mim — essa mulher de rosto anguloso, usando peruca. Não sei se ele me encara com interesse, porque não tenho motivo para olhar na sua direção. Por mais que o caso inteiro gire em torno dele, um dos paradoxos é que, durante boa parte dos depoimentos, ele pode ser ignorado. Nós — as advogadas de acusação e defesa — passaremos horas sem nos darmos ao trabalho de notar sua presença, enquanto ouvimos as testemunhas que comparecem ao tribunal para apresentar a sua versão dos fatos. Ele nem precisa testemunhar — mas é claro que Angela fará questão de chamá-lo; seria loucura não fazer isso. Até agora, e por mais um tempinho, nosso foco permanecerá nas outras testemunhas — não nele, de jeito nenhum.

Kitty Ledger é a primeira a depor. Kitty é amiga próxima de Olivia, trabalha no Gabinete Central do Partido Conservador. Mais importante, foi ela quem falou com o *Daily Mail* quando os jornalistas procuraram Olivia pela primeira vez, para esclarecer os boatos sobre o caso extraconjugal. Apesar de todas as possíveis alegações de Angela Regan e do que James Whitehouse acredita, Olivia não foi atrás dos tabloides, mas deixou Kitty fazer as declarações quando os repórteres descobriram a história. Angela Regan vai tentar acabar com ela por causa disso — e pelo fato de que foi ela quem incentivou Olivia a procurar a polícia. O meu trabalho é deixar claro que ela não tinha nada contra esse político poderoso e bonitão — o amigo íntimo do primeiro-ministro, um homem cujo partido ela tenta promover, já que trabalha no Departamento de Eventos Eleitorais, e a quem deve, no sentido intelectual da coisa, apoiar de todas as formas possíveis. Então por que ela ajudou a colocar em andamento os eventos que o levaram ao banco dos réus do Old Bailey? Ela só faria algo assim se soubesse que era a atitude moralmente correta a ser tomada.

Ela é uma boa testemunha. Basta observar sua entrada no banco das testemunhas para perceber isso: uma jovem robusta, de cabelos escuros num corte curto e prático, com quase 30 anos, usando um vestido recatado, azul-marinho, e com um ar imperturbável. Em outra vida, poderia ser diretora de uma escola de ensino fundamental de ponta, ou enfermeira-chefe da emergência agitada de um hospital. É uma pessoa eficiente. O tipo de amiga meio mandona que nunca se meteria em situações complicadas, mas que sabe resolver o problema dos outros; que, num momento de crise, assumiria o comando automaticamente.

Olho para ela agora e vejo que, apesar de parecer uma pessoa monótona, essa jovem tem um código moral bem definido: uma noção de certo e errado, forjada, imagino eu — bom, há uma pequena cruz de diamante pendurada no seu pescoço, então posso estar certa —, por uma infância de domingos passados na igreja. Não consigo imaginar nada dando muito errado na vida de Kitty Ledger, mas vejo que ela seria o tipo de pessoa que faria questão de resolver injustiças cometidas contra outra mulher.

Ela confirma seu nome e sua relação com Olivia em alto e bom som. Determinamos que foi a amiga quem a procurou, no dia posterior ao incidente no elevador.

— A senhorita pode descrever o estado dela?

— Ela estava nervosa, chorosa. Ela costumava falar das coisas de um jeito muito despreocupado. Ou pelo menos era assim até o relacionamento terminar. Mas, agora, ela estava abalada.

Nós já determinamos que isso aconteceu uma semana antes de Kitty falar com o *Daily Mail* e confirmar a história. Ao concordar com isso, Olivia estava tentando se vingar?

— Não. Ela *estava* com raiva dele. — De canto de olho, vejo Angela fazer uma anotação. — Ela se sentia usada. Mas era mais que isso. Era como se ela se culpasse pelo que ele fez, ao mesmo tempo que o odiava pelo seu comportamento. Ela disse que se sentia suja. Como se fosse tudo culpa dela.

Nós falamos sobre como Kitty insistiu que a amiga lhe contasse os detalhes. Consigo imaginá-la fazendo isso: os olhos castanhos se arregalando de horror, um braço ao redor da amiga, como uma irmã mais velha protetora; o tom de voz passando da indignação pelo que ele teria sido capaz de fazer para uma compaixão gentil, persuasiva.

— Quem cogitou a possibilidade de ter sido um estupro? — Precisamos encarar isso.

— Eu. — Kitty não hesita, a cabeça erguida, o peito estufado. — Depois que ela me contou que ele arrancou a sua calcinha e me mostrou o hematoma; depois que ela me contou o que ele falou. — Ela parece enojada. — Eu falei: "Você sabe o que ele fez, não sabe?" Ela fez que sim com a cabeça e começou a chorar. Mas não queria dizer a palavra.

— Então a senhorita disse?

— Sim. — Sinto uma agitação percorrer o tribunal. — Eu disse. "Ele te estuprou. Você disse que não queria várias vezes, e ele te ignorou. Isso é estupro."

— O que aconteceu depois?

— Ela chorou mais. Disse que achava que ele a amava. Que não acreditava que ele faria uma coisa dessas. Eu falei que sabia que era difícil acreditar, que eu também tinha dificuldade em aceitar, mas que James *tinha* feito isso.

— As senhoritas conversaram sobre o que ela deveria fazer em seguida?

— Sugeri que ela procurasse a polícia. No começo, ela não quis. Acho que estava torcendo para as coisas se acertarem, de algum jeito. Ela passou mais de duas semanas esperando.

— Isso aconteceu no dia 31 de outubro, uma segunda-feira, nove dias depois que a história foi publicada no jornal.

— Sim. — Ela não se intimida. — Só falei com o jornal quando me abordaram pedindo que confirmasse os boatos sobre um relacionamento entre os dois, e foi o que eu fiz, mas não toquei nesse assunto.

— Na matéria mencionaram que "uma amiga havia declarado que ele a tratou de um jeito horroroso. Ela estava apaixonada, e ele abusou da sua confiança". Foi a senhorita que disse isso?

— Sim, fui eu.

— O que a senhorita quis dizer com "ele abusou da sua confiança"?

— Que ele a decepcionou. Que a tratou mal. Não fiz nenhuma acusação de estupro nem de abuso. Ela não queria de jeito nenhum que eu fizesse isso, e é claro que não poderia, legalmente falando. Acho que ela ainda estava torcendo para que ele pedisse desculpas, para que os dois fizessem as pazes.

— Que os dois fizessem as pazes? — Arqueio uma sobrancelha: precisamos confrontar essa insinuação de que Olivia estava sendo manipuladora e de que procurou os jornais, por meio de Kitty, na esperança de conseguir uma reconciliação.

— Não de que os dois fossem reatar, mas que pudessem trabalhar juntos. Ela estava tendo muita dificuldade em continuar no gabinete dele depois do que ele fez.

— Mas isso aconteceu?

— Não. Ele ficou furioso com a publicação da matéria e alegou que ela tinha feito por vingança. Ele não atendia as ligações dela e até fingia que ela não existia. Foi então que ela entendeu que ele nunca ia pedir desculpas pelo que fez. Ele nem percebia que tinha feito algo errado. Foi por isso que ela demorou a falar com a polícia. Ela precisava assimilar de verdade o que tinha acontecido e aceitar que nada seria resolvido nem acertado sem uma denúncia.

Angela tenta não perder muito tempo com ela, é claro. Sua abordagem é mais assertiva do que foi com Olivia. Uma lutadora peso-pesado se preparando para golpear a oponente — e não vão ser golpes fracos. Até a sua postura muda: os ombros mais firmes, o peito estufado. Duas mulheres do mundo, parece dizer sua postura: autoconfiantes, sem nenhuma pretensão de serem subestimadas, cada uma lutando pela sua percepção da verdade.

Na versão de Angela, essa tal de Kitty é uma pessoa calculista. A amiga moralista que era contra o relacionamento de Olivia com um homem casado e quis logo se meter na situação, a funcionária certinha que se ressentia do ministro, que certa vez descreveu como "maravilhoso", mas que sempre a ignorava — e por que agiria de outra maneira? — nas poucas ocasiões em que se esbarraram. A jovem que apresentou a ideia de estupro, a primeira a mencionar essa palavra horrível; que tentou difamar o político na imprensa — "Abusou da confiança dela? Isso era um código para dizer que ele a *estuprou*, não era?" — e que *insistiu sem parar* no assunto, até que, duas semanas após o incidente, a amiga, abalada, enfim cedeu à pressão das perguntas sem fim e procurou a polícia.

Sua Excelência interrompe: pede a Angela que faça perguntas, não comentários; garante a Kitty a chance de resposta a cada acusação feita. As alegações parecem formar um redemoinho capaz de comprometer o depoimento de Kitty: um lamaçal vai se acumulando. Angela marca alguns pontos: sim, Kitty era contra o relacionamento e não gostava de James Whitehouse, apesar de o comentário dela — "Para mim, ele não prestava" — fazer alguns jurados sorrirem. Ela sugere que havia certa malícia no seu interesse:

— Por que a senhorita estava tão disposta a convencer a Srta. Lytton de que o pior havia acontecido? Por que se meter?

E, mesmo assim, acho que o lamaçal não convence. Observo os jurados, tentando prever suas reações, e vejo o provável porta-voz encarando Angela de testa franzida e a Srta. Cara Laranja revirando os olhos, como se dissesse: *Faça-me o favor.* O fato de Kitty parecer inabalável ajuda. Ninguém gosta de um bully. E, apesar de Kitty não ser uma figura digna de pena — muito certinha, muito educada, muitíssimo sofisticada —, há algo de cativante na sua coragem, na forma como se recusava a ser intimidada pela minha colega, aquela mulher pesada, toda de preto.

— Não — insiste ela no auge da inquirição. — Eu disse a ela que fosse à polícia porque ele a *estuprou.*

E sua voz — a voz de uma jovem que teve uma vida boa, sim, mas que jamais cogitaria concordar com um ponto de vista que não a convencesse; a voz de uma mulher que não será intimidada a confirmar algo em que não acredita de verdade — ressoa em alto e bom som.

O Cara de Essex sorri — um sorriso com um toque de ameaça, direcionado para o banco dos réus, onde James Whitehouse está sentado, e não para a mulher no banco de testemunhas, que ajudou a colocá-lo ali. Ao meu lado, Angela se acomoda no banco — pura indignação na beca preta com apenas um toque de mau humor: a boca pressionada numa linha tensa, impenetrável. Ela sabe que poderia ter feito um trabalho melhor para seu cliente, que lidou com essa testemunha de um jeito que não beneficiou o caso, que a declaração confiante de Kitty — "Ele a estuprou" — reverberou pelo tribunal e será uma frase da qual os jurados vão se lembrar ao deliberarem sobre o caso. Sinto um aperto no coração e começo a ter esperança.

O dia se estende — um dia curto, porque o juiz precisa lidar com uma avalição pré-julgamento e duas sentenças naquela tarde.

— Se os senhores não se importarem, vamos tirar esta tarde de folga e voltaremos amanhã de manhã — diz ele aos jurados.

Eles sorriem como crianças que acabaram de descobrir que não vão ter aula, já que o caso está começando a pesar: a necessidade de prestar atenção nos depoimentos, de ouvir atentamente enquanto cada desdobramento da história é revelado, e as versões diferentes são expostas como retalhos de lã e seda bordada; com cores e texturas diferentes que jamais poderiam ser costurados numa única peça convincente.

Mas, primeiro, eles precisam ouvir o depoimento que James Whitehouse prestou para a polícia: as palavras que ele mesmo disse depois de receber a intimação de dois policiais. O detetive-sargento Clive Willis, o oficial encarregado do caso, ocupa o banco; de cabeça erguida, sua voz ressoando com clareza, porque esse é o caso de maior destaque da sua carreira.

Meu assistente, Tim, deveria ler o interrogatório, mas foi chamado para outro caso, então eu e o detetive-sargento Willis interpretaremos os papéis de acusado e policial; proclamo as palavras no tom mais rápido e neutro possível, lendo a conversa levemente editada no meu habitual ritmo de uma página por minuto.

O detetive-sargento Willis é um homem muito simpático, mas é preciso admitir que ele apresenta o depoimento como um policial: com uma entonação invariável, direta e peculiar, como se não conseguisse conceber, que dirá articular, um tom animado. As perguntas que fez a um político importante sobre um crime grave lhe parecem tão interessantes quanto a previsão do tempo ou a sua lista de compras do mercado. Mesmo assim, as palavras carregam seu próprio drama, e sinto o meu couro cabeludo se tensionar quando ele revela o que disse para James Whitehouse quando o intimou, palavras que todos os participantes do júri vão reconhecer se já tiverem assistido a qualquer programa de detetives na televisão.

— "O senhor tem o direito de permanecer calado. Mas sua defesa pode ser prejudicada se não responder a algo que poderá ser questionado em juízo" — recita ele, e sua voz enfim aumenta, ganhando confiança e empolgação. — "Tudo que disser poderá ser usado no tribunal."

Faço uma pausa, só de alguns segundos, e deixo o peso das palavras ser absorvido pelos jurados, observo-os se animarem ao reconhecerem as frases que ecoavam e reverberavam pelo salão.

— E onde o senhor o prendeu? — pergunto.

E o detetive-sargento Willis estufa o peito, o drama do momento e a incongruência do ambiente sendo relembrados e transmitidos.

— Bem na frente do Parlamento.

Apesar de encerrarmos na hora do almoço, me sinto exausta assim que terminamos o interrogatório da polícia. Talvez tenha sido o processo de passar meia hora fazendo uma leitura em voz alta, ou o esforço para não transmitir a minha frustração ao recitar a versão agradável, verossímil, de James Whitehouse sobre o que aconteceu. Minha boca fica seca enquanto articulo suas palavras, sentindo o ritmo das suas frases, notando a facilidade e a fluência com que ele conta a sua história. Ele explicou tudo com tanta naturalidade que chega a parecer convincente.

Porque ele alega que Olivia está mentindo, é claro. Ela nunca pediu a ele que parasse enquanto faziam sexo no elevador; foi ela quem tomou a iniciativa — da mesma forma como fez tantas outras vezes no passado. Ele tem certeza de que tudo não passa de um mal-entendido que pode ser esclarecido. E então um sinal da sua crueldade: os policiais sabiam que ele tinha terminado o relacionamento — que era um homem casado, que cometeu um erro idiota, que queria se dedicar à esposa e aos filhos — e que ela não havia reagido bem. Que ela havia procurado a imprensa. Francamente — e era difícil para ele dizer uma coisa dessas, porque estava mais triste que com raiva —, agora estava preocupado com a saúde mental dela. Ele não tinha percebido que ela era tão instável: um episódio de anorexia na adolescência; o perfeccionismo extremo que a tornava uma ótima pesquisadora, apesar de indicar certo desequilíbrio; e, agora, depois de ver que falar com a imprensa não tinha dado certo — já que ele não havia abandonado a esposa, como ela queria —, vinha essa *fantasia*.

O desdém displicente dele sai com dificuldade da minha boca. Será que ele acredita mesmo nisso? Um político tão confiante que a sua versão da verdade é completamente subjetiva: a verdade é o que ele *quer* acreditar? Ou aquelas foram as respostas descaradas de um mentiroso que sabe que está mentindo? Vamos descobrir em breve. Porque amanhã os bancos da imprensa e a galeria pública estarão lotados para o evento principal, e colocarei essas alegações à prova na minha inquirição. Amanhã, James Whitehouse vai dar seu depoimento. E eu finalmente vou encará-lo.

23

Sophie
27 de abril de 2017

A lama de Devon se acumula nas pistas feito chocolate quente derramado, escorrendo dos morros e pingando das cercas vivas salpicadas com flores brancas e frutas vermelhas.

As crianças adoram. As poças de argila vermelha espalhadas pela estrada esburacada são um convite para Emily e Finn jogarem água um no outro: gotas que formam pérolas em suas calças e em seus casacos impermeáveis.

— Ele me acertou. Ei, você me acertou!

O tom indignado de Emily se transforma em alegria quando ela se vinga e molha o irmão, as galochas vermelhas pisando e depois chutando as poças espalhadas pela pista, remexendo-as, criando redemoinhos.

Sophie observa, sem repreendê-los desta vez; sem pedir à filha que tente não se sujar, porque que diferença faz? Eles estão descontrolados de um jeito que beira a histeria — Emily voltando a ser uma garotinha, Finn bem mais ousado e livre do que é em casa. Eles seguem as regras de Devon agora. As regras da avó um tanto excêntrica e grande apreciadora de cerveja — pois Ginny trocou os gins-tônicas que inspiraram seu nome e agora faz a própria cerveja de urtiga. Ou melhor, as regras normais se reduziram ao ponto de serem abandonadas. Nada de escola, nada de rotina, nada de Cristina, nada do papai. Apenas a mãe permanece como um fator constante; e até ela, como seria a primeira a admitir, não está se comportando como de costume.

Faz duas noites que eles estão ali. Menos de quarenta e oito horas desde que Sophie teve o impulso de buscar os filhos na escola e os levar para aquele passeio de surpresa em Devon. O quarto dia de julgamento, o terceiro de depoimentos. Um dia em que a advogada absurdamente cara do marido deveria fazer o caso virar a seu favor de maneira decisiva. Ai, meu Deus, tomara que ela consiga. Seus dedos se cruzam num tique involuntário, e ela os descruza, depois os cruza de novo. Não é preciso ser supersticiosa — ainda assim, ela não consegue descartar nada; vai se agarrar a tudo o que puder ajudar.

— Vamos, vamos para a praia — grita ela para as crianças, porque está louca para fazer um exercício de verdade: uma caminhada vigorosa, não aqueles passeios sem destino. Elas andam desajeitadas, as galochas frouxas nas pernas, os pés começando a se arrastar quando a diversão de pular nas poças desaparece e o calor aumenta.

Emily para e estica a touca para Sophie carregar.

— Não. Foi você quem quis trazer, então é você quem vai levar, Em.

Amuada, a filha faz beicinho, o lábio inferior projetado parece um botão de rosa.

— Não — insiste Em.

— Tudo bem então.

Ela suspira, pega a lã macia com o bordado colorido e a enfia no bolso do seu casaco, para a nítida surpresa de Emily. Ela não quer briga. Toda a sua energia emocional está focada em segurar as pontas por ela e pelas crianças e em aguentar os próximos dias.

Porque, hoje à noite, ela terá de voltar para Londres. Angela quer colocar James no banco de testemunhas, e, se ele prestar depoimento, ela precisa estar lá para apoiá-lo — mesmo que seja de casa, se não conseguir ir ao tribunal. Foi esse o acordo que ela fez, depois de uma conversa muito direta com Chris Clarke, que deixou bem claro que, se ela continuasse ausente, as chances de o seu marido conseguir reconstruir a imagem política depois de ser absolvido seriam ainda menores. Ela chegou muito perto de dizer que estava pouco se lixando para a reabilitação política de James naquele momento. Estava mais preocupada com as notícias sobre o julgamento e em saber se ele vai conseguir sair dessa.

Ela se encolhe. A parte interna da sua boca está dolorida, como se tivesse uma afta. Mas não, está mastigando a bochecha. Ela passa a língua pelas bordas ásperas, feridas, e sente o gosto salgado do seu sangue.

Não é de admirar que esteja tão estressada. Assim que as crianças vão para a cama, ela entra no site da BBC e nos jornais, lendo tudo o que encontra sobre o caso no qual o suposto crime de James é anunciado em alto e bom som, enquanto Olivia segue em total anonimato: sem nome, sem rosto, sem nenhuma identificação sobre o seu trabalho — deixando algumas lacunas na narrativa dos jornais sobre como a Srta. X, ou a "suposta vítima", como se referem a ela, foi parar naquele elevador. Ela está obcecada com os depoimentos. Alguns fatos — o hematoma, até a meia-calça rasgada — são fáceis de ignorar. James é um homem intenso: um chupão com um pouco mais de força, meias puxadas, uma calcinha esgarçada, tudo isso é possível; tudo isso é compreensível, não é nada absurdo, já que ocorreram no calor do momento. Afinal de contas, ele desejava Olivia.

Ela engole em seco, tentando se manter racional, se parabenizando por manter a calma e não pensar na calcinha: preta, minúscula, obviamente sexy; o tipo de roupa íntima que com certeza deixaria James excitado. Ela evita ficar remoendo isso, mas não consegue parar de pensar em um detalhe. Aquela frase horrível: *Para de fazer cu doce.* James *jamais* diria uma coisa dessas. Então por que ela não consegue esquecer? Talvez seja por medo de outras pessoas o imaginarem falando algo assim — de pensarem que ele é capaz de ser tão cruel e vulgar. Ou talvez porque ele *já* usou essa palavra ao desdenhar dos outros. Não dela, mas dos colegas. "Ele é um cuzão", disse ele de Matt Frisk e Malcolm Thwaites. Talvez até de Chris Clarke. Um desdém casual. Mas nunca em relação a mulheres ou de um jeito sexual. Nunca *cu doce*. Não é a mesma coisa, é? De jeito nenhum?

Ela precisa parar com isso.

— Venham. Vamos correr — grita ela para as crianças e dispara pelas dunas de areia, tentando deixar para trás aquela ansiedade incômoda.

O vento está mais forte agora: uma brisa marítima fresca que deixa as bochechas de Finn coradas e faz Emily abrir um sorriso distraído enquanto eles escalam as dunas escorregadias e correm para o mar.

Ela abre caminho entre os detritos na areia — galhos, linhas de pesca, diferentes garrafas de vidro sem mensagens — e observa a vista, tentando esvaziar a mente das preocupações. Uma pequena ilha desponta do mar, conectando-se à praia apenas na maré baixa. A ilha Burgh: o lugar onde Agatha Christie se escondeu para escrever *E não sobrou nenhum*, encontrando o isolamento exigido pelo livro. Quem dera ela pudesse se isolar do mesmo jeito.

Ela tentou. Ah, como tentou. Não há lojas no vale, nem Wi-Fi; assim, durante o dia, ela conseguia fugir de todas as notícias e e-mails, fingir — pelo menos para os filhos — que os eventos no tribunal número dois do Old Bailey não existem. Hoje, ela não está tendo o mesmo sucesso. Passou a noite anterior debruçada sobre o laptop: um copo grande de gim-tônica ao lado, porque a mãe não abandonou os velhos hábitos por completo, e o estômago embrulhado enquanto ela lia sem parar. O medo se espalhou pelas suas entranhas, depois pelos seus membros: as descrições — o hematoma, a calcinha esgarçada, aquele comentário horrível, ameaçador... Bom, tudo a deixou arrepiada.

Ela vai deixar as crianças aqui. Não há necessidade de levá-las de volta para Londres. De obrigá-las a passar pela mesma coisa que ela.

A possibilidade de ele não ser absolvido, o medo — que a acompanha em todos os momentos — de acreditarem no testemunho de Olivia e condenarem seu marido por estupro.

Sente um nó na garganta. Ela não consegue acreditar. Não vai *se permitir* acreditar. James pode ser intenso: um homem enérgico, talvez até bruto, sexualmente falando — alguém que deseja sexo com mais frequência que ela e que às vezes a irrita por causa disso, para ser sincera. Mas ele sempre parou em todas as ocasiões em que ela disse não, sempre aceitou quando ela não queria.

As crianças correm pela praia. Dois pontos vermelho e azul, como pipas levadas pelo vento, voando rápido pelo céu: rodando e zumbindo num borrão de pura energia. Seu coração se aperta, e a visão das crianças lhe dá forças, porque esses são os filhos *dele*, e a tranquiliza, enchendo-a de convicção: uma pessoa que participou da criação daqueles dois nunca seria capaz de estuprar alguém.

Aquele pesadelo é a vingança de uma mulher rejeitada que procurou a imprensa e se viu metida numa confusão — com o Serviço de Promotoria da Coroa insistindo em instaurar um processo apesar de, no dia anterior no tribunal, ela ter dado a entender que não tinha certeza do que realmente havia acontecido, ou pelo menos era como Sophie preferia interpretar o depoimento.

"Eu o amava e queria ficar com ele." Foi isso que Olivia admitiu ao ser questionada sobre os momentos no elevador. Sophie sabe como é sentir tamanho desejo por James. Ela também compreende o ciúme intenso, implacável, de pensar nele com outra mulher; e a humilhação que a teria provocado a buscar a doce e breve satisfação da vingança de um jeito fatal e idiota.

O caso jamais deveria ter sido levado a julgamento. É isso que vão dizer quando ele for inocentado. Ela consegue ouvir Chris Clark ensaiando a frase. Lapidando uma declaração concisa que colocará a culpa numa promotoria que teve a audácia de dar prosseguimento a um caso infundado para ganhar prestígio político, enquanto inúmeros criminosos *de verdade* permaneciam livres e impunes.

Ela acelera o passo, motivada por essa ideia, e pensa em algumas das coisas pelas quais passou antes do casamento. O conceito vago de consentimento na época das festas da escola, quando os garotos tentavam de tudo, e, às vezes, era mais fácil ceder. Ela não está dizendo que aqueles garotos tinham o direito de agir daquele jeito — e odiaria que algo assim acontecesse com Em —, mas, hoje em dia, poderia acusá-los de estupro, ou pelo menos de abuso sexual, quando eles eram apenas culpados de uma empolgação egoísta, e ela — porque também era cúmplice —, da falta de comunicação. De uma incapacidade de se posicionar e dizer: "Não quero. Por favor, não faz isso comigo."

Ela sabe muito bem qual é a definição legal de estupro. Que o crime só pode ser provado se os jurados entenderem que o seu marido sabia, no momento da penetração, que Olivia não tinha dado seu consentimento. E por que James faria aquilo se soubesse disso? Ele podia ser intenso, imprudente, assertivo, mas não era violento; e Olivia admitiu que o desejava, que os dois se esbarraram num beijo consentido, que entrou no elevador por vontade própria.

Seu coração fica mais leve ao repassar esses fatos. Este é um exemplo em que o politicamente correto passou dos limites. Ela consegue imaginar a manchete do *Daily Mail* depois que ele for inocentado e tenta sorrir enquanto anda pela praia atrás dos filhos, que agora jogam pedaços de ardósia no mar metálico. Seu marido está longe de ser perfeito. Ele foi incoerente. Foi infiel, sim, e até insensível — porque ela tem certeza de que ele não tinha a menor intenção de retomar o relacionamento com Olivia e que só a estava usando naquele momento. Mas ele não é um estuprador. Seria uma questão de bom senso — e da lei — inocentá-lo de uma acusação que poderia destruir a sua vida, não seria?

Ela vai se sentir melhor quando encontrá-lo. Quando conversarem, cara a cara, e ela conseguir ver a expressão estampada nos seus olhos. Jornais são sempre sensacionalistas e se concentram em um detalhe que distorce tudo. *Para de fazer cu doce.* Ela sente o gosto da ameaça dessas palavras.

— Mamãe, mamãe! — A voz de Em a distrai dos seus pensamentos quando ela as alcança, as crianças catando coisas na areia. Ela exibe algo que parece uma conchinha, embora esteja coberta por um pouco de sangue. — Olha! — Em abre um sorriso que parece diferente. — O meu dente mole caiu!

Ela pega o dentinho perolado da filha, mais uma prova de que ela está deixando de ser um bebê, de que está crescendo rápido demais.

— Será que a fada dos dentes vai me encontrar em Devon? Ela vai fazer que nem o Papai Noel?

Sophie olha bem para Em. Ela tem 9 anos. Velha demais para acreditar na fada dos dentes ou no Papai Noel, mas ela é esperta; sabe que só vai ganhar moedas brilhantes de uma libra e meias recheadas de presentes se mantiver a crença nos mitos. Ou talvez ela seja parecida com a mãe: determinada a acreditar em algo porque é a explicação mais feliz, mesmo que menos plausível. Emily acredita na fada dos dentes da mesma forma como Sophie acredita que James não poderia ter dito aquela frase, porque é o que quer desesperadamente que seja verdade.

Ela pigarreia.

— Tenho certeza de que ela vai te encontrar — diz em um tom animado demais. — Talvez você possa escrever uma carta para ela, explicando que ainda é você, apesar de estar aqui, e deixar embaixo do seu travesseiro.

— Mas ela já vai saber disso — diz Finn, o rosto tomado pela confusão de um menino de 6 anos. — Ela vai reconhecer o dente, lembra, porque é a Tabitha, a fada dos dentes especial da Em.

— Ah, é verdade. — Ela havia se esquecido da mentira elaborada que inventou quando o último dente foi perdido na Cornualha, no verão anterior. — A mamãe está esquecida demais.

As mentiras que contamos para facilitar as coisas, para tornar a vida mais palatável, pensa ela. Papai Noel, a fada dos dentes, o marido que nunca estupraria alguém de propósito — ele não faria isso, ela sabe que não faria, nunca diria aquela frase para outra mulher, uma mulher com quem ele já havia transado.

Ela dá um abraço na filha, sentindo suas costelas sob a lã, sem nenhum sinal das curvas de uma cintura, sem nenhum indício de que ela vai se tornar uma mulher no futuro, e inspira o aroma do seu cabelo macio, desejando ser fisicamente capaz de impedi-la de crescer.

— Pra que isso? — Em se remexe, incomodada e desconfiada.

— Preciso de motivo? — Ela se afasta com um sorriso, triste com a reação da filha, mas sabendo que precisa continuar animada. — Ah, acho que você não recebeu abraços suficientes hoje.

— Nem eu.

Fin se enfia no meio delas, motivado pela rivalidade entre irmãos e pela sua necessidade de ser amado, garantindo, como sempre, que ele esteja no meio de qualquer abraço.

Por um longo e doce momento, eles ficam parados ali, enquanto as ondas molham suas galochas; as mãos de Em ao redor da sua cintura, a cabeça de Finn aconchegada entre os seus seios, os braços dela apertando os dois. Então ela se afasta. Não pode assustá-los. Não pode sobrecarregar as crianças de emoções; absorve todo o amor que elas têm para dar, mas precisa se controlar, pelo bem delas. E pelo seu próprio bem.

— Vamos — ordena ela, olhando para cima enquanto limpa as mãos na calça jeans, evitando o olhar confuso de Em por um instante, recompondo-se até voltar a ser a mãe firme e prática. — Vamos guardar bem esse dente e voltar para casa. Hora do chocolate quente. Parece que vai chover daqui a pouco.

Seguindo a deixa, o céu cinza-chumbo troveja, e eles começam a ser salpicados de areia quando as gotas começam a cair, fazendo com que os grãos amarelos ganhem um tom dourado. As crianças olham para cima sem dizer nada, depois começam a correr.

— Quero ver quem vai chegar primeiro! — grita ela.

Emily está na dianteira, com Finn desesperado para alcançá-la, como sempre. Um grito e depois uma gargalhada se espalham pela praia.

Ela precisa tentar imitar a capacidade infantil dos filhos de viver o presente; de se apegar aos momentos de felicidade, parada ali, na chuva, naquela praia em Devon. E assim o faz, os pés afundando nos montes de areia, as bochechas molhadas de chuva, tentando ignorar o enjoo constante que domina seu estômago, a frase que ecoa como um mantra com um sorriso grudado no rosto e o coração parecendo uma pedra dura de tristeza.

24

Kate
27 de abril de 2017

Vejo a ligação de Ali no fim da tarde. Notei o número dela aparecendo no meu celular enquanto eu seguia para Middle Temple, pouco depois das sete da manhã. O céu tinha um tom azul neutro enquanto a Strand acordava de uma noite maldormida. Comprei um cappuccino duplo para mim e um chocolate quente com pacotinhos extras de açúcar para deixar perto do saco de dormir verde-oliva encolhido na porta de uma loja. A garota não se mexeu, então analisei o seu corpo pequeno e curvado para verificar se estava respirando, porque a noite tinha sido fria: as temperaturas andavam abaixo de zero. Dentro de meias finas e dos sapatos do tribunal, meus dedos dos pés estavam dormentes quando me inclinei, o frio da calçada cinza no meu corpo inteiro. Só quando notei um movimento discreto — um tremor quase imperceptível — eu me afastei.

Eu não tinha tempo para escutar a mensagem de Ali naquela hora, estava focada demais no depoimento de Kitty Ledger e numa audiência pré-julgamento rápida que eu tinha às dez. O ícone da minha caixa postal ficou marcado com um pontinho vermelho, mas ignorei que ela deixou um recado. Passei a tarde me preparando para a inquirição de James Whitehouse e só quando terminei apertei o pontinho — esperando ouvir um convite animado para jantarmos juntas, ou talvez sairmos para beber alguma coisa, porque fazia mais de um mês que a gente não se via, e ela é boa em manter contato, bem melhor que eu, com a minha tendência a me privar de toda vida social e me isolar sempre que tenho trabalho demais. Havia três ligações perdidas — estranho, já que ela sabe que não atendo ligações pessoais quando estou no tribunal — e três mensagens breves. Eu as escuto, minha respiração acelerando quando a voz dela, cheia de ansiedade e cada vez mais queixosa, como se estivesse desesperada para ser tranquilizada, preenchia a minha cabeça.

— Kate. É sobre o seu caso. James Whitehouse. Você pode me ligar? — E então: — Kate. Por favor, me liga. É importante. — Por fim, às seis e três da noite, se não me engano na hora em que ela costuma buscar Joel e Ollie das atividades depois da escola, uma mensagem mais séria, a voz irritada, mas com um toque de ressentimento por ter sido ignorada por mim o dia inteiro. — Kate. Sei que está ocupada, mas preciso falar com você. Posso ir aí hoje à noite? — Então ouço um suspiro baixo, como se eu fosse um dos seus filhos e ela não conseguisse conter a decepção. — Acho que é importante, Kate.

Então ela deve saber. Olho pela janela da minha sala construída na era georgiana e observo as pessoas no pátio, naquele cenário exclusivo. O vidro está salpicado de gotas de chuva — provas da breve tempestade de granizo que me deixou encharcada enquanto eu saía encolhida do meu táxi e corria para o prédio, lutando para manobrar a mala de rodinhas cheia de documentos, enquanto as nuvens faziam o céu do fim da tarde assumir um tom roxo-escuro, como um hematoma que demora a sumir. Observo as gotas escorrendo e penso em como eu costumava ficar olhando pelas janelas da biblioteca na faculdade, aqueles painéis de vidro elegantes com vista para outros mundos, que me deixavam observar as pessoas do lado de fora que não podiam entrar; em como a minha posição elevada aqui permite que eu faça o mesmo. Enclausurada no coração do poder judiciário britânico — no coração deste labirinto de construções georgianas —, estou completamente segura.

Então penso em como James Whitehouse deve ter achado que tinha o mesmo tipo de proteção num lugar bem mais fortificado e exclusivo: a Câmara dos Comuns. Protegido no âmago do poder político, planejando e votando na nossa legislação, ainda por cima. Penso na proteção que o cargo lhe garante — e então em como ele enfim vai poder ser desmascarado, punido pelas leis que ele mesmo e seus predecessores ajudaram a criar. Como seu status de ministro não o exime de ter de se sentar no banco dos réus do Old Bailey, tão passível de prestar contas pelo que fez quanto criminosos reincidentes e talvez amorais. Criminosos que quebram os maiores tabus da sociedade. Assassinos, pedófilos e estupradores.

Penso em como a justiça nem sempre é feita. Em como um relatório recente da promotoria admitiu que cerca de três quartos dos casos apresentam problemas processuais: a questão principal é saber se todas as provas necessárias para a manutenção da justiça, provas que podem ajudar a defesa ou prejudicar a acusação, são ou não apresentadas; e se essa apresentação ocorre tarde demais ou se é incompleta.

Todos nós que trabalhamos no sistema judiciário criminal já ouvimos falar de julgamentos perdidos porque a testemunha principal se contradisse no fim do dia e por isso não é tão confiável quanto parecia, ou porque uma informação surge de repente — talvez nas redes sociais — e contraria o caso da Coroa. Todos nós temos medo de existir alguma prova esquecida numa caixa por aí, que o policial do caso e o advogado da promotoria não tenham tido tempo de revisar e colocaram na lista de materiais não usados. Como essas provas em potencial são enviadas para os advogados, não é impossível que parte do material se perca no caminho, esquecida numa sala do correio, abandonada por um mensageiro. Erros de justiça podem ocorrer na pressa de acelerar o processo judicial.

Mas é uma faca de dois gumes. Se existem problemas com a apresentação das provas, um caso também pode ser anulado antes mesmo de chegarmos à análise das evidências, o que significa que réus que temos certeza absoluta de serem culpados podem "escapar" por uma tecnicalidade jurídica. E penso em como não vou aguentar se isso acontecer agora. Em como, mesmo se houver uma sombra de dúvida sobre o caso de Olivia Lytton — já que ela admite que entrou no elevador com James Whitehouse, que o beijou por vontade própria e até que estava gostando no começo —, as provas estão se acumulando: o hematoma no seio, a meia-calça puxada e a calcinha esgarçada, a frase com que ele dispensou sua rejeição, o desdém tão doloroso quanto aquelas estocadas.

Consigo ouvi-lo sussurrando as palavras naquela voz doce que tem tudo para ser carinhosa, mas que significa o completo oposto nesse caso. "Para de fazer cu doce." E eu sei, no fundo da minha alma, que ele disse isso para ela dentro do elevador.

Não é o tipo de coisa que uma testemunha inventaria.

Além do mais, foi exatamente o que ele disse para mim.

Nós nos encontramos no meu apartamento em Earl's Court. Um lugar aonde Ali raramente ia — é um pouco afastado de Chiswick, ainda que eu também esteja do lado direito da cidade. Comprei algumas saladas prontas, apesar de não estar com fome; o meu estômago é só ansiedade, a bile formando redemoinhos em vez das pontadas de fome que sinto por volta das oito. Eu me sirvo de uma taça grande de vinho e observo o líquido preenchendo o interior do vidro. Está gelado e tem gosto de néctar. Um Sancerre aromático. Tomo outro gole generoso e me acomodo na ponta da poltrona, o couro escovado ainda brilhante, porque, assim como todos os meus móveis, este ainda é relativamente novo: não é a poltrona de couro surrado com que sonho, que exibe os sinais do tempo e de uma negligência casual, que indica uma longa linhagem. O estofado ainda está duro, e não consigo relaxar.

Ou talvez seja difícil relaxar porque sei que fiz besteira — pelo menos segundo o código de conduta da minha profissão. Eu sabia, assim que Brian me entregou a versão impressa dos documentos jurídicos — a carta de amor sem fita cor-de-rosa — com *R vs. Whitehouse* estampado na capa.

A acusação precisa apresentar qualquer fato que possa prejudicar o caso ou ajudar a defesa no começo do processo judicial e tem o dever de continuar fazendo isso ao longo do julgamento. Acho que é bem óbvio que ser a advogada de acusação contra um réu que você conhece — mesmo que ele não lembre que conhece você — constitui abuso processual. E se você acredita que foi estuprada por ele? Bem, é fácil imaginar como isso pode parecer.

O Conselho de Regulação dos Advogados — a instituição que regula a advocacia — não proíbe ninguém de participar do processo de um conhecido. Talvez não seja necessário esclarecer esse ponto. Mas as regras são bem claras quando dizem que advogados devem se comportar de forma que não só garanta a justiça mas que pareça garantir a justiça. Ao não revelar a conexão, posso estar infringindo o código de três maneiras: ao não cumprir o meu dever com o tribunal para a manutenção da justiça, ao não agir com integridade e honestidade e ao me comportar de forma que faz minha profissão ser questionada aos olhos do público. Suspeito que o Conselho de Regulação dos Advogados não gostaria nem um pouco do meu comportamento.

Então começo a tremer. Tremer de verdade. É uma tremedeira incontrolável, completamente anormal, que só senti uma vez na vida, enquanto me esfregava até ficar em carne viva no banheiro da faculdade. A imagem do puro medo. Continuo assim por uns cinco minutos, a taça de vinho vibrando na minha mão antes de eu conseguir colocá-la na mesa, a haste batendo e ameaçando quebrar, os meus joelhos balançando apesar das minhas tentativas de mantê-los unidos. De dominá-los. Digo a mim mesma que respire, que me controle: que o meu maior medo — ser traída, exposta — não vai acontecer, porque Ali me ama e posso explicar tudo para ela. Posso persuadi-la, porque persuasão é a minha especialidade. E, mesmo se não fosse, ela entenderia, não entenderia? Minha respiração se acalma. Ela vai entender. É claro que vai. Ela precisa entender.

Porque eu deveria ter revelado o fato de que o conheço, de que o conheci, é claro que deveria. Eu deveria ter passado o caso para um colega e confiado que se dedicaria a ele tanto quanto eu. Mesmo assim, quando tive a chance de fazer isso, não consegui. Não consegui abrir mão do controle e confiar algo tão importante a outra pessoa. Pois, em casos de estupro num relacionamento, as chances de conseguir uma condenação são mínimas, e eu precisava garantir que a justiça estaria do nosso lado. Eu achava que ninguém mais lidaria com esse caso de forma tão dedicada, tão completa, quanto eu.

Porque eu estava preocupada com a justiça natural. Em tentar punir alguém por um crime que cometeu há mais de vinte anos e garantir que nunca mais faria isso. E tenho um motivo menos nobre. Eu sofri e me odiei tanto por causa desse homem, me senti violada por aquele ato: diminuída, reduzida, corrompida para sempre; minha crença de que ele pararia quando eu pedisse se despedaçou feito uma taça de vinho arremessada em lajotas antigas, reduzida a mil pedacinhos. Depois daquilo, nunca mais consegui confiar completamente em ninguém, nunca mais consegui me entregar de verdade. Não quero que ele fique impune depois do que fez com Olivia nem que faça isso com qualquer outra mulher no futuro, não; mas também não quero que ele fique impune depois do que fez comigo.

Ali chega um pouco esbaforida: o cabelo um pouco bagunçado, o rosto corado por ter vindo correndo do metrô ou, mais provavelmente, porque está se preparando para dizer o que precisa ser dito.

Tento lhe dar um beijo quando abro a porta, mas ela se esquiva de mim e se inclina para tirar a bolsa do ombro e remover o casaco, depois se vira para pendurá-los no gancho do hall de entrada. Seu silêncio é estranho. Normalmente, quando nos encontramos, ela não para de falar, como se soubesse que o nosso tempo é limitado e que precisamos contar todas as novidades possíveis nas duas ou três horas que temos. O silêncio é um luxo que acompanha a familiaridade rotineira, mas, mesmo no pouco tempo em que dividimos um apartamento ou quando morávamos perto uma da outra na faculdade, nunca ficamos em silêncio — muito menos distantes. Nós duas vivíamos ocupadas; ela, naturalmente extrovertida, e eu, fascinada demais por estar na sua companhia.

Ela me olha com frieza agora. Não é um sentimento que eu atribuiria a ela, a amiga mais carinhosa do mundo, apesar de as nossas vidas parecerem mais afastadas nos últimos tempos. E há algo mais naqueles grandes olhos azuis — talvez uma gota de mágoa. De tristeza.

A empatia que Alistair tão dolorosamente me acusou de não ter flui pelas veias de Ali, e tento encontrar compaixão no seu olhar, porque ela é um exemplo de solidariedade. Abro um sorriso: um sorriso mais nervoso do que eu gostaria, sem nenhum resquício da confiança que transmito no tribunal. Ela olha para baixo, retorcendo a boca, e não retribui o gesto.

— Quer beber alguma coisa?

O álcool sempre facilitou as nossas conversas mais difíceis: quando contei a ela que estava deixando Alistair, quando nos encontramos pela primeira vez depois que saí de Oxford. Dezoito meses tinham se passado, e eu já era Kate, não Holly, naquela época, e ela ficou visivelmente abalada com a minha mudança. Era o excesso de pontas: os cotovelos magros, os joelhos, as maçãs do rosto marcadas sob o novo cabelo descolorido, alisado. Ela não me reconheceu no pub, e disfarçamos nossa vergonha e confusão mútuas pedindo doses de vodca com fatias de laranja, virando-as de uma vez, a ardência da bebida logo nos tornando mais falantes. "Mais uma?", perguntava ela, e "Por que não?", era a minha resposta, até que tomamos seis doses seguidas e o carpete que já girava parecia estar subindo enquanto o teto do salão esfumaçado parecia estar descendo. Saímos cambaleando do pub, ignorando as cantadas que nos seguiam, rindo com a liberdade de duas jovens que escaparam da atenção masculina indesejada conforme seguíamos para a noite fria de dezembro.

— Por que não? — diz ela agora, fingindo indiferença, e se acomoda na ponta do sofá, com as mãos no colo e os dedos entrelaçados feito um cesto de vime. Coloco uma taça de vinho na frente dela com uma quantidade generosa do Sancerre dourado. Ela olha para a taça, depois a pega e toma um gole, seu rosto relaxando conforme o líquido desce, fazendo com que a versão de Ali na minha frente seja só séria, não fria. Eu me sento na minha poltrona, ao seu lado, e fico esperando até que ela fale. — Estou preocupada com você — diz ela por fim.

Olho para os meus pés em suas meias opacas, sem querer correr o risco de deixá-la com raiva, e espero até ela terminar.

— James Whitehouse. Sei que ele é casado com a Sophie, a Sophie que era da sua turma de literatura, sua companheira de estudos. — Sinto que ela me encara e olho para cima, hesitante. — Não consigo entender por que você não falou nada sobre essa conexão. Não foi... Não foi *ele* que fez aquilo com você, foi?

Olho nos olhos dela.

— Ai, Kate. — Sua expressão fica mais branda, seus olhos se enchem de lágrimas, e ela se aproxima como se fosse me abraçar. Não aguento; quase prefiro a raiva ardente ao carinho do seu toque.

— Não.

— Não o quê?

— Encosta em mim. — Minhas palavras saem no tom errado, minha voz tensa demais.

Percebo um toque de mágoa passar pelo rosto dela e baixo o olhar de novo, com as mãos no colo, os ombros curvados para a frente, tentando conter as minhas emoções. O segundo ponteiro do meu relógio se mexe: um, dois, três, e fico esperando.

— Não acredito que foi ele — diz ela, como se quisesse ouvir que não foi.

Fico em silêncio. Não há muito que eu possa dizer.

Ela parece nervosa, de bochechas coradas, porque a verdade parece especialmente intragável. Seus dedos se retorcem, e ela enfia as mãos por baixo das coxas.

— Esses anos todos, nunca pensei que podia ter sido ele... Quer dizer, a gente nem *conhecia* ele, né? Você conhecia?

— Não. — Pigarreio.

— Ele não era da nossa faculdade, era?

— Não. — Não sei aonde vamos chegar com esta conversa. — Não aconteceu na nossa faculdade, e não conhecer não fez a menor diferença.

— Não... é claro que não... Ai, *Kate*.

Fico esperando, sem saber o que ela quer de mim. Não consigo me revoltar nem chorar por isso agora, porque engoli toda a minha raiva, e, se ela às vezes me pega de surpresa, não é algo que demonstre em público — nem mesmo diante da mulher que é minha amiga mais próxima e com quem nunca consegui conversar sobre isso, nem naquela época. Meus colegas de trabalho me chamam de Rainha do Gelo de vez em quando, o que é quase um elogio, já que advogados precisam ser capazes de deixar as emoções de lado e ser práticos, objetivos, até severos. Estou gélida agora. Não posso demonstrar algo tão caótico quanto tristeza ou fúria. Por algum motivo, espero que ela saiba disso; e torço para que, por pena, deixe o assunto de lado.

Mas, é claro, eu a subestimei.

— Kate, é certo participar desse caso se foi ele quem fez aquilo com você? — Sua voz é suplicante, mas ela chegou ao xis da questão: a provável falta de imparcialidade de acusar um homem que me estuprou de cometer o mesmíssimo crime contra outra pessoa. — Entendo plenamente por que você quer fazer isso, mas como se colocou nessa situação? Não é melhor contar para o juiz ou algo assim?

E ela olha para mim como se eu pudesse mudar tudo agora; se eu fizer isso, o caso seria anulado e um novo começaria, com um advogado de acusação que não se importaria tanto quanto eu, que faria Olivia passar por tudo aquilo de novo.

Ela não enxerga isso; também não entende que, se eu revelar essa informação crucial, o julgamento vai ser anulado por abuso processual e o meu mundo inteiro desmoronará. A única opção seria levantar as mãos em rendição e alegar que tinha acabado de descobrir a conexão. Mas quem acreditaria em mim?

Preciso tomar cuidado agora, porque tenho uma escolha a fazer. Posso mentir — e tentar convencê-la de que a minha experiência é irrelevante, que consigo separar o profissional do pessoal —, ou digo a verdade e tento apelar para o seu senso natural de justiça e compaixão? Ela não trairia a minha confiança, sei disso, independentemente da sua opinião moral, da sua necessidade de fazer a coisa certa. Mas preciso que ela entenda a minha posição — ou ao menos que se convença do motivo para ficar quieta. Não quero que ela pense que sou corrupta, mas que perceba que, no instante em que recebi a papelada de Brian, senti que não tinha escolha.

Começo a falar e descubro que a minha voz soa trêmula quando tento explicar por que decidi aceitar o caso, mesmo sabendo que poderia perder tudo. Consigo me imaginar sentada numa audiência disciplinar, correndo o risco de ser suspensa do trabalho. Penso no momento em que Brian me entregou os documentos, quando eu poderia — e talvez devesse — ter dito, com muita calma: "Não, obrigada." Por que não fiz isso? Porque sou uma pessoa controladora, que não suportaria a ideia de abrir mão dessa oportunidade? Porque eu queria me vingar? Aceitar pareceu involuntário. Estendi a mão e peguei os papéis, e parecia que o Destino havia tomado conta do resto. *Aí está*, disse ele. E sei que isso parece loucura, como os devaneios de um esquizofrênico que alega semi-imputabilidade, que diz que uma voz na sua cabeça mandou que fizesse determinada coisa. Mas, naquele milésimo de segundo em que aceitei os documentos, eu não estava pensando de forma racional.

— Imagina se algo acontecesse com a Pippa — digo, ciente de que entrei num território perigoso, pedindo à minha melhor amiga que pensasse na pior coisa possível que poderia acontecer com a sua filha. — Se, Deus me livre, ela sofresse um abuso. — Ela parece enjoada. — Você não faria de tudo para se vingar? Principalmente se achasse que haveria uma boa chance de o culpado escapar?

Ela faz que sim com a cabeça.

— Eu não tenho filha nem nunca vou ter — continuo. — Mas a garota que eu fui, aquela estudante ingênua, idealista, *virginal*, que estava tão empolgada com a vida, é a menina que quero vingar, a menina que quero ajudar. — Faço uma pausa, e a minha voz sai sufocada agora, a dor aumentando de repente até as minhas palavras começarem a falhar e eu soar como outra pessoa. — Ele *acabou* comigo, e isso me acompanha e ainda me afeta mais de vinte anos depois, quando eu já devia ter superado tudo.

— Ai, Kate.

— Eu me esforço tanto para ser feliz. E, às vezes, até consigo. Fico feliz de verdade quando ganho um caso e vejo um pôr do sol sobre a ponte de Waterloo, ou quando estou no calor da sua cozinha, ou quando passo uma noite com o Richard e me permito relaxar e aproveitar a companhia dele. Mas tem noites em que estou deitada na cama e uma memória surge do nada: o tom da voz dele, o meu choque ao ter a blusa aberta à força e a minha calcinha puxada para baixo, aquele medo paralisante enquanto as minhas costas eram prensadas contra a parede do claustro e eu me dava conta de que não conseguiria sair dali. Aceitar o caso foi uma decisão impulsiva, e eu nunca sou impulsiva...

— Não, você não é — concorda ela.

— Foi a coisa mais insensata que fiz na vida. Mas, agora, já aceitei e preciso seguir em frente. Você não entende que ele já saiu impune de muita coisa: não só pelo que fez comigo, mas com a Olivia também? Eu *sei* que ele a estuprou, há muitas semelhanças com o meu caso. Mas ele não vai ser punido por nenhum dos dois crimes se eu confessar agora.

— Mas, se você admitisse que o conhece e o juiz solicitasse um novo julgamento, com outro advogado, ele ainda teria chances de ser condenado?

— Talvez. Mas pode ser que a Olivia não queira passar por outro julgamento. E, se isso acontecesse, eu sentiria que a decepcionei tremendamente, ou se alguém assumisse o meu lugar no caso sem ter o meu conhecimento sobre o que ele é capaz, sobre o que ele fez. Se eu confessar, vou destruir a minha carreira, mas ele vai reconstruir a carreira e fazer muito sucesso na política.

Minha voz fica aguda de desespero, e olho para ela, subitamente nervosa, porque preciso que ela entenda como essa possível conclusão vai ser injusta. Como ele — um homem de sorte — continuará a se dar bem e prosperar, voltando a ser um exemplo para todos, porque aquilo vai ser visto como um deslize, uma loucura causada e levada a juízo por mulheres vingativas. Uma mancha infeliz que será apagada com o passar dos anos.

Estou gesticulando agora, segurando o ar nas mãos, como se quisesse me apegar a alguma certeza; os meus olhos brilham, cheios com a iminência de lágrimas.

E a minha amiga mais antiga, mais amável, se vira para mim, concordando com um aceno de cabeça silencioso. É um gesto tão gentil: de cumplicidade, de compreensão. E engulo a minha gratidão por ela tomar essa decisão. Por me apoiar incondicionalmente.

25

Sophie
28 de abril de 2017

James está nervoso. Sophie, que achava que conhecia o marido como a palma da sua mão, só o viu abalado assim numa outra ocasião.

E, assim como naquele dia, ele precisa ser mais convincente, mais *persuasivo*, que nunca.

"Você conseguiu naquela época", é o que ela quer dizer, só que nenhum dos dois quer se lembrar daquela época. Sem contar que ele tem mais a perder agora. Desta vez, seu desentendimento com a polícia o fez parar em um tribunal.

É difícil perceber seu nervosismo. Ele não é de demonstrar o que o aflige e não é uma pessoa ansiosa: sua autoconfiança natural, sua convicção do que é capaz de conquistar, passa por cima de qualquer pensamento desconcertante. Ela sempre invejou essa característica dele, mais intrínseca que a confiança que ela consegue demonstrar quando necessário, como a capa de um super-herói que passa uma imagem impassível, ou ao menos de competência. Ele sabe que é um homem impressionante. Nunca foi acometido por inseguranças — um sentimento que ela cada vez mais acredita ser feminino, ou pelo menos algo que nunca incomoda o marido e seus colegas, homens em sua maioria. James será absolvido, garante ele, porque é inocente e porque confia totalmente no júri.

Mesmo assim, seu comportamento não exibe a pompa de sempre. Há uma tensão no seu maxilar, projetando-o um pouco para a frente, deixando seu rosto mais anguloso que o normal; e ele está especialmente focado na sua roupa: na gravata com o nó Windsor largo, os punhos duplos da camisa presos com abotoaduras simples, discretas, a camisa branca nova — não uma das seis que ela havia mandado lavar a seco.

Talvez ele esteja assim desde que o julgamento começou. Ela o abandonou, então não saberia dizer, mas Cristina afirma que ele parece mais nervoso hoje.

— Que bom que a senhora voltou — oferece a babá quando as duas se encontram rapidamente na cozinha, já que Cristina está mantendo distância, tentando não cruzar no caminho. Sophie toma um gole do café que não quer e observa a garota preparar seu café da manhã com frutas, iogurte e mel, achando incrível sua capacidade de comer enquanto o estômago de Sophie parece estar se corroendo. — Ele está bem melhor agora que a senhora voltou. Acho que ele precisava disso — acrescenta Cristina antes de sair do cômodo, num tom prático, não crítico.

E isso é verdade, pensa ela, observando James lhe dar o tipo de sorriso que ofereceria a um funcionário público, que não se reflete nos olhos e surge apenas por educação.

Ele aceita o café que ela oferece e toma um gole, seu pomo de adão se movendo.

— Está meio frio.

— Eu passo outro.

— Não. — Seu tom é ríspido, e ele se corrige e abre um sorriso para amenizar as coisas. — Não. Não precisa. Eu passo.

Ele começa a abrir a cafeteira, e ela fica esperando, imaginando os grãos caindo sobre aquelas mangas brancas imaculadas e a troca de roupa que virá em seguida.

— Na verdade... será que você pode fazer? — Por um instante, ele parece indefeso: como Finn diante das chuteiras sem saber amarrá-las.

— É claro. — Ela faz menção de colocar uma mão tranquilizadora nas suas costas, mas ele se afasta, um movimento quase imperceptível, mas enfático.

— Vou para a sala. Para pensar um pouco.

Não há necessidade de mencionar que ela vai levar o café, é claro.

Aquele nervosismo atípico a obriga a manter a calma. Da mesma forma que ela conseguiu manter a serenidade diante dos filhos, faz o mesmo por ele — sendo o tipo de mulher leal, confiante, que ele tanto precisa que ela seja.

Foi encorajada pelo comportamento dele na noite anterior. Os dois estavam exaustos: ela, pela viagem de volta e pela apreensão de reencontrá-lo depois de ter lido sobre os depoimentos; ele, pelo estresse do tribunal. Seu rosto estava pálido, e ela sentiu um carinho avassalador e inesperado quando ele a tomou nos braços. Como podia ter duvidado dele? Como podia ter cogitado que ele diria aquelas palavras horríveis, e pior, como podia ter achado que não se importaria o suficiente com os sentimentos de Olivia? Como ela podia ter sequer cogitado a hipótese de que, talvez, ele fosse capaz de estuprar alguém?

Só de pensar nisso, ela se sente desleal. Ela se jogou nos braços dele e o abraçou com vontade, ciente de que era a primeira vez que o via precisando tanto do seu apoio. Os ombros dele relaxaram, só um pouco, e ela ficou ali, sentindo o calor do corpo do marido percorrendo o seu, se deliciando com aquela dependência, breve e incomum, que se tornava ainda melhor por ser algo novo.

E então eles fizeram amor. Fizeram amor de verdade, de um jeito que não faziam desde que a matéria foi publicada. Não foi um sexo instigado pela raiva ou por uma necessidade de mostrar que estavam bem, que ficariam bem; nem porque era o jeito mais fácil de amenizar a ansiedade, o medo e as incertezas que os cercavam havia cinco meses e meio, sexo que servia como um alívio físico. Não, eles fizeram amor: um ato carinhoso, que transmitia o quanto ele precisava dela, o quanto confiava nela; que expunha seu lado mais vulnerável, a expressão suave no rosto dele, sem fingimentos, sem necessidade de passar certa imagem. E, depois, enquanto permanecia deitada lá, sabendo que deveria se levantar, mas querendo aproveitar a proximidade entre os dois, ela sentiu que ele havia lhe dito, da forma mais absoluta e perfeita que poderia sem palavras, que era inocente. Um homem capaz de fazer amor daquela maneira, com tanto carinho e consideração — seu marido, o pai dos seus filhos — jamais seria capaz de algo tão terrível e brutal como um estupro.

Ela dá alguns passos para fora do táxi, na direção do Old Bailey, segurando a mão dele. Cabeça erguida, ombros aprumados, peito estufado, olhos grudados nos paparazzi, que vêm correndo ao notarem a chegada do casal. Não deixe que eles lhe façam perguntas.

— Sophie, Sophie. Aqui.

Um homem de meia-idade num sobretudo — cabelo bagunçado, terno surrado, o rosto vermelho de um beberrão — se aproxima, segurando um caderno.

— O primeiro-ministro ainda confia plenamente no seu marido, Sophie? — A voz dele é agressiva, cheia de energia e raiva.

Ela o encara com um olhar que sabe ser fulminante. Ela sabe ser impetuosa. Como ele tem coragem de gritar com ela? Como se ela fosse um cachorro com um graveto sendo balançado na sua frente. E então John Vestey os escolta até uma porta, e eles estão seguros, a mão de James ainda segurando a sua. Ela a aperta, ciente do seu calor e da camada pouco característica de suor. Ele solta os seus dedos.

— Tudo bem? — pergunta ele, sem desviar os olhos dos seus, como se ela fosse a única pessoa que importa no mundo.

Ela acena com a cabeça e dá um passo para trás, deixando que ele converse com o procurador, permanecendo em silêncio, leal. Sem ser convidada a participar da conversa, mas ainda ao seu lado.

Atrás da porta, ela imagina os fotógrafos comparando as fotos, e aquele repórter inventando alguma coisa. Por que perguntar a ela sobre James e Tom — e por que não fazer a pergunta para James? Será que estavam tentando desenterrar algo sobre os libertinos de novo? Suas mãos formigam, e seu coração acelera: marteladas ritmadas que ecoam nos seus ouvidos enquanto ela tenta se acalmar, tranquilizar a respiração e formular a pergunta.

O que exatamente eles sabem?

No alto da galeria pública, ela se concentra no marido: tentando transmitir a força do seu apoio, apesar de saber que ele não vai olhar para cima para vê-la. Ele parece autoritário no banco de testemunhas, e, por um instante, ela torce para os jurados se convencerem de que ele não passa de uma testemunha qualquer; uma testemunha que oferece uma versão diferente, uma narrativa alternativa, não o homem sendo acusado de estupro.

Há uma placa presa à parede, avisando ao público que não saia do lugar durante as considerações do juiz nem que se incline sobre a balaustrada. Ela a ignora, olhando para baixo até ficar tonta, o sangue pulsando na sua cabeça e introduzindo uma nova onda de pânico que momentaneamente traz à tona pensamentos perturbadores, até ter a sensação de que está caindo. Ela se recosta de volta de maneira abrupta, satisfeita com a certeza dura que o banco oferece.

Para tentar se acalmar, ela analisa a cabeça das advogadas, ajeitando suas papeladas nos poucos segundos antes de o juiz anunciar o prosseguimento do caso — e seu marido ser chamado para depor. Ela observa a advogada dele, Angela, e tenta encontrar algum conforto na largura dos seus ombros, com a forma imponente com que veste a beca. Em comparação, a Srta. Woodcroft parece pequena, apesar de não ser baixa. Um rabo de cavalo louro escapa da peruca, um anel de diamante na mão direita, os sapatos mais ridículos do mundo — pretos e de salto, com uma trança dourada —, o tipo de calçado que uma sargento usaria.

Ela está um pouco inquieta, aquela mulher; verificando algo num fichário, cuja borda está lotada de Post-its coloridos, as páginas iluminadas com marcações fluorescentes em certas frases. Sua mão esquerda rabisca furiosamente, pressionando a grossa ponta de fibra da caneta. Do lado oposto do banco, Angela usa um iPad — assim como seu assistente, Ben Curtis: nada tradicional, ela é perspicaz e, segundo James, tem uma memória excelente. Sophie se sente intimidada pela advogada dele, sua intuição lhe dizendo que as duas não têm nada em comum, que não foi com a cara dela. Não faz diferença. Não precisa ir com a cara dela: só precisa que aquela mulher defenda o seu marido.

O silêncio domina o tribunal quando o juiz entra, uma onda de tranquilidade como uma calmaria no mar, e então James começa a dar seu testemunho. Ele fala bem; sua voz é baixa e calorosa, com sua habitual confiança, mas sem nenhum sinal de arrogância. Esse é James em sua melhor forma: o político acessível, contando sua história da forma mais convincente possível.

Para ela, ainda é difícil escutar tudo aquilo. Angela menciona logo de cara a infidelidade, e ela escuta o marido explicando que relutou um pouco antes de começar a ter um caso com Olivia.

— Eu sabia que era errado — admite ele, seus dedos assumindo aquela postura à la Tony Blair de novo, unindo a ponta dos dedos.

— O senhor era um homem de família? — questiona Angela.

— Eu *sou* um homem de família. Minha família, a minha esposa e os meus filhos são tudo para mim. Cometi um erro terrível quando traí essa confiança e me envolvi com a Srta. Lytton. Eu errei, fui fraco, e me sinto extremamente culpado pelo sofrimento que causei a eles, todos os dias.

A advogada faz uma pausa.

— Mas o senhor causou esse sofrimento mesmo assim?

— Causei. — James solta um suspiro que parece sair do fundo do seu âmago; é o suspiro de um homem atormentado pelos seus erros.

— Não sou perfeito — agora ele ergue as mãos em súplica —, ninguém é. Eu respeitava a Srta. Lytton como minha colega de trabalho e, sim, admito que me sentia atraído por ela, assim como ela se sentia por mim. Num momento de fraqueza, começamos a ter um caso.

Os olhos de Sophie ficam marejados de lágrimas, seu peito se enche de pena de si mesma e de uma humilhação cada vez mais intensa, e ela tenta se focar em outra pessoa que não o marido — talvez os jurados, cujos olhares variam. O homem de meia-idade parece se solidarizar, enquanto a mulher mais velha na fileira detrás e uma jovem muçulmana de véu escuro nem tanto. Ela observa John Vestey e a procuradora da promotoria, uma mulher sem o menor senso de moda num terno cinza barato, que está inclinada para trás, de braços cruzados, sem nem tentar fingir que acredita na possibilidade de James ser inocente; ou talvez esteja só entediada. E ela observa a advogada da acusação, a Srta. Woodcroft, folheando as próprias anotações enquanto Angela faz perguntas, ocasionalmente rabiscando algo em um dos seus blocos de anotações azuis, e há algo no jeito dessa mulher de inclinar a cabeça e fazer anotações rápidas que a lembra de outra pessoa.

A sensação aumenta nos trinta minutos sufocantes seguintes, enquanto James continua testemunhando. Talvez seja mais fácil se concentrar naquela mulher do que prestar atenção na versão do marido sobre os eventos, que parece querer convencer a todos de que, apesar de ele ser casado, sua relação com Olivia era respeitosa, consensual; a pesquisadora parlamentar era alguém por quem sentia muito carinho. Ele lhe enviava flores, a levava para jantar e, no fim de julho, lhe deu um colar de presente de aniversário. Sente um aperto forte no peito diante dessa revelação — é uma dor física, aguda, seguida por uma dificuldade em respirar, conforme as mentiras do marido vão sendo expostas, mostrando sua facilidade em ter uma vida completamente desconhecida.

— E como era esse colar? — A pergunta de Angela chama a atenção dela.

— Tinha um pingente de chave — explica James. — Era uma brincadeira. Ela era a peça-chave do meu gabinete. Eu queria mostrar que a valorizava, que ela era essencial para o sucesso do meu trabalho.

— O senhor não pensou que ela pudesse interpretar o pingente como a chave para o seu coração?

— Imagino que essa poderia ser uma interpretação possível. — Ele franze a testa. — Acho que conscientemente não tive a intenção de passar essa ideia. Talvez tenha sido ingenuidade da minha parte, mas, bom, eu estava um pouco apaixonado...

Fica sem ar com essas palavras: cinco golpes dolorosos. O coração dela se fecha: ela não quer sentir nada, quer estar completamente anestesiada.

Angela faz uma pausa. Deixa a informação ser absorvida.

— O senhor estava um pouco *apaixonado*? — O tom dela é interessado, mas não crítico.

— Bom, mais que um pouco. Ela é uma jovem muito bonita e inteligente.

— Então o senhor comprou um colar de presente. Qual era o material dele?

— Platina.

— Então foi um presente muito generoso, certo?

— Acho que sim.

— Bem mais generoso do que um presente normal para uma colega de trabalho?

— Eu não pensava nela apenas como colega de trabalho, naquela época.

— O senhor e a Srta. Lytton eram amantes?

— Sim, éramos.

— Ela disse que amava o senhor. Mas *o senhor* a amava?

— Acho que é uma possibilidade. — Ele faz uma pausa, e Sophie tem a impressão de que todas as pessoas no tribunal se inclinam para a frente para ouvir suas próximas palavras, que soam tão baixas e tristes que ele parece estar confessando um segredo. — Sim, acho que sim.

243

Ela se força a prestar atenção enquanto ele conta sobre a noite que passaram juntos no aniversário de Olivia. Naquele dia, ela foi para a casa da mãe, em Devon; falou rápido com James no começo da noite, depois de subir no topo do morro mais próximo para conseguir sinal. Ele parecia tristonho, e ela sentiu uma pontada de culpa por tê-lo abandonado com a papelada do trabalho enquanto o restante da família se divertia, brincava e nadava na praia.

— Me desculpa — disse ela, imaginando a frustração dele por ter de passar duas semanas sozinho na capital abafada. — A gente podia voltar antes, mas as crianças iam ficar arrasadas. E a Ginny também. Elas gostam tanto daqui.

Ela se lembrava do calor do dia no pescoço e de se distrair com o mar, que brilhava no fim do vale e se misturava com o céu num horizonte quase imperceptível. Não queria ter de pegar o carro e voltar para casa.

— Vocês não precisam voltar de jeito nenhum — afirmou ele. — Só estou com saudade.

— Ah, também estamos — respondeu ela, o coração amolecendo.

Olivia devia estar esperando enquanto ele falava ao telefone em St. James Park, talvez revirando os olhos com impaciência. E, mesmo assim, ele não deu sinal algum de que sua noite envolveria coisas mais empolgantes que documentos parlamentares intermináveis e um bife com salada. As mentiras saíram da sua boca sem o menor esforço; ou melhor, as omissões. Pela segunda vez em questão de minutos, ela fica impressionada com a vida dupla do marido e com a facilidade com que ele a mantinha. Isso a faz se lembrar de outra época, mais de vinte anos antes, quando a explicação dele não transmitiu toda a verdade; era viscosa, escorregadia em suas omissões. De qualquer forma, deu certo; ele nunca chegou a ser questionado demais. Talvez — assim como Emily e a fada dos dentes, assim como ela no verão passado em Devon — todos estivessem dispostos a ser convencidos.

Ela afasta o pensamento e tenta voltar a prestar atenção nas respostas dele, a torcer para que ele continue passando uma impressão favorável: imperfeita, sim, porém mais humana por causa disso. Suas unhas se fincam na palma das mãos, deixando marcas de meia-lua, a dor distraindo-a do seu peito latejante, da sua imensa vontade de cair no choro.

E então a Srta. Woodcroft interrompe.

— Vossa Excelência, minha estimada colega está conduzindo a testemunha.

O juiz levanta e abaixa a mão como se disciplinasse um cachorrinho cheio de energia para o qual não tem tempo. Angela sorri — Sophie consegue ouvir o sorriso nas suas vogais graves, no seu tom superior — e prossegue.

Porém, a interjeição da Srta. Woodcroft a preocupa: o tom, o timbre de voz, tão modulada, grave, como um vinho caro feito para ser degustado aos poucos. Uma voz repleta de privilégios, que indica inteligência e uma educação exclusiva. Então por que algo nela — certa intensidade, talvez — a faz lembrar de alguém em quem não pensa há mais de vinte anos?

Deve ser seu hábito de escrita. Aquelas anotações intensas, feitas com a mão esquerda, rápidas como se apostasse corrida para registrar todos os seus pensamentos. Holly escrevia daquele jeito — assim como muitas pessoas, sobretudo advogadas obstinadas que encaram qualquer deslize numa narrativa como uma oportunidade para desmentir a história. Ela quase consegue enxergar o cérebro daquela mulher se inflando sob a peruca: bolando formas de confundir o seu marido durante a inquirição, apesar de James não parecer ter dito nada de errado por enquanto. Ele até fez com que os jurados menos impressionados — a mulher mais velha, a jovem muçulmana — exibissem expressões menos críticas, enquanto as mulheres mais bonitas — sobrancelhas escuras arqueadas, bronzeamento artificial — parecem ter se rendido ao seu charme, assimilando suas palavras — pelo menos enquanto ainda é um conto sobre infidelidade, um romance complicado, moderno, e nada mais grave que isso. Sem nenhuma menção a hematomas ou calcinhas esgarçadas. Sem a alegação de que ele pode ter dito: *Para de fazer cu doce*. Ela precisa parar com isso! Não tem por que ficar repetindo essas palavras horríveis.

Ela se recosta, diz a si mesma que relaxe. Que esqueça Holly. Precisa prestar atenção, precisa se forçar a absorver tudo. Então se vira de novo para James, para seu marido traidor, começando a se odiar por amá-lo, começando a gostar um pouco menos dele...

O testemunho continua. Ela continua ignorando boa parte do que é dito, deixando as palavras entrarem por um ouvido e saírem pelo outro, escorrendo como água jogada num pergaminho. Estão se aproximando do ponto-chave do caso: o incidente no elevador. E ela sente que precisa reservar suas forças para esse momento, quando terá de ouvir a versão do marido sobre o evento, declarada sob juramento. Seu foco precisará ser inabalável nessa situação.

A Srta. Woodcroft volta a falar. Outra questão de direito, outra dispensa entediada do juiz. Como ela poderia lembrá-la de Holly? Essa advogada tem braços tão finos que parecem gravetos, nenhum busto, ombros finos. Uma mulher muito magra: estudiosa, talvez um pouco neurótica? Não alguém que dará um golpe fatal no seu marido, que resistirá ao seu charme natural — porque ele ainda parece calmo, apesar de levar o processo a sério, e apenas ela, alerta a cada sinal, consegue detectar a leve tensão no seu maxilar, o seu nervosismo. A voz dele a traz de volta ao presente. Seu tom grave, persuasivo, que frequentemente carrega uma possível risada, e depois assume uma cadência autoritária e confiante. Ele parece sério agora. Parece o político assumindo a responsabilidade pelos seus erros, mas tomando cuidado para não dizer nada que o incrimine.

— Eu gostaria de voltar para os acontecimentos no corredor da sala de reuniões, na manhã do dia 13 de outubro — começa Angela Regan, abrindo um sorriso tranquilo.

— Ah, sim — diz o seu marido. — Depois que a Srta. Lytton chamou o elevador.

Mais tarde, Sophie se perguntaria como conseguiu ficar sentada lá, debruçada sobre a lateral da galeria, tentando imaginar o que os jurados estavam pensando: aquelas doze pessoas distintas que decidiriam o destino do seu marido. Ela se perguntaria como aguentou os olhares curiosos ao seu redor — que a reconheceram, sentada na primeira fileira; e como os silenciou, encarando-os com seriedade quando passava por eles. A vergonha a invade, raivosa e quente. E olha que ela costumava gostar de ser vista, na sua juventude em Oxford. Mas aqueles olhares são diferentes: motivados pela fofoca, críticos, cheios de opiniões mirabolantes. *Aquela é a esposa dele. Ela é casada com um estuprador? Será que ele é mesmo culpado?*

Ela tenta ignorá-los e quase consegue, já que o depoimento de James prende sua atenção: é uma narrativa muito diferente de tudo que leu nos jornais. Um relato no qual quer desesperadamente acreditar. Essa é a versão em que a mulher que arruinou o seu casamento chamou o elevador e disse para o seu marido que ele era "muito atraente"; em que ela o guiou para dentro e ele — distraído pela matéria do *Times* e agradecido pela oportunidade de discuti-la em particular — a seguiu sem pensar, ingênuo.

— Sei que parece ridículo — diz ele com o sorriso autodepreciativo que ela conhece tão bem, aquele que funciona com as mães no portão da escola, com as professoras das crianças, com os eleitores. — Mas eu só queria conversar com ela. Ela sempre foi uma ótima ouvinte. Acho que eu estava duvidando de mim mesmo, questionando se eu me comportava de um jeito que poderia parecer arrogante, e achei que ela seria uma boa pessoa para colocar a minha cabeça no lugar.

— Mas os senhores não conversaram? — questiona Angela.

— Não, não conversamos. — Ele balança a cabeça, como se não soubesse explicar como tinha se metido naquela situação. — Ela se aproximou para me beijar e acabei correspondendo. Foi um momento de loucura, de pura fraqueza. — Ele faz uma pausa e sua voz estremece, carregada de uma sinceridade que surge com facilidade. — É óbvio que me arrependo muito disso.

A advogada segue em frente, conduzindo-o pela sua versão dos beijos, da bunda apalpada, da blusa sendo aberta.

— Nunca puxei a blusa dela — explica ele, olhando para o tribunal como se a ideia fosse absurda. — Pelo que eu me lembro, *ela* me *ajudou* a abrir os botões. Não sou um brutamontes. Eu *jamais* arrancaria as roupas de uma mulher. Isso não é do meu feitio.

Ele é esperto, pensa Sophie. Toma cuidado para não dizer o que ela sabe que ele pensa: que é um homem que *não precisa* arrancar as roupas de uma mulher, que Olivia estava praticamente se jogando em cima dele.

— E a meia-calça rasgada? — questiona a advogada. — Era uma meia bem fina. Fio quinze. Do tipo que rasga com facilidade.

— Isso deve ter acontecido quando ela a abaixou e eu tentei ajudar. — Ele faz uma pausa, quase arrisca uma cara de arrependido. — Infelizmente, as coisas saíram um pouco do controle no calor do momento.

— E a calcinha com o elástico arrebentado? O senhor sabe dizer quando ela foi danificada?

— Não. Deve ter prendido em algum lugar quando ela a puxou. Não me lembro de ouvir o barulho de nada arrebentando, mas, como eu disse, as coisas saíram um pouco do controle. Pelo que me lembro, foi a Srta. Lytton que as tirou.

Ela sente ânsia de vômito. Consegue visualizar a cena com clareza. Já esteve num dos elevadores da Câmara dos Comuns: pequenos, frágeis, com paredes de carvalho tão próximas que é impossível não esbarrar na pessoa ao lado. Quando os dois se beijaram, devem ter ficado pressionados, o espaço incentivando um abraço apertado. Olivia o ajudaria a abrir os botões da sua blusa, talvez até abrisse todos, puxaria a meia, arrancaria a calcinha. E James, frenético, desesperado, talvez tenha sido um cavalheiro no começo, mas depois não conseguiu resistir e tentou ajudá-la.

E, ao mesmo tempo, fica arrepiada ao perceber que as respostas do marido não são totalmente honestas. Não sente nada avassalador, só um leve calafrio, a sensação de que há algo estranho, de que aquilo não é bem verdade. Ele disse que jamais arrancaria as roupas de uma mulher — mas ela se lembra de ocasiões em que ele rasgou as suas na pressa de tocá-la: um vestido de corte enviesado cujas alças ele arrebentou durante um baile, uma blusa com um fecho complicado na frente que ele não teve paciência de abrir, uma saia cujos botões ele estourou ao puxá-la. Momentos que aconteceram há muito, muito tempo, quando ele era um rapaz impulsivo, intenso — com 21, 22 anos —, um sinal da força do desejo que ambos sentiam um pelo outro, porque ela o queria com a mesma intensidade. Mas só porque faz muito tempo que ele parou de se comportar assim com ela não quer dizer que não fazia o mesmo com Olivia. Ele é plenamente capaz de arrancar roupas, por mais que diga o contrário.

Ela não consegue pensar. Mal escuta enquanto ele explica que o hematoma foi um chupão empolgado demais.

— O senhor já tinha feito isso antes com ela? — pergunta Angela Regan.

— Sim — admite o seu marido. — Era algo que ela pedia quando a gente fazia amor, algo que eu só fazia no calor do momento.

Ela balança a cabeça, tentando organizar os pensamentos. Sabe que ele já mentiu antes: para a polícia, em 1993, e para ela sobre Olivia; desde que o caso saiu na imprensa, ela recebe provas contínuas e irrefutáveis das mentiras dele. Ele também é mestre em sair pela tangente. Isso faz parte da política, junto com a manipulação de estatísticas, a maquiagem de números, a omissão proposital ou a ocultação de fatos que possam comprometer um argumento e que devem ser discretamente jogados para debaixo dos panos.

Mas mentir no tribunal sobre não arrancar as roupas dela? Isso é um novo patamar para ele, não é? Ou talvez não seja, talvez ele acredite que isso é igual a uma omissão ou a uma meia-verdade. Não sou o tipo de homem que arranca roupas, *neste momento*. Que outras mentiras ele contou? Aquele comentário que fez? Ou sobre Olivia ter dito não? Um caleidoscópio de possibilidades surge antes de a voz dele trazê-la de volta ao momento presente, crucial.

Porque esta é a parte do depoimento que ela mais temia, mas que, ainda assim, se sente na obrigação de escutar; e, assim como seus vizinhos fofoqueiros na galeria pública, ela se inclina para a frente enquanto a Srta. Regan menciona a questão complexa do consentimento. O tribunal para: o ar fica tenso com um silêncio estranho, enquanto a advogada se apoia levemente na ponta dos pés antes de descer e chegar ao cerne do processo.

— A Srta. Lytton testemunhou que o senhor disse: "Para de fazer cu doce." Isso daria a entender que o senhor sabia que ela não queria fazer sexo. O senhor disse isso?

— Não. É um comentário horrível. — Ele está indignado.

— O senhor disse qualquer coisa com um sentido parecido?

— Não! — Ele é inflexível.

— E algo como "Você é um doce"?

— *Posso* ter dito algo assim — admite ele —, como um gesto carinhoso. Mas foi muito antes de chegarmos a esse ponto. Talvez eu tenha sussurrado algo parecido quando ela se aproximou e me deu aquele primeiro beijo.

— A Srta. Lytton testemunhou ter dito: "Me solta. Não, aqui, não." O senhor ouviu isso?

— Não, de forma alguma.

— É possível que ela tenha dito isso sem o senhor escutar?

— Não. A gente estava muito perto. Ela não poderia ter dito algo assim, ou qualquer outra coisa, na verdade, sem que eu escutasse. Além do mais — agora ele faz uma pausa, como se fosse dizer algo muito delicado, que chegava a ser doloroso ter de revelar, mas que precisava ser feito —, ela deu todos os sinais de que queria muito aquilo. Em momento nenhum deu a entender que não consentia.

Alguém suspira atrás dela, mas Sophie sente sua respiração fluir normalmente. Ela o observa fazer questão de se dirigir aos jurados, olhando para cada um deles, porque sabe que este é o momento crucial, a fala que precisa que eles lembrem quando estiverem na sala do júri determinando o seu destino.

São as palavras que Sophie precisa ouvi-lo dizer. Ele fala num tom profundamente sincero, sua voz grave e reconfortante. Naquele momento, em que ele usa todo o seu poder de persuasão, ela deveria acreditar nele de olhos fechados.

Ainda assim, talvez por Sophie já ter ouvido aquela voz tantas vezes antes e saber que ela também é um recurso usado em momentos dramáticos, ele não consegue aplacar seu mal-estar. A sensação aumenta, uma inquietação perturbadora, conforme ele reforça a sua posição, pausando para deixar que a magnitude das suas palavras ecoe pelo salão.

— Eu tenho certeza *absoluta* de que ela nunca pediu que eu parasse — diz ele. — Não desconfiei em momento algum de que ela não quisesse aquilo.

E Sophie, conhecendo o marido — o quanto ele adora sexo, o egoísmo, o desprendimento da verdade, a *malícia*; e lhe dói apontar isso tudo agora —, fica com uma sensação desagradável.

Ela não sabe se de fato acredita nele.

26

Kate
28 de abril de 2017

Então chegamos ao momento pelo qual eu estava esperando — que imagino desde que Brian me entregou os documentos do caso; que, no fundo, aguardo há mais de vinte anos. A expectativa pesa sobre mim. Minhas mãos tremem quando me levanto para começar a inquirição, e sinto aquela tensão esquisita no couro cabeludo que surge nos poucos momentos da vida em que sentimos o mais puro medo. Aconteceu naquele claustro, quando ficou claro que não havia nada que eu pudesse fazer para impedi-lo; e aconteceu quando percebi que Ali havia ligado os pontos e pensei que tudo pelo que me esforcei, a minha carreira brilhante e esta chance de puni-lo, corria o risco de ir por água abaixo.

Respiro fundo, imaginando os meus pulmões se expandindo e pressionando o meu diafragma, puxando tanto oxigênio quanto possível. Não importa que o tribunal precise esperar; os jurados se sentam empertigados, porque agora já se acostumaram com o ritmo do julgamento e sentem que este é um momento decisivo, no qual os seus olhos vão se mover de mim para o réu como se assistissem a uma partida de tênis — daquelas que fazem os espectadores arfarem com a expectativa e prenderem a respiração. E vou fazê-lo esperar. Pode parecer uma demonstração de poder mesquinha, mas tudo girou em torno dele hoje: mergulhamos na *sua* história. Agora, chegou o momento de oferecer uma versão alternativa. De duvidar de cada coisa que ele disse.

Meu problema é que tudo em James Whitehouse é persuasivo, razoável, convincente. Cada traço, dos dedos unidos como se orasse à voz calma de barítono, que tranquiliza com a sua profundidade e transmite autoridade sem fazer esforço, passa a ilusão de que se deve acreditar nele. Não posso deixar que ele fale muito nem lhe dar abertura: preciso fazer perguntas tendenciosas e sem espaço para manobra, que não lhe ofereçam o luxo de se explicar, de dominar o espetáculo e de transmitir a sua versão dos fatos. Apesar da minha raiva — que fervilha com intensidade e rapidez —, este não é um espaço para um debate acalorado. Ele vai ser racional e pragmático, e preciso permanecer tão objetiva e controlada quanto ele.

— Quero esclarecer apenas alguns pontos — digo com um sorriso breve. — A questão da blusa sendo aberta. A Srta. Lytton afirma que o *senhor* a abriu com um puxão, enquanto o senhor deu a entender que foi *ela* quem ajudou o *senhor* a desabotoá-la. — Faço uma pausa e olho para as minhas anotações, exibindo o meu desejo de ser precisa. — O senhor disse: "Não sou um brutamontes. Eu *jamais* arrancaria as roupas de uma mulher. Isso não é do meu feitio."

— Sim. Isso mesmo — diz ele.

— O senhor é um homem forte, Sr. Whitehouse. Foi da equipe de canoagem em Oxford. Um homem atlético, ouso dizer. O senhor nunca puxou a blusa de uma mulher em um momento passional? — pergunto, porque é válido torcer para que demonstre algum incômodo na sua reação, uma dica de que está revivendo alguma lembrança; ou talvez até um gesto machista idiota que cause uma hesitação momentânea. Mas, se estou esperando que ele se lembre do meu estupro ou de alguma situação parecida, é ingenuidade minha.

— Não. — Ele torce o nariz, cautelosamente confuso por eu ser capaz de sugerir algo assim.

— Nem mesmo no calor do momento? Como naquela noite de setembro com a Srta. Lytton, quando tiveram relações no seu gabinete?

— Não. — Ele é mais firme agora.

— E quando o senhor a ajudou a tirar a meia-calça dela e a arrebentar a sua calcinha no elevador, como admite que fez?

— Vossa Excelência — Angela está de pé —, não há provas de que o meu cliente seja responsável por qualquer dano.

O juiz Luckhurst suspira e se vira para mim.

— Pode reformular sua pergunta, Srta. Woodcroft?

Faço uma pausa.

— O senhor admitiu que a ajudou a remover a meia-calça e a calcinha, que "as coisas saíram um pouco do controle no calor do momento". É perfeitamente possível que, nesse momento, o senhor tenha puxado a meia-calça dela, não?

— Não.

— Que, no calor do momento, o senhor tenha arrebentado a calcinha.

— Não.

— É mesmo? — Tento parecer indiferente, mas, por dentro, estou fervilhando, porque sei que isso é mentira. Ele abriu a minha blusa à força muitos anos atrás; ainda me lembro dos fios soltos e dos dois botões perdidos que saíram voando enquanto ele agarrava o meu sutiã. — Que interessante. Entendi.

Pigarreio e faço uma avaliação rápida. Em vez de repassar todo o seu depoimento sobre o hematoma — "algo que eu só fazia no calor do momento" — e encarar aquela muralha de autoconfiança, preciso ir direto ao ponto. Jogar a minha versão em cima dele e torcer para desmascará-lo — com o meu profundo desdém por suas respostas — como o mentiroso que é. Mas, primeiro, preciso expor a arrogância dele — porque o homem que os jurados precisam ver é aquele que coloca as suas necessidades acima das de todo mundo, indiferente à vontade de qualquer jovem que lhe diga não.

— Deixando de lado o incidente no elevador, sabemos que o senhor e a Srta. Lytton tiveram relações sexuais na Câmara dos Comuns antes.

— Sim.

— Em duas ocasiões. Nos dias 27 de setembro e 29 de setembro, creio eu?

— Sim. — Ele pigarreia.

— Então seria razoável acreditar que o senhor presumia que ela estaria disposta a fazer isso de novo? A ter relações sexuais em algum outro lugar da Câmara dos Comuns?

— Sim. — Ele soa um pouco mais desconfiado, falando arrastado para indicar que a sua resposta é cautelosa.

— Segundo o depoimento do senhor, ela chamou o elevador e entrou na frente, depois de indicar que ainda considerava o senhor atraente. Quando o senhor a seguiu, ouso dizer que tenha imaginado que sexo seria uma possibilidade.

— Não no começo.

— Não no começo? Foi um encontro rápido, não foi? Acabou em menos de cinco minutos. "As coisas saíram um pouco do controle", como o senhor admite. Então sem muito tempo para preliminares?

Ele pigarreia.

— Eu logo entendi o que aconteceria, mas não entrei no elevador com essa intenção — diz ele.

— Mas deveria haver *alguma* intenção. Os senhores não entraram lá para fazer uma *reunião*, correto?

Um dos jurados solta uma risada abafada.

— Não. — Seu tom fica mais firme, porque ele não gosta de ser alvo de risadas.

— Não — concordo com tranquilidade. — Então o senhor e a Srta. Lytton entram no elevador e imediatamente se agarram e se beijam.

— Sim.

— A blusa dela é aberta... com um puxão, segundo ela; desabotoada pelos dois, segundo o senhor. E o senhor leva as mãos à bunda dela.

— Sim.

— E a calcinha é removida pelos dois. O senhor ajudou, como admite.

Uma pausa, e então:

— Sim.

— E isso tudo aconteceu enquanto os dois estavam "muito próximos", como o senhor disse?

— Sim.

— É um elevador muito pequeno. Com pouco mais de um metro de largura e menos que isso de profundidade. Qual era a exata distância entre o senhor e a Srta. Lytton?

— Bem, nós estávamos nos beijando, e... sendo íntimos... então estávamos cara a cara.

— Muito próximos, então? A dez ou vinte centímetros de distância, talvez menos?

— No máximo trinta centímetros.

— No máximo trinta centímetros — repito. — Então, se ela dissesse "Me solta. Não, aqui, não", o senhor teria escutado?

— Sim.

— Na verdade, o senhor nos disse: "Ela não poderia ter dito algo assim, ou qualquer outra coisa, na verdade, sem que eu escutasse." Não foi?

— Sim. — Ele projeta o queixo para a frente, na defensiva, talvez sem saber aonde quero chegar.

— E o senhor não é um brutamontes. Não é alguém que *arrancaria* roupas, segundo o seu depoimento, nem mesmo para ajudar alguém a *puxar* algo no calor do momento. Então teria parado caso estivesse ciente disso?

— Sim.

— Ainda assim, ela nos disse, aqui neste tribunal, que pediu ao senhor que parasse.

— Não.

— Ela disse: "Me solta. Não, aqui, não."

— Não.

— Não apenas uma, mas duas vezes.

— Não.

— Ela começou a chorar, aqui neste tribunal, enquanto contava isso, não foi?

— Não. — A voz dele endurece, grave, como um soco.

— O senhor estava cara a cara com ela, apertados um ao outro, a no máximo trinta centímetros de distância. Ela pediu que parasse, e o senhor continuou mesmo assim.

— Não. — A voz dele está tensa, mas decido não o encarar; em vez disso, olho para a frente, para o juiz, sem me preocupar em dar atenção a James Whitehouse, porque agora é guerra e não vou fingir que isso é agradável de forma alguma.

— Ela repetiu, e o senhor escolheu ignorá-la de novo.

— Não — insiste ele.

— O senhor a penetrou mesmo sabendo que ela disse não duas vezes.

— Não.

— Na verdade, o senhor sabia que ela não consentia, porque disse: "Para de fazer cu doce."

— Não.

— O que essa frase significa, Sr. Whitehouse?

— O quê? — Ele fica desconcertado por um instante com a mudança de ritmo.

— É um comentário bem desagradável, não é? — E, neste momento, preciso me controlar, me certificar de não ser dominada pela raiva. — Significa "não me deixe sexualmente excitado e volte atrás". Reconhece a relutância em continuar, uma falta de consentimento, não é?

— Isso é teórico. Não falei essa frase — insiste ele.

— Mas o senhor disse "Você é um doce", não disse? — Olho para as minhas anotações. — A minha estimada colega, a Srta. Regan, perguntou se o senhor disse "algo do tipo 'Você é um doce'?". Ao que o senhor respondeu "Posso ter dito algo assim..." quando ela "me deu aquele primeiro beijo". O senhor sentiu a relutância dela — insisto, articulando bem cada palavra. — O senhor sabia que ela já estava hesitante.

E lá está: um vislumbre de raiva na mandíbula projetada para a frente. Ele está travando uma batalha interna.

— Foi só um comentário carinhoso. — Sua voz está tensionada feito um relógio que recebeu corda demais. — Só um comentário que a gente fazia.

— O senhor sentiu a relutância dela e então a estuprou, porque, quando ela disse "Não, aqui não", o senhor escolheu ignorá-la.

— Não.

— O senhor achou que ela não estava falando sério.

— Não.

— Ou melhor, o senhor *não se importou*. O senhor sabia que ela tinha dito não, mas ignorou a ausência do consentimento porque achava que a conhecia melhor que ela mesma.

Por fim, olho para ele: diretamente, desafiando-o, e me pergunto se vejo um sinal de reconhecimento — mas não, é apenas um lampejo de raiva.

Eu me viro para o juiz, sem dar a James Whitehouse a chance de responder.

— Não tenho mais perguntas, Vossa Excelência.

27

Kate
1º de maio de 2017

Os jurados saem para deliberar no fim da manhã de segunda-feira, depois dos discursos de encerramento e do lembrete do juiz Luckhurst de que devem levar o tempo que for necessário para avaliar as provas. Ele repete as orientações que deu no começo do julgamento — que "é a Coroa quem apresenta o caso, e é a Coroa que precisa prová-lo. O Sr. Whitehouse não precisa provar nada". Ele resume os pontos de mais destaque dos nossos argumentos e reforça a definição de estupro, ressaltando que o caso gira em torno do consentimento, da questão fundamental — a palavra de uma pessoa contra a de outra —, se James Whitehouse sabia que não havia consentimento no momento da penetração.

Os jurados ficam atentos durante essa aula de jurisprudência, sem curvar os ombros ou se apoiar na mesa como faziam antes; estão de costas empertigadas, fazendo anotações — pois são alunos dedicados que prestam atenção ao diretor da escola —, dispostos a aceitar essa responsabilidade, a assumir seu papel. Por mais de uma semana, eles assistiram a profissionais extremamente qualificados tentando persuadi-os, bajulá-los, expor seus argumentos, colocando em prática nossas melhores habilidades para impressioná-los e, sim, para ganhar pontos. Agora, pela primeira vez, o poder está plenamente nas mãos deles. O juiz determinará a sentença. Mas a decisão, a escolha se James Whitehouse é culpado ou inocente, se ele é um estuprador ou um homem carinhoso, se é alguém que disse que a sua vítima fazia cu doce, a machucou e rasgou sua roupa íntima, ou se é apenas um homem que esgarçou sua meia-calça e lhe deu um chupão no calor do momento, cabe apenas a eles.

Vou para a sala dos advogados. A detetive-policial Rydon e o detetive-sargento Willis se dirigem à cantina em busca de café, mas recuso o convite de acompanhá-los. Eles me deixam nervosa, e quero ficar em silêncio ou me distrair com o humor ácido dos meus colegas reclamando da ineficácia do sistema judiciário ou das incompetências que nos cercam todos os dias. John Spinney, do meu departamento, está revoltado com um caso de abuso infantil que foi adiado porque, durante a noite, um engenheiro removeu do tribunal o equipamento necessário para tomar o depoimento da vítima por vídeo. "Será que eles não entendem a dificuldade que é conseguir trazer uma menina de 9 anos, extremamente vulnerável, para cá?" David Mason está desabafando sobre um réu que fez de tudo para comprovar que era fisicamente incapaz de comparecer ao tribunal — mas teve uma recuperação milagrosa depois de ser absolvido. Caspar Jenkins está vociferando sobre uma audiência pré-julgamento que precisou ser adiada porque os documentos do caso não foram digitalizados.

É catártica essa conversa cheia de palavrões, a maneira quase competitiva como situações desastrosas são contadas, a sensação de que todos nós estamos lutando contra a incompetência burocrática e trabalhando com algumas pessoas completamente imorais; e, claro, como precisamos dessa camaradagem, além da nossa grandiosa busca por justiça e pelo barato de conseguir o resultado certo, *justo*, para nos motivar a continuar entrando nos terríveis tribunais da nossa jornada diária.

Escuto o bate-papo deles e atendo a uma ligação de Brian sobre um caso de assassinato marcado para começar dali a alguns meses, em Norwich. Não trabalho com assassinatos, mas há um elemento sexual: a ré é acusada de matar o homem que abusou dela por muito tempo na infância, há trinta anos. Sou convidada para fazer parte da defesa e me sinto mais tranquila, começo a imaginar como vai ser a minha argumentação. Ele envia por e-mail os documentos preliminares e tento me distrair.

Uma hora se passa. Será que eles vão voltar antes do almoço? Acho difícil, e quase me sinto aliviada quando o relógio marca uma da tarde e sei que nada vai acontecer por enquanto, porque esse é o horário de almoço do juiz. Tim pergunta se quero sair para comer um sanduíche, mas digo que não. Não como durante o dia: o tempo é curto e já tem ácido demais no meu estômago, que está borbulhando e se agitando no momento, efervescendo. Funciono à base de nervosismo e adrenalina: a leve necessidade de estar sempre alerta para correr de um tribunal a outro em poucos minutos, a obrigação de pensar rápido e com clareza, a exigência de nunca baixar a guarda, de nunca parar de ouvir nem questionar a melhor forma de desconstruir uma narrativa e encontrar uma versão diferente.

E então, às duas e quinze, vem dos alto-falantes uma voz anasalada.

— Todos os interessados no caso *Whitehouse* devem se apresentar imediatamente ao tribunal dois.

Sinto gosto de bile e tento controlar a adrenalina — aquela mistura estranha de empolgação que se transforma em medo que percorre o meu corpo mais rápido que um corredor saindo do bloco de partida. Minhas mãos tremem enquanto reúnem o laptop, os papéis, a bolsa, enfiando a peruca de volta na cabeça, então corro para o banheiro: sinto uma necessidade repentina de fazer xixi; temo não conseguir me concentrar se não for agora. Sozinha na cabine, apoio a cabeça na porta e de repente sou atacada pela lembrança dos acontecimentos no claustro: a pedra arranhando as minhas costas, a dor dos movimentos dele, o peso do seu corpo pressionando o meu, aquela ardência interna. Vejo a gárgula, as mãos cobrindo os olhos e a boca, e, mais recentemente, a minha versão mais velha, me tremendo toda de tristeza enquanto mergulho na banheira com água cinzenta. Sinto o grito que acompanhou aquele ato e que ameaçou escapar, inúmeras vezes, ao longo dos anos.

Abro o trinco. Preciso aguentar firme — apesar de sentir como se tudo dentro de mim estivesse solto e as minhas pernas fossem feitas de gelatina. Eu me concentro em tentar pensar racionalmente enquanto desço a escada atrás de Angela, que anda no seu compasso autoritário de sempre. Eles não podem ter tomado uma decisão tão depressa; eles ainda não tomaram uma decisão. Por mais que todos nós já tenhamos visto decisões rápidas — dezessete minutos para uma absolvição é o meu recorde —, isso quase nunca acontece. Eles estão deliberando há uma hora e vinte. Tempo suficiente para fingir um debate se a decisão for unânime; não o suficiente para quando muitas mentes ainda estão em dúvida.

Quanto tempo vão demorar? Devem levar pelo menos mais meia hora para voltar à sala deles, eleger um porta-voz e fazer uma votação inicial; e então vão precisar de tempo para dissuadir aqueles que acreditam na inocência dele, porque estou tentando me apegar à crença de que vou conseguir o meu veredito de culpado: de que o cara de Essex e o homem asiático, e talvez o meu porta-voz barrigudo, vençam Cara Laranja, sua amiga atraente e a senhora idosa que não consegue imaginar que um homem tão importante seria capaz de tamanha falta de cavalheirismo, além da mulher obesa de meia--idade que ficava ajeitando os seios enquanto o fitava, fascinada.

Será que todos eles vão tentar convencer uns aos outros? Depois de tantos anos esperando vereditos de jurados, ainda tenho dificuldade em interpretá-los. Júris de cidades grandes são mais propensos à absolvição; quando compostos por mulheres também. Em casos de estupro, os jurados não gostam de condenar o réu: tudo isso pesa contra mim. Mas, ao mesmo tempo, houve o som de surpresa quando Olivia revelou a frase humilhante, a pena demonstrada durante o seu depoimento, a suspeita — que plantei na mente dos jurados —

de que James pode ser o tipo de homem que arranca roupas. Aquela ofensa horrível: *Para de fazer cu doce.* Não é o tipo de frase que uma jovem testemunhando num caso de estupro inventaria. Não é o tipo de coisa que ela gostaria de repetir.

Entramos no tribunal: advogadas, juiz, réu — de maxilar cerrado, o rosto um pouco pálido. Lá no alto, percebo pelo burburinho que a galeria pública começa a ser ocupada e me pergunto se Sophie está ali, com o estômago tão embrulhado quanto o meu. O medo deve estar correndo pelas suas veias enquanto ela espera para descobrir se o marido é um estuprador — se o seu mundo está prestes a mudar de forma irreparável.

E então um momento decepcionante. Os jurados não entram: há apenas um bilhete, entregue pela oficial de justiça.

— Os jurados gostariam de saber se podem receber uma cópia do depoimento da Srta. Lytton — lê o juiz. Ele solta uma risadinha. — Bom, infelizmente, a resposta é não.

A oficial de justiça acena que sim com a cabeça e sai apressada; Nikita pede que fiquemos de pé, e nós obedecemos, depois nos retiramos e voltamos para a abafada sala de becas, para uma espera que não podemos prever nem controlar.

— Eu achava que estava tudo muito claro — funga Angela enquanto subimos a escada de mármore, e tento detectar algum sinal de dúvida, mas o seu rosto se mantém impenetrável como sempre. Não consigo responder, sinto um nó na garganta; a minha cabeça é tomada por pensamentos que não quero admitir que existem: de um James triunfante, inocentado; de mim, diminuída, desacreditada, derrotada por ele, mais uma vez. — Você está tão quieta. — Minha estimada colega soa sarcástica e inclina a cabeça, parecendo um passarinho observando uma minhoca. Seus olhos verde-escuros estão mais perceptivos que o normal.

E só consigo fazer que sim com a cabeça, tentando me livrar dos meus pensamentos agitados.

A tarde se alonga como um gato rolando num pátio ensolarado. Justiça leva tempo, e os jurados — selecionados para servir no júri por duas semanas e levando o trabalho a sério — não estão com pressa.

Os ponteiros metálicos do relógio no vestiário marcam a hora: três e meia, três e trinta e cinco, três e quarenta, três e quarenta e cinco. O alto-falante pode soar a qualquer momento. Quatro horas, agora quatro horas e cinco minutos? É tempo suficiente? Suficiente para doze pessoas analisarem as provas e chegarem ao único veredito certo, *justo*?

— Espero que eles não demorem muito. Preciso sair daqui cedo. — Angela anda pela sala, partindo um biscoito de chocolate com um estalo crocante e o farfalhar do embrulho. — Horrível. — Ela toma um gole do café morno do copo descartável e continua andando.

Esse resultado é importante para ela; a carreira de Angela Regan, conselheira da rainha, não vai avançar se ela não conseguir inocentar James Whitehouse. Mas duvido de que o resultado seja tão importante para ela quanto é para mim.

Tentei me manter otimista, apesar de, na calada da noite, ser dominada pela certeza gélida da derrota. Agora, a esperança se esvai a cada minuto que os jurados demoram. Eu sempre soube que seria difícil conseguir uma condenação. Estupro é um crime particularmente terrível, e, se não for cometido por um desconhecido, se não for do tipo contra o qual somos alertadas de maneira implícita nos contos de fadas, e depois de forma mais explícita quando crescemos, por um homem num beco que pressiona uma faca no nosso pescoço ou que nos encurrala, se for um estupro cometido por um trabalhador simpático, ouso até dizer bonito, de classe média, que já tinha uma relação com a vítima, o tipo de homem que se cumprimentaria na rua ou no portão da escola, que se convidaria para jantar na sua casa ou que apresentaria para os seus filhos ou pais, se for *esse* tipo de estupro e *esse* tipo de homem, então os jurados têm uma tarefa e tanto: expor aquela mancha suja e eterna.

Acima de qualquer dúvida razoável: esse é o ônus da prova que os jurados precisam aplicar antes de fazer isso com alguém. E é bem menos problemático, bem mais *compreensível* lhe dar o benefício da dúvida. Determinar que foi uma experiência sexual ruim: com certeza desagradável, moralmente questionável, mas não ilegal, nada próximo de um estupro.

Mas então, conforme Angela fica cada vez mais irritada, me permito acreditar que estou sendo negativa demais. Talvez apenas um ou dois jurados não tenham se convencido da culpa dele. O juiz poderia chamá-los de volta agora e orientar que o veredito seguisse pela maioria; dizer que aceitaria uma decisão comum de pelo menos dez deles, apesar de ser melhor para todos que ela seja unânime, se não houver espaço para divergências e ambiguidades, já que alguns insistem em acreditar até o fim que ele é inocente.

Fico remoendo os meus argumentos: o discurso final, que escrevi quando recebi o caso e fiz pouquíssimas alterações. Não há uma prova definitiva. Não há evidências forenses que mostrem a verdade de forma irrefutável, porque o hematoma, a meia-calça, até a calcinha podem ter explicações — minimamente — razoáveis. Eu sei que ele é culpado: *Para de fazer cu doce* mostra isso, mesmo que eu não soubesse o que ele fez antes. Mas, para os jurados, há apenas a palavra de uma mulher contra a de um homem. Duas narrativas que começam iguais e depois mudam de rumo. Algumas pequenas discrepâncias — quem chamou o elevador, ela ou ele? Quem deu o primeiro beijo, ela ou ele? — e então uma diferença crucial, gritante, irreconciliável.

Se acreditarem nela, não vou só ficar em êxtase — é claro que vou ficar em êxtase —, mas vou me sentir *vingada*: James Whitehouse será exposto como o homem charmoso, impiedoso, totalmente narcisista, que sei que ele é. Se o júri acreditar *nele*, Olivia vai ser taxada de mentirosa. E eu — bom, não consigo nem pensar no que isso vai significar para mim, no que isso vai dizer sobre as minhas habilidades, sobre o meu senso crítico, sobre a minha determinação em permitir que problemas pessoais e minha falta de objetividade passassem por cima do meu profissionalismo, me deixando obcecada em destruir James Whitehouse.

— Todos os interessados no caso *Whitehouse* devem se apresentar imediatamente ao tribunal dois.

Quatro e quinze da tarde. Quatro horas e quinze minutos. A mulher do alto-falante parece entediada, sem entender o drama que seu anúncio pode causar, seu efeito sobre mim e Angela quando nos levantamos num pulo, pegamos os nossos documentos e laptops e enfiamos a peruca na cabeça.

— Veredito... ou eles estão dispensados por hoje? — pergunta a minha oponente, mais tranquila agora, já que não há nada que possamos fazer para influenciar os eventos e pelo menos alguma coisa parece estar acontecendo.

— Segunda opção — digo, apesar de nem imaginar como vou suportar uma noite de agonia sem saber se eles vão chegar ao veredito certo enquanto pensam nas provas.

Porém, no tribunal dois, o clima está pesado com a pressão da expectativa. Os bancos da imprensa estão cheios; os jornalistas dos veículos impressos sabem que precisam ser rápidos para cumprir o prazo das manchetes da primeira edição, enquanto os de emissoras de rádio e televisão pensam que uma condenação ganharia destaque no jornal das seis. Jim Stephens ocupa o seu lugar no banco da frente. Ele não perdeu nem um dia. Sinto um nó na garganta quando percebo o olhar que ele lança à oficial de justiça. Ela acena com a cabeça para Nikita. Temos um veredito. Engulo em seco. Temos um veredito.

Os jurados entram, e tento interpretar a expressão no rosto deles. A maioria está impassível, mas ninguém se recusa a olhar para o acusado. Não é um bom sinal. Os membros do júri costumam evitar contato visual quando optam pela condenação. Cara Laranja exibe o esboço de um sorriso nos lábios, mas isso é normal; e o homem de meia-idade autoritário, que acredito que seja o porta-voz, está sério, porque está prestes a virar o foco das atenções.

— Por favor, responda às próximas perguntas com sim ou não. Os senhores chegaram a um veredito sobre a acusação? — pergunta Nikita.

O ar para enquanto o porta-voz olha para o pedaço de papel que segura. Por um milésimo de segundo, penso em Sophie Whitehouse e me pergunto se ela está inclinada na primeira fileira da galeria pública, observando o homem que comandou a decisão sobre o futuro do seu marido. Ou, talvez, esteja olhando para o marido e se perguntando se o conhece de verdade.

Parece inacreditável eles já terem chegado a uma decisão, e, mesmo assim:

— Sim — anuncia o porta-voz, e todos no tribunal prendem a respiração.

Meus punhos se cerram, as juntas dos meus dedos ficam pálidas. É agora: um daqueles momentos decisivos que moldam a sua vida. Como aquela noite de junho, no claustro. A pedra arranhando as minhas costas, a dor quando ele me penetrou. *Para de fazer cu doce.* A voz suave, apesar de eu sentir o tom de ameaça.

— Os senhores julgam o acusado culpado ou inocente da acusação? — pergunta Nikita, e percebo que estou prendendo a respiração, fincando as unhas com força na palma da mão direita, enquanto o porta-voz abre sua boca cor-de-rosa, umedecida, e sua voz ecoa em alto e bom som.

— Inocente — diz ele.

Uma mulher na galeria grita de alívio; e outra — Kitty? Porque Olivia não está no tribunal — grita "Não". É um som gutural, espontâneo, o não de uma mulher que sabe que uma injustiça está acontecendo e que não há nada que possa ser feito para impedi-la.

É o grito que quero dar, que farei ecoar bem alto na segurança do meu banheiro mais tarde — mas, por enquanto, permaneço em silêncio. Apenas o mais leve inclinar de cabeça em reconhecimento. Um gesto simples, melancólico, enquanto registro o veredito.

Ao meu lado, Angela se vira e se permite sorrir. É um bom resultado, articula com a boca. Meu rosto se enrijece numa máscara. Permaneço calma e profissional, mas, por dentro, o meu coração ruge sem parar.

28

Sophie
1º de maio de 2017

James está eufórico. Sophie sente a empolgação que emana dele: poderosa, sexual, contagiante. Ele voltou a ser um rapaz, no auge da força física e intelectual. O James de quando a sua equipe ganhou a competição de canoagem, que escalava o muro da faculdade para surpreendê-la à noite e depois fazia amor até as duas da manhã, apesar de terem de acordar em poucas horas para o treino. O James que se formou como um dos melhores alunos da turma, apesar de só estudar em cima da hora, e que foi eleito com uma reviravolta tão impressionante que confundiu até os analistas políticos; o homem que era o foco da atenção no portão da escola, em Westminster, e até naquele tribunal.

— Minha querida.

Ele está ardoroso; seu beijo é apaixonado e sua pegada chega quase a ser dolorosa quando ele a puxa pela cintura num movimento simples, tão fluido que parece até que ensaiaram.

— Minha esposa não é maravilhosa? — pergunta ele a John Vestey e Angela enquanto beija Sophie com vontade, depois a solta para se dirigir à rua, onde fará um pronunciamento rápido, controlando toda a sua empolgação e a substituindo pela sua gratidão à equidade do sistema judiciário britânico, à sabedoria dos homens e das mulheres do júri, que reconheceram sua inocência por unanimidade, e sua preocupação por um caso como aquele ter sido levado a julgamento.

Há um empurra-empurra na multidão de repórteres e câmeras quando ele para na calçada diante do tribunal. Aquilo tudo é muito exagerado: a lente das câmeras apontada para a frente, o falatório dos jornalistas com microfones enormes e blocos de anotação espiralados, os olhos em alerta querendo capturar um comentário interessante, registrar todas as palavras que saem da boca de James, para estampá-las na capa de um jornal ou repeti-las no noticiário inúmeras vezas.

— Aqui, Sophie, aqui.

O burburinho e os cliques são incessantes enquanto os homens atrás das câmeras — e as mulheres com blazers coloridos e seus microfones, que parecem igualmente insistentes, ou mais — gritam e fazem elogios. Ela repara em Jim Stephens — sempre envolvido em tudo — e estremece, o alívio que sentiu com o veredito — tão intenso que sente um aperto físico no coração — se dissipando com a necessidade quase avassaladora de fugir dali.

Mais tarde, ela vai assistir ao noticiário e mal se reconhece: a expressão assustada, a postura encolhida. Mas eu estava estonteante, não estava? Porém, ela sabe que não. Que o peso do alívio não abre espaço para a tranquilidade, para a euforia que o marido sente. Está esgotada, desorientada depois de meses esperando pelo pior, e dividida: há perguntas sem resposta que ainda a incomodam.

Ela dá um passo para trás, tentando se afastar da confusão. Eles estão interessados em James; o cenho franzido e a voz grave enquanto ele faz um discurso eloquente e rápido. Chris Clarke avisou que qualquer declaração deveria ser breve e sem nenhuma insinuação de vitória, apenas agradecendo o apoio das pessoas que ficaram ao seu lado e enfatizando sua determinação em se dedicar aos eleitores e ao trabalho do seu partido no governo, porque ainda há muito que ser feito.

Mas o marido não entende seu desejo de fugir. Ele fala dela agora, agradecendo o "apoio contínuo, inabalável". Ela não reconhece a mulher que ele descreve, e a culpa pesa ao se lembrar de todas as dúvidas que teve, instigadas pelos depoimentos que devorou enquanto estava em Devon e que só aumentaram nas últimas horas.

— Minha esposa e meus filhos passaram por um verdadeiro inferno nos últimos cinco meses. Quero agradecer por permanecerem ao meu lado e acreditarem que eu era inocente do crime horrível do qual me acusaram — continua ele, e as palavras atingem Sophie: inócuas, astuciosas, roteirizadas. Ele se recusou a admitir, ao menos publicamente, a possibilidade de ser condenado. E, agora, seu tom se torna mais grave com apenas um toque de inquietação, de acusação. — É muito preocupante pensar no motivo pelo qual esse caso foi levado a julgamento. São perguntas que a polícia e o Serviço de Promotoria da Coroa terão que responder no momento certo. Queremos que todos os culpados de crimes graves sejam levados à justiça; ninguém quer ver dinheiro público ser desperdiçado em um caso que não passava de um relacionamento rápido que deu errado, só isso. Sou grato pelos doze membros do júri, que aceitaram minha inocência por unanimidade. Agora, peço um pouco de tempo para me dedicar à minha família, e então estarei pronto para voltar ao trabalho de representar os meus eleitores e apoiar o governo em todas as suas tarefas.

Em seguida, ele acena que sim com a cabeça e John Vestey anuncia que "não haverá perguntas, muito obrigado, o Sr. Whitehouse precisa ir", e eles são levados para um táxi preto que acabou de parar — nada de carro do ministério agora, pelo menos não por enquanto — e se sentam no banco detrás, com James segurando a sua mão.

Londres passa rápido enquanto eles atravessam Ludgate Hill rumo a Blackfriars e Victoria Embankment; o Tâmisa, cinza como aço, corre ao lado deles enquanto seguem para o oeste, rumo à sua casa, mas primeiro precisam encarar o lugar em que aconteceu: o caso do seu marido. A Câmara dos Comuns é banhada por uma luz dourada, e o Big Ben se destaca, orgulhoso e resplandecente, a torre do relógio — uma construção de tijolos com o pináculo de ferro fundido — perfurando o azul-claro suave do fim da tarde.

Os pedestres andam rápido enquanto o táxi dá a volta na Parliament Square, depois passa pela Abadia de Westminster e desce por Millbank — seguindo a rota turística para uma mulher que está tão desorientada que sente como se visse com novos olhos a cidade que conhece tão bem. Depois de viver por tanto tempo num poço de medo, ela sente um pouco de agorafobia, o brilho e a agitação do centro de Londres parecendo fortes e intensos demais, os carros próximos demais, os cliques dos turistas empunhando a câmera dos celulares — nada interessados neles, ela sabe, mas *ainda assim*, cercando-os.

O telefone de James apita. Seu celular não para de sinalizar a chegada de mensagens de parabéns, mas esta é a única mensagem que importa. De Tom. Ele sorri, satisfeito, e — num gesto atípico — mostra para ela: "Meus parabéns. Bem-vindo de volta. T."

Ele não recebia uma mensagem do primeiro-ministro desde a acusação. Não era o meio mais seguro de comunicação, e Tom não queria que o seu apoio a um suposto estuprador fosse noticiado, apesar de transmiti-lo por meio de Chris Clarke. "Um amigo me pediu para dizer: Coragem, está quase acabando"; "O chefão tem muito respeito por você." Esses recados e algumas conversas breves tiveram de bastar. Porque não havia mais longas discussões até tarde da noite no escritório em Downing Street, não havia mais partidas de tênis no Chequers, não havia jantares tranquilos na cozinha com Tom e sua esposa, Fiona, com quem era casado havia oito anos. Por seis meses inteiros, eles foram *persona non grata*. Mas, agora, a porta da sua reabilitação social e política estava aberta, e não era apenas uma fresta.

— É o mínimo que ele deveria dizer — declara ela ao ler o texto e remoer aquela dolorosa exclusão. Não acrescenta "depois do que você fez por ele", mas as palavras pairam no ar.

Ele sorri, magnânimo agora, capaz de fazer concessões, e ela se surpreende com o quanto se sente emocionada pela possibilidade de retomarem aquela amizade. É pega desprevenida pelo choro, comprometendo o seu autocontrole habitual, tornando a sua respiração acelerada, arfante, enquanto tenta se recompor, os olhos ardendo com as lágrimas que ela pisca para afastar.

— Vem aqui, querida.

No banco detrás do táxi, ele a toma nos braços e ela cede à força daquele alívio por um instante, sentindo a força dele, as batidas firmes do seu coração sob o sobretudo de lã cinza-chumbo, o calor do seu torso e sua firmeza familiar, dura no peito dela. Ela passa as mãos por baixo do casaco dele, sente o ponto em que a camisa branca de algodão está presa na cintura, acaricia suas costas, quase do mesmo jeito que faria com Finn ou Emily, tentando transmitir o conforto e a tranquilidade de que ela mesma precisa; tentando se reconectar com ele.

— Vai ficar tudo bem — sussurra ele no alto da sua cabeça, e ela sente um calafrio desconfortável.

— Não diz isso — sussurra ela no ombro dele, a voz quase inaudível. — Você já disse isso antes.

Ele se afasta — o rosto confuso por não conseguir se recordar da lembrança.

— Não. — Ele é firme e preciso. — Vai. Ficar. Tudo. Bem. Mesmo.

Discordar é perda de tempo. Nada nunca mais vai ser o mesmo — percebe ela instintivamente naquele momento —, mas essa não é a hora nem o lugar para começar uma briga. Não aqui, no táxi, com o motorista observando os dois pelo retrovisor, os olhos castanho-claros emoldurados por um retângulo de vidro, sabendo que o cliente que pegou no Old Bailey é o ministro do Partido Conservador que acabou de ser inocentado de estupro — aquele caso sobre o qual a BBC vai começar a comentar daqui a pouco no rádio, porque o noticiário das cinco já vai começar; ela escuta a música terminando para dar espaço às notícias da última hora enquanto James fala.

Mas o marido assume o controle, como sempre. Aperta o botão para falar com o motorista, que até consegue fingir bem que não estava prestando atenção neles.

— Pode mudar para a Radio 4?

Ele se recosta no banco, espaçoso, e fica escutando enquanto a notícia sobre sua absolvição é a primeira a ser mencionada no jornal.

Ela é atingida pelas palavras; a autoridade da voz do apresentador torna tudo mais oficial, por algum motivo, fazendo com que ela tenha a breve sensação de que — pelo menos para o mundo exterior — *vai* ficar tudo bem.

— Vem aqui. Eu te amo.

Ele a envolve com um braço no banco detrás do táxi, os lábios se curvando numa expressão de imenso alívio que ela compreende — é claro que compreende —, mas que a deixa um pouco aterrorizada. Não dá para explicar; não há por que duvidar dele. Então ela faz o que sempre acaba fazendo: cede para a força da personalidade e dos sentimentos dele e tenta acalmar os pensamentos incessantes que ficam dando voltas na sua cabeça.

As crianças estão felizes da vida, é claro. Elas correm para ele quando Cristina abre a porta, depois de James passar por dois fotógrafos de plantão com um educado, porém firme:

— Já disse tudo que tinha para dizer. Agora, preciso passar um tempo com a minha família.

O rosto de Finn é pura alegria; Emily está mais reticente, porque tem alguma noção do que aconteceu — não sobre a acusação em si, porque não entraram em detalhes, disseram apenas que uma moça má tinha inventado coisas sobre o papai, mas sobre o fato de que o seu pai maravilhoso estava num tribunal.

Sophie fica observando enquanto ele os puxa para um abraço como se sua vida dependesse daquilo, fechando bem forte os olhos, aninhando a cabeça entre os cabelos claros e macios. Ela engole em seco para desfazer o nó que parece ter se alojado no fundo da sua garganta para sempre e para evitar as lágrimas que escorrem agora — na segurança do seu próprio lar — porque não pode deixar que as crianças a vejam chateada; elas não entenderiam que são mais que lágrimas de alívio, mas de ansiedade pelos próximos dias e semanas misteriosos que virão.

Ele olha para ela por cima da cabeça de Emily e sorri com olhos cheios de amor, e ela se pega sorrindo também: a resposta é automática. Aquela é a melhor versão de James. James, o pai e marido amoroso, que coloca a felicidade da família em primeiro lugar. O James que ele gostaria de sempre ser. O único problema é que a sua personalidade é enorme e ele é complexo demais, dividido demais, *egoísta* demais para ser esse James por completo — e o James político, o James mulherengo, aparece.

— Mamãe, vem também. — Finn, sempre o mais inclusivo dos filhos, o mais amoroso, se vira para puxá-la para o abraço em grupo.

Ele regrediu na última semana, e sua infantilidade mostra o quanto quer que todos fiquem juntos. Ela se permite ser meio puxada: o braço do seu menino apertando a sua cintura com vontade, o da filha apoiado nas suas costas, a boca de James pressionada no seu cabelo.

— Todos em casa. A família toda. — Emily tenta colocar o mundo de volta no lugar; tudo bem preto no branco, sem exceções.

— Todos em casa, juntos — concorda James.

Quem dera as coisas fossem tão simples, pensa ela ao mesmo tempo que tenta se agarrar àquele momento. Ao fato de os filhos terem sido poupados de ver o pai sendo marcado como um estuprador e mandado para a prisão, de que eles nunca terão um pai deserdado, nunca precisarão sentir vergonha nenhuma.

Você não precisa de nada mais que isso, diz a si mesma, aproveitando o calor do momento, a proximidade das mãozinhas dos filhos ao seu redor, apertando-a. E, mesmo assim, há aquela inquietação crescente, as perguntas que ela não consegue calar e o desejo de empurrar o marido com força para bem longe. De ter apenas o abraço dos filhos.

Naquela noite, ela o questiona — depois que as crianças vão dormir. Quase desiste de fazer isso: tenta apenas beber o champanhe que ele abre e aproveitar o momento. Um momento repleto de gratidão, mais até que de felicidade, e obscurecido pela exaustão — ficou esgotada de verdade com o peso dos últimos meses, como as dores que se sente um ou dois dias depois de uma maratona ou uma competição acirrada de canoagem.

James continua empolgado. Atende ligações para receber os parabéns, marca um encontro com Tom — tudo muito na surdina; ele vai entrar escondido em Downing Street assim que amanhecer —, parando para girá-la nos braços quando passa por ela, depois enfim se joga ao seu lado, as taças de champanhe sendo enchidas de novo, seu rosto tomado pela alegria ao se inclinar para beijá-la.

Ele é puro carinho quando a toma nos braços e começa a desabotoar sua blusa, beijando seu pescoço de um jeito que ela costuma adorar, mas que agora associa com outras mulheres. Sua reação é fechar bem a boca antes de se soltar e se afastar.

— O que houve?

Seu rosto bonito é um ponto de interrogação, e ela quase cede e volta a se apoiar nele. Quase diz a si mesma que não estrague o clima. Mas a hora é agora, e, se ela não disser nada, as perguntas vão continuar ali para sempre, corroendo o seu casamento como a ferrugem nos vasos que Cristina esqueceu na chuva.

— Não tem um jeito fácil de dizer isso...

— O quê? — Ele franze a testa. Talvez pense que ela quer abandoná-lo.

— Preciso saber exatamente o que aconteceu... Não consigo parar de pensar no que de fato aconteceu no elevador.

— O quê? — repete ele. — Você sabe o que aconteceu no elevador. Eu me sentei num tribunal e contei para o mundo inteiro.

— Eu sei o que você disse no tribunal, sim... — Ela se vira para encará-lo, plantando os pés com firmeza no chão, as mãos envolvendo os cotovelos como se conseguisse se reconfortar com o gesto. — Mas preciso saber o que aconteceu de verdade. Foi exatamente como você disse?

— Não acredito que você está me perguntando uma coisa dessas. — Ele se inclina e pega o telefone na mesa de centro, balançando a cabeça como se estivesse magoado com a pergunta. — Depois de tudo pelo que eu passei. Depois de tudo que você me ouviu admitir, ainda duvida de mim? — A voz dele endurece. — Não esperava isso de você. Vou dormir.

275

— Só me diz que ela nunca pediu que você parasse. — Ela consegue ouvir certo desespero na própria voz, mas precisa saber. — Que ela *realmente* não disse "Não. Aqui, não". Que — e, nesse momento, sua voz falha — você nunca disse "Para de fazer cu doce". — As palavras horríveis saem de uma só vez. — Que nunca disse *nada* disso.

— O que você acha? — Ele a encara com um olhar de superioridade, retomando o tom calmo, controlado: o James que está totalmente no controle e que vai apresentar seus argumentos da forma mais analítica possível.

— Não sei. Imagino que ela possa ter dado algum sinal de que não queria aquilo que você ignorou porque achou que não estava falando sério.

As palavras que reverberavam na sua mente ganham forma naquela frase simples e direta, que ocupa o espaço entre os dois. Torcendo para que ele a tranquilize, ela espera.

Mas ele volta a se sentar no sofá, balançando a cabeça com um ar irônico e um olhar que parece de admiração.

— Você me conhece bem demais.

— O que você quer dizer com isso? — Algo se parte dentro dela. "Sei que você pode ser econômico com a verdade quando lhe convém", é o que ela quer dizer; "sei que você já fez isso antes", mas não consegue tocar nesse assunto.

— *Pode* ser que ela tenha feito uma leve tentativa de me afastar.

— O quê? — Ela não queria que ele concordasse.

— Mas ela não estava falando sério.

— Como você pode dizer uma coisa dessas?! Como pode presumir que sabe o que ela pensa?

— Porque eu sei que ela não estava falando sério. Ela estava sempre a fim. — Ele observa a cara fechada dela, porque suas palavras a atingiram como um soco forte no estômago. — Foi mal por ser tão direto, mas estou sendo bem direto aqui. Ela era assim: sempre fingia resistir, mas depois mudava de ideia. Era um joguinho para ela: se sentir desejada. Não era sempre assim, só nessas situações arriscadas, quando a gente transava num lugar com alguma chance de sermos descobertos.

Ela permanece sentada, em choque. É informação demais para assimilar: a confissão do hábito de fazer sexo em lugares arriscados, a referência às coisas de que Olivia gostava, os detalhes dos joguinhos deles. Em meio à névoa do que ele falou, ela tenta colocar sua atenção na questão principal.

— Mas talvez ela não quisesse dessa vez.

— Duvido muito.

— E ela *disse* para você que não queria?

— Bom... *talvez* tenha dito.

— Disse ou não disse?

— Tá bom. Acho que ela disse uma vez, tá? — A voz dele aumenta, exasperada. — Olha, vamos deixar isso pra lá, pode ser? Eu não estava esperando esse interrogatório.

Mas ela não vai deixar pra lá, porque agora está determinada.

— Você *acha* que ela disse?

— Meu Deus. O que é isso? Outra inquirição? Escuta, ela falou só uma vez, mas foi da boca pra fora, tá?

Ela fica sem ar com a admissão dele, e, quando volta a falar, sua voz soa baixa, num tom quase incrédulo.

— Mas você disse no tribunal que ela não falou nada. Você disse que ela nunca pediu isso.

— Ah, deixa de ser tão puritana.

— Mas foi o que você disse.

— Bom, talvez eu tenha esquecido algum detalhe.

— Você *esqueceu algum detalhe*?

— Eu não *menti*, Sophie.

Ela fica em silêncio. Tenta colocar os pensamentos em ordem. Uma lembrança errada, uma omissão, uma mentira: todas as formas de imprecisão.

— E o comentário do "cu doce". Você também disse isso para ela?

— Ah, bom, aí você me pegou. — Ele tem a decência de enrubescer. — Posso ter dito. Mas ela não se ofenderia. Ela vivia me provocando.

— Você disse ou não disse? — Ela está chorando.

— E se eu tiver dito?

Por um instante, seus olhares se encontram, e ela vê pura raiva nos olhos dele, sabe que o seu está cheio de mágoa e confusão: a revelação de que tudo o que ela presumia sobre o marido estava errado. Ele sorri rápido, tentando neutralizar aquela raiva, dando a entender que tudo pode ser consertado.

— Olha só — diz ele, encarando-a com um olhar arrependido, um olhar que normalmente a convenceria. — Quando fui interrogado pela polícia, eu posso ter esquecido algumas coisas. Em vez de piorar a situação, mantive o meu depoimento no tribunal. Ela disse que não, meio que da boca para fora, só uma vez, e eu sabia que não era pra valer porque eu sabia como *ela* era, sabia o que era aquele contexto: ela sempre quis em outras situações tão arriscadas quanto aquela. Eu também posso ter dito a frase... Tudo bem, eu disse a frase, porque ela ficava me tentando e *gostava* que eu a visse como alguém assim, provocadora. Sendo sincero, ela era exatamente assim. Mas neguei tudo no tribunal porque não achei que fizesse diferença, e eu sabia que, se eu mudasse a minha história sem ter contado isso antes, só pioraria a situação. Mas nada disso importa, você não percebe? — Ele sorri, certo de que a está convencendo, de que está sendo persuasivo como sempre, ela fica perplexa com essa autoconfiança. — Eu sabia que a verdade era que o que quer que eu tenha dito, e o que quer que ela tenha dito por alto, sem convicção e só uma vez, podiam ser ignorados, porque, no momento da penetração, no momento em que, legalmente falando, o consentimento *faz diferença*, ela me queria de verdade.

— Mas você não contou toda a verdade, não é? — diz ela num tom cuidadoso, como se tentasse resolver uma briga entre Emily e Finn, porque se sente fraca e está lutando para chegar a uma conclusão.

— O que eu contei era praticamente verdade. Ou o que foi verdade para mim.

A cabeça dela está girando.

— Mas não é assim que as coisas funcionam, não é? — Disso ela tem certeza.

— Ah, qual é, Soph. A verdade é que ela quis transar várias vezes em situações arriscadas como aquela, e eu achei que ela também quisesse naquele dia. Se eu deixei de mencionar algum detalhe no tribunal, ou até se contradisse as coisas que ela falou, bom, eu só estava contando o que foi verdade para mim naquele momento. Todo mundo adapta a verdade de vez em quando — continua ele. — Pensa no que a gente faz no governo, manipulando estatísticas, tentando fazer as coisas parecerem melhores, omitindo números que contradizem os nossos argumentos, forçando a barra. Pensa no que fazemos com o orçamento, com aquela contabilidade duvidosa. Pensa no que Blair fez com o dossiê do Iraque.

— Uma coisa não tem nada a ver com a outra. — Ela não vai ser distraída assim. Sabe que ele está fazendo um joguinho, tentando se justificar e manipulá-la, como faz em todas as brigas. — Não estamos falando sobre nada parecido com isso.

— Então você queria que eu confessasse algo que sei que era irrelevante e que aumentaria as minhas chances de ser condenado como estuprador e mandado para a prisão? Era isso que você queria? Que eu fizesse isso com a gente, com o Finn e com a Em?

— Não, é claro que não. — Ela recua, porque não era isso que queria. — Só acho que você devia ter contado a verdade!

As palavras disparam da sua boca, tão puras e imaculadas quanto bebês recém-nascidos. Sente um aperto no coração com a compreensão de que ele distorceu a verdade em benefício próprio, que ele mentiu no tribunal — e que não vê problema nenhum nisso. Ela conhece todos os defeitos dele — todas as características desagradáveis. Porém não o reconhece mais.

— Olha só. — O sorriso dele é contido agora, uma expressão para que ela o escute. — Até você distorce a verdade de vez em quando.

— Eu não faço isso! — O pânico dela aumenta.

— Faz, sim. Você disse para a sua mãe que adoraria que ela fizesse uma visita e passasse uns dias com a gente, quando não era um bom momento; disse para Ellie Frisk que adorou o vestido dela na Cerimônia de Abertura do Parlamento, mas sussurrou para mim que ele a deixava com cara de velha. Você até disse para Emily que furar as orelhas antes dos 16 aumenta o risco de elas inflamarem.

— São coisas bem diferentes — diz ela.

— Diferentes como? Você falou essas coisas para amenizar uma situação, ou, no caso da Emily, para deixá-la com medo e fazer com que aceitasse o seu ponto de vista. A única coisa que eu fiz foi contar a minha verdade de um jeito que não confundisse os jurados, para facilitar a compreensão deles, para esclarecer as coisas.

Ela está horrorizada. Ele tem uma concepção sobre a verdade tão diferente da sua que ela se pergunta se está enlouquecendo.

— Não, não foi isso que você fez. — Ela tenta se recompor. Será que ele havia acabado de reconhecer que teve a opção de contar a verdade, mas preferiu não fazer isso para não aumentar o risco de ser preso? — Você contou uma versão conveniente da história enquanto estava sob juramento, depois de prometer que diria a verdade no tribunal. Você... — Ela se pergunta se deve usar essa palavra, porém nada mais transmite o impacto do comportamento dele. — Você *mentiu* no julgamento, James. Você cometeu *perjúrio*.

— E o que você vai fazer quanto a isso, Soph? — Os olhos dele estão frios agora; sua boca, apertada.

A questão é essa. O que *ela* vai fazer?

— Não sei. Nada. — Seu corpo parece oco. Ela é patética, sente a sua determinação se dissipar, porque não vai destruir a família que se esforçou tanto para manter unida, não depois de tudo isso.

Ele arqueia uma sobrancelha. É raro os dois terem esse tipo de discussão, e ele em geral abriria os braços para impedir que o clima ruim continuasse. Ele não os abre agora, e ela também não iria ao seu encontro se ele fizesse isso.

O nojo sobe borbulhando pelo seu corpo ao perceber que ele pode ter, de fato, forçado Olivia a fazer sexo. Que pode tê-la *estuprado*. A sala gira, sua visão periférica fica cada vez mais embaçada conforme a estrutura da vida deles desmorona. Ele pode continuar acreditando que não fez nada de errado, mas Olivia não consentiu em transar no elevador naquele momento — e o fato de ele admitir que ela disse "Não, aqui, não", junto com o comentário "Para de fazer cu doce", mostra que ele sabia isso.

Ela sai cambaleando da sala com as pernas bambas, os olhos embaçados; seu único pensamento é que precisa sair dali antes de desmoronar por completo. O lavabo do térreo é apertado e escuro, mas tem uma fechadura com trinco e vai mantê-la confinada e contida. Ela desaba na privada tampada e se deixa ser dominada pelo horror, sente um lamento subindo pela garganta, que silencia com o punho fechado. Sua mão fica molhada, e as bochechas, escorregadias, enquanto ela volta para o passado e sente a sua versão adulta se desintegrar. Seu marido é um desconhecido. Não apenas um narcisista que descarta a verdade quando é conveniente, que acha que é algo flexível, mas — e seu horror é avassalador agora — um homem culpado de estupro.

Encolhida no escuro, Sophie se obriga a refletir se ele já fez isso com ela. Não, não fez. O alívio é enorme: uma onda que a varre e permite uma gota de esperança de que ele não seja completamente amoral, de que esse tipo de coisa não tenha chegado ao seu relacionamento e o contaminado.

Mas, mesmo que nunca tenha sido sexualmente violento, ele impôs suas vontades ao longo dos anos, de um jeito tão sutil que ela mal percebeu. Porque sempre foi James quem decidiu as coisas.

Enquanto as lágrimas escorrem pelo seu rosto, ela lista todas as formas como ele fez isso: foi ele quem terminou o namoro em Oxford e quem determinou o ritmo do namoro quando se reencontraram depois, deixando-a receosa em tomar iniciativa e acabar afastando-o. Foi ele quem deu a ideia de ela abandonar o emprego depois do nascimento de Emily, ele apresentou seus argumentos com tanta convicção que pareceu mais fácil não resistir. Foi ele quem a transformou numa esposa de político, deixando bem claro desde o começo que entraria para essa vida; que se candidatou por aquela região específica; e até decidiu em que área de Londres eles morariam — o mais perto possível de Tom.

Agora ela percebe que os amigos deles são em sua maioria amigos dele: Alex e Cat foram logo substituídas por Tom e seus aliados políticos. É ele quem decide onde vão passar as férias — com Tom na Toscana, antes de terem filhos; na Cornualha, depois de ser eleito, por receio de que uma viagem internacional parecesse um gasto supérfluo. Ela seria vegetariana, mas come carne por causa dele, e até a forma como se veste é sutilmente influenciada pela preferência do marido de que ela esteja sempre elegante, de que seja sutilmente sexy, e não desleixada. Em Devon, ela usa calças jeans velhas e camisas de moletom, não faz escova no cabelo, prefere ficar sem maquiagem. Ela relaxa de um jeito que nunca consegue quando está ao lado dele.

Foi sempre ela quem fez concessões no relacionamento, não ele, e agora ela enxerga isso. Nenhuma dessas sugestões foi ordenada, nenhuma foi forçada. Ele apenas escolhe o que quer, e costuma ser mais fácil fazer suas vontades e obedecer. Não é de admirar que ela nunca o tivesse enfrentado antes do julgamento. Ela passou o casamento inteiro se comportando como uma sonâmbula, e só foi obrigada a encarar o pior quando foi revelado no tribunal, impossível de ser negado.

Ela seca o rosto, sente o seu calor, se pergunta quando se tornou tão flexível, tão fraca naquele relacionamento. Uma memória lhe ocorre do seu segundo ano na faculdade, remando sozinha no Tâmisa. Um fim de tarde na primavera: o sol baixo, a água tranquila, a não ser pelos mergulhos suaves de uma lontra; o movimento dos remos criava ondas, deixando um rastro triangular no rastro do barco. Ela havia acabado de dominar aquela habilidade e se sentia confiante: as mãos segurando os remos com leveza enquanto ela os impulsionava com firmeza pela água, lançando o barco à frente, depois deixando-o deslizar, antes de soltá-los e jogar a âncora. A força vinha dos pés, das pernas, dos glúteos, das costas e dos braços, mas ela não sentia dor. Era invencível. A felicidade brilhava de um jeito que não acontecia desde o verão anterior, antes da tragédia; antes de ela ter sido dispensada por James.

Aquela garota não existia mais. E a mulher que havia tomado o seu lugar não conseguia imaginar uma felicidade tão simples. Sente uma pontada no coração com a sensação de perda, uma dor aguda, inconsolável.

E, no fundo, uma pergunta ainda a incomoda. O que ela vai fazer agora que sabe o que ele fez: que mentiu sobre estuprar Olivia — e que saiu impune?

29

Sophie
2 de maio de 2017

No dia seguinte, eles arrumam as coisas para ir à casa dos pais dele, nos confins de Surrey. Vai ser bom passar uns dias fora, porque Sophie se sente encurralada. Incapaz de ir ao mercadinho local, onde as capas dos jornais anunciam a absolvição dele; sem saber como lidar com os sorrisos de congratulação dos vizinhos e com as mensagens das mães da escola que se declaram *"tão* aliviadas", sendo que todas a evitaram na semana anterior, desviando o olhar quando ela foi ao parquinho buscar as crianças.

Woodlands, a mansão de Charles e Tuppence, perto de Haslemere, oferece a privacidade de que tanto precisam: no fim de uma estrada privativa, comprida, no centro dos oito mil metros quadrados de um terreno impecável, cercada por pinheiros e outras árvores coníferas que os escondem do restante do mundo. Sophie sempre achou aquelas sentinelas verdes provincianas e ameaçadoras — árvores que mostram a mentalidade territorialista do sogro —, mas, agora, ela compreende. A casa de um inglês é seu castelo: ponte levadiça suspensa, muralhas protegidas, flechas apontadas, protegendo seus habitantes de fofocas sussurradas e olhos curiosos. O mundo não só se meteu na intimidade da sua casa como mexeu na geladeira sem permissão — e, agora, chegou a hora de buscar os reforços dos formidáveis Charles e Tuppence Whitehouse, o tipo de pessoas respeitáveis cuja propriedade ninguém invade e em cuja estrada ninguém entraria sem um convite ou um ótimo motivo.

James fica claramente mais relaxado ali: demonstra uma paciência infinita ao levar as crianças para a quadra de tênis, avaliando o *backhand* de Em ao mesmo tempo que treina o *forehand* de Finn, lidando com as habilidades variadas dos filhos com calma e sensibilidade.

O fato de ele ser idolatrado pela mãe facilita as coisas. Tuppence, uma mulher elegante, com um permanente grisalho bem definido e um colar de pérolas no pescoço, que tateia quando fica nervosa, não costuma se render às emoções, ou pelo menos é isso que dizem as suas duas filhas. No entanto, quando o irmão caçula delas, seu único filho homem, vem para casa, ela se derrete toda: as bochechas encovadas formam covinhas, os olhos cinza se iluminam, os ombros relaxam, permitindo que se veja além da sexagenária um pouco arrogante e se enxergue a beldade de lábios carnudos que deve ter sido um dia. Ela se regozija com a presença dele, torna-se uma menininha eufórica, quase nervosa; e, quando ela o puxa para um abraço assim que eles chegam, com as esmeraldas dos anéis estilo *art déco* brilhando, orgulhosas, nos seus punhos enquanto agarra os ombros do filho, Sophie percebe como foi consumida pelo medo — o que a manteve longe do tribunal, isolada. Seu menino querido, um estuprador? A possibilidade abalou as suas estruturas, zombando da crença de Charles — no Jeito Certo de Fazer as Coisas, que inclui apólices e ações, igreja aos domingos, colocar dinheiro num fundo fiduciário para os netos, golfe três vezes por semana, sol de inverno e um drinque rápido antes do jantar —, e a lançou num mundo novo de tribunais, coletivas de imprensa e conceitos como consentimento e culpa, sobre os quais ela realmente preferia não ter de pensar, mas que, por ser mais criativa que o marido, surgem nos seus pensamentos na tranquilidade da madrugada.

Mas, agora, Tuppence pode relaxar. Seu menino está em segurança. Ela fica parada, observando-o correr atrás das crianças pelos gramados imaculadamente listrados do seu quintal, enquanto Sophie — desesperada para se ocupar de alguma maneira, para se distrair naquela casa enorme da década de vinte onde nunca se sente muito à vontade — prepara um bule de chá. Ela funciona no piloto automático: dá respostas monossilábicas quando necessário, mas se sente completamente desconectada do mundo, remoendo a briga com James até não conseguir mais pensar. Seu corpo está pesado, e ela precisa se esforçar até mesmo para colocar um pé na frente do outro — e para controlar a tristeza.

Por isso ela demora um pouco até notar que a sogra está aflita. Ela fica mexendo naquelas pérolas em intervalos ritmados e seu olho esquerdo treme de nervoso.

— Você vai se separar dele? — A pergunta pega Sophie de surpresa. — Porque nós entenderíamos. — A sogra abre um sorriso comprimido, tenso, como se fosse doloroso dizer aquilo. — É claro que preferimos que você não faça isso. Seria bem melhor para as crianças.

Ela faz que sim com a cabeça enquanto James vira Emily de cabeça para baixo, deixando o seu cabelo comprido balançando no ar, e sua boca se abre dando um grito de alegria. Sophie consegue imaginar as gargalhadas; aquele riso característico dos pré-adolescentes, que ela escuta cada vez menos agora, porque não era capaz de proteger Emily de todos os sussurros no parquinho, e teme que ela tenha entendido muito mais sobre o que aconteceu do que admitiu. Que, assim como sabe que a fada dos dentes não existe de verdade, também sinta que James não é totalmente inocente. Mesmo assim, a adoração pelo pai não parece ter diminuído.

Eles estão brincando de pega-pega agora, e James dá uma boa vantagem às crianças antes de correr atrás delas; Finn imita um jogador de futebol enquanto grita pelo quintal, os braços esticados como se fosse um avião. Emily se enfia no bosque depois da cerca viva. A primavera chegou, exibindo-se nos arbustos de lilás-da-califórnia e nas tulipas, no tapete vibrante de jacintos, mas o sol está fraco e mal brilha por trás do céu cinzento.

Ela coloca a chaleira no fogo enquanto pensa no que dizer para a sogra, cujas palavras reverberam como uma explosão de raiva de um bêbado. Mesmo assim, Tuppence continua.

— Às vezes, me pergunto se o mimamos demais. Se o deixamos acreditar que a opinião dele estava sempre certa. Acho que a escola inculcou esse sentimento nele. E Charles também, é claro, nunca dando o braço a torcer. Talvez seja uma característica dos homens. Essa autoconfiança inabalável, a certeza de que jamais é preciso duvidar da própria opinião. As meninas não são assim, nem eu. Ele é desse jeito desde criança: sempre mentia quando jogávamos Detetive, sempre roubava no Banco Imobiliário, insistindo que podia mudar as regras. Ele era tão doce, tão persuasivo, que sempre conseguia o que queria. Fico me perguntando se é por isso que ainda acha que a vida funciona assim.

Sophie não diz nada. As duas costumam conversar sobre livros, tênis ou o jardim, e ela nunca viu a sogra se abrir desse jeito. Nem teria imaginado aquela reflexão profunda. Sente-se desconfortável e ressentida — já tinha coisas demais com que lidar sem precisar suprir a necessidade de Tuppence de ser tranquilizada; e, na verdade, *ela mesma* se perguntou se havia algum problema na forma como ele fora criado pela mãe.

Sophie joga saquinhos de chá no bule e despeja a água quente enquanto tenta permanecer impassível. O que ela quer? Ouvir que não teve culpa? Que Sophie jogue toda a responsabilidade em Charles e na educação que ele escolheu para o filho? Por mais que ela goste da mulher — porque gosta dela, seria *impossível* não gostar, apesar de ela não ser muito carinhosa com as crianças —, não pode absolvê-la dessa forma.

Mas a sogra nitidamente precisa de uma resposta.

— Não pretendo me separar dele, não. — As palavras saem da boca de Sophie sem que ela tenha tempo de chegar a uma conclusão de verdade e acabam, de certa forma, forçando a decisão. Ela pigarreia, engolindo as dúvidas e reprimindo a outra possibilidade. — É o melhor para as crianças, e elas são a principal preocupação, como você disse.

— Você é *boa* para ele, sabe. — Tuppence a encara com um olhar que deve ser de admiração. — Odeio pensar no que ele teria se tornado se não tivesse uma esposa como você, tão inteligente e bonita.

Ela faz uma pausa, talvez imaginando uma fila de casos rápidos e insatisfatórios.

A ideia de que Sophie é responsável por controlar os impulsos do marido pesa, e ela sente uma repentina onda de fúria.

Tuppence, sem perceber, continua falando.

— Ele sabe que tem sorte de ter você. Eu e o pai dele deixamos isso bem claro.

— Não sei se ele sabe. — Ela não vai engolir essa imagem de filho arrependido e conta até dez para esquecer os palavrões que chocariam a mãe do marido. Quando ela volta a falar, sua voz está mais tranquila, porém o tom amargurado é inegável. — Como você disse, é o melhor para as crianças. Não tem nada a ver comigo.

— *Não* foi isso que eu disse. — Tuppence está perplexa.

— Na prática, foi.

O clima entre elas nunca ficou tão pesado quanto agora, a raiva de Sophie quase fazendo-as perder a compostura.

Ela dá uma olhada na mesa, arrumada para o chá da tarde — o bule gordo e a jarra de leite, xícaras de porcelana de ossos, um bolo de limão preparado com Emily naquela manhã —, e se força a falar num tom arrependido.

— Desculpa por falar assim. É melhor chamarmos todo mundo. O chá está pronto.

E segue para a porta dos fundos, para chamar a família.

30

Kate
26 de maio de 2017

Faz mais de três semanas desde o julgamento, e estou parada na ponte de Waterloo: o lugar que costuma me animar. A semana está acabando, e as ruas se esvaziam enquanto os meus colegas de trabalho correm para aproveitar ao máximo um fim de semana quente.

Estou assistindo a um pôr do sol magnífico: cor de sorvete de manga, com fios de calda de amora e toque de caramelo. O tipo de céu que faz as pessoas pegarem o celular para capturar sua glória; ou simplesmente parar, como eu fiz, e observar.

Ao meu lado, um jovem casal de espanhóis se beija. Esse céu causa esse tipo de desejo — de agarrar a pessoa amada e ser espontâneo, de mostrar a intensidade dos seus sentimentos, sua alegria e animação com a beleza inexplicável da vida.

Ninguém me envolve num abraço apaixonado. *Não há nada na Terra mais belo que isto,* mas o pôr do sol e a vista não despertam nenhum sentimento em mim. De St. Paul's, Canary Wharf e a imensidão de concreto do National Theatre ao leste à extravagante London Eye ao oeste, nada me abala. Não consigo deixar de observar uma construção gótica dourada, talvez a parte mais icônica do rio: o Big Ben e a Câmara dos Comuns. A mãe dos parlamentos.

Mesmo sem aquele lembrete visual, James Whitehouse está sempre na minha mente, ocupando um espaço ainda maior quando deito na cama à noite. Minha tristeza debilitante diminuiu, mas ainda me consome: uma dor sutil, que se torna aguda e me pega desprevenida nos piores momentos.

Ninguém sabe disso, é claro. Continuo friamente competente como sempre, apesar de a minha raiva ter sido palpável logo depois da decisão.

— Seria difícil mesmo conseguir condenar o melhor amigo do primeiro-ministro, e pelo menos você os fez queimar uns neurônios — tentou amenizar o meu assistente, Tim Sharpler, logo depois do veredito. Lembro-me de tentar enfiar a minha peruca e os documentos na minha pasta, soltando um palavrão atípico quando o zíper emperrou. O esforço de não chorar enquanto Angela ia embora se vangloriando, e Tim observava, incapaz de pensar numa resposta rápida, foi imenso. — É só um caso — disse ele, apesar de todos nós sabermos que não era: aquele deveria ser o caso que confirmaria a boa decisão de me nomearem conselheira da rainha tão cedo, que mostraria que ninguém precisava desconfiar da minha rápida ascensão. — Haverá muitos outros.

Haverá mesmo, e fiz o que eu sempre faço: sacudi a poeira e continuei trabalhando, instaurando processos contra pessoas acusadas de crimes sexuais horripilantes. Estou desesperada por trabalho, porque, se eu encher cada centímetro do meu cérebro, talvez eu consiga parar de remoer a qualidade da minha inquirição e as semelhanças entre a história de Olivia e a minha. Isso na teoria. Na prática, quase nunca funciona.

Olho para cima, verifico se o casal se beijando notou os meus olhos marejados, que ardem com a pena que sinto de mim mesma. É claro que não; com os rostos juntos, eles estão completamente absortos um no outro. Além do mais, não sou uma pessoa memorável, nem mesmo no tribunal. *"Bolly? Molly?"* Uma onda de ódio me domina, e fico me perguntando se aquele jornalista, Jim Stephens, está investigando o passado de James em Oxford. Houve outras garotas como eu? Havia boatos de festas com bebidas batizadas. A *omertà* dos libertinos? Mas alguém, em algum lugar, devia ter uma foto incriminadora. Rezo, de olhos bem fechados, para que James receba o que merece, que passe por uma enorme humilhação. Que não fique impune pelo que fez comigo, com Olivia e com qualquer outra pessoa que possa ter passado por isso ao longo dos anos.

O sol desapareceu, uma bola quente de fogo que saiu do campo de visão, deixando o céu vazio e não mais deslumbrante, o tom rosa-amora desbotando para um cinza-rosado. A vida continua, ou pelo menos é no que tento acreditar, apesar de estar obcecada.

Mesmo assim, racionalmente, sei que é verdade. Há uma nova leva de notícias, e até um novo escândalo político: Malcolm Thwaites, o presidente do Partido Conservador do Comitê Seleto de Assuntos Internos, foi pego pagando por sexo com jovens garotos de programa. Os detalhes — *ménages*, drogas, mensagens explícitas — fazem o sexo de James Whitehouse no elevador (porque foi só isso que aconteceu, de acordo com a decisão dos jurados) parecer muitíssimo inocente. E não poderia haver momento melhor. Que coincidência descobrirem outro escândalo sexual político no fim de semana seguinte à absolvição do melhor amigo do primeiro-ministro. A política é um jogo sujo, e quase sinto pena do Sr. Thwaites. Aposto que, em menos de um ano, James Whitehouse receberá outro cargo de ministro e será recebido de volta na base do governo.

Não posso ficar ressentida. Sinto o amargor na boca, percebo que ele se espalha por mim. Por algum motivo, isso parece melhor que o desespero. Sei que a minha raiva precisa ser guardada: rígida, finita, preciosa, como um anel exuberante encrustado de pedras preciosas que fica escondido no fundo da gaveta e raramente é usado. Ainda não consigo fazer isso. Então eu corro. Às seis da manhã, passo em disparada pelo Chelsea Embankment, atravesso o rio e passo pelo

Battersea Park. Nesse momento, o dia está cheio de possibilidades, e, depois de sete quilômetros, sinto uma dose breve e deliciosa de serotonina. À noite, é mais difícil: amenizo a dor com banhos de banheira e gim.

Ando devagar de volta para a Strand. Gim e um banho demorado hoje à noite, uma corrida amanhã bem cedo. O fim de semana prolongado é desanimador, um deserto de solidão, tirando o oásis que Ali representa. Ainda bem que fui convidada para o almoço de domingo na casa dela, de novo.

Anseio pelo abraço forte que ela me dá quando me cumprimenta no hall estreito da sua casa, anseio pelo seu carinho, pela sua compaixão silenciosa, por saber que ela também está com raiva, sua fúria irrompendo em palavrões que ela tanto usava na época da faculdade, mas que foram deixados de lado quando se tornou professora e mãe. Na noite do veredito, ela apareceu na minha casa e ficou lá, me abraçando enquanto eu tremia de tristeza, me ouvindo enquanto eu tinha ataques de raiva sobre ele, impedindo que eu bebesse até apagar. Conversamos como deveríamos ter feito vinte e quatro anos atrás, e, quando terminei — com a garganta rouca, o corpo doendo de exaustão —, ela se deitou ao meu lado e se aconchegou atrás de mim enquanto eu tentava dormir.

Desde então, nós nos encontramos toda semana, e a família dela deve estar de saco cheio de mim, eles devem se perguntar por que Kate, que antes aparecia tão raramente, agora fica sentada na sua cozinha com os olhos vermelhos; porque sua mãe parece ter outra pessoa com quem se preocupar no momento.

Mas preciso dela. Só consigo ser eu mesma com Ali. Ela é a única pessoa que se lembra de Holly.

31

Sophie
22 de julho de 2017

Quando chega a carta com o convite para o reencontro da faculdade, a primeira reação dela é ignorá-la. Uma noite de sábado em julho: uma noite longe das crianças; a melhor parte de um fim de semana dedicado apenas ao que ela quer fazer.

Além do mais, ela teria de tomar coragem de encontrar as pessoas, de correr o risco de ouvir fofocas sobre James ou notar que todos evitam o assunto a qualquer custo: o seu marido e o julgamento dele, e, por consequência, a situação do seu casamento, o fantasma que ronda.

Mas ela não joga fora o cartão grosso com o brasão da faculdade numa fonte cursiva nem o joga na lareira, por isso ele fica na cornija — ainda faltavam dois meses até precisar dar sua resposta.

— Por que você não vai? — pergunta James. — As crianças podem ficar com os meus pais.

Porque, mesmo com Cristina ali, deixá-las com ele por todo o fim de semana não é uma opção.

— Não posso fazer isso — diz ela, relutante em revelar o óbvio, que *ele* é o motivo pelo qual ela não se expõe mais a novas situações,

situações em que terá de parecer confiante e animada enquanto apresenta um resumo da sua vida para novas amizades, ou antigas.

Sim, ela é casada com James, eles moram em North Kensington, têm dois filhos lindos. Uma versão da verdade, mas pintada apenas em cores primárias, com pinceladas amplas, sem dar espaço para nuances ou detalhes: uma versão que Finn ou qualquer outro menino de 6 anos criaria.

Ainda assim, a possibilidade de voltar à antiga faculdade permanece: o convite zombando dela ao lado de um porta-retratos prateado sobre a lareira. Sophie Greenaway, diz no topo do convite, e ela se pega desenterrando fotos antigas daquela garota. Lá está ela, com Alex e Jules no seu uniforme de lycra, coradas e felizes depois da corrida de canoagem, a Torpids; e ali, sentada diante do King's Arms, depois das provas finais, o alívio estampado no rosto, sua roupa suja com os tradicionais ovos e farinha. Ela encontra outras: numa festa no segundo ano, na casa que dividia com as amigas em Park Town, virando uma garrafa de cerveja enquanto jogava o cabelo para trás, exibindo um olhar desafiador — venha me pegar, se você pensa que é capaz. A foto faz lembrar aquele período entre o meio e o fim da década de noventa: as argolas prateadas nas orelhas, o macacão justo, os lábios brilhando de gloss e as sobrancelhas que não eram domadas por pinças; e uma autoconfiança que ela mal consegue reconhecer.

James não aparece na maioria das fotos: a vida deles em Oxford acontecia à noite, em geral na faculdade dele, e apenas no primeiro ano. Apesar de ela associar Oxford a ele, Sophie passou a maior parte do seu tempo lá sozinha. Shrewsbury College era a *sua* faculdade, e uma parte forte dela anseia por aquela garota, que não era definida por um namorado carismático, e, agora, deseja reivindicá-la. Deseja recuperar o espírito de Sophie Greenaway.

Isso se encaixa no seu desejo de se tornar mais assertiva, de construir uma personalidade mais forte, longe da sombra de James, porque a sua antiga versão se fragmentou desde o julgamento, e as mudanças causadas nela são muito mais gritantes do que as que aconteceram com ele. Seu casamento é uma construção precária. De longe, tudo parece estável: os dois são educados e cuidadosos um com o outro, talvez até demais, e ele é atencioso de um jeito que não é do seu feitio, ouvindo suas opiniões, ou aparentando fazer isso, dando-lhe flores, disposto a mostrar que só se interessa por ela, que não existe uma nova Olivia à sua espera.

Ainda assim, as fundações do casamento não são fortes, o acordo estabelecido entre os dois está confuso. Seu marido é um desconhecido; ou melhor, ela está tendo de aceitar uma versão mais sombria, quase irreconhecível dele. Às vezes, sua raiva parece um punho que se abre quando ela ridiculariza a si mesma dizendo que é tão impotente que ele sabia que poderia confessar suas mentiras sem medo de ser traído. Em outros momentos, ela tenta se iludir com o comportamento dele, demonizando Olivia ou aceitando os argumentos do marido; inventa uma explicação que mostra que ele estava certo e não era insensível nem desdenhoso.

Tudo é mais fácil para James, pensa ela nos seus momentos de autodepreciação mais profundos. Ele não reconhece o próprio erro. Parece ter total confiança de que Olivia estava fazendo um joguinho e que é a versão dele da verdade que importa, enquanto ela é atormentada pela sua confissão, pelos detalhes cruciais do que aconteceu no elevador.

A vida dele está voltando ao normal, seu trabalho com o eleitorado ocupa a sua mente, assim como os conselhos que oferece ao primeiro-ministro nos bastidores, a conexão ainda forte, apesar de Tom ser um político esperto o bastante para não deixar que os dois sejam vistos juntos em público ainda. Até isso ele acredita que vai mudar.

— Vai acontecer — garante James a ela, seu sorriso motivado por uma confiança interior, pela consciência do longo passado que une os dois.

É ela quem precisa enfrentar o mundo lá fora: os sorrisos no portão da escola, as parabenizações falsas de mulheres que ela sabe que desejaram seu mal, assim como daquelas que espera serem mais sinceras. A sua parte de Londres parece um vilarejo, e ela imagina os sussurros acompanhando-a na academia, na farmácia, no supermercado, nas cafeterias, na lavanderia. Ela foge de todos esses lugares. Aja naturalmente, diz a si mesma. Mas a vergonha invade as suas veias. Ela foi corrompida por associação. Seu marido pode ter sido absolvido — um homem inocente, um homem livre —, mas o mundo todo sabe que ele a traiu, enquanto ela sabe que ele mentiu e estuprou uma mulher.

Na maior parte do tempo, ela carrega essa informação em silêncio, o coração doendo com uma triste submissão. E então o sentimento ameaça explodir — aquele punho fechado buscando desesperadamente algo para socar —, e ela precisa se exercitar de forma frenética, correndo pelas ruas ou usando o aparelho de remo que foi colocado no quarto de hóspedes quando ela começou a evitar a academia. É só então, quando sente o coração chegar ao limite, prestes a explodir, se forçando até o peito queimar, que ela recupera um pouco do equilíbrio; a exaustão física e a sensação quase insuportável de estar prestes a desmaiar de tanto esforço afastam todos os outros sentimentos.

A terapia também está ajudando um pouco. Foi ideia de Ginny; algo que Sophie jamais cogitaria, que consideraria um imenso vitimismo, se a mãe não tivesse confessado que passou a fazer terapia depois que Max foi embora e revelado que achava muito útil.

— Conversar com alguém que não julga você pode ajudar — disse ela.

James sabia, mas fingia que não.

— Não quero saber os detalhes.

Ele parecia sério. Ela ficou confusa. Por que raios eu contaria para você?, quis perguntar.

É claro que havia muitas coisas que ela não podia dizer. Grandes verdades que permanecem não ditas, inúmeras palavras cogitadas e dispensadas antes de cada sessão — o meu marido mentiu no tribunal sobre estuprar outra mulher, e não sei o que fazer.

Tudo isso se torna um desafio nas suas sessões com Peggy, a terapeuta grisalha e, aparentemente, sem nenhum senso de humor.

As duas quase não falaram no primeiro encontro, com Sophie censurando cada frase curta, nem no segundo, até que Peggy arqueou uma sobrancelha e fez uma breve menção ao seu pai — e Sophie preencheu boa parte de uma hora com lágrimas. Um choro terrível e alto que deixou o seu rosto inchado e uma maçaroca de lenços de papel ensopados nas mãos, atordoada com a intensidade das emoções que as suas memórias despertaram.

— Desculpa — diz sem parar, assoando o catarro acumulado. Está tão inconsolável quanto Finn quando o time dele perde uma partida de futebol. — Não sei o que deu em mim.

Numa tentativa de aumentar a autoestima, Peggy a desafia a ir ao reencontro da faculdade.

— Qual é a pior coisa que poderia acontecer?

— Eles podem não gostar de mim. Eles podem me *julgar* — sussurra Sophie, pensando: se você soubesse, você julgaria. Você pensaria que sou fraca, cúmplice dos atos dele, tão egoísta e moralmente corrompida quanto James.

— Ou não — responde Peggy, prendendo uma mecha do cabelo curto atrás da orelha.

Sophie espera, observando a terapeuta analisá-la e torcendo para que ela quebre logo o silêncio que se torna mais vergonhoso conforme se prolonga.

Peggy dá de ombros, sem cooperar.

— Talvez eles não me julguem — diz Sophie depois de um tempo.

Então é assim que ela volta ao Shrewsbury College. Fica hospedada num quarto no pátio antigo. Um quarto melhor do que ela teve no seu último ano lá: paredes cobertas com lambris de carvalho antigo, uma escrivaninha dupla enorme, com o tampo coberto por couro verde antigo, e, no quarto que parece uma cela, uma cama de solteiro.

Ela passa a mão pela barriga — côncava agora, graças ao estresse dos últimos nove meses que a corroeu tanto que os ossos do seu quadril se sobressaem, o vestido preto, antes justo, agora está largo, e sua clavícula e suas costelas parecem um xilofone de tão expostas. As mãos estão molhadas e, enquanto as lava, ela observa seus anéis largos cintilando sob a água corrente, o brilho das suas unhas recém-feitas. São as mãos de uma mulher completamente diferente; da antiga Sophie, cuja maior preocupação era o horário das aulas na academia e o que cozinhar quando convidavam amigos para o jantar. Ou como lidar com a diferença entre o apetite sexual dela e de James.

Ela descarta esse pensamento — junto da lembrança de todas as concessões feitas — e se apoia na janela para observar os colegas atravessando o pátio para beber alguma coisa antes do jantar. Todos têm 42 ou 43 anos: no auge da vida, mas também conscientes das suas responsabilidades — filhos, hipotecas, pais idosos; daqui a pouco, vão chegar à meia-idade. Mas estão envelhecendo bem. É isso que certa riqueza e uma educação decente fazem por você, pensa ela, apesar de nunca ter questionado esse tipo de coisa — sempre partiu do princípio de que permaneceria magra, ativa, atlética, da mesma forma que era garantido ir para a faculdade. Exemplares, confiantes, seguros de si, parece que eles ainda têm o mundo aos seus pés — assim como há quase vinte e cinco anos, quando entraram naquele pátio pela primeira vez, alguns cientes de serem as maiores estrelas da sua geração, outros achando que estar ali era normal. Desgraçados sortudos, disse o seu pai ao levá-la para a faculdade no primeiro dia, num comentário inesperado.

Agora, eles têm idade suficiente para terem passado por dificuldades e guardarem segredos: divórcios, lutos, infertilidade, demissões, depressão. Os estresses e as tensões acumulados ao longo de quarenta anos de vida. Ela sabe que uma pessoa da sua turma faleceu — um acidente com um fuzil num safári na África do Sul — e outra teve câncer. Mas alguém foi acusado de algum crime? Ela analisa as pessoas — algumas com uma barriguinha saliente, outras mais esbeltas do que ela lembra — e duvida muito. Talvez uma multa por dirigir embriagado, ou um crime corporativo, como fraude. Ninguém mais vai ter um marido que foi julgado por estupro.

Suas mãos começam a tremer. O que estava se passando na sua cabeça quando decidiu vir? A lembrança dolorosa do fim do seu primeiro período de verão pesa, intensificada pelo prisma do caso de James. Ela se lembra do pavor que sentiu de que algo terrível fosse acontecer com ele e do medo intenso que ele sentiu depois de ser interrogado pela polícia; se lembra do horror que foi ver a notícia se espalhando pela universidade e do sofrimento absoluto quando James se afastou dela logo em seguida.

Por que arriscou revirar essas memórias, além de se expor a críticas? Quando a bebida começar a fluir, com certeza alguém vai se animar e fazer comentários polêmicos. E perguntar sobre o caso: "E o que você achou, Sophie? Sempre acreditou que ele era inocente? Não duvidou dele em momento nenhum?"

Ela se preparou, praticou a risada que vai usar para cortar pela raiz as ervas daninhas do assunto, chegou a ensaiar o que vai dizer. "É claro que nunca duvidei dele. Você acha que eu continuaria com ele se tivesse duvidado?"

Seu plano é bancar a esposa leal, como garantiu à mãe dele, porque precisa fazer isso pelas crianças.

Ela ainda não encontrou um papel diferente.

As velas lançam uma luz suave ao redor das mesas de mogno e iluminam o rosto das pessoas conversando acima delas, favorecendo-as, de forma que os anos desapareçam e elas pareçam uma década mais jovens: não estudantes, mas jovens chegando aos 30, para quem a faculdade ainda é uma lembrança próxima.

Eles já passaram para o vinho do Porto. Um vinho envelhecido, encorpado, meio seco, que desce com muita facilidade e que ela sabe que bebe por nostalgia. Numa noite quente de verão, depois de provar um Porto pela primeira vez, ela se deitou no meio do pátio antigo, ignorando as plaquinhas que diziam que não pisasse na grama. O céu estava salpicado de cristais, e as construções ao redor se estendiam até o firmamento. Ela se lembrava da umidade do orvalho nas suas pernas expostas, da forma como sua saia subiu, e de alguém — talvez Nick, que também fazia letras — se inclinando e lhe dando um beijo delicado. Por um milésimo de segundo, foi tudo muito romântico; mas então ela sentiu uma onda de enjoo.

Quem quer que fosse aquela pessoa, ela riu, ajudou-a a se levantar e a levou para um banheiro ao lado da escada, onde ficou esperando pacientemente enquanto ela vomitava.

— É melhor você tomar uma água — disse ele quando ela voltou, morrendo de vergonha e agradecida. — A gente se fala quando você estiver se sentindo melhor. Tem certeza de que está bem?

Ela fez que sim com a cabeça, tonta, a visão embaçando.

— E vê se dorme um pouco.

Agora, ela se pergunta quem foi. Aquele garoto legal, meio esquecido, que foi gentil com ela; que se afastou quando ficou claro que ela estava incapaz de corresponder a qualquer gesto romântico. Porque muitos não fariam isso, e é perturbador notar que essa conclusão não a surpreende, que se considera sortuda por não ter acordado sem calça.

Ela corre os olhos pelo salão e encontra o olhar de Paul. Será que foi ele? Eles deram um amasso rápido, às escondidas, na semana de acolhimento. Não era o seu tipo: estudava bioquímica e tinha estudado numa escola pública de elite em Kent; inteligente, mas não atlético; e ela soube de cara que havia diferenças demais — apesar de existir certa química. Talvez não tivesse sido um começo ruim, pensa agora. Ele era engraçado e bonito. O que se passou na sua cabeça? Uma versão diferente da sua vida surge: uma miragem vaga; intangível, mas vista de relance no horizonte. Antes, ela se achava muito esperta por escolher James. Ela era *tão* arrogante, mas poderia ter escolhido outros homens. E nenhum deles teria sido julgado no Old Bailey, nenhum deles teria mentido sob juramento, depois admitido em privado que era um estuprador, deixando-a com esse peso.

Ela toma um longo gole de vinho, sente o calor aquecer a garganta, dá uma mordida num marzipã e sente a sua doçura, tentando se concentrar no momento e afastar esse tipo de pensamento.

— Pode passar o vinho? — pede uma voz à esquerda.

— Desculpa... Desculpa. — Ela fica desorientada por um instante, então enche a taça de Alex, à sua direita, e depois passa o decantador pesado para a esquerda.

O dono da voz: moreno, de rosto com traços bem marcados, bem-humorado, é Rob Phillips, ex-namorado de Alex; agora advogado, alguém que ela viu pela última vez em algum casamento na virada do milênio; solteiro, observa ela ao reparar no dedo anelar esquerdo sem aliança; e, pelo que se lembra, não é gay.

— Então... como você está? — diz ele, virando-se para ela, a voz cheia de intimidade, como se perguntasse por estar de fato interessado, e não por educação.

— Ah, estou bem. Muito bem. É ótimo estar de volta. Apesar de o bife Wellington não estar tão gostoso quanto eu lembrava.

Ele dá risada, aceitando seu fingimento.

— Estou muito feliz por ter voltado — acrescenta ela. — É *muito* bom estar aqui.

E ela se sente agradecida por este momento, pela chance de se deixar levar pela nostalgia, por aquela possibilidade de escapismo. Ela olha para as pinturas a óleo pesadas que decoram as paredes, retratos de benfeitores da época dos Tudor e ex-alunos ilustres, e para os rostos bem-humorados e sorridentes dos seus colegas de turma, todos com uma vida boa e lidando com os desafios que ela nos oferece, e respira fundo, sentindo a pele da barriga se esticar. Está satisfeita, o que quase não acontece, e enfim começa a relaxar.

— Eu não perguntei porque queria saber o que você achou do bife Wellington — diz Rob, e ela consegue sentir seus olhos observando-a.

— Ah, eu sei que não.

Ela não consegue olhar para ele, então fica brincando com um garfo de sobremesa, balançando-o enquanto espera que ele se manque e vire para o outro lado.

— Foi mal. Não quis me intrometer. Vamos conversar sobre o tempo. Ou para onde você vai nas férias. Você vai viajar? — pergunta ele.

— Para a França... e para Devon, perto da minha mãe.

— Ah, que maravilha. Onde?

E os dois passam para um assunto menos controverso: as melhores praias em South Hams, as vantagens de viajar fora da alta temporada, o trânsito horrível naquelas estradas de cerca viva alta. Ela escuta sua voz recuperar o tom alegre e animado de Sophie Whitehouse, usado em eventos com eleitores e naqueles coquetéis e jantares beneficentes horríveis. Uma voz sedosa, cheia de privilégios, de quem nunca passou por nenhum trauma emocional, muito menos financeiro ou físico, que se atém a assuntos leves, evitando as dificuldades da vida. Ela é capaz de conversar assim por horas, mas, no instante em que começa a ansiar por algo menos superficial, talvez até uma discussão sobre política — mas sem mencionar James —, ele a encara com um olhar atento e diz:

— Sabe, se você precisar conversar com alguém, posso ajudar.

Ela trava, sente o coração batendo forte nas costelas, o estômago se revirar. Ele está dando em cima de mim?

— Eu... Eu estou bem, obrigada. — Ela se retrai, como se fosse uma solteirona de um romance da Jane Austen, alerta e temendo intrigas.

Ele sorri como se devesse ter imaginado essa reação.

— Eu não quis dizer que... Eu só queria... Olha só, talvez eu nem devesse tocar nesse assunto, e posso até estar sendo grosseiro, mas conheço uma boa advogada especializada em divórcios, se você precisar.

Ele sorri, e todo o fingimento da conversa se dissipa. Ela o encara, detecta naqueles olhos escuros uma necessidade de ser prático e um entendimento real de que casamentos de contos de fadas não existem. De que "até que a morte nos separe" não precisa mais ser algo definitivo.

— Você é especialista em divórcios?

— Não. Não estou atrás de trabalho. Eu e a Jo nos divorciamos tem dois anos, e contratei os serviços de uma colega. Ela era muito boa, facilitou bastante as coisas. Olha, aqui está o meu cartão. — Ele mexe na carteira e lhe entrega um retângulo de papel novo, grosso. —

Desculpa. Não tenho nada com isso. É só que... Sabe como é. Já estive nessa situação. As infinitas concessões que se faz num casamento. As tentativas de consertar algo que talvez não tenha conserto. — Ele faz cara feia, seus movimentos agora são exagerados e cômicos: o inglês autodepreciativo elevado ao extremo. É eficiente e fofo, e o coração dela acaba amolecendo.

— Obrigada. Mas acho que não vou ligar — diz ela e se surpreende ao notar que sua voz soa firme e clara.

Ele dá de ombros como se dissesse que está tudo bem e volta para sua taça de vinho, tomando um gole. Depois de um intervalo rápido, ela se vira para Alex — uma consultora empresarial de sucesso e recentemente mãe, mostrando as fotos dos gêmeos de 1 ano, concebidos por fertilização *in vitro*.

— Ah, eles são *uma graça*, Alex.

A amiga abre um sorriso radiante de orgulho e embarca numa longa história sobre como eles já estão aprendendo a falar — é um saco, mas o brilho no rosto de Alex a torna tolerável —, e ela tenta ignorar a sugestão de Rob, que a cutuca feito uma criancinha insistente. *Divórcio. As infinitas concessões que se faz num casamento. Uma advogada que facilitou bastante as coisas.*

Ao seu lado, Rob puxa conversa com Andrea, uma mulher que ela quase não reconhece, sentada do outro lado da mesa. Eles começam a falar mais alto, e ela bebe um gole do seu vinho tinto, reparando que o salão está mais quente e íntimo; ela se apoia em Alex — que agora fala do paladar sofisticado dos bebês —, sente o calor do braço da amiga no seu, relembra uma amizade que pode ser retomada depois de tantos anos.

Em certo momento, sente que está sendo observada. Ao olhar para a diagonal, vê o rosto de uma mulher a duas mesas de distância: olhos escuros, cabelo louro curto com um corte feio, uma boca séria que não sorri em reconhecimento nem demonstra nenhuma simpatia quando Sophie sorri. Que estranho. Seu sorriso some quando a mulher se vira para o outro lado.

Alex ainda está falando, então ela volta a prestar atenção, concordando nos momentos necessários, abusando dos *hum* e *ã-hã*, ao mesmo tempo que admira a felicidade que a amiga aceita sem hesitação. Ela se sentiu assim quando Emily nasceu, e James ficou empolgado com a primeira experiência como pai. Depois de novo, com mais intensidade, após o nascimento de Finn. Momentos tão breves, tão preciosos.

Sua mente divaga, inquieta por causa daquela mulher — a cabeça dela agora escondida por fileiras de paletós — e de Rob, que desencadeou uma linha de raciocínio perturbadora com sua intervenção. Divórcio. As infinitas concessões.

Só quando tem certeza de que ele não está olhando que ela pega o cartão e o enfia na bolsa.

Mais tarde, bem mais tarde, eles vão para o pátio. Já passa de meia-noite, e muitos seguem para os aposentos, alguns juntos, nota ela, divertindo-se: um romance do segundo ano reaceso, mesmo que só por uma noite.

Rob se despede com um aceno alegre.

— Desculpa se eu me meti no que não devia — começa ele, mas ela o interrompe.

— De forma alguma. Não precisa se desculpar.

Seu tom, educado e distante, é o mesmo que usa com os eleitores que insistem em ligar para a casa em Thurlsdon, desesperados pela atenção de James. Rob levanta um pouco a mão, revelando uma camisa social amarrotada — já estão nesse ponto da noite — e desaparece por uma escada gótica, no canto do pátio.

— Vamos para o bar? — Alex enrosca seu braço no dela, e as duas dão a volta no gramado.

A noite está quente, as estrelas tão brilhantes quanto as da sua lembrança da noite em que se deitou no orvalho e as observou girar; ao olhar para cima, ela tropeça, entregando o quanto bebeu, ou talvez seja aquela onda de nostalgia, aquela sensação de ter versões perdidas da sua vida.

— Você está bem? — Alex a ajuda a se equilibrar enquanto ela coloca o sapato de volta, apertando sua mão.

— Desculpa. Estou, sim. — A gentileza de segurar sua mão, daquela amizade retomada com tanta facilidade, a deixa à beira das lágrimas. As duas não falaram sobre James. Ela imagina a conversa varando a madrugada, mas então percebe que isso seria impossível. Como poderia correr o risco de se abrir com alguém sobre ele? — Já encontro você lá. Preciso de uns minutos.

— Tem certeza? O que eu peço para você? Sidra, pelos velhos tempos? Ou uma cerveja? Era isso que você gostava de beber, não era?

Faz anos que ela não toma uma cerveja.

— Na verdade, você pode pedir um *single malt* com gelo?

— Bom... se é isso que você quer.

— É. Juro que já estou indo. Só preciso me sentar um pouquinho aqui fora, para pensar nas coisas.

O olhar de Alex se torna gentil. Ela não é burra, e, de repente, Sophie não suporta sua pena.

— Promete?

— Prometo.

— Então tá. Até daqui a pouco.

E sua velha amiga segue andando pela grama.

Por um momento, ela apenas fica sentada ali, num banco no canto do pátio, observando as pessoas seguirem para o bar ou para o salão comunal do primeiro ano. As antigas panelinhas se reuniram: os nerds de exatas mal falam com os alunos de humanas, aquele antigo sentimento de superioridade ainda presente — apesar de os nerds mandarem no mundo agora; os historiadores e os graduados em letras se tornaram professores e jornalistas, a menos que tenham virado consultores financeiros ou contadores depois de fazer alguma especialização, deixando as tendências artísticas de lado.

O banco é duro, e o frio ameniza um pouco a embriaguez enquanto ela tenta se concentrar nas pessoas mais próximas, imaginando os jovens de 18 anos assombrando suas versões de meia-idade. Alguns quase não mudaram, outros estão irreconhecíveis: os cabelos descoloridos ou os dreadlocks mantidos até precisarem fazer entrevistas de emprego agora transformados em cortes elegantes e calvície.

Enquanto as figuras se dispersam, ela percebe que alguém se sentou ao seu lado. Quando olha de relance para a intrusa, sente um calafrio de apreensão. É a mulher que a encarou no jantar, que continua sem sorrir, mas dá um suspiro demorado, pesado.

— Sinto muito, mas não consigo lembrar o seu nome. — Sophie tenta se manter no controle da situação.

— Ali. Ali Jessop. Alison na época da faculdade. Eu achava que era um nome mais adulto. — A mulher se vira para encará-la, e Sophie nota que ela está bêbada, os olhos injetados e iluminados por um fogo curioso, inquietante. — Não se preocupe. Você não me conhecia. — Ali parece ler a sua mente. — Eu não fazia parte da panelinha das bonitas. Fiz matemática, não o seu curso.

— Ah.

Sophie tenta relaxar, mas há um toque de ressentimento por trás das palavras da mulher. Será que já a tratou mal em algum momento, ou ela é uma daquelas pessoas que automaticamente odeiam mulheres mais bonitas? Talvez se sinta deslocada: raízes do cabelo que precisam ser retocadas e um corte sem graça; um pouco acima do peso. Sua meia-calça preta fina está rasgada na altura da panturrilha, mas ela não parece ter notado. Sophie sempre notava essas coisas. Ela se agarra a essas características antes de refletir sobre a possibilidade de ter de discutir com essa pessoa esta noite: não uma formada em filosofia, política e economia mandona, com inveja do seu marido, mas uma esquerdista inveterada.

— Sinto muito por não me lembrar de você — diz ela. — Sou péssima com nomes. A gente tinha algum amigo em comum?

— Ah, tinha. — Ali fala arrastado e dá uma risada amargurada, gutural. — Você se lembra da Holly? Holly Berry?

Seu couro cabelo se tensiona com uma sensação de premonição e a imagem de uma garota quase esquecida — e que foi relembrada recentemente.

306

— Lembro. Claro que lembro. Na verdade, pensei nela há alguns meses. Uma pessoa me fez lembrar dela.

— Sua antiga parceira de estudos.

— Isso, por pouco tempo. A gente ficou bem próxima no primeiro período, e aí ela foi embora, de repente, no fim do primeiro ano. Eu nunca soube por quê. — Ela faz uma pausa. — Desculpa. Eu não sabia que vocês eram amigas.

— Por que saberia? Você nem se lembrava de mim.

— Não, pois é, é verdade. — Ela está sem jeito e tenta conduzir a conversa para um assunto menos hostil. — Ela está bem? Vocês ainda se falam?

— Eu ainda falo com ela, sim.

Ali a encara por um instante, então se recosta no banco e olha para a frente, para um quarto no alto no meio do pátio, embaixo do relógio de sol. Sophie espera, confusa com aquele comportamento, temendo cada vez mais que aquela mulher um pouco bêbada, porém articulada, esteja prestes a jogar uma bomba emocional.

— Quanto a ela estar bem... Assim, ela está bem o suficiente. É bem-sucedida no *trabalho*. Não é casada, não tem filhos.

— Ela trabalha com o quê? — Está se esforçando.

Ali se vira e a encara.

— É advogada.

E lá está: aquele arrepio de medo, tão intenso que o ar ao redor fica mais frio, e todas as sensações se aguçam. A esforçada Holly — gordinha, tão certinha que chegava a doer, quase bonita, muito doce, um tanto ingênua — é uma *advogada*. Kate Woodcroft aparece na sua mente, e ela afasta a imagem no mesmo instante. Isso nem sequer é possível. Mesmo assim, Holly se tornou uma pessoa tão autoritária — tão poderosa — quanto ela.

— Aquele ali era o quarto da Holly. — Ali olha para cima. — Eu a encontrei lá depois do que aconteceu. Ela tinha trancado a porta, e levei vinte minutos para conseguir convencê-la a abrir. Quando entrei, ela não queria nem que eu encostasse nela, estava se abraçando com força, engolida por aquelas roupas largas que eu finalmente a tinha convencido a parar de usar. — Sua voz falha num momento de fraqueza, mas ela retoma o controle, ainda sem encarar Sophie, olhando para a frente como se estivesse determinada a enfim dizer aquilo. — Você quer saber por que ela foi embora? O que fez com que ela abrisse mão de um diploma de Oxford depois de se esforçar tanto para chegar até aqui? O que levaria qualquer garota a fazer isso? — Ela se vira e a encara.

— Não sei. — Sophie busca qualquer explicação possível, por mais louca que seja, apesar de as suas entranhas estarem se contorcendo e ela sentir tudo dentro dela se revirar. Já sabe o que está por vir. — Ela engravidou?

— Ela foi estuprada.

Ela sussurra: apenas três palavras, tiros de pistola que ecoam.

— Seu marido tem um histórico, Sophie — diz Ali. Sua voz é baixa e pragmática; triste, mas não maldosa. — Só estou contando isso para você porque estou bêbada. Precisei beber para tomar coragem. Mas isso não significa que não seja verdade. Ele a estuprou quando ela tinha 18 anos e era virgem, no fim do nosso primeiro ano. Imagino que ele nunca tenha pensado no estrago que causou, talvez nem se dê conta disso. Deve ter achado que era só mais uma transa. Mas não faz diferença.

Aquelas palavras horríveis pairam ao seu redor, e ela se levanta, desesperada para fugir. Suas pernas parecem fracas, mas o seu coração está disparado, o sangue pulsando na cabeça.

— Não seja ridícula. — Ela sabe que está soando irracional, mas precisa dizer alguma coisa. — Você não sabe o que está dizendo. Isso é *mentira*! Que coisa horrorosa, *maldosa*, de se dizer.

Ainda no banco, Ali ergue o olhar e dá de ombros num movimento quase imperceptível.

— Não é mentira. E sinto muito.

— Sua *piranha*. — As palavras pegam Sophie de surpresa, mas o seu senso de autopreservação é mais forte do que achava. Seja lá qual for a verdade, não pode deixar que as pessoas pensem isso de James.

Ela precisa fugir daquela mulher, por isso se vira, de cabeça erguida, os saltos baixos fazendo *clique-clique-clique* rápido conforme ela se afasta. Mantenha a coluna ereta, continue se afastando dela, não corra, você está quase lá. Ela tenta se apegar a algo positivo. As crianças! Imagina os bracinhos de Finn ao seu redor; depois vê Emily um pouquinho desconfiada ao ouvir que o papai estava no tribunal porque uma moça foi malvada. Ela vira o pé, perde o equilíbrio, tropeça, então tenta sair correndo enquanto a verdade desaba na sua cabeça; os fatos se alinhando tão bem quanto as peças de um cubo mágico se encaixando no lugar.

Na biblioteca, ela começa a diminuir o passo, mas a voz de Ali a acompanha pátio afora; uma última provocação — baixa e zombeteira — que a atormentará nas longas horas de uma noite passada em claro e que vai continuar importunando-a nos próximos dias e semanas.

Ela tenta fingir que nunca foi dito, mas a noite está silenciosa e o pátio, vazio.

— Estou falando a verdade... e acho que você sabe disso.

32

Sophie
3 de outubro de 2017

O coquetel no hotel está lotado. Repleto de representantes exaustos depois de um longo dia fazendo lobby, os rostos brilhando de suor, de adrenalina e da emoção de estar no mesmo salão que tantos parlamentares.

O vinho branco é meio seco e quente. Na festa da revista *Spectator*, servem champanhe Pol Roger; nos outros espaços, há apenas esse vinho, suco de laranja concentrado ou água com gás. De qualquer forma, Sophie vira a bebida, saboreando o vinho aguado e o amargor que domina a sua boca e que, com um pouco de sorte, logo a deixará entorpecida. Ela tem bebido bem mais ultimamente.

Cadê o seu marido? Ela analisa o salão, ciente de que ele ainda é o seu foco e querendo relaxar, sem passar o tempo todo atenta à sua ausência, em busca da sua presença. Por outro lado, ela só veio por causa de James. Isso é ridículo — como se ela não pensasse em abandoná-lo. Toda manhã, ela acorda e, por um milésimo de segundo, fica deitada no conforto da ignorância, num estado semiconsciente no qual só repara no calor da cama e na maciez dos lençóis, porque faz questão de trocá-los uma ou duas vezes por semana. Nesse estado, o dia ainda tem o potencial de ser — um pouco — satisfatório, porque é satisfação que ela almeja, não um sentimento mais ambicioso, como felicidade.

E então, talvez meio segundo depois, a ilusão é despedaçada e ela lembra. A lembrança chega como uma dor física. Uma corrosão no estômago e uma dor no coração, o que a deixa brevemente paralisada pelo peso da sua tristeza e pelo fardo de saber algo que pode consumi-la caso não jogue as pernas para fora da cama e se levante: rápido, rápido, rápido, porque as crianças precisam ir para a escola, e o dia precisa começar, e não há tempo para introspecção, que deve ser banida antes que ela fique completamente obcecada, remoendo as coisas.

Ela tenta usar as técnicas de terapia cognitivo-comportamental ensinadas por Peggy — em quem ela ainda não tem total confiança, é claro, mas que se mostra útil. Porém, na maior parte do tempo, o que mais tem efeito são as distrações, na forma de exercícios físicos e de uma reorganização eterna, implacável e desnecessária da casa.

Assim, ela consegue ignorar os pensamentos que rondam a sua cabeça quando acaba de acordar e enquanto toma banho, antes da interrupção bem-vinda das crianças. Será que James é um estuprador reincidente? Será que só aconteceu com Olivia e Holly — porque ela já aceitou o que Ali disse, um fato que é até difícil de suportar de tão triste —, ou houve outras mulheres no intervalo entre as duas, fazendo com que esses incidentes não fossem pequenos deslizes? Será que haverá outras? Uma fila de amantes cujos desejos ele ignora sem a menor preocupação, porque as suas necessidades são mais importantes? Ela fica travada só de pensar nisso ali no banheiro e sente vontade de se esconder embaixo da água corrente para sempre.

Será que ele alguma vez pensou no que fez? Os dois nunca tocam no assunto, é claro, e ele foi tão firme na sua opinião — *"O que eu contei era praticamente verdade. Ou o que foi verdade para mim. A verdade é que ela quis transar várias vezes em situações arriscadas como aquela."* — que ela sabe que o seu ponto de vista não mudou. Porém, se ele continua com uma visão tão flexível sobre consentimento e verdade, o que isso diz sobre ela? Sobre o fato de continuar casada com ele.

Quando esses pensamentos surgem, ela começa a limpar tudo avidamente: encharca os cantos dos armários com spray antibactericida; tira dos quartos das crianças os brinquedos com que não brincam mais, mesmo sabendo que vão sentir a falta deles quando perceberem a ausência; dobra roupas íntimas de acordo com os ensinamentos de uma guru de estilo de vida, mandando para reciclagem meias sem pares ou peças defeituosas, porque a sua casa vai ser organizada nos mínimos detalhes, mesmo que nada mais seja.

E, com o tempo, o turbilhão na sua mente começa a se acalmar. Sair de Londres já ajuda: estar longe de James, com Ginny, em Devon; e, por incrível que pareça, estar com ele nas férias em família que passaram na França no fim de agosto. Ele é maravilhoso com as crianças e amoroso com ela. E, apesar de ela não sentir nada quando ele a toca, sabe que precisa parecer carinhosa pelo bem de Emily e Finn. Os dois são — precisam ser — a sua prioridade.

Fingir fica cada vez mais fácil: conversar sobre recomeços e sobre como as coisas estão melhorando, porque é nisso que grande parte dela — a parte que tenta esquecer o que Ali lhe disse e o que James admitiu — quer desesperadamente acreditar. E, mesmo assim, nas raras ocasiões em que eles fazem amor, ela se imagina organizando os armários da cozinha, trocando os potes da Kilner pelos do Jamie Oliver, aqueles com tampa de madeira. Assim como sabe — porque conhece James — que se afastar de alguém quando se tem um caso se torna instintivo, por isso ela cria um anexo do seu verdadeiro eu. Vive no automático com o marido, enquanto a Sophie de verdade, talvez a antiga Sophie Greenaway, a garota que era capaz de remar um barco sozinha por um rio, confiante, completa, sem um homem carismático a quem se prender, existe em outro lugar.

E assim ela segue em frente, aos trancos e barrancos. Vivendo um dia de cada vez, pensando apenas nas crianças, tentando ver o lado bom de qualquer coisa — ela segue esses lemas à risca, estampando um sorriso no rosto sempre que necessário. Olha só para ela ali. Naquele hotel com carpete grosso, o que o IRA explodiu em meados da década de oitenta. Cinco pessoas morreram. Isso está tão presente na sua mente que a faz colocar os pés no chão. Por maiores que sejam os seus problemas, eles não são nada perto da concretude da morte.

Ela aceita outra taça de um garçom e faz um brinde a esse pensamento, ciente de que seu rosto é uma máscara contemplativa, que contrasta com a futilidade das pessoas ao seu redor.

— Anime-se! Você pode estar se preocupando à toa! — Um homem de rosto corado e camisa cor-de-rosa escapando da calça e revelando uma barriga saliente que mais parece um enroladinho de salsicha coloca a mão na parte inferior das suas costas ao passar, e ela se afasta da palma úmida, o corpo tenso. — Não precisa ficar emburrada, querida! — Ele levanta as mãos num gesto de rendição, a irritação palpável sob a aparente simpatia. Ela sorri com o rosto rígido e se vira para o outro lado.

Porém, outra pessoa chama a sua atenção. Um homem magro de meia-idade, que presta atenção em Malcolm Thwaites com a cabeça inclinada para o lado, seus olhos escuros analisando o rosto dele com bastante atenção. Seu terno azul-marinho brilha — parece um pouco surrado — e seus ombros estão cheios de caspa; seus dedos magros brincam com uma taça de vinho tinto. Ela o reconhece do tribunal: Jim Stephens, um dos jornalistas que ocupavam os bancos da imprensa e que gritou com ela naquela manhã terrível, quando James precisou depor. *"O primeiro-ministro ainda confia plenamente no seu marido, Sophie?"* Uma pergunta que ainda causa uma pontada de medo. Ela se lembra de como ele parecia determinado a instigar uma resposta e como esse visual destoava da sua imagem caótica: aquele sobretudo velho, seu bafo de café e cigarro ao se aproximar deles.

Seu couro cabeludo formiga. Ele não cobre esse tipo de evento do governo, então por que está ali? Deve estar querendo desenterrar algum podre de James. No congresso do partido do ano passado, o marido dela estava dormindo com sua pesquisadora. Quem garante que James não gosta tanto de correr riscos que retomou velhos hábitos? Ou será que ele está investigando uma história diferente? Os jornais continuam obcecados com aquela foto dos libertinos: a de Tom e James posando numa escada, um retrato indelével das suas vidas de privilégios. Ela pensa nos eventos terríveis no fim do seu primeiro ano, na angústia de James no dia seguinte, ao lhe contar o que aconteceu; os olhos vermelhos e perdidos. A única vez que ela o viu chorar. Sente um aperto no coração. Por favor, não deixe que ele descubra nada sobre essa história.

O jornalista encontra o seu olhar e ergue a taça. O calor sobe pelo pescoço dela, e Sophie se vira e abre caminho pela multidão de representantes de terno, determinada a se afastar dele. Ela pega outra taça de vinho. Qualquer coisa para se distrair. Pronto, bem melhor: quando se chega à terceira taça, o dulçor passa a ser menos enjoativo. Ela bebe em goles constantes e rápidos, aceita que lhe sirvam mais um pouco, seu estômago agitado de queimação e nervosismo.

Ela precisa encontrar James, porque aquilo devia fazer parte da reconstrução da imagem dele, aquela socialização com os seguidores do partido: uma demonstração de que ele está disposto a se dedicar ao trabalho — apertar mãos e ouvir a todos com atenção — e que aprendeu uma lição com a sua desgraça. Todo mundo adora um *bad boy* arrependido, por isso acabaram engolindo aquela história: ouviram o pedido de perdão dele numa reunião particular sobre a importância da família, observando-o com um olhar fascinado enquanto sua voz falhava e ele mordia os nós dos dedos para conter as lágrimas. Eles o adoravam, aqueles casais na casa dos 60 e 70 anos, que ela achava que o julgariam, e as mulheres sinceronas com cinquenta e poucos, de blazer azul-pavão ou magenta. "É admirável ver alguém capaz de erguer as mãos e admitir que errou, mas que também aprendeu com a situação", opina uma delas, e Sophie quer agarrar aquela idiota e gritar na sua cara.

Mas não pode fazer isso, é claro. A nova Sophie, mais cínica — e como ela odeia saber que ele a transformou nessa pessoa —, fica lá paradinha cumprindo seu papel enquanto ele corteja a todos, bancando o penitente perfeito, fingindo um interesse que ela sabe que ele é incapaz de sentir. Se conseguisse acreditar em pelo menos uma palavra que saísse da boca dele, ela quase conseguiria admirar a performance. "Todo mundo adapta a verdade de vez em quando", disse ele naquela vez, num tom tão indiferente que quase pareceu razoável. Mas não era. E não é. A maioria das pessoas não faz isso. Só agora ela está começando a perceber como ele brinca com a verdade o tempo todo, usando omissões, meias-verdades, sempre virando o jogo a seu favor.

Bom, não faz sentido continuar ali. Ela analisa o salão pela última vez e vê alguém que preferia ignorar: Chris Clarke. Seus olhares se encontram, e ela se vira tarde demais, porque ele está indo na sua direção, a multidão abrindo caminho enquanto ele se aproxima sem diminuir o passo.

Ele coloca a mão sob o cotovelo dela e a conduz para um canto mais tranquilo, ao lado de uma porta de correr dupla e uma mesa lotada de copos vazios e tigelas sujas de restos de amendoim e batata chips. Jim Stephens está do lado oposto do salão, de costas para eles, e os jornalistas foram mandar suas matérias para a redação. Os representantes estão longe demais para escutar.

— Então, que bom encontrar você em circunstâncias melhores. — O tom dele é propositalmente animado, mas o seu sorriso não chega aos olhos.

— Melhor que no tribunal, você quer dizer?

Ele pisca como se estivesse confuso.

— Desculpa — acrescenta ela. Qualquer coisa para fazer com que ele vá embora.

— Anime-se. Ele está se saindo bem. — Seus olhos analisam o salão. O ministro de Assuntos Internos está abrindo caminho pela multidão, cercado por um monte de aspirantes a parlamentares. — Ele pode voltar para o Ministério do Interior antes do que você pensa.

— Para com isso. — O tom dela é seco.

— Ministro de Assuntos Internos, encarregado de política anti-drogas. Pode ser uma faca de dois gumes, mas ele já lidou com coisas piores, não foi? E é claro que ele ainda tem a confiança do primeiro--ministro. É uma decisão ousada, mas ele acha que James vai dar conta.

— Puta que pariu.

Ele a encara, chocado. Ela nunca fala palavrões, e as palavras escaparam sem querer. Uma bolha de raiva infla dentro dela. Não esse cargo! Como Tom pode ser tão burro, tão inconsequente? Ela imagina o *idiota* do primeiro-ministro abrindo o seu sorriso charmoso, inocente, sem refletir direito sobre a arrogância dessa decisão, sobre os riscos do seu comportamento e de James. Ele deve achar que, como os dois escaparam ilesos de tudo até agora, então nada o impede de tomar essa decisão. Afinal de contas, ele é o primeiro-ministro. Mas, ah, quanta arrogância, quanta hipocrisia.

Ela olha para Chris, sentindo os olhos arderem, sabendo que as lágrimas são inevitáveis, que precisa escapar dele o quanto antes para não dizer algo de que vai se arrepender.

— Perdi alguma coisa? — Ele a encara de verdade agora, seus olhos claros em alerta, enquanto ela pega o casaco e a bolsa, seu corpo inteiro tremendo enquanto resiste à vontade de fugir. — O primeiro-ministro está sendo generoso demais?

Ela chega a se perguntar se ele está se fazendo de idiota.

— Você não sabe *mesmo*?

Ele não faz nenhum movimento de cabeça, não vai admitir a ignorância. Ela olha para o carpete, notando a espessura dos fios.

— Talvez seja melhor você perguntar aos dois sobre uma festa depois das provas finais. Vários libertinos. Tom e James. Junho de 1993.

E, com isso, ela deixa o salão de pé-direito baixo, com seu calor opressivo, sua barulheira irritante e suas pessoas horríveis com suas maquinações, conspirações e fofocas, e segue para o relativo frescor da costa de Brighton numa noite fria do começo de outubro.

33

James
5 de junho de 1993

Os aposentos de Alec no terceiro andar estavam abarrotados. Todos os libertinos do terceiro ano estavam lá para uma última festa, o alívio de terem sobrevivido às provas finais estampado nos rostos pálidos com um cansaço atípico.

James se esparramou numa poltrona de couro, sentindo os efeitos do champanhe misturados a uma exaustão quase febril. Estava morto de cansaço: o resultado de pouquíssimas horas de sono por noites demais. A culpa era dos estudos. Tinha passado boa parte das noites estudando. Ele se formaria como um dos melhores da turma — ele confiava no próprio taco —, mas só porque encarou as provas como se enfrentasse uma crise: sobrevivendo à base de energéticos, Marlboro Lights e café para mantê-lo acordado durante aquelas madrugadas deprimentes — e depois uísque para cair no sono. Cocaína parecia desnecessário. Ele fez as provas em um estado de hipervigilância, enfrentando as perguntas mais difíceis de economia depois de ter dormido por apenas quatro horas.

Não era a sua intenção. Ele era disciplinado quando se tratava de esportes e treinos, de aliviar os trabalhos acadêmicos com diversão.

Mas, no fim, quase perdeu a linha. Mesmo assim, achava que tinha se saído bem: um dos melhores da turma e membro da equipe principal de canoagem de Oxford, carimbos num passaporte que o levaria a lugares que poucos conheciam: clubes dentro de clubes; grupos de elite dentro daqueles nos quais já circulava com facilidade.

Ele se ajeitou, agitado: cafeína e álcool demais correndo pelas veias. Ia sair para correr amanhã cedo: passaria por University Parks, depois Jericho e Port Meadow, subindo o Tâmisa até Godstow, onde a equipe principal treinava. Percorreria os pulmões verdes de Oxford à primeira luz do dia, antes que a cidade acordasse, enquanto a vida ainda parecia fresca e imaculada, e voltaria a se sentir ele mesmo: atlético, viril, capaz de se alongar e correr sem a pressão constante de fazer revisões, de saber que vinte e quatro horas de provas determinariam o seu valor acadêmico; a energia — reprimida depois de passar tanto tempo em bibliotecas, as pernas compridas balançando embaixo da mesa, os ombros esbarrando nas estantes quando inclinava a cadeira para trás — enfim encontrando uma válvula de escape, forçando os músculos, o coração batendo forte, o sangue correndo enquanto os seus tênis ficavam molhados de orvalho e ele percorria as ruas ensolaradas.

Ele alongou os braços para cima, sentindo a tensão nos ombros, reparando casualmente nos seus dedos compridos, proporcionais. Bom, você sabe o que dizem sobre dedos compridos, não é? Agora que o conhecimento acumulado nas últimas quatro semanas se esvaía da sua cabeça, ele só conseguia pensar em uma coisa. As últimas duas semanas do período se estendiam à sua frente: bebidas, canoagem, passeios de barco e sexo. Muito sexo. Levaria Soph para o Cherwell Boathouse, fariam um piquenique num dos campos de University Parks, se regozijariam — esse era um bom eufemismo shakespeariano — no meio das gramas compridas, o sol sobre eles, as nuvens atravessando um céu azul brilhante. Talvez pudessem ir de bicicleta para lugares mais afastados, como Woodstock e Blenheim, porque agora ele tinha tempo para lhe dar atenção. Soph ainda teria as provas do primeiro ano, mas elas não eram importantes, e era bom que ela estivesse ocupada. O problema das mulheres, além de não bancarem as próprias convicções, era o fato de serem exigentes demais. Soph parecia entender que ele não suportava carência, mas, mesmo assim, conseguia senti-la: uma corrente marítima cuidadosamente suprimida que o pegaria e puxaria para longe da superfície se desse qualquer sinal de que se importava de verdade com ela.

Ele deixou de lado essa ideia; em vez disso, planejou um longo verão hedonista. Não sabia como ela se encaixaria nesses planos. Era bem provável que eles terminassem antes de setembro, quando ele começaria sua nova vida em Londres, mas, antes disso, tinham muito tempo para se ver. Ele não sugeriu que viajassem — não queria que ela se apegasse demais —, e, além do mais, já iria passar três semanas na Itália, onde os pais de Nick tinham casa, e depois velejaria com os seus coroas em St. Mawes.

No entanto, seus pais passariam algumas semanas viajando, e ela poderia fazer uma visita. Uma casa vazia, um verão quente: ele conseguia imaginá-la deitada na sua cama, com um lençol entre as pernas. Dois meses despreocupados, o fim de uma adolescência prolongada e privilegiada. A última fase da vida sem responsabilidades ou expectativas — a não ser curtir. Porque, em setembro, ele começaria a trabalhar para uma grande empresa de consultoria empresarial. Não estava muito empolgado com a ideia, para ser sincero, mas, se queria ter uma carreira política, precisava de uma vida antes disso — e da oportunidade de encher o bolso de grana.

Ele virou o copo de uísque que Nick havia servido e abriu uma cerveja. As janelas de folhas duplas estavam abertas para a noite, e Alec e Tom saíram para se sentar na sacada de pedra com vista para o Meadows: o som das suas risadas desinibidas ecoava na sala e flutuava até o Tâmisa.

No telhado, dava para se deitar nas telhas e observar as estrelas, ou andar pela cumeeira, como Alec fazia. James conseguia ouvir uma corridinha nas telhas, sentia o amigo escalando. Jamais gostou disso. Escalar muros era uma coisa; telhados era bem diferente. Ele gostava de subir, não de olhar para baixo. Era curioso pensar que podia ser inconsequente com certas coisas — mulheres, estudos, o uso ocasional de drogas recreativas agora que as competições de canoagem estavam encerradas —, mas, com outras, seu forte senso de autopreservação falava mais alto.

Ele foi cambaleando atrás dos dois em busca de ar fresco. A noite estava calma e, apesar de as janelas estarem escancaradas, o ar da sala estava denso de tanta fumaça e do bafo de homens cheios de cerveja e champanhe. George, agachado diante de uma mesa de centro cheia de copos e garrafas de cerveja vazias, cheirava uma carreira de cocaína. Na privada, Cassius, com a barriga cobrindo a braguilha da calça, vomitava. Ele sentiu uma pontada de repulsa. Agora que a vida em Oxford tinha praticamente acabado, ele e Tom precisavam se afastar daquela gente, não só por uma questão de autopreservação mas de respeito próprio.

Uma barulheira do outro lado da sala. O honorável Alec tinha descido do telhado e voltado para a varanda, segurando um saquinho plástico cheio de pó. Ao lado dele, Tom — atrasado depois de uma viagem secreta a Londres — tentava dar risada, mas a rigidez da sua mandíbula mostrava que estava apreensivo, que preferia que o amigo devolvesse logo a substância. Alec, mimado e incontrolável, se tornava imprevisível quando ficava doidão — capaz de espalhar o pó no pátio, sua risada maníaca censurando qualquer um que achasse melhor não alertar as autoridades da faculdade sobre as substâncias ilegais nos seus aposentos.

Estava tagarelando agora, mas não parecia querer jogar nada fora.

— Nossa, você é um gênio. — Ele passou um braço pelos ombros de Tom. — Qual é? Vamos provar. — Suas pupilas estavam dilatadas e pretas feito carvão. Fosse lá o que tivesse tomado, tinha exagerado.

James sentiu uma pontada de apreensão; a sensação crescente de uma experiência nova que podia dar muito errado. Ele analisou o saquinho, balançando como uma camisinha usada, reparou naquela estranha mistura de empolgação e desconfiança no rosto de Tom.

Alec estava inquieto, a empolgação quase palpável.

— Cara. Vai ser muito maneiro!

Tom fez que sim com a cabeça enquanto se concentrava, depois tirou um tubo de papel-alumínio da bolsa e um canudinho.

— Trouxe o isqueiro?

Alec brandiu o isqueiro de prata com alguns arranhões que tinha herdado do avô e o acendeu. Uma chama laranja surgiu no topo.

James se retesou com um calafrio gélido de medo.

— Isso é o que eu estou pensando que é?

Tom deu de ombros.

— É heroína?

Seu melhor amigo fez que sim com a cabeça.

— Não se preocupa. É da boa. Igual à que eu usei com o Thynne na semana passada.

— *Você confia naquele merda?*

— Ah, qual é, James. Ele é gente boa.

— Ele é um viciado.

Ele se afastou, esforçando-se para conter o desdém cada vez maior que sentia. Desde a última prova, Tom estava caindo na farra com Charlie Thynne, um riquinho mimado de boa família que se formara no ano anterior. Tom estava se achando por ter experimentado heroína com ele no último fim de semana. Tudo o que James via era como Charlie estava agitado, como parecia inquieto. Ele queria sacudir o homem; fazê-lo correr por uma das trilhas que acompanhavam o rio, ou treinar na academia até ficar tonto de tanto exercício. Seu corpo magro e seu rosto delicado, pálido, lhe causavam arrepios.

Ele voltou para a sacada, onde Tom colocava a heroína num pedaço de papel-alumínio com a mesma reverência de um padre ministrando uma comunhão.

— Puta que pariu, Tom.

Ele tentava se concentrar. Não podia deixar Tom, seu ex-parceiro de cross-country, se tornar essa pessoa paranoica e patética; e nenhum dos dois podia correr aquele risco se queriam seguir qualquer tipo de carreira política.

— Relaxa, James. É a última farra, né? — Alec, com sua indiferença debochada, piscou enquanto Tom acendia o isqueiro sob o papel-alumínio e o pó começava a derreter e se transformar num líquido marrom. — Assim? — Alec, sempre querendo novas emoções, pegou o canudinho e inalou. — Ahhhh... caaara. — Parecia que ele tinha acabado de transar com alguém. Ficou com um olhar de completo relaxamento.

O som deixou Tom animado, então ele agarrou o canudinho e imitou o amigo.

— Nossa... poooorra! — Sua voz engrossou, as vogais derretendo e se tornando ainda mais suaves, o corpo relaxando no parapeito da sacada, os limites entre carne e pedra se perdendo.

De repente, James ficou sóbrio. Ele arrancou o canudo da mão de Tom e foi correndo para o banheiro. Cassius estava agarrado à privada. Seu corpo gordo caiu sobre ele, e James lhe deu um chute sem querer.

— Que porra é essa?

Ele resistiu à vontade de chutar de novo.

— Que *porra* é essa, James?

— Cala a boca. — Sua voz estava furiosa enquanto ele jogava o pó dentro da privada e apertava a descarga. O pó desapareceu num vórtex, mas o canudo de plástico teimoso continuou boiando. Ele enfiou um monte de papel higiênico por cima e deu descarga várias vezes.

— Que porra é essa, James? Que porra é *essa*?

— Cala a *boca*! — Seus dedos seguraram a descarga, e ele achava que estava prendendo a respiração, incapaz de se mexer, sem correr o risco de que Cassius visse o que ele estava fazendo. — Porra, ainda bem. — Ele soltou o ar. O plástico foi engolido e levado embora.

Tom. Precisava ver como Tom estava. Foi correndo de volta para a sacada, passando por George e Nick, deitados no sofá surrado de couro, coroados com auréolas de fumaça.

— James? — Nick se agitou um pouco.

— Pega uma bebida. — George ergueu o copo. — Ou cheira um pó. Vem, cara. — Ele se levantou num pulo, passou o braço magrelo pelos ombros de James e o apertou.

— Agora, não, George. — Não teve trabalho nenhum para afastar George, mas o fez com elegância, sem descontar a raiva nele.

— James! — George estava indignado, mas James continuou andando.

Ele não precisava daqueles otários. Só Tom importava, seu melhor amigo havia quase dez anos, que agora abria um sorriso plácido para ele.

— Tom... Vem cá, cara. Vem cá. — James precisou se controlar para não agarrar seus ombros e sacudi-lo quando ele despencou. Envolveu-o com os braços. — Tom... Hora de ir embora, cara. Você não precisa disso. Você não precisa de porra de *heroína* nenhuma. — Baixou tanto a voz que parecia sibilar. Ele agarrou Tom pelas bochechas e tentou captar seu olhar sem foco, esforçou-se para manter uma voz calma, apesar de o seu corpo inteiro estar possuído de raiva e de uma tristeza arrasadora, que borbulhou e explodiu num sussurro frio e cheio de ódio. — Isso é completamente diferente de cocaína, seu *babaca*.

— O quêêêê. — O rosto de Tom estava calmo e corado. — Eu te amo.

— Ã-hã. Vamos embora daqui. Agora mesmo, ouviu? — Ele usou a raiva para meio que puxar, meio que levantar Tom, erguendo seu corpo de setenta e cinco quilos. — Você não quer ser igual a ele. — James olhou para o honorável Alec, caído no parapeito da sacada. — Ele usou demais?

— Quêêêê?

— Talvez seja melhor a gente levar isso. Não quero que ele use mais, só para garantir. — James amassou o papel-alumínio queimado e o enfiou no fundo do bolso, os dedos queimando com o calor residual. Só de tocar naquilo já se sentiu sujo. — Agora, *vamos*.

Ele jogou o braço de Tom por cima dos seus ombros e começou a meio que puxá-lo, meio que arrastá-lo.

— Não... ficar. — As pernas de Tom pareciam incapazes de funcionar.

— Não! — Ele estava todo retesado de raiva. — Não vou deixar você aqui. Você não é *a porra de um viciado*!

E então ele viu um brilho de algo que parecia compreensão passar pelos olhos de Tom.

— Tá.

— Vamos sair logo dessa porra desse lugar.

Ele não sabia explicar por que sentia aquela necessidade urgente de fugir. Só que era uma sensação forte e imediata, tão intensa quanto a dose de adrenalina que sentia no início de uma corrida. Seu melhor amigo não podia se perder daquele jeito: se deixar levar por algo que o assombraria e destruiria. A droga era uma escuridão incontrolável, desconhecida — algo que ele achava que poderia dominar Tom rapidamente, ou se tornar um podre que deixaria uma marca.

Ele o carregou meio sem jeito até o outro lado da sala, sussurrando comentários tranquilizadores, satisfeito por Tom, apesar do torpor da droga, estar se permitindo ser guiado, seu corpo pesado e caído sobre o dele.

— Vamos logo. Alec não vai contar para ninguém, e duvido que os outros tenham percebido.

— Tonto.

— Ã-hã. Pois é. Bom, é isso que acontece. — Ele o arrastou e foi passando pelos outros, ciente da bola de papel-alumínio acomodada no bolso. — A gente já vai — gritou James para os cômodos revestidos com lambris de madeira, onde Nick e George cheiravam novas carreiras de cocaína. — Vou acordar a Soph. Tom vem comigo.

Recebeu em resposta gritos estridentes.

— Que sortuda.

— Ela vai aguentar vocês dois?

— Será que ela quer um terceiro? — Esta última veio de George.

— Muito engraçado. — James se recusou a ficar irritado; quase empurrou Tom porta afora e escada abaixo, a porta de carvalho rangendo como um suspiro de alívio.

E os dois saíram — James puxando Tom pelos três lances de escada, sustentando seu peso quando ele parou nos degraus velhos, de repente muito tonto. Quando chegaram ao pátio, Tom se curvou atrás de uma cerca viva e vomitou muito.

— Melhorou?

— Calor. — Ele parecia corado. — Tonto.

— Bom, vamos·sair logo daqui.

Eles foram cambaleando pelo pátio até o portão dos fundos, com James ainda firmando Tom, tentando fazê-lo andar mais rápido. Estava tão tarde que não encontraram ninguém. Quando saíram da faculdade, os dois pararam e olharam para o quarto de Alec. As janelas continuavam escancaradas, e havia uma figura de pé na sacada, o rosto virado para a lua com uma expressão de profunda paz acima da blusa de seda bege e do colete desabotoado.

— Que imbecil. Deve estar achando que consegue voar.

James balançou a cabeça e se virou de costas, então começou a andar pelo cascalho arenoso, o braço ainda envolvendo a cintura de Tom, meio que puxando e obrigando-o a seguir. Foi só quando chegaram perto do Meadows que a ficha — a terrível ficha — começou a cair.

Então eles ouviram o grito. Um som tenebroso — ensandecido, de pura felicidade, e logo em seguida sem felicidade alguma — e o baque pesado do corpo de um rapaz atingindo o cascalho, seguido pelo som de telhas caindo.

— Merda. *Corre!* — O instinto veio de imediato; seu corpo ficou gélido, e ele saiu em disparada.

— Mas e o Alec? — Tom hesitou, despertando do seu torpor.

— Corre, seu babaca. — Ele agarrou o pulso do amigo com firmeza, afundando os dedos.

— Mas o Alec...

— Corre, porra. — Ele meio que o arrastou, e os dois saíram em disparada pelos portões, seguindo pela High Street, os pés batendo no chão empoeirado, a adrenalina os deixando completamente sóbrios, anos de cross-country lhes dando forças enquanto corriam para longe.

— Mas o Alec? A gente precisa chamar uma ambulância. — A voz de Tom era chorosa.

— Você não pode fazer isso. Foi você quem deu a heroína para ele, seu idiota.

— Caralho. — A gravidade do que tinha acontecido pareceu atingir Tom, e sua boca se retorceu como se houvesse emoções demais para conter.

— Merda. Ainda estou com o papel-alumínio. — James apontou para o bolso. — Caralho.

— A gente precisa se livrar disso. — O rosto de Tom enrijeceu; a autopreservação tomou o espaço da compaixão. — No começo da Brasenose Lane.

Ele virou para a esquerda, e os dois correram pelas ruas até a lixeira pública; enfiaram o papel-alumínio embaixo de umas caixas do McDonald's e de embalagens de chocolate, latas de cerveja e cascas de banana.

Estavam cruzando o Rubicão, mas Tom — com uma determinação que James veria de novo quando ele passasse por cima dos outros para ser eleito e desse um jeito de se tornar líder do partido — havia deixado de lado os escrúpulos e corria para sua faculdade. Ele foi atrás com o coração disparado, o cérebro sendo tomado pela escuridão.

Na porta do seu quarto, Tom se curvou.

— E uma ambulância? — disse ele, ofegante.

— Os outros já devem ter chamado. Ou a portaria dos bedéis.

— Tem certeza? — Tom arfava; estava prestes a cair no choro.

— Para ser sincero, acho difícil ele ter sobrevivido.

— Caralho. — O rosto de Tom se contorceu todo. — Caralho, caralho, caralho.

— Escuta. Vai para o quarto, tenta dormir. Volto aqui amanhã cedo.

O corpo inteiro de James tremia: adrenalina e puro medo pulsavam por ele. Os dois trocaram um abraço rápido, com James dando um tapa entre as escápulas de Tom, agarrando-o.

— Te devo uma.

— De jeito nenhum. A gente não estava lá, não viu o que aconteceu.

— Não estávamos. Não vimos — repetiu Tom.

Se falassem com convicção o bastante, talvez acreditassem nisso.

— Volto amanhã cedo.

Tom baixou a cabeça.

— A *omertà* dos libertinos — murmurou ele.

James fez cara feia. Precisavam torcer pra caralho por isso.

— Não vou dar um pio.

Ele estava são e salvo em Shrewsbury College, deitado nos braços de Sophie, quando a polícia o procurou na manhã seguinte. Os dois tinham saído da fatídica festa quando as coisas ficaram agitadas demais, contou ele aos policiais. Ele tinha uma namorada linda, e, bom, preferia passar tempo com ela, se é que dava para entender. Quanto às drogas, os dois não viram nada, porque foram embora cedo. Heroína? Nossa, não. Apesar de Alec adorar uma farra, não era um viciado. Não era do feitio dele. Deve ter sido só aquela vez. Não, é claro que não sabiam de traficante nenhum. James, tentado a usar um tom incrédulo, falou com calma, com seriedade, consciente de que exibia aquilo que, anos depois, chamaria de sua expressão do conservadorismo compassivo.

As autoridades da faculdade confirmaram seus álibis e ofereceram boas referências sobre o caráter dos dois. James era remador: mais certinho, impossível. Um membro do clube, sim, mas não tinha como ficar enchendo a cara e fazer parte da equipe principal de canoagem da faculdade. Ele era muito disciplinado. Além do mais, tinha planos de seguir carreira política; se fosse mesmo o caso, dificilmente se envolveria com drogas. E Tom? Carreira acadêmica exemplar, prestes a se formar como o melhor da turma — o resultado das suas provas confirmaria isso. Dois rapazes com futuros brilhantes pela frente: bons exemplos da escola em que estudaram e, pelo que pensavam na época, da faculdade.

Os dois escaparam. Ficaram esperando alguém mencionar que foi Tom quem forneceu a heroína, mas ou a *omertà* dos libertinos se manteve firme, ou os outros estavam tão alucinados que não perceberam. Tudo aconteceu rápido demais, lá na sacada, e James logo escondeu a heroína.

Os policiais — que depois prenderiam George Fortescue por porte de cocaína — não tinham nada a ganhar envolvendo os dois no caso e acabaram sendo convencidos pelos estudantes educados: ambos sofisticados, nitidamente abalados com aquela tragédia, um deles rotulado como um futuro político — dava para sentir que ele iria longe.

A polícia agradeceu aos dois por cederem seu tempo para ajudar a investigação e se voltou para as que estavam presentes no momento em que o honorável Alec Fisher — um estudante de geografia popular, prestes a se formar com notas aceitáveis, jogador de críquete, violinista, amado filho e irmão — tragicamente perdeu a vida.

34

Sophie
3 de outubro de 2017

As ondas escuras engolem os seixos e os cospem de volta enquanto quebram incansavelmente na costa de Sussex.

Sophie observa, hipnotizada — embalada pelo movimento regular, imaginando-as banhando-a; bombardeada por pensamentos que fazem o seu peito doer, a sua mente se remoer.

Como estava em Brighton, precisou se esforçar para conseguir ficar sozinha. O calçadão estava ocupado por representantes e casais de namorados, e ela precisa andar até Hove para encontrar um banco para se sentar sozinha e pensar. Ela contém as lágrimas, alerta a quem passa e a encara com um olhar mais demorado, atento à mulher melancólica que observa o mar ou que, evitando contato visual, fita os próprios pés.

Sentada ali, ela pensa em Alec. Não só um viciado rico, mas o filho de alguém, o irmão de alguém, e, apesar de tudo que os libertinos possam ter alegado depois, amigo deles. Ela se lembra das fotos do velório dele, que apareceram em todos os jornais: seu pai curvado sob o peso do luto; a mãe, precocemente envelhecida, os olhos cinza transformados em piscinas de tristeza que brilhavam em seu rosto impassível.

Ela se lembra de James na manhã seguinte à morte de Alec, dos olhos vermelhos como os de um coelho, do seu nervosismo, da sua vulnerabilidade. Como ela não conhecia o garoto que havia morrido, toda a sua angústia se focou nele. Ela sentiu tanto medo de ele ser preso e conseguiu se convencer de que James havia sido amoroso, leal, quase nobre ao jogar fora a heroína para impedir que os seus amigos usassem — e ao levar Tom embora. Ela só descobriu que os dois viram a queda de Alec muitos anos depois — ainda duvidava que conhecesse a história toda, mas sabia o suficiente para entender o que Tom devia a ele. Não achou James tão nobre assim depois de ouvir aquele último fato horripilante. E, se ele exibiu uma intensa lealdade, mesmo que inapropriada, ela também sabia que o seu forte senso de autopreservação, a determinação em moldar a verdade de acordo com os seus interesses, também teve um papel naquela história.

Sentada ali de frente para a praia, ela pensa, pensa de verdade, deixa os pensamentos fluírem. Fica se perguntando por que comentou com Chris sobre aquele segredo, um segredo que ele vai guardar enquanto trabalha para Tom, pelo menos, mas que agora lhe dá um poder excessivo. Foi só a presença daquele jornalista que a deixou nervosa? Ou estava exausta de ver Tom e James acharem que eram, por algum motivo, intocáveis? Diziam que Blair se safava de tudo; mas aqueles dois acreditam que estão em outro patamar agora.

Ela não chora enquanto volta para o hotel. São quinze para as nove. Aquele momento em que o coquetel no salão começa a esvaziar, ou continua com drinques no bar para aqueles que não fizeram reservas para o jantar. No entanto, o evento para os conservadores LGBTQIA+ continua com força total. O ar está carregado do aroma melado e ácido de batatas fritas e excesso de álcool, e ela sente um impulso de ir embora e ligar para James do quarto. Mas então o avista e sente aquele frio na barriga que acredita que vai sentir para sempre, embora a sensação agora seja de um reconhecimento incômodo em vez de algo mais caloroso. Ele não a vê. Bom, é claro que não — está ocupado demais conquistando o salão.

E ele faz isso tão bem, com a cabeça inclinada enquanto conversa com uma moça como se ela fosse a única pessoa importante ali: os olhos focados, uma mão tocando de leve o braço dela. E há algo perturbador no seu sorriso e no rosto enrubescido da candidata ao Parlamento por Sutton North, que deixa um pouco de lado o profissionalismo e, apesar de conhecer a reputação dele — daquele julgamento, pelo amor de Deus —, se comporta feito qualquer jovem normal lisonjeada por receber a atenção de um homem bonito.

Sophie observa, hipnotizada, enquanto o marido segura a mãozinha dela com suas duas mãos e a observa com um olhar carinhoso. Ela sabe como é desfrutar daquele sorriso. Como é se entregar àquele olhar que diz, com sinceridade, sem nenhum pudor: *Nossa, você é maravilhosa.* Que diz que, em outro contexto, certamente fariam sexo — e seria maravilhoso.

E, com aquele olhar e aquela leve decepção, ela percebe que jamais poderá confiar nele — e que seu poço de boa vontade e lealdade matrimonial, que passou tantos anos transbordando, secou por completo. Que ela nunca mais vai amá-lo da mesma forma. Acabou. Mesmo. Ela chegou ao limite.

Essa percepção surge com clareza. Ela não sente raiva — ou pelo menos não agora —, apenas um torpor tranquilo. As coisas são assim mesmo. Quando se trata de mulheres, ou de falar a verdade, ou de encarar o passado; quando se trata de mostrar integridade de verdade, James nunca vai mudar.

Ela sempre acreditou em redenção e tentou muito enxergar o que há de melhor nele. Seu casamento continuou, e ela esperava que ele passasse por alguma transformação radical, que enxergasse que a sua versão dos fatos não é verdadeira. Mas, apesar de ela ser otimista, não é burra. Ela o observa de novo: nota a simpatia estampada no seu rosto, fazendo-o parecer ter trinta e poucos anos. E então ela vê: um olhar de relance para o lado, para verificar se não há ninguém mais interessante por perto, antes de voltar a se concentrar na moça.

Sophie sai da festa, deixando-o com a multidão e a bajulação generalizada; ele vai tentar ligar para ela — mas só uma vez, porque tem certeza de que vai poder se enroscar no corpo dela no fim da noite, depois de uma leve sedução extraconjugal, seu porto seguro em qualquer tempestade. A raiva dela aumenta agora, fica entalada na garganta como se fosse sufocá-la. É uma sensação física essa raiva. Respire fundo, diz a si mesma, se acalme, pense bem, com clareza. Não faça nada impulsivo.

Vai abandoná-lo, isso já está claro. No quarto do hotel, ela pega o cartão grosso que estava escondido na sua carteira, atrás do cartão de fidelidade da John Lewis e do preto do banco. O cartão de visita que Rob Phillips lhe deu: imponente de um jeito reconfortante e com aparência de caro, o cartão de alguém que pode ajudar. Ela passa um dedo pela suavidade da marca-d'água, lendo a fonte em alto-relevo como uma linha em Braille que lhe fornecerá todas as respostas para a sua atual cegueira. Apesar de não ter mais ilusões sobre o marido e sua incapacidade de mudar, não sabe como enfrentar o futuro, não consegue enxergar todas as suas opções, entende que deve dar pequenos passos agora, um de cada vez.

Uma imagem de Emily dando um abraço bem apertado em James, como se tentasse segurar seu papai com a força da sua paixão, surge na sua mente — depois uma de Finn. Um James em miniatura, fisicamente, mas o oposto dele em caráter; muito mais parecido com *ela*. Sophie se imagina dando um abraço nele agora, a curva da bochecha do filho na sua, a memória da primeira infância ainda recente, e sente uma pontada forte de culpa pelo sofrimento que sabe que causará a eles quando ligar para aquele número, quando der entrada no processo de separação do pai deles. E então pensa na sua meia-vida atual; na sua dor emocional contínua.

Ela se deita na cama, com a coberta pesada que desliza e oferece a ilusão temporária de opulência; sente o volume reconfortante da fronha de algodão egípcio sob sua cabeça. Daquele ângulo, as coisas parecem um pouco mais claras. Seu casamento acabou, e, apesar de duvidar de que será um processo calmo de desacoplamento consciente, sabe que James fará a coisa certa pelas crianças. Ele não é um homem maldoso.

Ah, mas tem defeitos. Ela pensa em como ele encarou o próprio perjúrio completamente despreocupado e em como presumiu que ela guardaria o seu segredo. Sophie pensa na arrogância dele: nas palavras que giram na sua mente no meio da madrugada.

— O que eu contei era praticamente verdade. Ou o que foi verdade para mim — disse ele.

— Você cometeu perjúrio. — Ela consegue sentir o gosto do seu horror.

Então lembra como ele deu de ombros e a provocou.

— E o que você vai fazer quanto a isso?

O que ela vai fazer? Sophie pensa na detetive do lado de fora do tribunal: de aparência bem-cuidada, trinta e poucos anos. Detetive-policial Rydon, mencionou James. O sangue corre nas suas veias — como ela reagiria se recebesse uma ligação de Sophie?

Mas ela sabe que não conseguiria enfrentar outro julgamento. Sua motivação não seria questionada? O típico papel da mulher rejeitada. Além do mais, não poderia fazer isso com os filhos, por mais que fosse moralmente correto, por mais que seja isso que Olivia, a pobre e desacreditada Olivia, mereça.

E então pensa em Chris Clarke. Poderia ligar para ele e dar mais detalhes que não apenas prejudicariam as aspirações políticas de James como causariam uma destruição tão grande na sua carreira que ele jamais conseguiria se reerguer, condenado a passar o resto da vida sentado no fundo do Parlamento, talvez alcançando um cargo num comitê menor, mas nada com poder de verdade. E não seria por vingança, mas porque fica perturbada só de pensar que ele e Tom eram capazes de passar por cima da verdade daquela forma. Uma juventude dourada que perdeu o brilho; que se tornou bem opaca agora.

Sua respiração acelera quando pensa nos riscos envolvidos. Será que deveria ligar para Jim Stephens, ou talvez para o conhecido de James da faculdade, que agora trabalha no *Times*, Mark Fitzwilliam? E, apesar de saber que não vai fazer nada disso imediatamente, talvez por muitos anos, a possibilidade a fortalece, faz com que se sinta menos impotente, menos solitária.

"O problema das mulheres é que elas não bancam as próprias convicções", dizia James sobre colegas de trabalho e sobre ela, quando se sentia indecisa. E ela sabia que não era só brincadeira. Ele sempre foi mais decidido que ela.

Mas então ela pensa em mulheres que demonstraram coragem e força: Olivia, depondo no julgamento e permitindo que sua experiência mais traumática fosse analisada e questionada, que pagou para ver se as mentiras de James seriam mais convincentes que a sua verdade. Kitty, firme, companheira: fazendo a coisa certa, apesar de ter sido difícil; até Ali Jessop, demonstrando tanta lealdade por Holly, protegendo-a como uma tigresa, mesmo enquanto revelava o segredo da melhor amiga. E talvez, de um jeito bêbado e desajeitado, ela também quisesse ajudar Sophie.

Ela se encolhe, olhando para as partículas de poeira que dançam sob o feixe de luz e se força a pensar em Holly: estudiosa, ingênua, um pouco frágil e, pouco antes de desaparecer, tão retraída que era quase reclusa. Agora era advogada, segundo Ali. A definição de uma mulher confiante. Sua mente pensa em Kate Woodcroft enfrentando James, provocando aquela centelha de raiva que o entregou. Não havia nenhuma falta de convicção ali.

Ela brinca com o colar, toca nos ossos da clavícula, no alto das costelas, sentindo sua fragilidade e imaginando as camadas de músculo que podem se tornar mais firmes e fortes, envolvendo seu corpo num abraço apertado. Ela rema pelo Tâmisa: a força vinha dos pés, das pernas, dos glúteos, das costas e dos braços; o corpo empertigado, conectado, *invencível*, a felicidade aumentando conforme ela atravessa a água e a observa se abrir pelos seus remos.

"O problema das mulheres é que elas não sabem o que querem", ouviu certa vez James dizer para Tom, e os dois riram feito adolescentes. Mas ela está aprendendo a entender melhor o que quer, pelo menos.

Joga as pernas para fora da cama e se senta empertigada, os joelhos grudados de modo recatado, o celular no colo: uma posição que indica concentração, determinação. E, com um dedo fino, toca na tela.

35

Kate
7 de dezembro de 2018

Minha peruca fica esparramada na mesa onde a joguei. Meus sapatos caem um por cima do outro depois de eu arrancá-los com o pé. Começo de dezembro — o fim de uma semana muito longa.

Lá fora, o céu explode em cores: azul-bebê, laranja-queimado, um cor-de-rosa quase fluorescente. O ar está gelado com a promessa de geada: vai ser uma noite fria para qualquer um que esteja dormindo num ninho de caixas de papelão. Penso na garota que desapareceu no inverno passado; torço, contra todas as expectativas, que sua vida tenha melhorado.

Escuto o som de passos na escada: a pressa de sair para beber antes das primeiras festas de fim de ano. Talvez eu devesse me juntar aos meus colegas, porque tive uma boa semana. As coisas estão indo bem no meu caso de tráfico humano. Sou a advogada de acusação, é claro. Sessenta imigrantes afegãos, com idades entre 2 e 68 anos, enfiados num contêiner de carga e levados até Tilbury Docks. Cada um dos cinco réus tem seu próprio advogado de defesa, e há várias alegações e argumentações que tornam o processo cansativo e, às vezes, tedioso. Mas está sendo revigorante trabalhar num caso sobre poder e exploração que não envolve sexo.

Faremos nossos discursos de encerramento na semana que vem. Olho para o meu discurso, escrito quando recebi a documentação do processo, reescrito nesta semana para incluir pontos importantes desenterrados na inquirição. Eu o editei até que nenhuma palavra fosse supérflua, ensaiei até ficar perfeito. Não preciso ensaiar de novo.

Além do mais, é sexta à noite. Há outras coisas que eu poderia estar fazendo. Vou sair com uma pessoa amanhã. Eu me retraio só de pensar nisso. Foi Ali quem arranjou tudo: Rob Phillips, um advogado da faculdade que ela conheceu naquele reencontro do ano passado. Divorciado. Dois filhos. Meu instinto foi recusar na mesma hora: não quero nada nem ninguém que me lembre daquele lugar, e, além do mais, ele carrega muita bagagem emocional. Mas, por outro lado, todos nós carregamos. Eu enfim estou tentando me livrar da minha. Desde o julgamento, procurei ajuda, e falar sobre o que aconteceu melhorou as coisas: diminuiu os flashbacks, controlou a raiva que sinto de mim mesma. Mas ainda não é fácil, de forma alguma.

Mesmo assim, muita coisa mudou desde a absolvição. Parei um pouco com os casos de crimes sexuais e comecei a pegar crimes mais variados, apesar de continuarem sendo graves e de grande destaque na imprensa. Tenho esse caso de tráfico e, depois, o julgamento de uma quadrilha que era contratada para roubar obras de arte: quarenta milhões de libras de jade e porcelana chinesas roubadas de museus menores. Ainda há muita demanda para trabalhar com crimes sexuais — e o volume só aumenta, numa velocidade cada vez maior, saindo do mundo do entretenimento e passando pelo futebolístico agora; e sem dúvida por outros esportes. De vez em quando, fico com vontade de voltar, especialmente quando penso em vítimas adultas sendo expostas e desacreditadas pela segunda vez. Mas então o meu senso de autopreservação entra em cena. Tenho certeza de que vou retomar esse trabalho, mas não consigo mais seguir essa dieta diária. Não por enquanto. Não por um tempo.

Eu me recosto na cadeira, focada em me alongar, saboreando a sensação dos meus nervos disparando estímulos dos dedos dos pés aos das mãos. Faz dois anos desde que Brian me entregou aquela carta de amor recheada de documentos e reabriu feridas que eu acreditava que já estavam curadas. Mais de dezenove meses desde que James Whitehouse se levantou do banco dos réus no Old Bailey e foi liberado.

Hora de seguir em frente — porque todo mundo já fez isso, principalmente Sophie, que conseguiu um divórcio "rápido" em março depois de alegar "comportamento irracional" da parte dele. A notícia permitiu que os jornais ressuscitassem o julgamento e fizessem insinuações sobre as aventuras dos libertinos — mas nada disso pareceu prejudicá-lo. Ele voltou a ocupar um cargo importante no governo: ministro ligado ao Ministério de Transportes, responsável por desenvolvimento e segurança ferroviários. É um trabalho extremamente chato, mesmo que decente, que não parece ser uma recompensa, mas que vai ajudar na sua imagem e no seu caminho de volta ao topo: aposto cem pratas que ele será promovido na próxima reforma ministerial. Só de pensar nisso já me sinto amargurada, do mesmo jeito que fiquei quando vi uma foto recente dele ao lado do primeiro-ministro, aparentemente rindo de uma piada interna, porque é nítido que sua imagem foi reabilitada: sua carreira foi ressuscitada e essa amizade retomada, como se nada tivesse acontecido.

Ele também tem uma nova namorada: bem mais nova que a ex-mulher, uma advogada corporativa com quase 30 anos. Na época do divórcio, foi publicada uma foto dela andando pela Threadneedle Street, o rosto escondido por uma cortina de cabelo preto, alisado. Eu esperava alguém menos inteligente e fiquei me perguntando por que uma mulher esperta se envolveria com alguém que foi acusado de estupro. Porém, é claro, não dá para dizer que ele não é charmoso, além de ter sido absolvido. Onde há fumaça, há fogo? Ao que parece, não quando se trata de James Whitehouse.

Meu estômago ronca e tomo um gole de Coca Diet. Essa foi outra mudança: parei de beber destilados, e, hoje em dia, minha geladeira vive cheia de comida. O vinho branco ainda aparece de vez em quando, mas agora eu como; não sou mais esquelética, só magra.

Minha vida também está um pouco mais equilibrada, e, se ainda pareço obcecada por James Whitehouse, pode acreditar que não é o caso. Consigo passar dias, até semanas, sem pensar nele — mas a sua absolvição ainda me incomoda, como uma irritação que parece zombar de mim. E, apesar de o trabalho dele ser considerado discreto, ainda encontro referências a ele nos jornais; sou constantemente lembrada da sua existência — e do meu fracasso profissional — sempre que vou ao Old Bailey. É um resquício da minha obsessão adolescente, ou talvez um pequeno contraponto: silencioso feito um apito de cachorros, mas audível mesmo assim. Quando o nome dele é mencionado, quando há uma conexão mínima com ele, para mim é impossível não ouvir.

Estou pensando em tudo isso quando Brian bate à porta. O toc-toc-toc ágil, que só ele faz e que significa trabalho.

— Entra. — Sorrio quando ele abre a porta, aliviada por uma distração. — Arrumou alguma coisa interessante?

A parte de cima das suas orelhas está avermelhada e ele sorri, como se tentasse esconder um segredo. Não há uma pilha de documentos nem nenhuma carta de amor nas suas mãos, apenas o *Chronicle*, o jornal diário londrino.

— O que houve?

Há um brilho no seu olhar, e estou curiosa para saber o motivo. Ele olha para baixo, deliciando-se com aquele poder momentâneo.

— O velho Jim Stephens andou ocupado. — Ele solta um assobio entre os lábios finos.

Eu tinha esquecido que ele conhece o jornalista — um contato de anos atrás, da época em que a Fleet Street ainda era a Fleet Street, as redações apinhadas naquele pedacinho de Londres que se estende até o Royal Courts of Justice, com os repórteres trabalhando do lado dos Inns of Court.

— Ele deu um furo...

— Ah, passa para cá.

Eu me estico, impaciente com as provocações. Ele dá dois passos para trás, fazendo uma dancinha, mas então cede com um sorriso que só tem a ousadia de dar porque trabalhamos juntos há mais de vinte anos.

— Interessante, né?

Sei que ele está me encarando, à espera de uma reação, mas não consigo retribuir o olhar. Minha atenção está totalmente dedicada ao que está escrito. O ar parece parar; um daqueles momentos decisivos, como quando recebi a carta de Oxford; como aquele momento no claustro, as minhas costas arranhando na pedra, a voz dele ao meu ouvido.

"PRIMEIRO-MINISTRO INTERROGADO SOBRE MORTE EM OXFORD", diz a manchete em letras maiúsculas em negrito, estampada na capa do jornal acima de uma foto do primeiro-ministro, parecendo sério e evasivo ao mesmo tempo. "O Departamento de Polícia de Thames Valley reinstaura investigação sobre morte de colega relacionada a uso de drogas em 1993", acrescenta o texto abaixo. Continuo lendo, e o meu coração dispara. "O ministro James Whitehouse também será interrogado sobre morte de aristocrata." E o sangue lateja na minha cabeça agora, tudo girando enquanto absorvo os detalhes, as palavras-chave que se destacam da matéria: morte... drogas... clube exclusivo... farra... os libertinos... e uma data no começo de junho de 1993.

Foi o dia em que ele me estuprou: 5 de junho. Aquela morte — do honorável Alec Fisher — ocorreu na mesma noite de verão em que ele me encontrou no claustro. Eu me lembro do uniforme dos libertinos que secretamente achava muito elegante: a camisa de seda bege com gravata, o colete justo, a calça que ele fechou depois, escondendo as provas do que tinha acontecido. Eu lembro que ele parecia estar voltando de uma festa — seu hálito doce com o sabor de uísque e um toque de Marlboro Lights. E, acima de tudo, me lembro do seu nervosismo intenso. Os olhos dilatados, não de cocaína, mas da adrenalina que o fez correr pelo pátio; e uma energia, uma impulsividade, uma compulsão em buscar alívio físico que talvez não se tratasse só de querer transar sem se importar como conseguiria isso — quem teria de dominar para chegar lá —, mas de uma reação a um sentimento igualmente poderoso. Uma resposta ao medo intenso.

Morte. Sexo. Poder. Tudo isso estava em jogo naquela noite. Solto um som estranho, entre engolir em seco e um engasgo, e finjo transformá-lo numa tosse, torcendo para Brian não perceber. Tomo um gole da Coca Diet, me esforçando para pensar enquanto inclino a cabeça para trás e escondo os meus olhos, que se enchem de lágrimas.

Mas:

— A senhorita está bem?

Meu assessor se agacha ao meu lado, preocupado, paternal, observando meu rosto; reparando, eu sei, nas lágrimas que tornam meu olhar vítreo. Quão bem ele me conhece? Quanto sobre mim ele consegue adivinhar? Ele me viu evoluir de estagiária para assistente e para conselheira da rainha, me viu amadurecer, como advogada e como mulher, e já me pegou chorando — a última vez faz pouco tempo, numa noite em que achei que todo mundo já tinha ido embora, pouco depois da absolvição de James Whitehouse.

— Estou bem — digo rápido, num tom que não engana ninguém. — É uma notícia incrível, como você disse. — Pigarreio. — Ele deve confiar bastante nas fontes.

— Não se pode publicar uma coisa dessas sem saber se é verdade.

— O que a BBC disse?

Pego o laptop, querendo distraí-lo, buscando as últimas notícias, me perguntando o tempo todo se a hora enfim havia chegado: o momento em que a sorte infinita, imensurável, de James Whitehouse chegou ao fim.

— Ah, também estão comentando a matéria lá — diz Brian.

Não sei se consigo lidar com isso, com mais lembretes diários, terríveis, de tudo que James e sua panelinha de Oxford aprontavam — mesmo assim, uma gota de esperança cresce dentro de mim, um sentimento delicado que aumenta porque sei, de imediato e com uma certeza inabalável, que *é claro* que consigo lidar com isso; eu consigo lidar com todos os detalhes sórdidos que aparecerem. Porque Jim Stephens e os seus colegas vão caçar a verdade, e eu estou do lado da verdade, não apenas do lado dos vencedores. E, se alguma verdade sombria for desenterrada, se James Whitehouse cair em desgraça, eu finalmente vou me sentir inocentada e, por mais que saiba que é irracional, que não tenho mais culpa nenhuma pelo que aconteceu comigo.

Brian continua falando enquanto essa convicção ganha força dentro de mim, e percebo que o seu tom de voz — suave, mas rouco, com o sotaque cockney — mudou: não é mais informal ou de quem conta uma fofoca, mas inesperadamente carinhoso de tal forma que até paro de olhar a página de notícias da BBC para escutar o que ele diz.

Ele me observa com atenção, como se soubesse as palavras que preciso ouvir. E, apesar de saber que a lei nem sempre pune os culpados — que um advogado talentoso pode ganhar um caso mesmo que exista uma pilha de provas contra o seu cliente, que a advocacia se resume a ser mais convincente que o seu adversário —, também sei que não é assim que a banda toca no tribunal da opinião pública, que um segundo ato moralmente questionável não parece uma coincidência e pode — se for repetido várias vezes em alto e bom som — arruinar para sempre um homem.

Penso tudo isso enquanto Brian fala, e suas palavras resumem essa convicção, como se embrulhassem para presente numa bela embalagem um fato bem mais agradável que qualquer carta de amor.

— Não se preocupe — diz ele, e seu sorriso reflete o meu: pequeno, hesitante, mas ainda assim um sorriso. — Ele não vai escapar desta vez.

Nota da autora

Em *Anatomia de um escândalo*, recorri muito à minha experiência como jornalista, cobrindo a seção de política, e estudante de letras em Oxford na década de 1990. Mas é claramente um trabalho ficcional, ambientado em um mundo sem referências ao Brexit ou às eleições dos Estados Unidos, oferecendo um primeiro-ministro e políticos alternativos.

A Oxford que descrevo também é fictícia. Shrewsbury e Walsingham College não existem, apesar de esta última ter muitas semelhanças geográficas com a faculdade em que eu estudei. Se Holly lembra a estudante ingênua e interiorana que um dia fui, sua história, por sorte, não é igual à minha.

Agradecimentos

Às vezes, ao fazer pesquisas para um livro, você acaba dando sorte. A minha foi assistir a Eloise Marshalls sendo advogada de acusação no Old Bailey e posteriormente acompanhando-a em um caso de estupro em outro tribunal. Depois, ela leu trechos do meu rascunho e tirou várias dúvidas que eu tive. Não tenho como lhe agradecer o suficiente.

A segunda foi ler *The Devil's Advocate: A Spry Polemic on How to be Seriously Good in Court* [O advogado do diabo: uma rápida polêmica sobre como ser muito bom no tribunal, em tradução livre], de Iain Morley, conselheiro da rainha, que trabalhou no escritório de Eloise na Essex Street, 23. Uma frase — "A verdade é uma área complicada. Seja certo ou errado, a advocacia adversarial não é uma busca pela verdade" — me marcou tanto que a adaptei e a peguei emprestado. Devo essa a ele e a Hannah Evans, da Essex Street, 23, por recomendá-lo, ao Departamento de Imprensa da Ordem dos Advogados e a Simon Christie, nos estágios iniciais da pesquisa.

Agradeço demais à minha agente incomparável. Lizzy Kremer, que foi a apoiadora mais empolgada deste livro desde o começo, e à equipe de direitos autorais da David Higham Associates — Alice Howe, Emma Jamison, Emily Randle, Camilla Dubini e Margaux Vialleron —, cujo entusiasmo e energia fizeram *Anatomia de um escândalo* ser traduzido em catorze idiomas.

Foi maravilhoso trabalhar com minhas editoras, Jo Dickinson, da Simon & Schuster UK, e Emily Bestler, da Emily Bestler Books. Sou muito agradecida pelo seu bom senso, pela abordagem colaborativa, pelas ideias bem elaboradas e pela sua delicadeza. Ian Allen foi um revisor atento e sensível, e Martin Soames, da Simons, Muirhead & Burton LLP, acalmou boa parte da minha ansiedade. Seria impossível ter uma experiência editorial melhor.

Tenho a sorte de fazer parte do Prime Writers, um grupo de escritores e escritoras que teve a primeira obra publicada depois dos 40 anos (eu tinha 41 na época). Seja pela competição de palavras ou pelos resquícios das experiências estudantis, eles me ajudaram mais do que imaginam. Um agradecimento especial vai para Terry Stiastny, que não apenas discutiu questões do enredo comigo como, ao resumir a história para um conhecido, me ofereceu um título. Karin Salvaggio, Sarah Louise Jasmon, Claire Fuller e Peggy Riley me fizeram suar a camisa nas competições de palavras, e Dominic Utton, Rachael Lucas, James Hannah e Jon Teckman verificaram termos e me ajudaram com detalhes da pesquisa.

Antes de escrever livros, eu cobria política no *Guardian*. Uma conversa com meu antigo chefe e editor da seção, Mike White, foi essencial para dar ideias no começo do processo; Andy Sparrow, que era meu colega de trabalho, foi dedicado e generoso ao verificar fatos para mim, assim como Ben Wright, da BBC.

Também preciso agradecer a Shelley Spratt, do Departamento de Imprensa da Polícia de Cambridgeshire, e ao Departamento de Imprensa de Addaction. Apesar de todos os especialistas que ajudaram, se passou algum erro, a culpa é inteiramente minha. Em duas ocasiões, usei uma licença artística para manter o ritmo.

Por fim, sou muito grata à minha família. Depois de me formar em letras, por um momento cogitei a ideia de seguir os passos do meu pai e ir para o direito. Teria sido um desastre, mas o entusiasmo de Chris Hall pelo assunto despertou meu interesse e aumentou meu apetite por romances de tribunal.

Minha mãe, Bobby Hall, e minha irmã, Laura Tennant, continuam a oferecer um apoio inesgotável. Mas o trio ao qual sou mais grata é formado por meu marido, Phil, e meus filhos, Ella e Jack. *Anatomia de um escândalo* exigiu que eu me aventurasse por caminhos sombrios, que a maioria de nós prefere ignorar. A vida em família — com todo seu amor, barulho e energia — foi um ótimo antídoto para isso.

Este livro foi composto na tipografia Palatino LT Std,
em corpo 11/16, e impresso em
papel off-white no Sistema Cameron da
Divisão Gráfica da Distribuidora Record.